KB152369

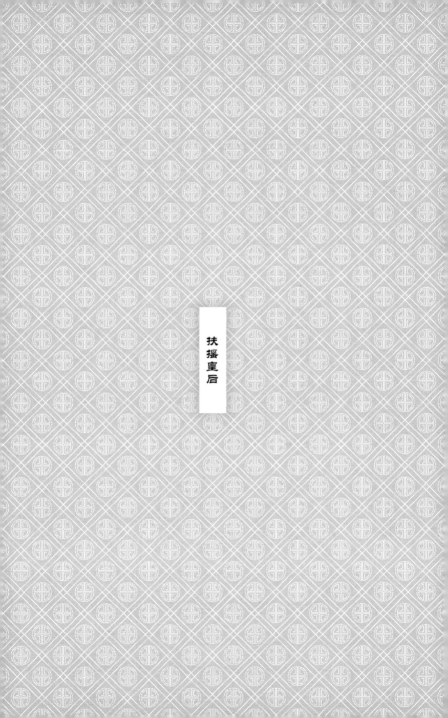

扶摇皇后

부요황후 9

ⓒ천하귀원 2020

초판1쇄 인쇄	2020년 9월 22일
초판1쇄 발행	2020년 10월 13일

지은이	천하귀원 天下歸元
옮긴이	김지혜

펴낸이	박대일
편집	이문영 · 박지해 · 임유리 · 신지연 · 곽현주
마케팅	임유미 · 손태석
일러스트	리마
디자인	박현주

펴낸곳	파란미디어
출판등록	2004년 9월 14일 제313-2004-00214호

주소	03992 서울시 마포구 동교로23길 14 국제빌딩 6층
전화	02.3141.5589 영업부 070.4616.2012 편집부
팩스	02.3141.5590
전자우편	paranbook@gmail.com
카페	http://cafe.naver.com/paranmedia
페이스북	http://www.facebook.com/paranbook

ISBN	978-89-6371-815-6(04820)
	978-89-6371-770-8(전13권)

扶搖皇后

9

부요황후

천하귀원天下歸元 지음 | 김지혜 옮김

파란

차례

옥중에서의 조우

그는 그녀를 안은 채 빗속으로 쓰러졌다. 둘 다 더는 앉은 자세를 유지할 기력이 없어서였다. 한 사람은 가진 힘을 한 톨도 남김없이 소진했고, 다른 한 사람은 진기가 원상 복귀 되기도 전에 달려와 결사적으로 돌진해 오던 호랑이를 온몸으로 받아 낸 뒤였다.

환약의 약효가 극치에 이른 데다가 본디 가진 무공 자체도 절정급인 맹부요가 전력을 다해 짓쳐들어오던 상황이었다. 그걸 정면으로 받아 낸다는 건 아무나 할 수 있는 일이 아니었다.

십대 강자 서열 5위 이내를 제외하면 당금 천하를 통틀어도 가능한 이가 몇 되지 않을 터. 그중 하나가 바로 장손무극이었다. 거기다가 위험 앞에서 반사적으로 발동되는 고수들의 방어 본능까지 고려하면 그 순간에 회피가 아닌 정면충돌을 택할 수 있는 사람은 장손무극이 유일할 것이다.

사실 피하려면 얼마든지 피할 수도 있었다. 요령 있게 맹부요를 흘려보냈다가 한 박자 늦게 붙들어 끌어오는 것도 가능했다. 그랬다면 본인이 부상을 당하는 일은 없었을 것이다.

하지만 그는 그러지 않았다. 그 순간이 맹부요에게 얼마나 중요한지를 너무 잘 알고 있었기에.

맹부요는 종월이 준 약을 복용하고 즉각적으로 얻은 효능을 그에게 고스란히 넘겨줬지만, 약의 진정한 힘이 폭발한 건 그녀가 전력을 다해 적과 싸우던 와중이었다. 극한까지 운용된 골격, 근육, 혈관, 내식은 신체 능력의 최고치를 찍었으나, 정상 범주를 벗어난 공력 상승의 후폭풍은 무서웠다. 운기조식을 행할 시기를 놓쳐 진기를 제대로 된 길로 이끌어 주지 못한 결과 출구를 찾지 못한 진기가 몸 안에서 마구잡이로 날뛰기 시작한 것이다. 그 상황에서 맹부요가 그를 향해 달려든 것은 살기 위한 마지막 몸부림이었다.

충돌이 이루어지면 성난 파도가 가라앉으면서 위기를 넘길 것이요, 충돌에 실패하면 진력이 역행하면서 끔찍한 일이 벌어질, 결정적 갈림길.

충돌 순간의 충격으로 그는 피를 토했지만, 대신에 혼돈과 암흑 속에 갇혀 미쳐 가던 맹부요에게 빛이 비쳐 드는 출구를 열어 줄 수 있었다. 양쪽의 경중을 따지는 것은 어디까지나 당사자의 몫일 터.

빗발은 여전히 세찼다. 보아하니 아침까지 내리 쏟아붓기로 작정을 한 모양이었다.

흠뻑 젖은 맹부요가 자신만큼이나 흠뻑 젖은 장손무극 위에 엎드려 연신 콜록거리고 있었다. 기침을 뱉을 때마다 검붉은 울혈이 딸려 나왔다.

그 와중에도 맹부요는 손을 뻗어 장손무극의 맥을 짚었다. 그러자 눈꺼풀을 들어 올린 장손무극이 그녀의 손을 지그시 감아쥐면서 미소를 보냈다.

맹부요의 눈에 비친 그의 눈동자는 깊고도 잔잔한 바다였다. 바다의 포용력 앞에서는 천지간의 그 어떠한 아픔이라 한들 수면을 스쳐 가는 바람에 지나지 않을지니.

그의 눈빛이 말해 주고 있었다. 세상사 아픔이야 갖가지겠지만 결국 그 모두는 먼지로 화할 테고 사랑도, 미움도, 은혜도, 원한도, 삶도, 죽음도, 천년 후에는 덩그러니 봉분 하나로 남겨질 뿐이라고. 세상 누구도 무덤을 짊어지고 살아갈 수는 없으며, 그 누구도 자신의 탓이 아닌 잘못에 매몰되어서는 안 된다고.

팔이 안으로 굽는 것은 누구나 마찬가지이거늘 그게 무슨 잘못일까. 이미 위험을 무릅쓰고 도움의 손길을 뻗은 이에게 무슨 죄가 있을까. 빗소리가 그칠 줄 모르듯, 죄어드는 가슴이야 쉬이 편해질 줄 모를지라도.

그의 설득과 위로에는 구구절절한 장광설이 필요하지 않았다. 지금껏 보여 준 눈빛과 행동만으로도 그 진정 어린 이해가 충분히 전달된 뒤였으므로.

일신의 안위를 돌보지 않고 그녀 앞을 결연히 막아섰을 때,

위험하리란 걸 뻔히 알면서도 그녀를 온몸으로 받아 냈을 때, 그녀의 얼어붙은 심장을 녹이고 울음을 끌어낸 그 한 방울의 눈물을 통해, 가물거리는 의식을 애써 붙잡고 그녀를 지긋이 응시하고 있는 이 순간을 통해…….

맹부요는 천천히 눈을 들어 그와 눈을 맞췄다. 그러고는 세차게 쏟아지는 폭우 한복판에서 그 눈동자 안에 적힌 말을 조용히 읽어 내려갔다. 한 자 한 자 똑똑히, 마음에 새겨 가며.

그의 눈을 바라보고 있는 사이에 한계점까지 치받쳐 올랐던 피가 썰물처럼 빠지는 소리가 들렸다. 가슴속 바다에 평화가 찾아오고, 다시금 소생한 바다 사면의 꽃 섬에서 꽃망울이 터지는 소리가 들려왔다.

핏빛 폭우 속에서, 조금 더뎠으되 너무 늦지는 않게 꽃송이를 피워 낸 꽃나무가 조용히 가지를 치고, 잎을 내고, 찬란한 빛을 발하면서, 한 차례 깨끗이 씻긴 영혼에 단단히 뿌리를 내렸다. 이로써 그녀의 가슴 깊숙이에는 예전보다 훨씬 충만하고 굳건해진 땅이 생겼다.

마침내 고개를 든 그녀가 그를 향해 미소 지었다. 그가 그토록 바라던, 평온한 미소였다. 아직 슬픔이 완전히 가시지는 않았을지언정 그녀의 미소는 청량하고 깨끗했으며, 지난날보다 한결 윤택해진 광채를 내고 있었다. 폭우에 씻겨 선명한 비취색을 드러낸 뜰 주위의 녹음처럼. 나무가 그랬듯 그녀 역시 씻김을 받았다. 몸에서부터 마음속까지.

장손무극이 안심한 양 웃으며 눈을 감자 맹부요가 빙긋이 미소 지으면서 그의 얼굴 위쪽으로 손을 뻗어 쏟아지는 빗줄기를 가려 주었다.

철성과 은위들이 둘을 부축하러 달려왔다. 맹부요의 눈길이 잠시 철성에게로 향했다. 달래 줘야 할 것 같은데, 그럴 기운이 남아 있질 않았다.

한바탕 폭주를 겪은 몸이 치유와 휴식을 재촉하고 있었다. 맹부요는 눈꺼풀의 무게를 이기지 못하고 눈을 감았다.

❀

모닥불이 따스하게 타오르고 있는 동굴 안은 물기 한 점 없이 깔끔했다. 동굴 밖 저 멀리에서는 비 갠 후 산중 특유의 상쾌한 새소리가 아득하게 전해져 오고 있었다.

장손무극은 이렇듯 평온을 넘어 상서롭기까지 한 분위기 속에서 눈을 떴다. 바닥에 푹신하게 깔린 풀에서 향긋한 내음이 올라오고, 옆쪽에는 그녀가 잠들어 있었다. 뺨에 남은 눈물 자국은 그대로였지만, 엷은 미소를 머금고 그의 손을 꼭 쥔 채로.

그녀가 곁에 있었다. 아무 탈 없이.

장손무극은 그녀를 들여다보고 또 들여다보다가 지나친 사치라는 걸 깨달은 양 얼른 눈을 감았다. 그녀를 품에 안은 그는 한없이 연약한 보물을 다루듯 부드러운 손길로 그녀의 머릿결을 가만가만 쓸어내렸다. 그를 지키려다가 너무나도 커다란 마음의 상처를 입고 만 여인. 아무리 아껴 줘도 부족하고 부족했다.

밀려드는 감정을 주체하지 못하고 결국 눈을 뜬 그는 그녀를 구석구석 살피기 시작했다. 낯빛이 다소 창백했다. 눈 밑에는 긴 속눈썹으로도 감추지 못한 그늘이 드리워 있었다.

그나마 다행인 점이 있다면 평온해 보이는 표정이랄까. 저 평온함을 얻기까지 얼마나 많은 고난과 시련을 견뎌야 했던가. 하지만 그것 또한 그녀의 숙명이요, 그녀의 몫으로 정해진 역경이었다.

수많은 이들이 사리사욕을 좇다가 가는 세상. 남들은 제 사사로운 욕심을 챙길 줄 알고, 또 그걸 당연하게 여기지만 그녀는 남들과 달리 자신의 이기심을 혐오했다. 그렇기에 다른 사람들보다 훨씬 큰 고통을 겪을 수밖에 없는 것이다.

그 고통은 잘못을 저질러서 느끼는 것이 아니었다. 그녀는 옳지 못한 일을 한 적이 없었다.

문제는 운명이 그녀에게 부여한 심성, 타인의 위기를 방관하는 자신을 용납하지 못하는 그 피 끓는 정의감이었다. 사실상 질책받을 이유가 전혀 없음에도 그녀는 이미 자신에게 무엇보다 혹독한 형벌을 내렸다. 번번이 그녀를 쓰러뜨리는 것은 세상의 모진 칼바람과 서릿발이 아니라 자기 가슴속 깊은 곳에서 비롯된 자책이었다.

바로 그 점이 그녀를 맹부요로 존재하게 했다. 그 누구도 대신할 수 없는 맹부요로.

세상에서 가장 충만하고, 가장 빛나고, 가장 용감한, 무수히 많은 사내들이 매료될 수밖에 없는 맹부요. 그가 어떠한 희생을 치르고서라도 돕길 원하고 가지길 원하는…… 가장 완벽하고 가장 진실된 맹부요.

빙긋이 웃은 장손무극이 습관적으로 맹부요의 손목 맥소를 잡으려는데, 맹부요가 먼저 그의 손을 턱 붙들더니 불평이 반 체념이 반인 투로 말했다.

"됐다고요, 좀!"

잠에서 깨어나 노곤한 몸을 일으킨 그녀는 자기 뼈마디에서 나는 우두둑우두둑 소리를 듣고 움찔했다.

장손무극이 말했다.

"축하하오, 부요. 또 실력이 진일보했소."

그 소리에 맹부요가 맥없이 웃어 보였다.

"덕분이에요. 그래도 앞으로는 나한테 진기 나눠 줄 생각일랑 하지 말아요. 이러다가 어느 날 내가 당신 훅 넘어서기라도 하면 얼마나 남부끄러우려고."

"진기를 줄 생각이 아니라……."

장손무극이 피식했다.

"단지 공력이 얼마나 상승했는지 살펴보려고 했던 것이기는 하오만."

돌연 그의 말투에서 불편한 심기가 드러났다.

"종월과 따로 이야기를 한번 나누어 봐야겠소. 이렇게 독한 약을 함부로 주다니, 제정신이 아닌 게지."

"어휴, 괜한 사람 잡지 말아요!"

맹부요가 얼른 끼어들었다.

"몇 번이나 조심하라고 당부했었는데 내가 마음이 너무 급해서 그랬다고요."

장손무극을 쓱 한 번 곁눈질한 그녀가 한숨을 내쉬었다.

"그때는 이성을 잃었었어요. 진득하게 기다렸으면 당신 몸은 휴면 상태에서 당신이 알아서 치료했을 테고, 아무 일 없이 넘어갈 수 있었을 것을, 다 내가 박복해서……."

"결국은 전화위복이 되지 않았소? 시간을 두고 천천히 몸을 추스르고 나면 우리 둘 다 약효의 힘을 빌려 한 단계 더 높은 성취를 이룰 수 있을 것이오."

동굴 벽에 등을 기댄 장손무극이 엷게 웃음 지었다. 결과가 다소 참혹하기는 했어도 부요가 자신으로 인하여 이성을 잃었다니……. 음, 흡족한 소리였다.

맹부요는 그 속을 까맣게 모르는 채, 비좁은 동굴 한쪽 면에 기대어 장손무극과 몸을 바짝 붙이고 앉아 있었다. 배에서 보낸 밤 이후 맑은 정신으로 이만큼 가까이 붙어 있기는 처음이었지만, 거북하다는 느낌은 전혀 없었다.

손을 뻗어 모닥불을 쬐면서 주위를 둘러보던 그녀가 물었다.

"그런데 우리 지금 어디 있는 거예요?"

"마을 뒷산입니다."

말을 받은 사람은 종이였다. 그들이 들어와 있는 동굴은 중간이 한 번 꺾인 형태였다. 맹부요와 장손무극의 잠자리는 안쪽 공간에 마련되어 있었고, 나머지 사람들은 바깥쪽 공간에서 망을 보는 중이었다.

바깥쪽에 있다가 두 사람의 기척을 느끼고 모퉁이를 돌아온 종이가 히죽 웃으며 말했다.

"마을을 샅샅이 뒤지고 난 자피풍 놈들이 근방 100리에 수색령을 내렸다길래 차라리 등잔 밑에 숨어 있기로 한 거죠."

종이를 쳐다보던 맹부요가 고마움이 담긴 미소를 보냈다. 자신과 장손무극은 혼절해 있었고 은위들은 원래가 잡다한 사항에 관여를 안 하는 데다가 철성은 머리 쓰는 일에 영 소질이 없는 녀석이었다. 그나마 전략을 세워 줄 종이가 있어서 덕을 본 것이다.

맹부요가 그를 불가로 불렀다.

"얼굴색 안 좋은 것 좀 봐. 와서 불이라도 쫴."

종이가 기다렸다는 듯이 안으로 들어와 그녀 곁에 끼어 앉자 안 그래도 좁은 동굴 안에서 세 사람은 아까보다 훨씬 빡빡한 밀착 상태가 됐다. 종이가 천진난만하게 웃었다.

"그래도 별 탈 없어서 다행이에요. 간 떨어지는 줄 알았다니까요!"

그러더니 땔감 묶음을 품에 안고 나뭇가지를 모닥불 속에 하나씩 던져 넣으면서 말했다.

"그나저나 여기도 오래 있을 곳은 못 돼요. 조만간 자피풍 놈들이 들이닥칠 텐데, 두 분 다 몸이 온전치 않으니 어찌해야 좋을지."

"난 완벽하게 회복되려면 한 달 정도는 걸릴 것 같은데, 당신은요?"

맹부요가 고개를 돌려 장손무극을 보며 물었다.

"나는 더 빠를 것이오."

장손무극이 대답했다.

"열흘만 무사히 넘기면 그 뒤로는 내가 적을 맡을 수 있소."

"최악의 고난도 잘만 버텨 냈는데 뭐가 겁나겠어요?"

맹부요가 불길을 응시하며 날 선 투로 말했다.

"초상집 개처럼 꼬리 감추고 도망 다니는 한이 있더라도 일단은 회복할 시간을 벌어야 해요. 제까짓 것들이 기고만장해서 날뛰어 봤자 잠깐이지, 몸만 정상으로 돌아오면……, 쳇!"

"그사이에 모가지나 닦아 놓으라고 하죠, 뭐. 칼 들어갈 때 깔끔하게."

불에 나뭇가지를 던져 넣던 종이가 빙글빙글 웃었다. 그는 굳이 맹부요 앞으로 팔을 길게 뻗어 자기한테서 먼 쪽에 땔감을 채워 넣고 있었다. 접촉에 부담을 느낀 맹부요가 몸을 뒤로 물리려 했지만, 그럴 만한 공간조차 마땅치 않았다.

모닥불이 만들어 낸 음영 속에서 그 모습을 지켜보며 눈썹을 살짝 찌푸린 장손무극이 이내 손끝을 가볍게 튕겼다. 그러자 어디선가 쏜살같이 나타난 원보 대인이 턱을 세우고 가슴을 내민 도도한 자세로 동굴 안쪽을 향해 걸어 들어왔다.

"털……."

날카로운 비명과 함께, 종이가 빛의 속도로 그 자리에서 모습을 감췄다. 과연 원보 표 털 뿜뿜 살충제의 효능은 백발백중이었다.

맹부요는 원보대인을 빤히 쳐다보면서 어딘지 평소 같지 않다는 생각을 하고 있었다. 털이 뽀송뽀송한 얼굴은 그대로인데, 눈빛이 심히 그늘져 보였다.

"쟤 왜 저래요?"

맹부요가 고개를 갸웃하며 장손무극에게 물었다.

"으음……. 아마 친척 집 냄새가 몸에 배어서일 테지."

맹부요가 못 알아듣는 기색이자 고개를 빼고 원보 대인을 넘어다보던 장손무극이 덧붙였다.

"못 참고 뛰쳐나가서 사고 칠까 봐 쥐구멍에 들어가 있었던 모양이오."

"아."

맹부요의 표정이 어두워지는 것을 본 장손무극이 차근차근히 말했다.

"부요, 입에 올리지 못할 이유도 없고, 감당하지 못할 것도 없는 일이오. 그저 언제까지고 등에 짊어지고 내려놓지 못하겠다 고집부리지만 않으면 되오."

"안 그래요."

숨을 콩 들이마신 맹부요가 이내 환하게 웃어 보였다.

"알아요, 이젠. 세상에는 어쩔 수 없는 일이라는 것도 있다는 거. 그 순간에 어느 쪽이 더 중요한지를 분명하게 가리기란 불가능했어요. 고통과 더 큰 고통 사이에서 하나를 택할 수밖에 없는 상황이었죠. 난 성녀가 될 재목은 아니에요. 헌신적이지도, 거룩하지도, 내 사람보다 남을 먼저 챙기지도 못하니까.

그렇게 살고 싶은 마음도 없고요. 만약 똑같은 상황이 다시 닥친다 해도 내 선택에는 변함이 없을 거예요."

다시 그 상황이 되어도 나는 당신을 구할 거예요.

차마 떠올리기도 힘들 만큼 끔찍한 고통 속에서 거의 미치기 직전까지 갔다가 가까스로 살아 돌아온 맹부요가, 그렇게 말하고 있었다.

장손무극은 순간 목이 메었다. 일생 마음먹은 대로 되지 않는 것이 없었던, 완벽하게 통제된 모습만을 내보이며 살아온 정상급 정객이 그 짧은 한마디에 아릿하게 북받쳐 오르는 가슴을 주체하지 못하고 그만 말문이 막혀 버리고 만 것이다.

무심하기까지 한 말 한마디에 불과하건만, 아무런 내색 없이 버텨 온 긴긴 나날들이, 자신의 선택이, 이로써 넘치게 보상받은 느낌이었다.

장손무극이 조용히 미소 지었다. 그의 입가에 번진 것은 연꽃처럼 고결하고 청아한 미소였다. 그러고는 곁에 앉은 여인의 길고 매끄러운 머리카락을 조심스럽게 모아 손안에 그러쥐고, 그녀의 귓가에 부드럽게 입술을 누르며 말했다.

"부요, 그대를 만났기에 이번 생은 내게 행운이오."

⁂

선기 천성天成 30년 2월 12일.

거칠고 횡포하기로 선기국 내에서도 악명 높은 자피풍이 창설 이래 처음으로 재난급 타격을 입는 일이 발생했다.

손아귀에 쥐어진 권한에 기대어 온갖 불법을 자행해 온 자피풍은 폭우가 쏟아지던 그날 밤, 한 대부호의 저택에 침입해 일가를 몰살하고, 새 신부를 겁간하고, 재물을 약탈했다. 자피풍 일당으로서는 특별할 것도 없는 일이었다. 항상 그렇게 해 왔고 누구도 거기에 대해 문제를 제기한 적이 없었으므로.

그랬던 자들이 그날 밤에는 제대로 된 임자를 만났다. 소대 하나에 소속된 병사 쉰 명 전원이 잔인하기 그지없는 방식으로 살해당한 것이다.

저택에서 조금 떨어진 마을 밖에서는 본래대로라면 약탈에 가세해야 했을 또 다른 소대가 회색 옷을 입은 정체불명의 인물 수십 명의 칼에 깡그리 몰살당했다.

진노한 대황녀는 이 충격적인 사건의 흉수를 기필코 밝혀낼 것을 엄명했다. 하지만 한바탕 폭우가 휩쓸고 간 현장에는 단서라 할 것이 남아 있지 않았다. 기껏해야 무너진 담장과 갈라진 지면을 통해 무공이 고강한 자가 한 짓임을 확인한 게 전부였다.

대황녀 휘하 자피풍의 수장은 현장을 살펴본 후 그저 그런 일류 고수가 아니라 십대 강자급으로 추정되는 절정 고수의 소행이라는 보고를 올렸다.

그러나 그 보고도 대황녀의 분노를 꺾을 수는 없었다. 선기국 국주 봉선의 첫딸로 태어나 극진한 총애를 받으면서 자란 그녀는 드세고 난폭한 성정의 소유자였다. 그렇기에 여인의 몸으로 봉씨 황조 최강의 친위대 겸 암살 조직을 호령할 수 있는 것이지만, 그 손에 억울하게 죽은 원혼 또한 부지기수였다.

"찾아내!"

대황녀가 탁자를 뒤집어엎었다. 단 한 번도 좌절이라는 것을 경험해 본 적 없는, 평생을 총애받고 인정받으며 살아온 여인의 눈썹꼬리와 눈초리가 분노로 날카롭게 치켜세워져 있었다.

서안 위에 무더기로 쌓아 놨던 공문서와 보고서가 2품 고관 자피풍 수령의 정수리를 향해 날아갔다.

"어떤 놈이 됐든 그놈의 머리를 내 앞에 가져다 놓으라고!"

❀

선기국 전역을 대상으로 대규모 수색 작전이 개시됐다. 자피풍은 황실 휘하 감찰 기구로 부여받은 특권을 십분 활용, '동란진 일가 살해 사건의 흉수를 추포한다'는 명목으로 주요 행정 단위에 공문을 발송해 도시별 성문마다 관병을 배치하고 근방을 수색할 것을 요구했다.

대황녀는 십일황자 봉정예가 있는 북부와 삼황자 봉승천鳳承天이 있는 남부에 직접 서신을 보내 협조를 구했다.

봉정예는 최근 안 그래도 머리가 터질 지경이었다. 수행원들의 잇따른 죽음에다가, 순순히 굴복하는 듯했던 북부 녹림이 판을 뒤엎을 기미를 보이는 것도 있고, 거기에 조정에서는 어디서 사주를 받은 게 분명한 어사御史가 그를 탄핵하고 나선 까닭이었다. 온갖 정신 사나운 골칫거리에 시달리고 있는 그는 대황녀의 서신에 대충 알겠다고 답만 주었다.

반면, 남부 배도에 머무르는 중인 삼황자는 사태의 심각성을 통감한다는 식으로, 이찰원에 소속되어 형사 판결을 집행하는 전담 철위를 파견해 수색 작전을 지원하도록 했다.

자피풍 백 명의 죽음은 선기국 조정을 통째로 뒤흔들어 놨다. 분노한 문무백관 사이에서 적극적인 범인 색출을 촉구하는 목소리가 빗발쳤다. 더 나아가 이는 각각 공식적인 법령 집행권과 관행적 집행권을 가지고 있으면서 권한 충돌을 둘러싸고 물과 불처럼 대립해 온 양대 세력, 자피풍과 철위가 처음으로 손을 잡는 계기가 되었다.

그러나 이씨 집안 가솔 116명의 죽음을 언급하는 이는 아무도 없었다. 마치 자피풍의 목숨만 사람 목숨이고, 죄 없이 희생된 이씨 집안 가솔들의 목숨은 높으신 어르신네들 곰방대에서 떨어진 재 가루에 지나지 않는 것처럼.

선기국 조정은 그 재 가루를 심드렁하게 털어 버렸으나, 그날 밤 그곳에 있었던 사람들은 재 가루를 기억에 새기고, 가슴 깊숙이 묻어 두었다. 언젠가 바람에 되살아난 불씨가 들판을 활활 불사를 날을 기다리며.

✿

2월 13일 밤, 동란진 뒷산.

자피풍과 관병들은 동란진 전체에 등불을 대낮처럼 밝혀 놓고 철야 수색을 벌였다. 그러나 온 동네를 발칵 뒤집어엎고도 아무런 수확을 얻지 못한 참이었다.

수색 작전의 책임자인 연대장이 횃불에 의지해 뒷산 쪽을 쳐다보다가 물었다.

"뒤져 봤나?"

"사건 당일 밤에 수색했습니다."

자피풍 소속 병사가 공손하게 답했다.

"다시 뒤져!"

잠시 무언가를 곰곰이 생각하던 연대장이 수신호를 내렸다.

"한 번 거쳐 간 곳은 다시 살피지 않으리라는 짐작으로 수색이 끝난 후에 산으로 숨어들었을 가능성이 크다."

"탁월한 견해이십니다!"

자그마한 동산 하나에 5백 명 규모의 대오가 투입되고, 뱀처럼 늘어선 횃불 행렬이 짙은 녹음을 뚫고 기세 좋게 타오르기 시작했다.

산 북측 사면에서는 소대장 하나가 부하 50명을 이끌고 그물망식 수색을 벌이고 있었다. 홍수가 정말로 십대 강자급 실력자일 상황에 대비해 병사들 모두 신호용 불화살을 챙겨 온 참이었다. 의심스러운 자가 발견되면 무작정 덤빌 게 아니라 화살부터 쏘아 올릴 작정이었다.

앞서 내린 폭우로 산길은 진흙탕이었다. 산의 토질은 불그스름한 점성토, 거기에 물기가 더해지자 미끄럽기가 이루 말할 수 없었다. 한 걸음마다 한 번씩 고꾸라지는 사람이 속출하는 통에 수색 작업 내내 병사들 사이에서는 푸념이 끊이질 않았다. 개중에서도 조원 다섯 명과 함께 북측 사면에서 제일 험한 길에 배정받은 조장은 땅이 꺼지도록 한숨을 쉬며 산을 오르고 있었다.

그렇게 중턱쯤 갔을까, 앞쪽에서 불쑥 사람 하나가 나타났다. 그 사내는 지면이 전혀 미끄럽지 않은 양 힘도 안 들이고 산길을 내려오고 있었는데, 걸음걸이가 어째 괴상했다. 흡사 어둠 속에 둥둥 떠 있는 듯한 느낌으로 저 멀리서부터 겅중겅중 다가오는 모습이었다.

조장은 일순 소스라치게 놀랐지만, 막상 가까이 왔을 때 그를 살펴보니 장대처럼 생긴 죽마를 다리에 비끄러매고 있는 탓에 걸음걸이가 괴이했던 것이었다. 사내는 죽마를 하고도 등에 땔나무를 다발로 묶어서 짊어지고 있었다.

오밤중에 저러고 산속을 배회하다니, 어느 모로 보나 수상하지 않나. 조장이 당장에 칼을 뽑아 들이대며 외쳤다.

"뭐 하는 놈이냐!"

"나리, 산 아래 동란진 사람인데, 땔감을 구하러 왔습니다."

사내가 깍듯이 답했다.

"어제 비가 너무 많이 와서 집에 땔감이 떨어졌지 뭐겠습니까. 밤에라도 나무를 하러 나오는 수밖에요."

"이 밤중에 나무를 하러 나왔다?"

눈썹을 치켜세운 조장이 상대를 위아래로 훑어봤다. 한눈에도 비리비리해 보이는 게 무공을 연마한 자 같지는 않았다. 조장은 불화살을 만지작거리던 손을 내려놨다.

"당장 불을 못 때게 생겼으니 어쩌겠습니까."

착잡하게 웃으며 땔감 다발을 내려놓은 사내가 말했다.

"힘드시지요? 주변이 다 물기라서 앉을 데가 마땅치 않아 보이는데 여기 앉아서 좀 쉬십시오. 저쪽 동굴에서 찾아낸 마른 나뭇가지거든요. 안에 건초도 잔뜩 쌓여 있더군요."

"그 말이 참이렷다?"

눈을 번뜩 빛낸 조장이 캐물었다.

"그래서 그 동굴이 어디지?"

사내가 한쪽을 가리키자 조장은 우선 수하 다섯을 먼저 그쪽으로 보냈다. 이어서 조장 본인도 뒤를 따라가려 했다.

그때 허리를 숙이고 땔감을 주섬주섬 고르던 사내가 그를 향해 웃어 보였다.

"쉬어 가지 않으시렵니까?"

"저리 썩……."

상대의 미소 띤 눈동자와 눈이 마주친 조장이 짜증스럽게 타박을 놓다 말고 입을 딱 다물었다. 웃음기 도는 고요한 눈동자, 그러나 그 저변에서는 파도가 일렁이고 있었다.

폭풍을 앞두고 넘실거리기 시작한 해수면처럼, 얼핏 봐서는 평온한 듯하지만 사실 수면 밑에서는 거센 조류가 소용돌이치고 있었고, 조장은 그 소용돌이를 한 겹 한 겹 똑똑히 목격하고야 말았다. 그러자 그의 머릿속도 물결을 따라 출렁, 흔들리는

가 싶더니 의식이 파도를 타기 시작했다.

정신이 흐리멍덩한 와중에 상대의 말대로 격한 피로감을 느낀 그가 멍하니 중얼거렸다.

"어어, 힘드네……."

"그럴 것입니다."

상대가 미소 지었다.

"앉아서 쉬지 그러십니까?"

"엉……. 앉아야지."

조장은 새삼 나뭇단이 참 보송보송하고 안락해 보인다고 느꼈다. 한밤중까지 '뼁이'를 치느라 지친 몸을 쉬이기에 더할 나위 없이 적절한 휴식처라는 생각에 그는 냉큼 나뭇단 위에 주저앉았다. 한순간 꼬리뼈가 뻐근했지만, 금방 괜찮아졌다.

조장의 귓가에 상대의 온유한 음성이 들려왔다.

"이따가 수하들이 돌아오거든 옆에 앉히십시오. 밤이 깊도록 고생들이 많았으니 다들 피곤할 것입니다."

"응……. 같이 앉아."

"나리께서 찾는 사람은 산 정상에 있습니다."

사내가 산꼭대기를 가리켰다. 주변 관목림이 흔들거리는가 싶더니 그와 똑같은 죽마를 탄 자들이 몇 명 더 등장했다. 그들은 나뭇단 위에 멍청히 앉아 있는 조장 앞을 아무렇지도 않게 왔다 갔다 하면서 손에 들린 신발짝으로 지면에 무질서한 발자국을 찍었다.

조장은 눈을 멀쩡히 뜨고 있었지만, 사실 눈앞에 보이는 광경은 무엇 하나 그의 머릿속에 입력되지 못했다. 그는 그저 상대의 눈동자를 빤히 응시하면서 그 안에서 기묘하게 일렁이는 물결의 아름다움에 감탄하고 있을 뿐이었다.

조장은 부드럽게 밀려온 바닷물에 에워싸인 것처럼 포근하고 편안한 기분에 빠져들었다. 그가 중얼거렸다.

"엉. 산 위에, 도망 안 가고."

"무시무시한 자입니다. 직접 보셨겠지요. 수색대가 자기를 찾아내 총공격을 펼치기만 기다리고 있어요."

"봤지, 우리 총공격을 기다리고 있어……."

발자국을 다 찍고 나서 다가온 일행 중 하나가 '나무꾼'을 부축해 주며 물었다.

"괜찮아요?"

그러자 사내가 빙긋이 웃으며 일행의 손등을 토닥였다. 그 사이에도 사내의 눈은 줄곧 조장에게 고정되어 있었다.

사내가 말했다.

"눈 좀 붙이시지요."

조장은 즉각적으로 졸음이 밀려오는 걸 느꼈다. 무거운 눈꺼풀이 스르르 처져 내렸다.

이때 그의 곁을 보란 듯이 지나쳐 가던 자들 중 하나가 작게 중얼거렸다.

"죽이고 싶다, 죽이고 싶다, 죽이고 싶다……."

"살려 두면 톡톡히 쓸모가 있을 것이오."

조금 전의 그 부드러운 저음이 대꾸했다.

"내가 참는다, 참는다, 참자, 참자, 참아!"

꿍얼거리는 소리가 점차 멀어져 갔다. 그들의 대화는 짧은 순간 조장의 머릿속에 머물렀다가 이내 고운 모래 알갱이처럼 사유의 바람에 휩쓸려 갔다.

잠시 후, 멍하니 그 자리에 앉아 있다가 눈을 뜬 조장이 아무런 소득을 얻지 못하고 시무룩하게 돌아오는 수하들을 발견하고는 손짓을 보냈다.

"힘들지? 이리 와서들 앉아."

수하 다섯은 상관이 웬일로 쓰는 인심에 몸 둘 바를 모르면서도 나뭇단 위에 옹기종기 붙어 앉았다. 그러고는 급격히 조용해졌다.

조장이 손을 들어 산 정상을 가리키면서 말했다.

"위에 있어, 내가 봤지. 아주 무시무시해. 총공격을 기다리고 있겠다더군."

그러자 일제히 눈꺼풀을 들어 올린 수하 다섯이 그쪽을 쳐다보며 되뇌었다.

"어엉, 위에."

❀

2월 13일 밤, 자피풍 소속 6인조 분대가 동란산에서 적을 발견했다는 소식을 전해 왔다. 분대원들을 단숨에 제압한 적이 자피풍 수령에게 남긴 전언은, 아무 데도 안 가고 동란산에서 자피풍의 총공격을 기다리고 있겠다는 것이었다.

여섯 사람이 입을 모아 하는 이야기는 도저히 꾸며 냈다고는 생각할 수 없을 만큼 사실적이었다. 게다가 주변 전체를 포위하고 나서도 산 아래쪽으로 난 족적은 발견되지 않았고, 분대원들이 머물렀던 자리에는 그들의 진술처럼 산 정상으로 이어진 발자국이 어지럽게 남아 있었다.

소식을 듣고 밤새 말을 달려 현장에 도착한 자피풍 수령은 휘하의 병력을 통으로 쏟아붓다시피 해 동란산을 물샐틈없이 봉쇄하고, 큰소리를 떵떵 쳤다.

"사람이 아니라 파리 새끼가 빠져나가려 해도 다리 네 개쯤은 잘려야 할 거다!"

2월 14일, 동란진에서 50리 떨어진 관원 현성.

성문 앞은 이른 아침부터 길게 늘어선 인파로 북적였다. 안에 있는 사람들은 나오려고, 밖에 있는 사람들은 들어가려고 차례를 기다리는 중이었다.

밖으로 물건을 팔러 나가거나 안으로 채소를 배달 온 짐수레들도 성문 앞에서 관병에게 가로막혀 평소보다 훨씬 깐깐한 검사를 받고 있었다. 관병들은 옷 위를 집요하게 더듬다가 은자나 엽전이 손에 잡히면 아무렇지 않게 꿀꺽하기 일쑤였다.

젊은 아낙이나 처녀들의 경우는 더한 봉변을 당해야 했으니,

관병들이 신발을 벗으라고 시키고는 음흉하게 웃으면서 꽃신 안쪽을 더듬는 것이었다. 그러면 여인들은 그 자리에서 흐느껴 울어 버리곤 했다.

백성들은 저마다 불만스러운 표정으로 속만 끓였지 누구 하나 나서서 바른말을 할 엄두는 못 내고 있었다. 그러한 가운데, 대기 행렬 뒤쪽에서 나지막한 수군거림이 오갔다.

"……요 며칠 무슨 일이래?"

"도적놈 잡겠다고 저러는 거라던데."

"……여기는 그나마 나은 편일걸. 동란산이랑 외곽 산야, 다른 성으로 통하는 중요한 길목에서는 더 극성이라더군."

"……저 앞에 보라색 옷 입은 자들 보이나? 자피풍이야!"

"하아……, 며칠 전에 무슨 흉수를 찾는답시고 동란진을 발칵 뒤집어 놨다며? 아무것도 나오는 게 없으니까 그 화풀이를 애먼 사람들한테 했다던데. 집집마다 재물 털리고 된서리 맞고 난리였다고 하더라고. 그뿐인가, 불쌍한 이씨 집안은……."

"쉿! 죽고 싶어서 그 얘기를 꺼내?"

대번에 주위가 조용해졌다. 간덩이가 조막만 한 백성들은 행여나 말썽에 휘말릴까, 입을 딱 다물고 행렬을 따라 뻣뻣하게 앞으로 이동했다.

인파 사이에 끼어 있던 남루한 행색의 도사 영감이 눈을 뒤룩 굴리더니, 얼굴로 손을 가져가 털 난 왕점 세 개를 만지작거렸다. 그러자 옆에 있던 소년 도사가 히죽 웃으면서 잽싸게 자세를 낮춰 영감의 옷자락에 묻은 흙먼지를 털어 줬다.

"사부님, 도포 자락 안 밟히게 조심하세요."

뒤쪽에서 따라오던 여윈 노인이 그 모습에 눈을 가늘게 좁혔다. 옷자락을 털어 주는 소년의 손을 빤히 쳐다보던 그가 곁의 젊은 하인에게 분부했다.

"가서 부축해 드려라."

아, 하고 반응한 하인이 앞쪽으로 향하자 도사 영감이 점 한복판에 난 굵은 털을 만지작대면서 빙그레 웃었다.

"되었느니라, 되었어. 내 알아서 조심하마."

하인은 벌레 씹은 얼굴로 물러났고, 여윈 노인의 눈에는 웃음기가 번졌다.

이들의 정체는 말할 것도 없이 위장 전문가 4인방이었다. 장손무극은 여윈 노인을, 맹부요는 남루한 행색의 도사 영감을, 종이는 소년 도사를, 철성은 하인을 연기 중이었다.

네 사람의 무공이면 동란산에 그대로 머물면서도 얼마든지 자피풍의 수색망을 피할 수 있었지만, 맹부요와 장손무극은 아무리 도피 중이라도 놈들에게 한 방 먹이기를 원했다. 그 한 방의 결과물로, 현재 자피풍 일당은 동란산 아래에서 풍찬노숙하며 자신들을 기다린다는 절정 고수를 찾아 끝도 없이 산꼭대기를 뒤지고 있었다.

그 이후 네 사람은 그나마 자피풍의 수가 적은 편인 관원현에 잠시 머물면서 단 며칠이라도 맹부요와 장손무극이 요양할 시간을 확보하기로 합의를 봤다. 두 사람의 상태가 한 눈금 좋아질 때마다 일행의 안전도는 두 배씩 상승하기 때문이었다.

성 앞에 늘어선 행렬이 줄어드는 속도는 몹시도 더뎠지만, 그래도 기다리다 보니 일행의 차례가 오기는 왔다. 관병이 '장작개비처럼 말라비틀어진 데다 얼굴은 누렇게 뜬 도사 영감'을 성벽에 붙여 세워 놓고 우악스럽게 위아래로 더듬자, 간지러움을 참지 못하고 움찔대던 도사 영감이 낄낄거리며 말했다.

"에그그! 나리, 부실한 몸뚱이 살살 다뤄 주십시오, 살살."

맹부요는 관병이 본인 몸을 주무르고 있는 상황에 대해 딱히 분개하지 않았다. 폭우 내리던 밤과 그 이후의 깊은 고뇌를 거쳐 때로는 상황을 담담히 받아들이는 법을 깨우친 까닭이었다. 만지면 좀 어떤가. 어차피 관병이 만지는 것은 맹부요가 아니라 늙은 도사일 뿐인데.

하지만 그녀 본인이 참아 냈다고 해서 다른 사람까지 참아 낸 것은 아니었다. 도사 영감을 다 더듬고 난 관병은 이어서 소년에게로 옮겨 갔다.

잠시 후, 빠르게 몸수색을 마치고 소년을 홱 밀쳤을 때였다. 관병은 왼손 손끝에 일순간 따끔함을 느꼈다. 개미에 물린 정도의 감각에 불과했기에 그는 크게 신경 쓰지 않았다.

다음 순서는 여윈 노인이었다. 노인의 몸수색을 끝낸 직후, 관병은 이번에는 오른손 손가락 사이가 잠깐 얼얼한 것 같다는 느낌을 받았다. 하지만 긴가민가한 느낌에 지나지 않았고, 한창 바빠서 짜증이 나 있는 참이기도 했기에 뒤져 봤자 떨어질 콩고물도 없어 보이는 자들에게 더 이상 관심을 기울이지 않았다.

그로부터 사흘 후, 관병은 양쪽 손이 모두 썩어 문드러졌다.

물론 이는 별로 중요하지 않은 뒷이야기에 불과하지만.

마지막은 철성 차례였다. 하인은 짐 보따리 담당이기 마련이고, 짐 보따리는 탈탈 털어 봐야 하기 마련. 보따리를 풀어 헤치자 색 바랜 도포, 제사 용품, 부적, 노란 종이, 복숭아나무 칼 등 잡동사니가 한 무더기 나왔다. 잡동사니를 한참이나 뒤적거리고도 값나가는 물건을 찾아내지 못한 관병 하나가 이내 보따리를 신경질적으로 집어 던졌다.

안에 들어 있던 물건이 와르르 쏟아진 후, 맹부요가 허공을 날아오는 빈 보따리를 향해 손을 뻗었을 때였다. 무심결에 고개를 돌렸다가 자루 한쪽 귀퉁이가 묵직하게 처져 있는 걸 발견한 관병이 맹부요보다 한발 앞서 보따리에 달린 끈을 낚아챘다.

끈을 잡아당겨 보따리를 다시 자기 앞으로 끌어간 그가 안감을 찢고 그 속에서 시커먼 물체를 끄집어냈다.

"하! 이건 또 뭐야, 고양이?"

물체의 정체는 몸수색에서 걸릴까 봐 보따리 안감 밑으로 파고 들어가 있던 원보 대인이었다.

병사의 손에 붙들려 송장 흉내를 내던 대인이 고양이 소리를 듣고 도끼눈을 치떴다. 지금 누굴 뭐에 갖다 대는 거냐!

"나리, 요괴 잡는 데 쓰는 액막이 쥐입니다요!"

맹부요가 후다닥 달려들었다.

"요괴 잡는 쥐?"

껄껄 웃은 관병이 원보 대인을 주물럭거리자 손안에서 '찍' 하는 소리가 났다.

"아이고! 그만두세요!"

맹부요가 외쳤다.

"그 녀석 덕분에 밥 빌어먹고 사는데…… . 좀 봐주십시오, 나리!"

"네놈이 그만두라면 내가 그만둬야 하나?"

관병이 맹부요를 째려보면서 원보 대인의 귀를 붙잡고 덜렁덜렁 흔들어 댔다.

"검은 고양이를 액막이용으로 쓴다는 말은 들어 봤어도 검은 쥐 새끼는 또 처음이군, 신기한데? 빌어먹을 살인범 놈도 찾아낼 수 있는 건가?"

이 새끼가 진짜, 죽고 싶어서 환장을 했나!

화가 불끈 치밀어 오른 맹부요가 눈을 들어 관병을 쏘아봤다. 관병이 그녀의 날카로운 눈빛에 흠칫한 순간, 어마어마한 통증이 손끝을 타고 올라와 그를 강타했다. 원보 대인이 손가락을 물어 살점을 왕창 뜯어 낸 것이다.

꽥 소리를 지른 관병이 팔을 휘두르자 원보 대인은 그 기세를 타고 핑그르르 날아가서 성벽 틈새로 모습을 감췄다.

"저것들 묵사발을 내놔!"

격분한 관병이 피투성이 손가락을 파르르 떨며 맹부요 일행을 가리켰다. 그러자 관아에서 쓰는 덩치 좋은 잡역부 몇 명이 즉각 일행을 향해 달려들었다.

맹부요는 한 걸음 뒤로 물러나면서 손으로 성벽 벽돌을 움켜쥐었다. 몸 상태가 아무리 안 좋아도 저 빌어먹을 놈들 몇 명쯤

뭉개 버리는 건 일도 아니었다.

그런데 문득, 이쪽을 주시하고 있는 다른 관병들이 눈에 들어왔다. 성벽 위에서는 소란을 감지한 자피풍 병사들이 고개를 쭉 빼고서 아래를 내려다보고 있었다.

맹부요는 고작 50리 떨어진 곳에 자피풍 병력 절대다수가 집결해 있다는 사실을 상기해 냈다. 1만 기에 달하는 최정예 기병들이 여기까지 달려오는 데 걸리는 시간은 길어야 한 시진 정도일 것이다. 그녀는 지금부터 사흘이 자신과 장손무극의 회복에 얼마나 중요한지를, 동란산 동굴에서 무슨 맹세를 했는지를 차례로 떠올렸다.

참자! 최대 고비인 며칠만 꾹 참기로 하자! 조만간 천지가 뒤집힐 날이 있을 거다! 오늘의 수모는 기필코 배로 갚아 주마!

맹부요는 얼굴을 보호하고자 두 팔로 머리를 감쌌다.

"이러지 마십시오! 이러지들 마세요!"

'파리하게 여윈 노인'이 허겁지겁 달려왔다.

"사정 좀 봐주십시오! 저희 아들놈이 자꾸 경기를 일으키는 통에 모셔 온 도사님입니다. 매질을 당하다가 행여 잘못되기라도 하면 이 늙은이는 어찌한답니까……."

잡역부들 앞으로 달려든 그가 머리통을 감싸고 웅크려 앉은 맹부요부터 은근슬쩍 성벽 모퉁이 쪽으로 밀쳤다. 그렇게 맹부요를 누구의 손도 닿지 않을 막다른 구석에 밀어 넣고 나서는 팔다리를 넓게 벌려 위쪽을 가로막았다. 그 직후 우락부락한 사내들의 주먹이 폭풍처럼 쏟아져 그의 등판을 퍽퍽 소리가 나게 후려쳤다.

곧이어 철성이 아무 말 없이 달려와 성벽 모퉁이를 한 겹 더 덮어 쌌고, 또다시 마구잡이 주먹질이 쏟아졌다.

한 겹, 또 한 겹. 맹부요가 들어가 앉은 모퉁이를 두 사람이 우산처럼 가려 주고 있었다. 타인의 눈길과 주먹이 미치지 않는 깊숙한 그늘 속에서, 그녀는 주먹질과 발길질이 몸에 꽂히는 타격음과 상스러운 욕설, 구경꾼들이 박장대소하는 소리만 들을 수 있었을 뿐, 하다못해 둘 중 누가 더 많이 맞았는지조차 알 길이 없었다.

이 순간 그녀는 장손무극이 몸을 던져 만들어 준 혼자만의 삼각 지대에 있었고, 반 자 떨어진 바깥세상의 구타, 조롱, 모욕은 무엇 하나 그 안으로 들어오지 못했다.

오주대륙에서 가장 존귀한 남자가, 대륙 일곱 나라의 정국을 내키는 대로 쥐락펴락하는 일국의 태자가, 일생을 만인 위에서 존경받고 그 누구에게서도 책망 한 마디 들어 본 적 없는 권력 최정점의 인물이, 낯선 나라 작은 도시의 성문 앞에서 그녀 대신 매를 맞고 있는 것이다.

부귀영화를 함께 누리기는 쉬워도 고난을 함께 나누기는 어렵고, 그 고난 와중에 자신을 낮추고 내려놓기란 더욱 어려운 법. 누군가를 지킨다는 것은 때때로 육체적 차원을 넘어 영혼의 경지마저 포함하며, 상대를 위해 자신을 내던지는 용기와 결단을 요구하기도 한다.

그 형태야 상대 대신 목숨을 내놓는 일이 될 수도, 아니면 관병과 촌사람들의 주먹을 대신 받아 내는 일이 될 수도 있겠으나, 어쩌면 둘 중 더 어려운 쪽은 후자이리라. 생존의 기회를 양보할 수 있는 사람이라고 해서 반드시 오늘과 같은 매질을 대신 맞아 주리라고는 장담할 수 없지만, 이처럼 사소한 고난도 그냥 두고 보지 못하는 사람이라면 생사가 갈리는 순간에는 어떠할지 자명하지 않은가.

맹부요가 고개를 들어 위쪽을 올려다봤다. 하지만 사방이 빈틈없이 막힌 그늘 속에서는 역광을 받고 있는 장손무극의 얼굴이 제대로 보이지를 않았다. 또렷한 것은 변함없이 웃음기를 머금은 눈빛뿐이었다.

그녀가 고개를 드는 것을 본 장손무극이 차분하게 말했다.

"걱정할 것 없소."

그러자 맹부요가 일그러진 웃음을 지어 보였다.

"나랑 다니면서부터 진짜 못 볼 꼴 많이 보네요. 하다 하다 이제는 매찜질까지."

"전혀."

장손무극이 조용히, 그러나 단호하게 대꾸했다.

"내게는 그대와 함께 겪는 모든 일이 특별하오. 다른 사람은 결코 줄 수 없는 것들이지."

암, 특별하겠지.

맹부요는 억지로 입꼬리를 끌어 올렸다.

내 덕분에 평민들한테 얻어터지는 경험을 다 해 보고.

평소였다면 저들은 흙바닥에 꿇어앉아 장손무극의 도포 자락에 입을 맞출 주제조차 안 되는 자들이었다.

한참을 두들겨 패도 반항의 기미가 없자 잡역부들은 주먹질을 그만뒀지만, 원보 대인에게 손을 물어뜯긴 관병은 손가락을 붙들고서 끝까지 포악을 떨었다.

"저 도사 놈이 나한테 덤벼들라고 요물을 부추긴 거야! 벌건 대낮에 이런 요망한 짓을 하는 자를 그냥 둘 수야 없지! 포박해라! 포박해!"

뭐라도 뜯어내 보겠다는 관병의 속셈을 눈치챈 종이가 은자를 꺼내 들기 직전이었다. 돌연 장손무극과 맹부요가 눈을 반짝 빛냈다.

감옥!

작금에 감옥보다 안전한 곳이 또 있을까. 자피풍이 제아무리 똥개처럼 킁킁거리며 냄새를 맡고 돌아다닌들 자기들이 찾는 인물이 관원현 감옥에 들어앉아 있으리라는 생각은 죽었다가 깨어나도 못 할 것이다.

맹부요가 눈을 가늘게 좁히며 웃음 지었다. 생활 여건이 열악하기야 하겠지만, 그쯤이야 색다른 체험이라고 생각하면 될 일이다.

그녀가 슬쩍 눈짓을 보내자 대번에 그 의중을 알아챈 종이가 은자를 꺼내려던 손을 거둬들였다.

한편, 관병은 아무리 악을 써 봐도 누구 하나 주머니를 여는 사람이 없는 현실에 발끈했다. 성문 앞에서 대기 행렬을 단속하고 있던 아역들을 불러들인 그가 맹부요를 가리키며 소리쳤다.

"요물을 데리고 잠입하려던 걸 보면 이 간악한 도사 놈이 무언가 흉계를 꾸미는 게 분명하다! 당장 포박해!"

아역들이 철컹거리는 쇠사슬을 다짜고짜 머리에서부터 뒤집어씌우자 맹부요가 혼신의 힘을 다해 버둥거리며 비명을 질렀다.

"나리, 억울합니다! 소인은 저기 30리 밖 청풍관에서 왔습니다! 이렇게 경우 바르고 국법을 잘 지키는 도사가 또 어디 있다고……."

그러자 아역 몇몇이 가까이 와서 그녀의 귀에다 대고 키득거렸다.

"억울하다고 팔짝 뛰어 봐야 소용없으니까 그럴 시간에 도관에 연락해서 저 나리 약값 찔러 드리라고 하고, 우리한테도 성의 표시 좀 해라. 그러면 며칠 가둬 놨다가 금방 풀어 줄 테지만, 아닐 경우에는……, 으흐흐."

이때 장손무극이 뛰어들어 아역을 덥석 붙잡고 늘어졌다.

"나리, 안 됩니다! 이러시면 우리 아들놈 병은 누가 고쳐 줍니까! 삼대독자 녀석한테 무슨 변고라도 생기면 그 많은 재산은 어디에 물려주라고……."

그 소리를 듣자마자 아역들의 눈빛이 달라졌다.

재산이 어마어마한 부잣집, 거기에 목숨이 간당간당한 자식! 이 두 가지를 합치면 뭐다? 횡재다! 살인범, 강간범, 강도범은 안 잡아들여도 이자는 반드시 잡아들여야 한다!

"저 간악한 도사 놈하고 뭔가 작당 모의를 한 모양인데, 확실히 조사할 필요가 있어 보이는군."

아역이 장손무극을 향해 삿대질을 하며 소리쳤다.

"네놈도 같이 가야겠다!"

쇠사슬이 철컹거리며 씌워지고, 두 죄인은 '목이 찢어지도록 억울함을 외치며' 끌려갔다.

주변에서 한숨을 내쉬며 고개를 절레절레 젓던 구경꾼 중 하나가 얼른 종이에게 말을 붙였다.

"도사님, 빨리 은자 준비해서 빼내세요. 관원현 감옥이 얼마나 고약한 곳인데…….."

"말씀 감사합니다."

만면에 웃음을 띤 종이가 같이 잡혀가지 못해 기분이 별로인 철성을 끌고 휘적휘적 자리를 벗어나면서 말했다.

"사나흘은 더 뭉개다가 나오는 게 최고인데…….."

얼빠진 표정으로 그 자리에 남겨진 촌백성은 자못 신이 나 보이는 모양새로 멀어져 가는 종이를 보며 머리를 긁적였다.

"충격이 너무 컸나?"

＊

떨그렁!

철제 난간 사이로 잔반 그릇이 내동댕이쳐졌다. 회색 밥알과 곰팡이 핀 두부가 사방으로 튀자 감방 안에 시큼한 악취가 진동했다.

책상다리로 앉아 천장을 올려다보던 맹부요가 이내 씩 웃으면서 뒤를 돌아봤다.

"밥 먹었어요? 안 먹었으면 얼른 가서 밥 먹어요, 먹었어도 더 먹고."

그러자 뒤에 있는 이가 능청스럽게 눈을 끔뻑이며 말했다.

"사양할 것 없으니 먼저 한 그릇 하시오."

밥그릇을 흘깃 쳐다본 두 사람은 각자 고개를 반대편으로 돌렸다. 어둡고 습습한 감방 안은 천지가 쥐똥과 거미줄이었다. 바닥에 깔린 넝마 조각이며 볏짚 위로는 한 번씩 시커먼 쥐가 지나다녔는데, 몸매도 얼굴도 원보 대인과는 하늘과 땅 차이였다.

마침 지나가던 생쥐 한 마리를 걷어찬 맹부요가 코끝을 만지작거리면서 중얼거렸다.

"녀석이 사식 넣어 주는 걸 까먹지 말아야 할 텐데. 우유기름에 볶아 낸 고기랑 훈제돼지고기찜이랑 용과새우볶음이랑 상어지느러미조림이랑……."

장손무극이 피식 웃었다.

"지금 그대가 먹을 수 있는 것은 나 하나인 듯하오만."

그가 소맷자락 밖으로 팔을 뻗자 날렵하고도 유려한 선을 가진 손목뼈가 어둠 속에서 일순 옥석처럼 빛났다. 맹부요는 장손무극의 말을 들으며, 그의 손목을 보며, 얼굴이 새빨갛게 익어 버리고 말았다.

쭈뼛쭈뼛 눈을 다른 쪽으로 돌리자 장손무극이 기습적으로 손목 맥소를 짚었다. 맹부요도 즉각 손목을 틀어 그의 맥소를 잡았다. 두 사람은 각자 독문 공력을 상대방의 몸속에서 일 주천시킨 후, 손을 풀고 웃음을 교환했다. 비록 장소는 음침한 감옥 안이었지만, 둘은 서로의 미소가 눈부시게 아름답다고 생각했다.

그날 빗속에서 충돌하던 순간 종월이 준 환약의 작용으로 두 사람의 진기가 서로 섞여들었고, 그때부터 맹부요와 장손무극은 서로의 진기가 혼재하는 내식을 갖게 됐다. 덕분에 둘은 각자 강점을 살려 상대방의 회복을 도와 상호 보완적인 효과를 얻는 중이었다.

게다가 함께 운기조식을 하다가도 이상한 낌새가 느껴지면 동시에 그만둘 수 있게 되어, 이제는 돌아가면서 망을 봐 주느라 시간을 낭비할 필요가 없어졌다.

맹부요의 손가락을 가만가만 만지작거리던 장손무극이 짐짓 그윽한 목소리로 말했다.

"문득 드는 생각이, 이번 생에 참으로 많은 곳을 다녀 보았지만, 화려한 전각도, 고관대작의 저택도, 장엄한 사찰도, 세상 그 어디의 산천도, 이 감방만은 못한 것 같소. 다른 장소는 절대 따라오지 못할 정취가 있다고나 할까."

"하여튼 진짜……."

웃어 버린 맹부요가 말을 하다 말고 딴소리를 중얼거렸다.

"설마 여기서도 대풍 같은 자를 만나는 건 아니겠지."

본인이 느끼기에도 어이가 없는 생각인지라 피식 웃음이 새어 나왔다. 그래도 혹시나 하고 주위를 둘러봤지만, 사람은 눈에 띄지 않았다.

그나저나 이번 인피면구는 얼굴에 제대로 붙질 않은 모양인지 줄곧 거죽이 뒤틀려 있는 느낌이었다. 그녀는 장손무극에게 감방 입구를 가려 달라고 부탁한 다음 뒤돌아 가면을 벗었다.

서로 등을 맞대고 앉은 두 사람은 천장을 보면서 각자 생각에 잠겼다. 등을 타고 전해지는 따스한 체온과 상대방만의 향기 속에 젖어 있자니 마음이 편안하게 풀어지는 것 같았다.

아수라장이 따로 없는 선기국 정세와 조만간 감옥에서 나가면 할 일들, 음으로 양으로 일행을 노리는 적들을 떠올리며 인피면구를 조물거리던 맹부요가 잠시 후 한숨을 푹 내쉬고는 작게 혼잣말을 했다.

"사흘만 있어 봐라, 사흘만……."

말이 채 끝나기도 전에 검은 그림자가 눈앞을 휙 스쳤다. 그림자의 정체는 옆 감방 목책 사이에서 쑥 튀어나온 빼빼 마른 손이었다. 앙상한 손가락이 아까 감방 안으로 내던져진 쉰밥 덩어리를 와락 움켜쥐더니, 바닥에 떨어져 있는 밥알까지 후다닥 긁어모아서는 번개처럼 목책 너머로 사라졌다.

옆 감방 쪽으로 고개를 돌린 맹부요는 본래 색이 뭐였는지 짐작도 가지 않는 잿빛 누더기를 걸친 죄수가 쉰밥을 필사적으로 입에 욱여넣고 있는 광경을 발견했다. 밥알을 우걱우걱 삼키던 죄수가 그녀를 향해 배시시 웃어 보였다.

그 모습에 미간을 찌푸린 맹부요가 몸을 긴장시키면서 뒤로 살짝 물러났고, 결과적으로 그녀는 멀찍이 벽에 걸린 등잔 불빛이 미치는 영역 안으로 들어섰다.

한편, 싯누런 이를 드러내고 웃던 죄수는 다시금 밥을 열심히 씹어 삼키면서 중간중간 그녀를 힐끔거리다가 갑자기 동작을 멈췄다. 그의 손아귀에 쥐여 있던 쉰밥 덩어리가 바닥으로 후드득 쏟아져 내렸다. 그 와중에 죄수는 감방 바닥에 굴러다니는 밥알은 눈에도 들어오지 않는 양 오로지 맹부요만을 노려보고 있었다.

망설임, 혼란, 회상 등등 잠깐 사이에 수많은 색깔을 내보이던 죄수의 눈동자가 마지막에 이르러서는 숨 막히는 경악으로 물들었다. 모든 감정과 의식이 산산이 조각나고 유일하게 남은, 충격적 깨달음이 불러온 극도의 경악. 그 경악이 시커먼 먹구름처럼 내려앉아 그의 정신을 온통 뒤덮었다.

그는 손가락을 부들부들 떨면서 맹부요를 가리켰다. 파편화된 목소리가 한 자 한 자 잇새를 힘겹게 비집고 나왔다.

"너……, 너……, 너는…… 완……."

연릉에 두고 온 인연

"완은 무슨 완?"

맹부요가 황당하다는 표정으로 죄수를 쳐다봤다.

"완기? 그릇 말이야? 누가 밥그릇을 뺏길 했나."

"귀신이야!"

펄쩍 뛰며 비명을 내지른 죄수가 머리를 감싸고서 감방 안을 정신없이 뛰어다니기 시작했다. 숨을 곳을 찾는 모양이었으나 돌벽과 목책으로 에워싸인 감방에 그럴 만한 공간이 어디 있겠나. 벽에 찰싹 붙었다가 주르륵 미끄러지고, 옷가지를 뒤집어 썼다가 크기가 한참 모자란 걸 깨달은 죄수는 나중에는 바닥에 깔린 볏짚을 헤치고 냅다 속으로 비집고 들어갔다. 그래 봤자 궁둥이 절반은 밖으로 훤히 드러난 채였지만.

그 모습을 우습다는 듯 쳐다보던 맹부요가 장손무극 쪽으로 고개를 돌렸다.

"내가 얼마나 무섭게 생겼는지 처음 알았어요."

장손무극은 볏짚에 머리를 처박고 있는 죄수를 보며 무언가 깊은 생각에 잠긴 기색이었다. 복잡다단한 눈빛을 내보이던 그가 잠시 뒤 감정이 절제된 한마디를 던졌다.

"시국이 시국인 만큼 되도록 가면은 벗지 않는 것이 좋겠소."

가면을 다시 쓴 맹부요가 죄수의 궁둥이 반쪽을 빤히 쳐다보면서 벽을 똑똑 두드렸다.

"이보쇼, 형씨! 와서 얘기 좀 합시다! 내가 무슨 귀신을 닮았다는 거요?"

그러자 죄수가 볏짚 밑으로 한층 더 깊숙이 파고들었다.

맹부요는 입을 삐죽거리다가 벽에서 돌멩이를 하나 후벼 파내 죄수의 궁둥이에다 집어 던졌다. 그러고는 짐짓 으스스하게 말했다.

"완……, 내가 돌아왔다……."

"오지 마!"

발작적인 절규였다. 목소리가 얼마나 날카로웠던지 천하의 맹부요마저 흠칫했을 정도였다.

"오지 말라고!"

곧이어 지푸라기 몇 가닥으로 새끼를 꼰 맹부요가 목책 틈새로 새끼를 집어넣어 죄수의 궁둥이를 간질이며 노래를 흥얼거렸다.

"동네에 완이라는 각시가 있었다네……."

어디까지나 재미 삼아 불러 본 것뿐이었다. 말하는 본새를 보아 하니 죄수가 아는 '완'이라는 사람이 자신과 무척이나 닮았고, 아마 그 '완'은 이 세상 사람이 아닌 모양이었다.

설마 노랫말을 들은 상대방이 바늘에라도 찔린 사람처럼.

"으아악!"

하고 바닥에서 펄쩍 튀어 오를 줄이야 누가 알았겠는가.

썩은 지푸라기로 허겁지겁 귓구멍을 틀어막은 죄수는 급기야 석벽에다 머리를 박기 시작했다. 쿵쿵 소리가 나도록 인정사정없이, 꼭 자기 머리가 벽이고 벽이 자기 머리인 것처럼.

얼빠진 표정으로 그 쿵쿵 소리를 듣고 있던 맹부요가 새끼줄을 슬그머니 거둬들이면서 중얼거렸다.

"멀쩡한 사람 정신병자 만들어서 자살하게 둘 수야 없지. 에이, 관둬야겠다."

그러고는 까치발로 서서 옆방을 넘어다보며 아깝다는 양 덧붙였다.

"기막힌 스캔들 하나 나오나 했더니, 이렇게 날리는구면……."

말은 그렇게 하면서도 정작 표정은 그다지 아쉬워 보이지 않았다. 금방 바닥에 주저앉아 지푸라기나 조몰락거리는 것만 봐도 그랬다.

장손무극은 고개를 갸웃했다.

본인 과거에 별 관심이 없는 것인가? 아니면 어렴풋이나마 그 과거가 어두우리라는 걸 알고 있기에 의식적으로 피하는 것일까?

본인이 알고 싶지 않다면 굳이 헤집을 필요야 없겠으나……
문제는 과연 운명이 그렇게 놔둘 것인가였다. 닥칠 것은 결국
닥치고야 마는 게 인생사 아니던가.

감방의 흐릿한 조명 속에서 맹부요의 손이 바삐 움직이고 있
었다. 지푸라기로 무언가를 만들고 있는 것 같았다.

흥미가 동한 장손무극이 그쪽으로 몸을 비스듬히 기울이자
맹부요가 손바닥을 세워 앞을 가로막았다.

"완성되면 봐요."

장손무극은 무척이나 협조적으로 눈을 감았다.

잠시 후, 손가락으로 쿡쿡 찌르는 느낌이 나기에 눈을 떠 보
았다. 맹부요의 손바닥 위에 오동통한 생쥐 인형이 올라앉아
있었다.

맹부요가 말했다.

"당신네 원보요."

그러더니 자그마한 사람 인형을 하나 더 꺼내 놨다.

"이건 당신."

생쥐를 집어 들어 세세히 살펴본 장손무극이 물었다.

"원보가 왜 이리 뚱뚱하오?"

그다음에는 사람 인형을 찬찬히 뜯어보고 또 물었다.

"나는 왜 이리 못생겼고?"

맹부요가 코웃음을 쳤다.

"썩은 지푸라기로 절세미인 만드는 재주 있으면 기꺼이 승복
할게요."

"다른 문제는 둘째 치고, 그대가 만든 인형에는 아주 중요한 것이 빠져 있소."

생쥐를 사람 인형의 어깨에 걸쳐 놓고 한참 쳐다보던 장손무극이 말했다.

"에엥?"

맹부요가 그를 흘겨봤다.

"그대도 감으시오."

하여튼 절대 지는 법이 없지.

맹부요는 피식하면서 눈을 감았다. 눈을 감자 주변이 급격히 고요해지는 느낌이었다. 외부로부터 받는 간섭이 줄어들자 의식이 한결 민감해졌다. 눈을 뜨고 있을 때는 몰랐던 소리들이 머릿속 모래판 밑에서부터 서서히 솟아올라 모래 위에 돋을새김되면서 점차 뚜렷한 윤곽을 갖추어 갔다.

지푸라기가 바스락바스락 엮이는 소리, 히스테릭한 옆방 죄수가 숨을 몰아쉬는 소리, 감옥 입구를 왔다 갔다 하는 옥졸의 발소리, 그리고 어디서 들려오는지 모르겠는 물소리. 졸졸 흐르는 물이 아니라 액체가 살갗을 타고 미끄러지는 듯한 소리였다.

으음……. 이번에는 손으로 물을 떠서 내뿌리는 건가?

뒤이어 무언가를 쓱쓱 문지르는 소리와 옷자락이 바람에 펄럭이는 소리가 났다. 그러더니 감옥 안이 암전됐다. 눈을 감은 채로도 그 갑작스러운 암흑을 감지할 수 있었다. 조금 전까지는 멀찌감치 벽에 걸린 등잔불이 눈꺼풀 위에 따스한 노란색 광채를 던지고 있었는데, 시야가 불분명한 상태에서도 느껴지던 그 빛이 어느 순간 사라진 것이다.

맹부요가 번쩍 눈을 떴다. 눈을 뜨자마자 제일 먼저 한 일은 맞은편에 앉아 있는 장손무극을 향해 손을 뻗는 것이었다. 어둠 속으로 뻗은 손끝에 장손무극의 손가락이 만져지는 듯했다.

하지만 그 서늘한 손가락을 미처 거머쥐기도 전에 기습적인 굉음이 감방을 강타했다. 사방에서 먼지가 자욱하게 솟구치면서 감방 철문과 목책이 우르르 쓰러졌다.

맹부요가 지면을 박차고 올랐을 때였다. 자욱한 먼지 손에서 누군가 손을 내밀었다.

"부요, 조심하오!"

다급하게 그 손을 잡으려는데, 등 뒤에서 누군가 빠르게 다가오는 기척이 느껴졌다.

"부요, 조심하오!"

맹부요는 흠칫 얼어붙고 말았다.

두 사람! 두 명의 장손무극! 완전히 똑같은 목소리!

감방이 무너지면서 일어난 먼지로 인해 사방이 온통 희뿌연 상황에서 그녀는 두 장손무극 사이에 끼어 있었다. 거리를 얼추 가늠해 보니 앞쪽 장손무극의 위치는 감방 밖, 뒤쪽 장손무극의 위치는 감방 안인 것 같았다.

그렇다면 안쪽에 있는 게 진짜고, 바깥에 있는 건 그 개망나니 자식일까? 그걸 누가 감히 장담할 수 있으랴.

맹부요는 제자리에 굳은 듯이 서서 조금 전에 들었던 소리를 바탕으로 무슨 일이 일어났는지를 유추해 보기 시작했다.

옷자락이 바람에 펄럭이는 소리. 그건 적을 발견한 장손무극이 몸을 날리면서 낸 소리였을까, 아니면 적이 안으로 날아 들어오면서 낸 소리였을까?

그녀가 눈을 감고 있었던 시간은 아주 잠깐에 불과했다. 옷자락이 펄럭이는 소리를 듣자마자 위쪽으로 뛰어올랐고, 바로 그 순간 옥문이 박살 나면서 자욱한 먼지가 일었다.

찰나에 벌어진 일이었다고는 하나, 그사이에 침입자와 장손무극이 서로 자리를 바꾸었을 가능성은 얼마든지 있었다. 상대방은 안으로 흘러들어 오고, 장손무극은 그런 상대를 덮치려고 몸을 날렸다면.

그러나 이 역시 추측에 불과했다. 몸도 성치 않은 그녀와 장손무극이 막강한 적에게 맞서 목숨을 부지하려면 서로 힘을 합치는 수밖에 없었다.

하지만 대체 어느 쪽과 힘을 합친단 말인가? 순간의 잘못된 선택이 돌이킬 수 없는 파국을 불러올지도 모르는데.

맹부요는 차분해지기 위해 숨을 깊게 들이마셨다. 폭우가 내리던 그 밤을 계기로 그녀는 어떤 상황에서든 침착함을 유지하는 법을 배웠다. 상황이 위험하고 곤란할수록 조바심은 금물이었다.

그녀는 먼지가 가라앉기를 기다렸다. 상대가 아무리 날고 기는 작자라 한들 특정인의 외모를 판에 박은 수준으로 복제하는 재주는 없을 것이다. 그래서 번번이 눈속임을 동원해 가며 등장했던 것이다.

처음에는 어두운 선실을 이용했고. 두 번째는 일부러 보폭을 크게 떼면서 바람을 일으켰다. 바람에 휩쓸린 모닥불이 두 사람의 시야를 제한하도록. 그러더니 이번에는 장난 삼아 눈을 감은 틈을 노려 감방 벽과 목책을 때려 부숴 먼지를 유발하고, 장손무극과 동시에 움직이는 수를 썼다.

어쨌든 먼지만 가라앉으면 허점이 곧 드러나리라 생각했건만……. 그러기도 전에 공기 중으로 짙은 연무가 섞여 들었다. 맹부요는 즉각 숨을 참으면서 뒤로 물러났으나, 곧 연무에 독성이 없다는 사실을 알아챘다. 단지 매캐한 냄새가 장손무극 특유의 체향을 덮어 버렸을 뿐이었다.

앞쪽의 장손무극이 연무 속에서 차분히 말했다.

"부요, 이리 오시오."

뒤쪽 장손무극도 나지막하게 말했다.

"부요, 나요."

그러자 앞쪽 장손무극이 뒤쪽 장손무극을 힐끔 쳐다보더니 대뜸 소맷자락을 떨쳤다. 소매 안에서 미끄러져 나온 것은 옥여의. 옥빛 광채를 뿜어내며 등장한 여의가 한 점 구름처럼 상대방의 미간을 노리고 날아갔다.

여의를 본 맹부요는 두 눈이 번쩍 뜨이는 기분이었다. 그녀는 잽싸게 지면을 박차고 오르면서 회전해 뒤쪽 장손무극을 향해 일 장을 내질렀다. 그런데 다음 순간, 아무 말 없이 허공으로 솟구쳐 오른 상대방의 옷소매에서도 뽀얗고 매끈한 옥여의가 미끄러져 나오는 게 아닌가.

맹부요는 머릿속에서 벼락이 치는 소리를 들은 것 같았다. 급하게 몸을 틀면서 손을 뒤로 물렸지만, 이미 손바닥에 몰린 힘을 거둬들이기에는 너무 늦어 버린 뒤였다.

그녀는 어쩔 수 없이 옆 감방과 붙어 있는 벽을 후려쳤다. 벽체 절반이 와르르 허물어지자 옆방 죄수가 돼지 멱 따는 소리로 비명을 질러 댔다.

전력을 다해 내지른 일격을 중도에 거둬들일 때 순간적으로 역류한 진기가 아직 공력을 완벽히 회복하지 못한 몸에 가져온 타격은 어마어마했다. 가슴팍에서 무언가가 울컥 치밀어 올라오고, 기혈이 멋대로 날뛰는 게 느껴졌다.

그 와중에 옆에서 꽥꽥대는 소리는 또 얼마나 시끄러운지, 맹부요가 울화통을 터뜨렸다.

"젠장맞을, 좀 닥쳐!"

그녀는 호통과 동시에 남의 눈에 띄지 않게 벽 쪽으로 울혈한 모금을 토했다. 그러고는 얼른 손등으로 핏자국을 훔쳤다.

이때, 피 토하는 장면을 보지는 못했어도 그녀의 목소리가 불안정하게 흔들리는 것을 귀신같이 감지한 두 남자가 이구동성으로 물었다.

"부요, 괜찮소?"

순간 발끈한 맹부요가 뒤로 돌면서 빽 소리쳤다.

"다들 입 다물라고!"

소리를 지르고 나자 기운이 쭉 빠졌다. 도대체 이게 뭐 하는 짓거리인지.

두 장손무극이 서로를 싸늘하게 노려봤다. 둘은 눈동자 안에 서린, 날 선 증오마저도 판박이였다.

둘 중 한 명의 옥여의가 물 흐르듯 유려한 움직임으로 허공을 비스듬하게 베자 공중에 석 자 길이의 찬란한 반원이 새겨졌다. 양 끝단이 살짝 굽은 반원은 망망대해 한복판에 비스듬히 기울어져 떠오른 달과도 같은 모습이었다.

다시 한번 맹부요의 눈이 번쩍 뜨였다. 언젠가 본 적이 있는 초식이었다. 장손무극만의 독문 무공!

그녀는 발끝으로 벽면을 찍고 몸을 뒤집으면서 매처럼 솟구쳐 올랐다. 그녀의 팔꿈치 밑에서 등장한 시천의 검은색 광채가 맞은편에 서 있는 장손무극을 향해 직선으로 뻗어 나갔다.

시천의 습격을 앞둔 장손무극이 눈을 들어 그녀를 바라봤다. 그 무한히 깊은 눈빛 안에서 애타는 심정을 읽어 낸 맹부요는 순간 가슴이 철렁하는 통에 자기도 모르게 공격 속도를 늦췄다. 바로 그때, 상대방이 옥여의로 허공을 비스듬하게 그어 달빛 반원을 만들어 내는 게 보였다. 조금 전과 완전히 똑같은 초식이었다!

공황 상태에 내몰린 맹부요는 맥이 탁 풀리면서 아래로 곤두박질쳤다. 볏짚 더미에 떨어져 두세 바퀴를 구른 그녀는 그대로 퍼질러 누워 버렸다.

두 장손무극이 다시 한번 이구동성으로 외쳤다.

"부요!"

맹부요는 그냥 나 죽었소, 하고 드러누운 채로 두 눈을 질끈 감았다.

연무 속에서 서로를 쏘아본 두 장손무극은 긴말할 것 없이 상대에게 달려들어 엎치락뒤치락 현란하게 초식을 교환하기 시작했다.

잠시 후, 슬그머니 눈꺼풀을 들어 올린 맹부요가 두 남자 쪽을 살폈다. 적의 실력과 현재 장손무극의 상태를 고려하면 밀리고 있는 쪽이 진짜 장손무극일 가능성이 압도적으로 높았다. 그렇지만, 빌어먹을, 속단은 위험하다.

만약 적이 계획적으로 약한 모습을 보이는 거라면?

그 염병할 변태 자식은 남이 자기 손아귀에서 발버둥 치고, 괴로워하고, 서로 경계하고 불신하는 것을 즐기는 듯했다. 인간 내면에 숨겨진 의심, 냉담, 배반, 내홍의 본능을 쥐어짜 끄집어내면서 희열을 느끼는 것 같았다. 살인은 놈에게 있어 결코 최우선 순위가 아니었다.

맹부요의 눈앞에서는 똑같은 초식을 쓰는 두 사람이 결전을 벌이고 있었다. 진정한 고수는 상대의 초식을 순식간에 자신의 것으로 체화할 수 있으니 초식을 보고 허점을 찾아내기란 아무래도 무리였다.

한참을 지켜보다가 애간장이 타는 마음에 고개를 푹 떨군 찰나, 맹부요의 시야에 감방 바닥에 떨어져 있는 물체들이 들어왔다. 그녀가 만든 장손무극과 원보 대인, 그리고 장손무극이 만들다가 만 미완성품이었다. 인형의 호리호리한 형태를 보니 그녀를 본떠 만든 물건인 듯했다.

미완성품을 집어 들어 손안에 감아쥔 맹부요가 불쑥 질문을 던졌다.

"장손무극, 당신 아까 뭐 만들고 있었어요?"

정신없이 싸우던 둘이 그녀를 돌아봤다. 그중 한쪽이 바로 답했다.

"그대."

맹부요가 막 쾌재를 부르는데, 다른 한쪽의 목소리가 들려왔다.

"물론 그대요."

맹부요의 입가에 씰룩씰룩 경련이 일었다. 두 번째 장손무극이 한발 늦은 것 같지만 그건 문장의 길이가 긴 탓이고, 따져 보면 둘이 입을 연 시점에는 거의 차이가 없었다. 사실 민첩성만 받쳐 준다면 즉석에서 답을 베끼는 것도 불가능한 일은 아니리라.

두 사람은 치열한 공방전을 벌이면서 차츰차츰 맹부요 앞으로 이동해 왔다. 맹부요는 코앞을 오가는 둘의 신형을 보면서도 제자리에 심드렁하게 앉아 만사 귀찮다는 얼굴을 하고 있었다.

그러던 그녀가 툭 한마디를 내뱉었다.

"이럴 줄 알았으면 연경에서 처음 만났을 때 아예 개무시하고 갈 길 가는 거였는데."

두 남자 사이에 짧은 침묵이 흘렀다. 한쪽이 먼저 말했다.

"원현산."

그러자 다른 쪽도 바로 입을 열었다.

"우리가 연경에서 처음 만났다니? 원현산에서……."

맹부요가 훌쩍 뛰어올랐다. 그녀의 신형이 솟구치는 동시에 시천이 검은 은하수 같은 빛을 끌면서 눈앞에 있는, 말을 길게 늘이면서 틀린 지명을 그대로 따라 한 그 장손무극의 등판을 향해 살기등등하게 돌진해 갔다.

그자는 방금 진짜 장손무극에게 일격을 꽂아 넣을 기회를 잡았음에도 어째서인지 한 발 물러섰고, 그 틈을 노려 장손무극이 한 걸음 불쑥 치고 나오면서 그자의 등이 맹부요 앞에 노출되도록 동선을 유도한 참이었다. 그리고 그곳에서는 맹부요의 칼끝이 놈의 심장을 기다리고 있었다!

칼이 등 한복판을 과녁 삼아 쏘아져 나갔다. 증오를 품고, 뇌성을 휘몰고!

장손무극의 옥여의에서도 순백의 광채가 폭발했다. 강렬하게 발광하는 빛의 기둥이 소리 없이, 그러나 가공할 위력으로 놈의 앞가슴을 노리고 육박해 들어갔다!

긴 기다림 끝에 작렬한 전후 협공! 진정한 의미의 교감과 신뢰란 절대 낯선 방관자가 깨뜨릴 수 있는 것이 아니리니.

이쯤 되자 놈도 흠칫하는 듯했다. 앞뒤 지근거리에서 바람을 찢으며 살벌하게 몰아쳐 오는, 일말의 자비도 없는 직격타로부터 도망칠 기회는 당황하는 사이에 이미 날아간 뒤였다.

순간, 그는 깨달았다. 맹부요가 진짜와 가짜를 구분하지 못하는 척했던 것은 자신을 방심시켜 협공 한복판으로 끌어들이기 위한 유인책에 불과했음을.

"대단하군! 일찌감치 대비하고 있었다는 건가!"

웃음소리가 울리는 가운데, 그의 몸이 돌연 납작해졌다. 비유가 아니라 말 그대로 납작하게 찌부러진 것이다. 천층고[1]를 발로 밟아 놓은 듯이, 내부의 각 층은 그대로 살아 있되 층끼리 단단히 밀착되면서 몸이 가로로 넓어지고 판판해진, 기괴한 형태였다.

감방 안의 어스름한 조명이 헐렁해진 옷 틈새를 고스란히 투과했다. 옷가지 안쪽으로 순식간에 종잇장처럼 얇아진 근육과 뼈대가 보이는 듯했다.

인력의 한계와 인체를 지배하는 섭리를 뛰어넘어 몸을 납작하게 만든 결과, 그는 원래 옴짝달싹하기도 힘들었던 공간 안에서 어느 정도 운신이 가능해졌고, 급소의 위치도 옮겨 놓을 수 있었다.

퍼억! 촤앗!

각각 앞뒤에서 날아든 옥여의와 흑색 칼날이 동시에 놈의 몸뚱이를 도륙하는 소리를 냈다.

그러나 공격이 꽂힌 지점은 원래 겨냥했던 심장이 아니었다. 맹부요는 칼날이 본의 아니게 갈빗대 사이를 파고드는 감각을 생생하게 느꼈다. 하필이면 서로 맞닿기 직전까지 가서 틈새라고는 실낱같은 한 가닥밖에 남지 않은 갈비뼈 두 개 사이라니.

뼈를 절묘하게 긁으면서 들어간 칼날이 손상을 가할 것은 기

---

1 千層糕. 갖은 재료로 얇게 만든 판을 층층이 쌓아 올린 디저트.

껏해야 근육 정도일까. 이 상태에서는 그 흔한 골절상조차 기대하기 어려웠다.

빌어먹을 자식, 그 짧은 시간 안에 늑골 사이 간격까지 계산해서 한 치의 오차도 없이 칼날 앞에 들이밀 줄이야!

신기에 가까운 역축골술! 이것이 바로 전장의 지배자로 군림하면서 어떠한 궁지에서도 본능적으로 역전의 기회를 만들어 내는 절대 강자의 위엄이었다.

옥여의가 명중하고 칼날이 꽂히자 적의 옆구리에 붉은 혈화가 피어났다. 고개를 비스듬히 기울인 적이 본래의 가늘고 앳된 목소리로 키득거렸다.

"훌륭해, 보통이 아니군! 내 피를 보는 게 몇 십 년 만인지 모르겠구나."

맹부요는 시천을 꽂아 넣은 데 그치지 않고 그 상태에서 칼날을 위쪽으로 밀어 올리고자 힘을 주면서, 송곳니를 드러내고 냉소했다.

"그래? 더 보고 싶지 않아?"

"사양하지."

상대가 웃음 지었다.

"이 정도면 체면은 충분히 세워 준 것 같으니 이제 너희 피를 볼 차례다."

말이 끝나기 무섭게 극도로 높고 날카로운 소리가 울렸다. 귀청이 떨어지는 종류의 굉음이 아니라 너무 뾰족해서 듣고 있기 괴로운 소리였다.

심연 밑바닥의 뱀 떼가 내는 소음인 듯, 시체 더미 속에서 백골이 긁히는 마찰음인 듯, 또는 깊은 산중에 살며 요괴로 둔갑한 인면 원숭이가 음침한 숲속에서 이매망량을 불러내는 울부짖음 같기도 했다.

진동! 주변 모든 사물이 진동하고 있었다. 지면이 미세하게 흔들리고, 목책 절단부의 균열이 깊어지고, 계단 위쪽 벽에 붙어 있던 불 꺼진 등잔이 '쨍그랑' 하고 떨어졌다.

맹부요가 쥐고 있는 시천도 떨기 시작했다. 칼끝에서 출발한 진동이 삽시간에 손잡이까지 번져 오더니, 손잡이를 튕겨 엄지와 검지 사이를 때렸다. 그러자 순간적으로 손바닥 전체가 얼얼해지면서, 뾰족한 파동에 심장까지 거머잡힌 것 같은 느낌이 들었다. 심장이 격하게 조여들어 숨을 쉴 수가 없었다.

반사적으로 내식을 동원해 숨통을 뚫으려는데, 갑자기 소리에 변화가 생겼다. 협소한 범위로 수렴하던 파동이 드넓은 창공을 향해, 광명을 향해 거침없이 확장됐다.

조금 전의 소리를 어두운 심연과 지옥의 악귀에 빗댄다면 지금 울리는 소리는 구중천의 상서로운 구름이요, 청명한 하늘에서 빛나는 태양이었다. 어둠의 극치에서 곧장 광명의 극치로, 과도기 없는 극적 전환이 이루어진 것이다. 암전됐던 눈앞에 느닷없이 불이 들어온 것처럼. 이렇듯 급격한 변화가 불러올 결과는 뻔히 정해져 있었다.

일시적으로 시각을 잃는 것.

심장도 마찬가지였다. 한계까지 수축됐던 심장이 갑작스레

압력에서 벗어나자 순간적인 질식감과 현기증이 덮쳐 왔다.

심장이 비틀리는 찰나 스스로를 보호하기 위해 무의식적으로 끌어올린 내식이 갈 곳을 잃고 몸속을 공격하기 시작했다. 순식간에 피가 치받쳐 올랐다.

본디 고수 간의 대결이란 찰나를 다투는 일. 파동이 감방을 휩쓴 건 잠깐이었지만, 그 잠깐 사이에 반복된 급반전이 맹부요의 심장을 쥐락펴락하면서 현기증을 유발해 그녀는 눈앞이 아찔해졌다.

적이 피식 웃는 소리가 들리더니 슬쩍 돌아서면서 칼날을 몸에서 빼내는 느낌이 왔다. 다음 순간 얼굴 쪽으로 찬 바람이 불어닥쳤다. 상대가 그녀의 얼굴을 잡아 뜯을 기세로 득달같이 손아귀를 뻗친 것이다.

맹부요는 머리를 숙이면서 뒤로 물러나려 했다. 그런데 미처 발을 옮기기도 전에 바람을 가르고 날아온 이가 그녀 앞을 막아섰다.

맹부요는 즉시 그를 붙잡아 옆쪽에 끌어다 놨다. 그러자 그도 질세라 맹부요를 붙잡아 다시 자기 뒤에 끌어다 놨다.

두 사람은 미끄러지듯 날랜 몸놀림으로 서로를 끌어가고 끌어오며 쳇바퀴를 돌았고, 서로 방패막이가 되지 못해 안달이 난 둘의 모습을 지켜보던 적이 킬킬거렸다.

"이런 갸륵한 한 쌍을 보았나, 덕분에 눈앞이 돌 지경이군."

조롱이 짙게 담긴 웃음이었다.

그러다가 별안간, 돌진해 오던 적의 팔뚝이 우두둑거리면서

직각으로 꺾이더니, 앞을 가로막고 있는 장손무극과 그에게 가려진 맹부요의 가슴을 뱀처럼 스르르 지나쳐 맹부요의 등을 들이덮쳤다.

"끄아악!"

처절한 비명이 좁고 어두컴컴한 감방 안을 뒤흔들고, 양귀비꽃처럼 새빨간 피가 사방으로 뿜어져 나왔다. 야수의 발톱 같은 손가락에 붙잡힌 몸뚱이가 경련을 일으키며 비틀리다가, 극심한 고통을 이기지 못하고 급기야는 꽈배기처럼 비비 꼬였다.

무언가 말을 하려는 것처럼 입이 벌어졌지만, 목구멍에서는 '꺽꺽' 소리만이 간헐적으로 삐져나올 뿐, 울컥거리며 올라오는 피거품에 막혀 제대로 된 말을 내뱉지는 못했다. 곧 생명이 빠져나가게 될 육신이 '쿵' 하고 거꾸러졌다.

"아아."

조금은 당혹스럽고 조금은 분하다는 듯 외마디 탄식을 흘린 적이 가늘고 앳된 목소리로 말했다.

"아깝게 됐군."

절호의 기회를 놓친 게 아깝다는 건지, 아니면 느닷없이 달려들어 제 명을 재촉한 자의 목숨이 아깝다는 건지 모를 소리였다. 적은 맥이 빠진다는 양 한숨을 내쉬더니, 옷소매를 떨치면서 연기처럼 유유히 후방으로 몸을 날렸다.

"운이 좋구나……."

적이 모습을 감추고 주변을 떠돌던 연무가 걷히자 바닥에 쓰러져 있는 자의 형상이 드러났다. 그의 정체는 다름 아닌 옆방 죄수.

맹부요가 중간 벽체를 무너뜨린 지 얼마 지나지 않아 싸움터를 옆 감방으로 옮긴 세 사람은 어느덧 옆방 죄수를 바로 곁에 두고 있었던 것이다.

발치에 웅크려 앉아 벌벌 떨고 있을 뿐인 죄수는 세 사람에게 완전히 투명 인간 취급을 당했다. 가짜 장손무극의 팔뚝이 뱀처럼 휘어져 맹부요의 등을 덮치는 것을 보고 그가 갑자기 몸을 던지기 직전까지는.

그때 가짜 장손무극은 나머지 한 손으로 눈앞의 진짜 장손무극이 돌아서는 것을 막는 데만 급급했지, 뒤에서 또 다른 인간 방패가 등장할 줄은 상상조차 못 하고 있었다.

당황했기는 맹부요도 마찬가지였다. 발치에 누워 숨이 끊어져 가는 죄수를 멍하니 내려다보고 있던 그녀가 잠시 후 무릎을 접고 앉아서 물었다.

"대체 왜?"

그녀를 보는 죄수의 눈빛에 한결 생기가 돌기 시작했다. 죽기 직전에 마지막으로 힘을 내는 듯했다.

그러나 무언가 할 말이 있는 듯 입술을 달싹이자마자 또다시 피거품이 울컥 올라왔다. 손을 뻗어 맥을 잡아 본 맹부요가 죄수의 등을 두드려서 울혈을 토해 내게 했다.

정신이 좀 나는지 크게 숨을 한 번 들이쉰 죄수가 맹부요를 응시하며 띄엄띄엄 말했다.

"너는……, 그녀의……, 맞지……?"

목소리가 워낙 작은 데다가 중간 몇 글자는 발음이 뭉개져서 들리지도 않았다. 무슨 소리인지 제대로 못 알아먹은 맹부요가 고개를 기울이며 되물었다.

"그녀라면, 완?"

죄수의 입에서 흐느낌 비슷한 소리가 새어 나왔다. 하기야, 오장육부가 다 짓뭉개졌을 텐데 무슨 수로 말을 멀쩡하게 하겠는가. 맹부요는 자기가 차근차근 물어보는 수밖에 없겠다고 판단했다.

"그 완이라는 여자, 죽은 사람인가? 아니면 산 사람?"

"죽었……."

맹부요가 '내 그럴 줄 알았지.' 하는 표정을 짓는 참인데, 죄수의 말이 이어졌다.

"살았……."

그녀는 상대가 반미치광이라는 사실을 뒤늦게야 떠올리고 입가를 씰룩거렸다. 저런 자한테 뭘 기대하나, 이쪽에서 먼저 핵심으로 치고 들어가는 수밖에.

"그래서 완이라는 여자가 어디 사는 누군데?"

"완은…… 여언…… 리응…… 아래……."

"연령? 연릉? 언림?"

환장할 노릇이었다. 같은 음으로 읽히는 한자가 한두 개도 아닌데 이런 식으로 물어본다고 답이 나올 것 같지도 않고.

"혹시 글은 쓸 줄 아나?"

그러나 상대의 눈동자는 벌써 광채를 잃고 탁하게 흐려진 뒤였다. 일순 사지를 뻣뻣하게 경직시킨 그가 맹부요의 손을 와락 붙들면서 눈알이 튀어나올 정도로 두 눈을 부릅뜨더니 잔뜩쉰 목소리로 외쳤다.

"완……, 내가 잘못……!"

심해진 경련 때문에 더는 맑은 정신으로 의사를 표현할 수없는 상태임에도, 그는 쉼 없이 올라오는 피거품과 함께 '잘못'이라는 단어를 연신 목구멍 밖으로 밀어내려 애쓰며 목을 그르렁그르렁 끓였다.

마지막 숨을 억지로 붙들고 있는 그의 모습은 분명 무언가를애타게 기다리는 사람의 것이었다. 저 상태로는 목숨이 붙어있어 봐야 일분일초가 고통의 연장에 지나지 않을 터. 잠시 고민을 거친 맹부요가 입을 열었다.

"용서한다는 말이 듣고 싶은 것 같은데, 만약 나랑 그 완이라는 여자가 정말로 무슨 관계가 있다면…… 내가 대신 용서해주도록 하지."

그녀의 입에서 '용서'라는 두 글자가 나오는 동시에, 온몸을옭아매고 있던 밧줄이 탁 풀려 나가기라도 한 양 죄수가 격렬하게 전율했다. 그러고는 이내 턱을 쳐들고 긴긴 숨을 뱉어 냈다.

커다랗게 벌어진 눈 안에서는 탁한 잿빛에 덮여 있던 동공이 서서히 검게 물들어 가다가 곧 정지 화면처럼 굳어졌다. 반쯤 허물어진 벽체 너머에서 비쳐 든 달빛이 이로써 영원한 침묵에 빠진 이의 옷자락에, 그 창백하게 경직된 모습 위에 내려앉았다.

맹부요는 어두운 그늘에 잠겨 묵묵히 곱씹고 있었다. 죄수가 죽기 직전에 뱉은 말을, 그의 표정에 어렴풋이 서려 있던 미련과 죄책감을, 그가 죽음을 앞둔 순간까지도 잊지 못하고 애타게 용서를 갈구하던 완이라는 여자를.

그러고 있자니 가슴 밑바닥에서부터 싸늘한 한기가 올라왔다. 눈밭 한복판에서 온몸이 꽁꽁 언 채로 앞길에 가로놓인 거대한 얼음 호수를 쳐다보고 있는 것 같았다. 가까이 가기도 전부터 온몸의 온기를 싹 다 빼앗겨 진저리가 쳐지는, 그런 기분.

이때 뒤쪽에서 다가온 손이 그녀의 어깨를 살며시 짚었다.

"부요, 모르면 모르는 대로 약일 수가 있고, 알게 된다면 그 또한 운명일 것이오. 어느 쪽이 됐든 내가 항상 곁에 있겠소."

짧게 알겠노라 답한 맹부요가 피식 웃으며 손을 뻗어 그의 손등을 감쌌다. 그러자 얼마 지나지 않아 어깨를 포근하게 데운 온기가 가슴까지 번져 왔다.

추위 속에 있기에 더욱 따사롭게 느껴지는 온기.

이토록 냉혹한 세상, 어둠 속을 걷노라면 음습한 한기가 뼈에 사무치지만, 그 여정이 아무리 험난할지라도 한겨울 가장 추운 날에 지펴진 모닥불처럼 언제나 앞길을 밝혀 주는 사랑이 있기에, 그녀의 심장은 이때껏 한 번도 진정으로 얼어붙은 적이 없었다.

맹부요는 앉은 자세에서 몸을 기울여 죄수의 얼굴을 닦고, 용모를 정돈해 주었다. 땟국물이 깨끗하게 지워지자 평범한 중년 남자의 얼굴이 드러났다. 남자는 의외로 듬직한 인상이었다. 물론, 됨됨이가 듬직한 사람이라고 해서 잘못된 짓을 저지르지 말라는 법은 없지만.

어쩌면 남자의 기억 속에는 죽을 때까지 한시도 잊지 못할 만큼 엄청난 잘못이 응어리져 있었으리라. 그러다가 그 잘못의 대상과 닮은 사람이 나타나자 어떻게든 빚을 갚고 죄책감에서 벗어나고자 했던 것이고.

장손무극과 눈빛을 교환한 맹부요가 시신에서 손을 떼고 일어섰다.

어느 정도 시간이 흐른 뒤, 멀찍이서 소란을 감지하고 한구석에 숨어 있던 옥졸이 잔뜩 움츠러든 채 감방 쪽으로 다가왔다. 감방은 허물어졌고, 바닥에는 시체가 널브러져 있고, 앞서 옥에 갇혀 있던 도사와 노인은 온데간데없이 사라진 상황.

옥졸은 부랴부랴 상관에게 보고를 올렸고, 감방이 훼손된 모양새가 심상치 않음을 느낀 관원현 지사는 바짝 긴장해 자피풍에 사태를 알렸다.

사태 파악을 위해 감옥으로 우르르 몰려온 자피풍 일당이 무너진 감방 두 칸을 세세히 살피고 나더니 대뜸 지사에게 발길질을 했다.

"얼뜨기 자식! 그런 자들을 잡아들였으면 보고를 해야 할 거 아니야!"

언어맞은 넓적다리를 붙들고 몹시 억울한 표정을 짓던 지사가 홱 돌아서서 맹부요와 장손무극을 끌고 온 옥졸들의 뺨을 철썩철썩 갈겼다.

"얼뜨기 자식들! 그 두 놈을 잡아들였으면 나한테 말을 해야 할 거 아니야!"

얻어맞은 뺨을 붙들고 연거푸 예, 예, 하며 뒤로 물러나던 옥졸들이 서로서로 원망의 눈초리를 교환했다.

이놈 저놈 닥치는 대로 잡아들이고 보고 안 한 게 어디 하루 이틀 일인가. 그러다가 똥 밟은 거지 뭐.

"대인……, 기필코 찾아내고야 말겠습니다, 기필코요!"

지사가 쭈뼛쭈뼛 말했다.

"기필코 좋아한다!"

또 한 번 발길질이 날아들었다.

"감방 이 지경으로 만들어 놓은 거 안 보여? 지금쯤이면 현을 빠져나가고도 남았겠구먼!"

자피풍 일당이 바람을 일으키며 성큼성큼 걸어 나가는 길에 연거푸 호통을 쳤다.

"성 안팎으로 샅샅이 수색해!"

그런 그들의 뒷모습에다 대고, 지사가 작게 투덜거렸다.

"제발 멀리 도망갔어라! 날마다 흥청망청 먹고 마셔, 작부 대령해라 남창 대령해라, 저 작자들 때문에 내 밑천 다 거덜나게 생겼어."

그러다가 아역이 시체는 어떻게 하냐고 묻자 성가시다는 양 말했다.

"식구들한테 와서 가져가라고 해. 송장값으로 은자 세 냥은 받고!"

"식구가 없는데요."

책자를 팔랑팔랑 뒤지던 주부主簿가 고개를 가로저었다.

"식구가 없어? 뭐 때문에 잡혀 왔는데?"

"어디 보자……."

촛불을 켜고 책자를 꼼꼼히 살펴보길 잠시, 주부가 말했다.

"모르겠습니다. 6년 전 기록까지 다 봤는데도 없는 게, 전임자의 전임자 때 일인가 봅니다."

"잘 돌아간다!"

지사가 소맷부리를 홱 떨쳤다. 벌이가 변변치 못한 아역들이 틈틈이 꼼수를 써서 뒷돈을 챙긴다는 사실은 그도 알고 있었다. 별것도 아닌 일로 사람을 잡아다 놓고 돈푼 좀 내놓으면 풀어 주고 그렇지 않으면 그냥 감방에 처박아 두는 식이었다.

저 송장도 아마 그렇게 잡혀 왔다가 세월이 어영부영 길어지면서 나중에는 누구였는지조차 사람들의 기억 속에서 잊힌 것이리라. 역대 지사들은 이러한 실태를 뻔히 알면서도 모른 척 눈감아 줬다. 시시콜콜 따져 봤자 피곤하기밖에 더하랴.

"공동묘지에 내다 버려!"

지사 나리 일행이 쿵쿵거리며 나가고 나자 감옥 안은 다시금 정적에 잠겼다. 바닥에 누워 있는 시체를 한 번 더 거들떠본다거나 감방 안을 한 번 더 둘러볼 생각은 그들 중 누구도 하지 않았다.

등잔 불빛이 텅 빈 감방 두 칸을, 그리고 그 주변 방들을 어스름하게 비추고 있었다. 무너진 감방 바로 옆방, 벽에 몸을 바짝 붙이고 있던 누군가가 흐릿한 불빛 속에서 가소롭다는 듯 한쪽 입꼬리를 말아 올렸다. 맹부요였다.

그녀와 장손무극은 줄곧 감옥 안에 머물러 있었다. 인간 사고의 맹점을 교묘하게 파고들기로 천하에 이 둘을 따라올 자가 있을까.

감옥을 폐허로 만들어 놨을 정도면 그 장본인들은 당연히 줄행랑을 놨으리라는 게 보통 사람의 생각일 터, 그래서 두 사람은 제자리에서 꼼짝도 하지 않았다.

불과 조금 전까지만 해도 세상에서 제일 위험한 장소였던 감옥 안이 이제는 세상 어디보다도 안전한 은신처로 변모한 상황. 가짜 장손무극은 부상 때문에라도 나타나지 못할 테고, 자피풍은 더더욱이 다시 걸음 하지 않을 것이다.

어디 온 성안을 뒤집어엎으며 열심히 찾아보라지.

죄수의 시신을 안장하는 문제는, 은위들이 공동묘지까지 따라가서 수습하는 것으로 결론지었다.

벽 하나를 사이에 두고 자피풍과 현 지사의 이야기를 처음부터 끝까지 엿들은 맹부요는 대화 막바지에 미간을 살짝 찌푸렸다.

죄수가 여기 갇혀 지낸 세월이 그렇게나 오래됐다니? 원래는 어디 사람이었길래? 어쩌다가 감옥에 쭉 눌러앉게 된 거지? 완이라는 여자하고는 무슨 사이고? 나하고 똑같이 생겼다는 여인에게 대체 얼마나 끔찍한 일이 일어났기에, 그 막중한 죄의 무게에 짓눌린 채 옥중에서 죽지 못해 연명하면서 그녀의 용서만을 기다려 왔단 말인가?

여기까지 온 이상, 이제 피하려야 피할 수 없게 되어 버렸는지도 모른다. 계속 앞을 향해 나아가기를 택한다면 결국은 앞으로 내민 손끝이 긴긴 세월 어둠 속에서 먼지를 뒤집어쓰고 있었던 옛일에 닿을 것이다. 살짝 건드리는 것만으로도 '화악' 하고 핏빛 먼지가 자욱하게 피어올라 자신을 집어삼키고야 말리라.

맹부요는 두 눈을 지그시 감고 착잡하게 한숨지었다.

맹부요와 장손무극은 여유만만하게 이레 뒤에야 감옥에서 나왔다. 은위들이 암호로 알려 준 집결지는 성 북쪽의 볼품없는 민가였다. 하지만 사실 그곳은 종월이 이끄는 비밀 조직 광덕당 중, 분점 한 곳의 부점주가 내어 준 별택이었다.

근래 들어 하루가 멀다고 이루어지는 검문과 악의적인 괴롭힘으로 인해 외부인이 선기국에 발을 붙이기란 몹시 어려운 일이 되어 버렸지만, 광덕당 부점주는 선기 땅에서 나고 자라 관원현에서만 벌써 수십 년을 살아온 토박이였다. 게다가 착실하고 인심 좋기로 평판이 자자하고, 틈틈이 이런저런 나리들께 돈 찔러 주고 다니는 눈치도 있었다.

물론 그런 부점주라고 해서 마냥 속 편하게 지내고 있는 것만은 아니었다. 자피풍이 온 성을 헤집고 다니면서 벌써 주민

수백 명을 거동이 수상하다는 둥, 적과 내통한 정황이 있다는 둥, 별의별 죄목을 뒤집어씌워 잡아들인 까닭이었다.

현재 자피풍이 숙소로 쓰고 있는 성 남쪽 현 지사 저택으로 끌려간 주민 대부분은 집에 재산이 꽤 있거나 평소 자피풍의 횡포에 불만이 많았던 사람들이다. 그렇게 끌려간 경우 다시 나오려면 식구들이 은자를 무더기로 갖다 바쳐야만 했는데, 그마저도 돈을 싸 들고 간다고 해서 반드시 풀어 준다는 보장이 없었다.

"난리도 이런 난리가 없습니다!"

언뜻 봐서는 그냥 나이 지긋한 농사꾼 같은 부점주가 연신 한숨을 푹푹 쉬며 말했다.

"자피풍 그 상전네들, 성안 여기저기에 방을 덕지덕지 붙여 놓은 것만도 모자라 사람들끼리 서로 밀고하라고 '비밀 상자'라는 물건까지 만들어 놨다니까요. 집에 중죄인을 숨겨 줬다가 발각되면 그 자리에서 재산을 몰수하고 온 식구 목을 친다면서요. 개인적인 원한으로 아무 말이나 써서 상자에 넣어도 진위 검증조차 안 한답니다. 무조건 잡아들여서 인정할 때까지 족친다는 거예요. 다들 얼마나 겁에 질려 있는지 모릅니다. 집 아래 굴을 파 놓고 개 짖는 소리만 났다 하면 지하실로 숨는 사람들이 수두룩해요. 하룻밤에도 몇 번씩 그러느라 잠도 제대로 못 자고……. 어휴."

장손무극과 눈을 맞추고 난 맹부요가 느긋하게 말했다.

"하면, 우리가 치워 드리리다. 관원현이 평안을 되찾을 수 있도록."

"무슨 수로 말입니까?"

부점주가 어리둥절한 표정으로 물었다.

"성 밖에 무려 1만 명이 있는걸요. 성안 지사 저택에 모여 있는 지휘부만 해도 수백은 되고요. 게다가 남부로 넘어가는 길에 반드시 거쳐야 하는 상풍부上豊府에서도 1만 명 정도 되는 자피풍과 철위들이 두 분을 기다리고 있다고 들었습니다."

"비밀 상자라는 게 있다고 하지 않으셨소?"

맹부요가 싱긋 웃었다.

"부탁 하나 합시다."

❈

오랜만에 햇살 좋은 아침이었다. 성 남쪽 지사 저택 앞에는 자홍색 상자 하나가 반듯하게 놓여 있었다. 윗면에만 가느다랗게 홈이 한 줄 뚫린 상자는 뒷면에 자물쇠를 채워 밀봉해 둔 모습이었다.

'비밀 상자'가 열리는 시간은 매일 이른 아침, 날이 밝기 전까지는 투서를 기다리는 게 상자의 일이었다. 밤을 틈타 성 남쪽으로 은밀히 흘러든 그림자가 자피풍에 돈줄을 쥐여 주는 한편, 무고한 이들의 운명을 끝장내기를 기다리는 것이다.

지나가던 행인 몇몇이 상자를 보고는 증오와 두려움이 뒤섞인 표정을 드러냈다. 모양새라고 해 봐야 평범하기 그지없는 상자 하나, 그에 담긴 인간 심성의 가장 어둡고 가장 떳떳하지 못한 비밀. 그 비밀이 얼마나 많은 집을 패가망신시키고, 얼마나 많은 사람에게 가혹한 고문을 가하고, 얼마나 많은 처녀를 욕보여 대들보에 목매달게 만들었던가.

저 상자는 단순한 목함이 아니라 이름만으로도 관원현 사람들을 벌벌 떨게 하는 재앙의 상자였다.

끼익 하고 저택 대문이 열렸다. 행인들은 소리를 듣자마자 얼른 한쪽으로 피했다. 상자를 열어 보는 일을 맡은 자피풍 병사 몇몇이 하품을 하면서 대문 밖으로 나와 웃고 떠들었다.

"오늘은 어느 부잣집이 걸리려나……."

"나는 무조건 예쁜 딸 있는 집이면 돼."

"아서라, 지난번에 한 번 돈도 없고 여자도 없는 놈이 얻어걸려서 딥다 고생만 하고 끝났잖냐. 투서 쓴 새끼 누구인지 잡히기만 해 봐라, 확 그냥 산 채로 껍데기를 벗겨 버릴 테니까!"

병사들은 낄낄거리면서 투서를 꺼내 별생각 없이 손에 들고 안으로 향했다. 그 모습을 보며 겁에 질려 있던 행인들은 쿵쾅거리는 가슴을 손바닥으로 애써 눌러 가라앉혔다. 과연 이번에는 또 어떤 집이 운 나쁘게 재앙을 맞이할 것인가.

그날 밤, 관아 안에서 자피풍 병사 수 명이 원인 불명의 죽음을 맞이했다. 자피풍 전체가 밤새껏 횃불을 들고 성안을 이 잡듯이 뒤졌지만, 흉수를 특정할 만한 실마리는 발견되지 않았다.

이상하게도 병사들의 시신에는 상처나 반항의 흔적이 전혀 없었다. 그러다가 최종 검시 결과가 '중독'으로 나오자 지사 저택은 다시 한번 발칵 뒤집혔다.

다음 날, 병사 몇몇이 또 급사했다. 그다음 날도 사망자가 생겼다. 희생자는 전원 당일 밤 당직을 서고 다음 날 쉬기로 되어 있던 병사들이었다.

그래서 처음에는 다들 당직 중에 무언가 사달이 났으리라 짐작했다. 비밀 상자를 의심하는 사람은 사흘 차가 되어서야 나왔다. 하지만 상자 안에서도 이렇다 할 단서는 발견되지 않았다. 지난 밀서들은 읽고 나서 아무 데나 대충 내버렸을 텐데 어느 쓰레기 더미에서 굴러다니고 있을 줄 알고 그걸 찾아낸단 말인가.

결국은 소문난 명의를 불러와서 상자에 코를 박고 냄새를 맡아 보게 하기에 이르렀다. 의원은 이상한 냄새가 나는 것 같다고 했다. 밀서에 독약이 묻어 있었던 것이다.

그날부로 비밀 상자는 철거됐고, 관원현 백성들은 서로서로 소식을 알리면서 기쁨을 만끽했다.

비밀 상자 철거 당일 밤, 자피풍은 지사 저택에서 회의를 열었다. 그런데 나갔던 병사 두 무리가 서로 멱살잡이를 하고 욕지거리를 해 대면서 회의 도중에 저택으로 돌아왔다. 상대편이 자기들 여자를 가로챘다는 게 이유였다.

그렇게 한창 신나게 쌍욕을 주고받더니 웬걸, 갑자기 다 같이 꼴까닥 넘어가서는 그대로 숨이 끊어졌다. 이로써 회의 의제는 밖에 나가서 함부로 재미 보는 것을 금한다는 내용으로 급변경되었다.

재미 보는 게 물 건너간 데 이어 매일 저택에 들어오는 물과 식재료에도 문제가 생겼다. 자피풍 병사들의 입에 들어가는 음식은 전량 독극물 검사를 거치게 되어 있고, 검사를 통과한 식재료가 아니면 아예 주방에 들일 수가 없었다. 그런데도 뭐가 어디서부터 잘못된 건지 날이면 날마다 토사곽란 끝에 탈진해서 죽는 사람이 나왔다.

급기야 자피풍은 식재료 공급 단계를 하나하나 점검하겠다고 나섰지만, 금방 난관에 봉착하고 말았다. 채소 납품하는 농부가 어떻게 생겼는지 따위에 주의를 기울여 본 사람이 아무도 없었던 것이다.

이쯤 되자 더는 지사 저택에 눌러앉아 있을 재간이 없었다. 자피풍은 저택에서 철수했지만, 그렇다고 소수로 찢어져 다른 부호들의 집에 들어앉을 엄두도 못 냈다.

물론 어지간한 부잣집은 본인들 때문에 다 패가망신해 딱히 갈 만한 곳도 없었지만.

당일 자피풍이 허둥지둥 성을 빠져나가자 주민들은 집집마다 문을 걸어 잠그고 묵묵히 향을 피웠다.

자피풍은 인원이 많은 관계로 소규모 무리로 나뉘어 이동했다. 그 자색 물결을 조용히 지켜보는 이들이 있었으니, 바로 성문으로부터 얼마 떨어지지 않은 주루에서 뒷짐을 진 채 아래를 굽어보고 있는 한 쌍의 남녀였다. 비록 입매는 웃고 있었으나, 그들의 눈빛은 얼음장처럼 싸늘했다.

잠시 후, 남자가 여자의 손을 살며시 잡으면서 말했다.

"날씨가 건조하니 살인하기에 좋겠구려."[2]

갑옷을 말끔하게 차려입은 병사들 쪽으로 고개를 돌린 여자가 맑은 샘물 같은 눈으로 병사들을 힐끗 쳐다보더니 답했다.

"달도 어둡고 바람도 스산한 게 홀딱 벗고 뛰어다니기 좋은 밤이네요."

---

2 야경꾼들이 흔히 외치는 '날씨가 건조하니 불조심하라.'는 말을 응용한 것이다.

뜀박질하기 좋은 밤

선기 천성 30년 2월 28일, 밤.

관원 현성에서 30리 떨어진 산기슭 평야에 모닥불이 점점이 타오르고 있었다. 모닥불 주위로는 막사 수백 개가 세워져 있고, 막사 꼭대기에서는 자색 수술이 나풀거렸다. 황실 특별 기구 자피풍의 고유 표식이었다.

관원 현성에서 철수한 자피풍은 무공 고수를 찾는답시고 산중에서 며칠을 허비하고 나서야 적에게 놀아났음을 눈치챈 동란산 쪽 병력과 합류했다. 이후 대황녀의 지시에 따라 상풍부로 이동을 시작했다.

본래는 앞서 지나온 소읍에서 하룻밤 쉴 작정이었으나, 때마침 얼굴빛이 시커멓게 죽은 주민이 마을에서 실려 나와 옆에 있는 산으로 옮겨지는 광경을 맞닥뜨렸다. 무슨 일인지 물어본 결과, 근래 마을에 괴질이 돌아 죽어 나간 사람이 벌써 한둘이 아니라는 대답이 돌아왔다. 병사들이 고개를 쭉 빼고 마을 안을 넘어다보니, 과연 집집마다 액막이용 생쌀이 뿌려져 있었다.

안 그래도 관원 현성에서 당한 일로 간이 콩알만 해진 자피풍이 그런 마을에서 묵을 수 있을 리가. 덕분에 어느 집에를 가든 그 집에서 제일 좋은 침상을 차지해야만 직성이 풀리는 향락주의자 집단이 팔자에도 없는 야영을 해 보게 된 것이다. 자피풍은 뒤편에는 산을, 앞편에는 물을 끼고 야영지를 잡았다.

때는 바야흐로 봄밤, 산중에 만개한 꽃송이들이 바람을 타고 너울거리는 모습이 아름답기 그지없었으나, 관원 현성에서 연거푸 간 떨어지는 경험을 하고 온 자피풍 일동에게는 경치나 구경할 마음의 여유 따위가 남아 있지 않았다. 그들은 야간 경비조만 남기고 일찌감치 막사 안으로 기어들어 가 자리를 펴고 누웠다.

하늘에 드문드문 박힌 별들이 막사 위로 반짝임을 던졌다. 산비탈과 제일 가까운 막사의 지붕으로부터 위쪽으로 한참을 올라간 지점, 벼랑 꼭대기에 한 쌍의 남녀가 앉아 바람을 맞고 있었다.

절벽 끄트머리에 다리를 꼬고 앉은 여자가 손을 엉덩이 뒤쪽에 짚고 고개를 들어 밤하늘의 달과 별을 올려다봤다. 그러고 있길 잠시, 그녀의 입에서 '후우' 하고 긴 숨이 새어 나왔다.

"오래도 참았다. 처맞고, 감옥 가고, 갖은 생고생을 다 하면서도 분을 꾹꾹 삭이며 이날이 오기만을 기다렸느니라. 오늘 마님께서 살뜰히 묵사발을 내 주고 화려하게 숨통을 끊어 주마!"

고개를 비스듬히 기울인 남자의 눈동자 안으로 별빛이 쏟아져 내렸다. 별빛이 더 반짝거리는지 아니면 그의 눈빛이 더 반짝거리는지 분별하기란 어려운 일이었다.

가볍게 웃은 그가 하늘을 보고 있는 자세 탓에 땅바닥에 닿아 있는 여자의 긴 머리카락을 걷어 올리며 말했다.

"너무 애쓸 것 없소. 동성에도 재미있는 일이 기다리고 있을 터인데 그때를 위해 힘을 남겨 두어야지."

"당연하죠."

맹부요가 입을 삐죽 내밀었다.

"자피풍 저 변태들은 선기 황조의 축소판에 불과해요. 빌어먹을 황조의 썩어 빠진 진흙탕이 키워 낸 존재랄까. 굳이 저놈들 뿌리를 뽑겠다고 세월아 네월아 힘 빼느니 토양 전체를 바꿔 버리는 편이 나아요. 확 다 뒤집어엎는 거죠, 화끈하게!"

작은 천 주머니 두 개를 꺼내 들고 그녀가 의기양양한 투로 말했다.

"종월이 또 갸륵한 데가 있단 말이죠. 우리가 선기 땅에서 실종됐다는 소식을 딱 듣고는 대번에 뭔가 꾸미는구나, 하고 광덕당 분점마다 좋은 물건을 보내 났더라고요. 심지어 내가 그약 먹고 주화입마에 빠졌을 것까지 계산해서는. 황후 노릇까지 해 가면서 고생해 키워 놓은 보람이 있다니까."

한창 신나게 떠드는 참인데, 옆에서 장손무극의 건조한 목소리가 들려왔다.

"그 부분에 대해서는 차후에 종월과 진지하게 이야기를 나누어 볼 생각이오."

맹부요는 재깍 이야기를 끊고 눈을 흘겼다. 그러고는 화제를 돌릴 겸 옆에 근엄하게 앉아 있는 원보 대인에게 말을 붙였다.

"쥐 새끼, 준비는 됐겠지?"

그러자 원보 대인이 깊은 원한이 서린 모양새로 고개를 끄덕였다. 본디 쥐 좋고, 초탈하고, 고상하기 이를 데 없는 원보 대인은 현재 선기국을 향한 증오가 극에 달한 상태였다. 오주대륙 어디를 가서도 딱히 험한 꼴을 당해 본 적이 없는 그가 이 망할 나라에 와서는 쥐구멍에 쑤셔 박히고 남의 손에 마구 주물리는 일생일대 최고의 치욕을 경험했기 때문이었다.

결코 용납할 수 없는 일이었다. 쥐구멍은 그럭저럭 넘어간다 쳐도 손안에 넣고 주물럭거린 건 절대 용서 불가였다.

내 이 원수를 갚지 못한다면 어찌 훌륭한 쥐라 하리오!

"그럼 다녀오도록."

맹부요가 대인의 이마에 손을 얹고 거룩하고도 자애롭게 말했다.

"빛이 있는 곳에는 어둠 또한 있는 법. 암흑은 광명을 부르고 광명은 암흑을 부를지니. 사랑과 정의의 세일러 미소년 전사로서, 달의 이름으로 놈들을 처치하는 거다! 가서 네 성질을 건드린 자들의 아랫도리를 홀딱 벗겨 버려!"

까만 세일러복을 입고 자객들이 쓰는 검은색 두건으로 얼굴을 가린 원보 대인이 투지를 불태우며, 신속하게, 피가 끓는 모양새로 천 주머니 두 개를 둘러메고는 쪼르르 벼랑을 타고 내려갔다.

일직선을 그리며 어둠 속으로 스며든 까만색 동그라미는 곧 소리 소문 없이 막사에 잠입했다. 그러고는 사방에서 드르렁거리는 소리가 시끄러운 가운데, 코를 막고서 붉은색 주머니 안의 가루를 한 움큼 집어 병사들의 이부자리에 살포했다. 그다음으로는 막사 구석으로 가서 뱀 쫓는 향을 피워 놓은 향로에다 초록색 주머니 안의 가루를 솔솔 뿌렸다.

붉은색은 자모분, 초록색은 경혼향. 자모분이 경혼향을 만나면 사람 혼을 쏙 빼 놓는 효과가 나온다.

강력한 효능, 향긋한 냄새, 눈곱만큼씩만 써도 불면의 밤 완벽 보장!

개중에서도 자색 바탕에 금색 선이 들어간 천막 안에는 특별히 더 많은 양을 뿌렸다. 자피풍은 위계질서가 엄격해 보급품과 복장에도 계급별로 명확한 차등을 두었다. 덕분에 계급 식별이 아주 수월했는데, 금색 선은 연대장급을 의미했다.

주머니 두 개가 텅텅 비는 데는 오랜 시간이 걸리지 않았다. 원보 대인은 곧장 야영지를 벗어나는 대신 근처 관목림으로 파고들어 눈을 반짝이며 대기에 돌입했다.

관목림 속에는 대인을 제외하고도 눈을 빛내며 때를 기다리는 동물이 두 마리 더 있었다. 그중 한 마리가 소리 죽여 하품을 하더니 말했다.

"졸리네. 형씨, 불 좀 빌립시다."

그러자 다른 한 마리가 도끼눈을 떴다.

얼마 기다리지 않아 막사 안에서 소란이 일었다. 멀쩡히 잘 자던 병사들이 어느 순간 갑갑한 더위를 느끼고 비몽사몽 간에 잠자리 위에서 연신 뒤치락거렸다. 그러자 자모분이 몸에 묻으면서 미칠 듯한 가려움증이 찾아들었다. 일어나서 벅벅 긁다 보니 각질이 날려 옆에서 자는 동료에게 옮겨 붙었고, 그쪽도 가려움증이 시작됐다.

급기야는 한 천막에서 자던 병사 전원이 이불을 걷고 일어나 몸뚱이를 벅벅 긁고 앉아 있기에 이르렀다. 그러나 긁어도 시원해지기는커녕 긁으면 긁을수록 더 괴로워지기만 하고 이상하게 심장까지 벌렁벌렁 뛰는 것이었다. 살갗에서 피가 나는데도 가려움증은 전혀 가실 기미가 없었다.

나중에는 가슴속까지 가려워졌다. 가려움이 혈맥을 따라 스멀스멀 온몸을 파고드는 느낌. 아예 살가죽을 홀랑 벗겨 내고 긁어야만 시원해질 것 같았다. 게다가 심장은 또 왜 쿵쾅거리고 난리인지, 심장에서 밀어내는 피 탓에 가려움증이 더 지독해지고 있었다.

숨통이 막혀서 더는 좁아터진 막사 안에 머물러 있을 수가 없었다. 병사들은 천막을 걷고 밖으로 뛰쳐나갔다. 나가서 보니 다른 천막에서도 동료들이 뛰어나오고 있었다. 개중에는 높으신 상관들도 있었다. 그때부터는 다 같이 제 몸을 긁어 대기 바빴다.

혹시 풀씨 같은 게 원인일까. 오랫동안 야영을 해 본 적이 없는 자피풍은 선뜻 결론을 내리지 못하고 서로서로 속옷 안을 들여다봤다.

가려움증이 집중적으로 나타나는 부위는 하반신이었다. 달빛 아래서 바지를 내리자 빨갛게 줄이 간 살갗이 드러났다. 전부 본인들이 긁어 놓은 자국이요, 다른 특이 사항은 발견되지 않았다.

"아이고, 근질거려! 근지러워라!"

막사 그늘 속에서 누군가 큰 소리로 떠들며 아랫도리를 벗어 던지는 시늉을 했다.

"계속 비가 와서 날씨도 꿉꿉한데 이놈의 옷은 대체 빤 지가 언제야. 찝찝해서 죽을 맛이구먼. 에라, 벗어 버리자!"

가려워서 미쳐 버릴 지경이던 병사들은 그 소리에 옷이 원흉이라는 생각을 굳혔고, 잘 때조차 군복을 입고 자라고 하는 상관을 욕하면서 옷가지를 홀랑 벗어 던졌다. 맨살에 바람이 닿자 그렇게 상쾌할 수가 없었다.

병사들은 달빛 아래에서 서로의 벗은 몸뚱이를 보며 웃음을 터뜨렸다. 옷만 벗었다 뿐인데 다들 얼굴마저 낯설어 보였다.

서로 힐끔거리다가 장난기가 발동하자 너도나도 물건 크기 비교에 나섰고, 여기저기서 낄낄거리는 소리가 터져 나왔다. 홀딱 벗은 사내놈들이 야영지를 휘젓고 다니길 잠시, 각급 대장들이 나와서 막사로 돌아가 경계 태세를 유지하라며 호통을 쳤다. 그러나 병사들은 입으로만 알겠다고 하면서 시시덕거릴 뿐, 누구 하나 꼼짝을 안 했다.

이들의 지휘관은 연대장급 인물이었다. 전체 병력 2만으로 구성된 자피풍은 2천 명씩 열 개 연대로 나뉘고, 연대 아래에는 5백 명 단위의 대대가, 그 밑으로는 50명 단위의 소대가 있었다. 최고위 계급은 수령과 부수령, 그다음은 연대장, 대대장, 소대장 순이었다.

본래 병력 1만은 수도인 동성에, 나머지 1만은 각처 요지에 분산 주둔 중이었으나, 대황녀가 중부에서 순찰사 일을 보기 시작하면서부터는 병력 재배치를 거쳐 1만 3천을 가용 병력으로 손에 틀어쥐고 있게 되었다.

야영지의 연대장이 이끄는 3천 명 중 2천은 원래 본인 휘하 병력이지만, 나머지 천 명은 다른 연대장 밑에서 한시적으로 차출해 온 자들이었다. 그러니 병사들이 명령을 빠릿빠릿하게 따를 리가 없었다. 물론 상관이 수하들을 호령하면서 손으로는 볼기짝을 벅벅 긁고 있다면 그 명령에 위엄이 실리기가 몹시 어려운 게 당연하지마는.

한참을 긁적거리다가 막사 입구에 모여 앉은 병사들 사이에서 습진 아닌가 하는 이야기가 분분한 참인데, 아까 맨 먼저 바지를 벗었던 병사가 막사 옆 어두운 그늘 속에서 말했다.

"습진이라, 산에 가면 효과 직방인 약초가 있지. 곱게 빻아서 바르기만 하면 그냥 끝나거든. 산속 어디서나 흔하게 자라는 풀인데, 짙은 녹색에 잔가시가 돋쳤고 대 윗부분이 수술 모양으로 생겼으니까 딱 보면 감이 올 거야."

말이 끝나기 무섭게 산 중턱 풀숲에서 누군가의 외침이 들려왔다.

"아이고! 여기 오면 약이 떡하니 준비돼 있는데 뭘 아직도 긁고들 있어? 난 벌써 괜찮아졌구먼!"

그러자 바람막이 없는 자피풍이 너도나도 알몸뚱이로 우르르 산을 향해 몰려갔다. 희멀겋게 발가벗은 사내들은 별빛 아래를 미친 듯이 내달리다가 물 만난 고기들처럼 앞다투어 녹음의 바다로 뛰어들었다.

야영지 주변을 배회하던 살색 그림자들이 산중으로 집중되는 건 순식간이었고, 그들은 금세 거무죽죽한 벼랑과 컴컴한 수풀 사이로 사라졌다.

"거기 서! 복귀해! 야간 입산은 금지다!"

이건 아니다 싶은 생각에 막사에서 뛰쳐나온 지휘관들이 병사들을 제지했다. 그러나 미칠 것 같은 가려움으로부터 벗어나야겠다는 일념뿐인 부하들은 상급자의 호통을 무시하고 벌써 한참 멀어져 간 뒤였다.

더 이상 어찌할 도리가 없어진 지휘관들은 궁둥이를 긁적거리면서 고개를 쭉 빼고 소리쳤다.

"같이 쓰게 넉넉히 좀 캐 오고!"

그 소리는 바람에 실려 절벽 꼭대기까지 전해졌다. 절벽 꼭대기에 앉아 턱을 괸 채 아래쪽에서 뛰어다니는 하얀 점들을 내려다보던 여인이 눈을 가늘게 좁히면서 감탄사를 뱉었다.

"장관일세!"

그러더니 또 하는 말이.

"백 년에 한 번 만날까 말까 한 절경이로고!"

이때 장손무극이 일어서면서 말했다.

"철성과 종이가 손발을 맞춰 놈들을 산으로 몰아넣는 데 성공했군. 저쪽은 일단 두 사람에게 맡기고, 이제 우리 일을 하러 갈 차례요. 달도 어둡고 바람도 스산하니 뜀박질하기 좋은 밤이구려."

맹부요가 싱긋 웃었다.

"날씨가 건조하니 살인하기에 좋겠네요."

❀

등불이 희미하게 가물거리는 중앙 막사 안에서는 연대장이 가려운 데를 벅벅 긁으면서 작금의 수상쩍은 사태를 되짚어 보는 중이었다. 근처 마을에 하필 전염병이 도는 것부터 병사 전원이 원인 모를 가려움증을 호소하는 것까지, 생각할수록 찜찜한 느낌을 지울 수가 없었다.

다음 순간, 그는 자리에서 벌떡 일어났다.

모조리 다시 불러들여야 한다! 말 안 듣는 몇 놈 목을 치는 한이 있더라도!

허겁지겁 옷을 챙겨 입은 그가 호위병을 시켜 나머지 병사들을 불러들이려는데, 막사 입구 문발이 쓱 걷히더니 입가에 미소를 머금은 사람이 자색 옷자락을 휘날리며 안으로 들어섰다.

"아무도 부르실 필요 없습니다. 제가 왔으니까요."

엷게 웃으며 자신을 향해 유유히 다가오는 상대의 눈빛을 보고, 연대장은 모골이 송연해졌다. 연대장도 나름대로는 감 좋고 경험 많은 인물이었다. 정면으로 맞붙을 상대가 아님을 단박에 알아챈 그가 잽싸게 뒤쪽으로 몸을 날렸다.

서걱.

칼날이 살갗을 찢는, 미세한 소리가 났다. 자피풍에 소속되어 사람을 밥 먹듯이 죽이며 살아온 세월 동안 같은 소리를 얼마나 많이 들어 봤던가. 평소와 다른 부분이 있다면 그 소리를 내는 게 자신의 몸뚱이라는 점 정도였다.

등이 선뜩한가 싶더니 이어서 뜨끈한 느낌이 들었다. 선뜩한 것은 타인의 칼이요, 뜨끈한 것은 본인의 피였다.

연대장이 힘겹게 고개를 뒤로 돌렸다. 흐릿하게 흔들리는 시야에 검푸른 옷을 입은, 수려한 외모의 소년이 잡혔다. 소년은 싸늘하게 웃으면서 칼을 앞으로 뻗은 자세였고, 그 칼끝에는 연대장 본인이 꿰여 있었다.

지면과 평행하게 들린 소년의 팔에는 작은 흔들림조차 없었다. 마치 소년은 진작부터 칼을 쥐고 그 자리에서 기다리고 있었을 뿐이고, 가만히 있는 칼날로 뛰어든 장본인은 시키지도 않았는데 뒤쪽으로 몸을 날린 연대장인 것처럼.

하지만 연대장은 그게 절대 아니라는 걸 잘 알았다. 철저히 약육강식의 법칙을 따르는 집단 내에서 연대장 위치까지 오른 사내가 보통내기일 리 있으랴.

적이 반경 열 장 이내로 접근하거나 그 범위 안에 살기라도 떠돈다면, 수많은 혈투로 단련된 그의 동물적 감각을 결코 피해 갈 수 없었다.

그런데 조금 전에는 자색 옷의 남자가 언제 막사 입구에 나타났는지도 몰랐을뿐더러 후퇴할 때도 뒤쪽에서 사람의 기척을 전혀 느끼지 못했다.

저 둘이 바로 아군 백 명을 도살했다는……, 자피풍 전체가 밤낮을 가리지 않고 쫓던 흉수인 것인가?

연대장은 죽음을 앞두고 일시적으로 의식이 또렷해진 상태에서 칼이 느릿하게 뽑혀 나가는 감각을 생생히 느꼈다. 연대장의 면전에 대고 칼끝의 핏방울을 무심하게 '후' 불어 날린 소년이 말했다.

"이 자세 좀 멋진 것 같은데, 나 앞으로는 맹취혈[3]이라고 불러 줘요."

맹······.

말로만 듣던 그······!

연대장은 입을 벌려 외치고 싶었다. 마침내 흉수의 정체를 알아냈노라 윗선에 고하고 싶었다.

그러나 맹취혈은 발버둥 칠 시간을 단 1초도 더 주지 않았다. 그의 의식에 마지막으로 새겨진 것은 흰색과 검은색 섞인 털 뭉치가 자신을 향해 달려들어 궁둥이로 입을 콱 틀어막는

---

3 '취혈吹血' 자체는 '피를 분다'는 뜻. 중국어에서 '피 혈'과 '눈 설'이 비슷한 발음으로 읽히는 점에 착안해 유명 무협 소설가 고룡의 《육소봉전기》 시리즈에 등장하는 '서문취설'에게서 따온 것이다.

느낌이었다.

✿

　중앙 막사 옆쪽의 규모가 살짝 작은 대장 막사 안에서는 대장 몇몇이 온몸을 긁적거리면서 현 상황을 두고 토론을 벌이는 중이었다. 개중에 바로 옆 막사에서 사람이 죽어 나가는 걸 눈치챈 이는 아무도 없었다. 사실상 기척 자체가 아예 없었으니 그럴 만도 했지만.

　"무턱대고 아무 데나 찌르고 다닌다고 될 일인가. 여태껏 흉수가 누군지도 모르는 거 보라고!"

　"관원 현성에서 죽은 형제들은 어쩌다가 그랬는지 이유도 모른다던데."

　"적은 숨어 있고 우리는 버젓이 드러나 있으니 우리 쪽이 불리할 수밖에."

　"불평하지들 마. 우리 쪽은 그나마 형편이 좋은 축이니까. 철위 놈들이랑 같이 상풍부에 있는 친구들은 진짜 고생이 이만저만이 아니라더라고. 개놈의 새끼들, 좀 악독해야지."

　"대황녀께서는 대체 무슨 생각으로 삼황자하고 손을 잡으셨는지 모르겠다니까."

　"자, 자, 나랏일은 빼고 이야기하자고! 윗분네들 속을 우리가 무슨 수로 알겠어."

　막사 안이 조용해졌다. 현재 벌어지고 있는 황권 다툼은 누구나 알고 있되, 아는 것과는 별개로 절대 입에 올려서는 안 되는 금기였다.

선기국에서는 대대로 황위를 둘러싸고 끔찍한 살육전이 반복되어 왔다. 현임 황제 역시 한 치 앞에 무슨 지뢰가 있는지 모를 권모술수의 전장을 평정하고서 옥좌에 앉은 인물로, 황조의 빛나는 전통을 이어받아 자기 자식들을 같은 과정으로 몰아넣는 중이었다.

차기 국주는 여제일 것이라 선언해 놓고 실질적으로는 황자와 황녀를 가리지 않고 권력을 나누어 주고 있는 점만 해도 그랬다. 황제는 자식들 중 가장 경쟁력 있는 십일황자, 대황녀, 삼황자를 도성에서 쫓아내고서도, 한편으로는 각기 북부, 중부, 남부를 차지하고 탄탄한 세력을 구축하도록 유도하고 있었다. 대체 무슨 생각으로 벌이는 일인지, 폐하의 심중은 그 누구도 알지 못했거니와 감히 알려고 드는 사람도 없었다.

대장 하나가 침묵을 깨고 중얼거렸다.

"이상하네, 그까짓 약초 캐는 데 무슨 시간이 이렇게 오래 걸리나."

"어두워서 잘 안 뵈는 거 아니야?"

다른 사람이 피식했다.

"약초 소리 꺼내지도 마. 잊고 있을 때는 괜찮은 것 같더니 들으니까 또 근질거린다고."

"내가 좀 긁어 줘?"

"그 둔해 빠진 손으로 어딜……."

대꾸하던 대장이 흠칫 굳어 말을 멈췄다.

낯선 목소리……!

눈을 들자 나머지 동료들 역시 뻣뻣하게 굳어 있는 게 보였다. 등불에 비친 동료들은 목각 인형처럼 창백하게 질린 모습이었다.

그는 눈알을 슬금슬금 옆으로 움직였다. 마음 같아서는 고개를 돌리고 싶었지만, 어째서인지 목이 말을 듣질 않았다.

가까스로 눈꺼풀을 올리고 옆을 쳐다봤더니, 연보라색 옷을 입은 남자가 막사 입구에 팔짱을 끼고 기대서서 빙긋이 미소를 보내고 있었다. 그 옆에서는 검푸른 옷의 소년이 자신들을 향해 성큼성큼 걸어오는 중이었다.

소년의 손에는 피 묻은 칼이 들려 있었다. 걸음을 내디딜 때마다 굵고 진득한 핏방울이 소년을 자욱하게 에워싸고 있는 담청색 진기의 막을 스쳐 밑으로 후드득 떨어져 내렸다. 핏방울이 등불 아래에서 발하는 색채는 눈이 부시도록 선명했다.

소년과의 거리가 어느 정도 좁혀지고 나자 대장들을 옥죄고 있던 압력이 갑자기 사라졌다. 서로 눈빛을 교환한 대장들은 젖 먹던 힘까지 다해서 막사 지붕을 향해 뛰어올랐다.

일단 여기서 벗어나고 보는 거다!

수준급 무공의 소유자답게 순식간에 천장 꼭대기까지 솟구쳐 오른 대장들은 소가죽으로 된 막사 지붕을 찢고 머리를 밖으로 내밀었다.

그런데 이때, 몸이 갑자기 가벼워지는 느낌이 들었다. 비유가 아니라 말 그대로 가벼웠다. 체중의 절반이 흔적도 없이 사라진 것 같았다. 무엇보다도 많은 비중을 차지하는 영혼까지 포함해서.

막사 위쪽에 꼼짝없이 고정된 머리통은 도합 여섯 개. 별빛 아래, 달빛 한가운데서, 머리통들은 육각 대형을 이룬 채 서로를 쳐다보고 있었다. 동료의 얼굴이 파리한 죽음의 색깔로 차츰차츰 물들어 가고, 눈동자가 점점 굳어지다가 완전히 초점을 잃는 순간까지 줄곧.

막사 아래쪽에서는 맹부요가 칼날에 묻은 피를 닦아 내고 있었다. 그녀가 동강 난 하반신 여섯 개를 보며 중얼거렸다.

"덕분에 간단히 끝냈네."

그러고는 위쪽에 박혀 있는 나머지 반쪽짜리 몸뚱이들을 툭툭 쳤다.

"999 피염평 연고, 가려움을 빠르게 가라앉혀 주는 가정 상비 약품, 집에 없으신가?"

※

산에서는 엉덩이를 깐 병사들이 열심히 약초를 찾고 있었다. 개중에 돌 틈을 뒤지던 병사 하나가 투덜거렸다.

"아니, 그런 풀이 있기는 해?"

이때 누군가가 다가와 궁둥이를 뒤로 빼고서 같이 돌 틈을 더듬더니, 풀 한 포기를 덥석 거머쥐었다.

"봐, 이거 아니야?"

고개를 들이밀고 가늘게 뜬 눈으로 풀포기를 살핀 병사가 다음 순간 신대륙이라도 발견한 양 깜짝 놀란 투로 물었다.

"어어, 어떻게 옷을 입고 있어?"

그러자 상대가 어여쁘게 웃어 보이면서 병사의 어깨를 툭툭 두드렸다. 그러고는 내친김에 병사의 가슴팍에 칼날을 찔러 넣으며, 애교 넘치는 목소리로 말했다.

"뭘 잘못 아는 것 같은데 사람은 원래 옷을 입어. 짐승 새끼나 벗고 다니지."

산길 한쪽에 우거진 관목림 뒤편으로는 맑은 샘이 자리하고 있었다. 그 투명한 옥빛 수면만으로도 전혀 오염되지 않은 자연 그대로의 상태라는 걸 알 수 있었으니, 물통으로 떠서 바로 마셔도 될 만큼 수질이 좋아 보였다.

가려움증 때문에 신경이 잔뜩 곤두선 병사가 근처를 지나다가 샘을 발견하고는 눈을 빛냈다. 청량한 샘물에 거부할 수 없는 유혹을 느낀 그가 즉시 동료들을 불러 모았다. 옷을 벗는 수고조차 필요 없이 물속으로 풍덩풍덩 뛰어들면서, 병사들이 떠들어 댔다.

"이야, 좋다!"

"목욕 한번 한다 치자고! 하룻밤 푹 담그고 나면 멀쩡해질지 누가 알아."

"등 좀 밀어 주라."

"쯧쯧, 너는 무슨 머릿기름 냄새를 풍기고 다니냐? 똑바로 불어, 관원 현성에서 어느 색기 넘치는 마님이랑 뒹굴었는데?"

"네 어미랑 뒹굴었다!"

"퉤! 이게 죽으려고!"

첨벙거리는 소리 속에서 너 한 대, 나 한 대, 장난기 섞인 실랑이가 오갔다. 근래 줄곧 초긴장 상태였던 병사들은 실로 오랜만에 산야에서만 느낄 수 있는 즐거움을 만끽하는 중이었다.

하늘에는 달이 휘영청 밝고 샘물은 청량한 가운데, 흥이 올라 서로 툭툭 치고 낄낄거리는 병사들 주변으로 영롱한 빛깔의 물보라가 사람 키 반절 높이까지 치솟았다.

그런데 한참 옥신각신하다 보니 어쩐지 머리가 어질어질해졌다. 어지럽기만 한 게 아니라 가슴도 벌렁거렸다. 게다가 숨이 턱턱 막히기까지 했다.

눈앞에서 하얀 섬광이 번쩍이는데, 물방울인 것 같으면서도 아닌 것도 같았다. 눈에 물이 들어가서 그러나 싶어 쓱쓱 문질렀더니 손가락에 새빨간 피가 묻어 나왔다.

고개를 들자 어떻게 된 일인지 하나같이 시뻘겋게 물든 동료들의 얼굴이 보였다. 자기 눈이 빨개서 다른 사물도 다 빨갛게 보이는 건지, 아니면 실제 얼굴색이 다들 저렇게 새빨간 건지 알 수가 없었다.

싸늘한 달은 말이 없었고 샘물은 시리도록 찼다. 거무죽죽한 절벽 아래서는 물속에 우두커니 선 사내들이 문대면 문댈수록 피가 점점 더 흥건하게 배어나는 동료의 얼굴을 멀뚱멀뚱 쳐다보고 있었다. 어떻게 봐도 기묘한 광경이 아닐 수 없었다.

마침내 샘물이 심상치 않다는 걸 눈치챈 병사들이 앞다퉈 샘 가장자리로 기어올랐다. 아까 물에 뛰어들 때보다도 훨씬 잽싼 동작이었다.

그러나 샘 가장자리에는 언제 나타났는지 모를 정체불명의 인물이 입을 꾹 다물고 쪼그려 앉아 있었다. 그는 묵직한 검을 들고 그 자리를 지키면서 물가로 올라오는 병사들을 속속 후려 쳐 도로 샘에 빠뜨렸다. 병사들이 기어오르는 속도가 빨라질수록 검이 공기를 가르는 속도도 빨라졌다. 흡사 두더지 잡기를 하는 듯한 모습. 무시무시한 민첩성과 눈치를 소유한 그는 병사들에게 단 한 순간의 빈틈조차 내어 주지 않았다.

샘 안의 병사들이 비명을 내지르며 동서남북 사방으로 죽자 사자 탈출을 시도했다. 물가의 인물은 마치 회오리바람처럼, 형체가 분간 가지 않을 만큼 빠른 속도로 샘을 이 끝에서 저 끝까지 휩쓸고 다니면서 검을 휘둘러 댔다.

차츰차츰, 물가로 기어오르는 병사의 수가 줄어들었다. 차츰차츰, 샘 안에 보이는 병사의 수 역시 줄어들었다. 수면 아래로 가라앉은 자들의 몸뚱이는 언젠가 때가 되거든 알아서 떠오를 것이다.

밑을 내려다보며 뻐근한 팔목을 돌리던 인물이 허공에다 대고 검을 몇 차례 현란하게 휘둘러 보더니, 만족스러운 양 고개를 끄덕였다. 그러고는 턱을 만지작대면서 생각에 잠긴 투로 말했다.

"오늘 밤 샘가를 지키고 있다 보면 경공과 검법이 크게 상승

해 완벽한 합일을 이루는 경지에 오를 수 있을 거라더니. 과연, 주군의 말이 사실이었어."

그 시각 산중에서는 아직도 많은 병사들이 삼삼오오 짝을 지어 있지도 않은 약초를 찾아 헤매고 있었다. 개중 일부는 산속에서 회색 옷을 입은 괴한들을 맞닥뜨렸다.

괴한들은 보통 4인 1조로 출현했는데, 병사들이 길을 가고 있으면 앞뒤 양옆 네 개 방향에서 무표정한 얼굴로 나타나 교묘한 소형 진법 안에 병사들을 가두고 검을 대충 몇 번 휘둘러 심장을 꿰뚫었다. 그러고는 선명한 진홍색 반원이 달빛 아래로 뿜어져 나와 미처 뭉그러지기도 전에 다른 곳으로 옮겨 가서 같은 작업을 반복하는 것이었다.

유독 조심성이 많다든가, 밤에 산속을 돌아다니다가 맹수를 만나는 등 위험에 처하는 게 걱정인 병사들의 경우는 동료들을 최대한 끌어모아 열 명 정도 되는 무리를 만들었다. 여럿이서 시시덕대고 다니자니 약초를 찾아 헤매는 일도 밤안개에 잠긴 숲을 감상하러 나온 달밤의 유람으로 느껴졌다. 나름의 독특한 흥취가 있다랄까.

문득 시상이 떠오른 병사 하나가 흥에 한껏 취해 읊조렸다.

"밝은 달빛 아래에서 고개 숙여 가랑이를 보노라. 남의 가랑이는 초라한데 내 것만 튼실하구나!"

주위에서 폭소가 터져 나왔다. 동료들이 다 같이 '와아' 하면서 달려들더니 그 개눈깔 똑바로 뜨고 누구 물건이 더 큰지 잘 보라며 시를 읊은 병사를 붙들고 늘어졌다. 홀딱 벗은 알몸뚱이들이 달빛 아래에 한 뭉텅이로 뒤엉켜 있는 모습은 허연 목화솜 덩어리와 비슷했다.

그런데 한창 신이 난 참에 갑자기 특정 부위가 선뜩해졌다. 다들 선뜩한 느낌만 받았지 통증은 미처 느끼기도 전인데, 검푸른 옷을 입은 소년 하나가 무릎에 손을 짚고서 그들을 내려다보며 싱글싱글 웃고 있는 게 시야에 들어왔다. 소년의 손에 들린 검은색 칼에는 '튼실한 물건' 십여 개가 가지런히 꽂혀 있었다.

소년이 퍽 정감 있게 웃으며 말했다.

"그래서야 비교가 제대로 되겠어? 아예 썰어서 무게를 재 봐야지. 자, 자, 이리 와서 확인들 해 보라고. 누구 물건이 제일 크려나?"

❦

선기 천성 30년 2월 28일 밤은 자피풍에게 있어서는 재앙의 밤이었다. 2월 14일에 있었던 사건에 이어 또 한 번 적의 기습에 당한 것이다.

이번에는 상황이 더 처참했다. 연대장 1인, 대대장 6인, 소대장 20인이 야영지 한복판에서 시신으로 발견됐고, 일반 사병 7백에서 8백 명이 야영지 뒤편 산중에서 목숨을 잃었다. 게다가 2천에 가까운 병력이 온데간데없이 증발했으니, 개중 일부는 살육극을 목격하고 걸음아 날 살려라 줄행랑을 놓은 자들이었고, 일부는 운 좋게 산에서 살아 내려왔다가 야영지에 널려 있는 시신들을 발견하고 군법이 두려워 도망친 자들이었다.

물론 이러한 경우는 소수일 뿐이고, 사실상 탈영병 대부분은 산에 올라가지도, 살육극을 목격하지도 않은 병사들이었다. 새벽이 밝아서야 상관들이 모조리 살해당했음을 알게 됐는데 설상가상으로 산에 간 동료들까지 감감무소식이자 이대로 본대에 복귀했다가는 필시 험한 꼴을 보겠구나, 하고서 연대장 막사에 있던 재물을 나눠 들고 뺑소니를 친 것이다.

반평생을 자피풍으로 살면서 이래저래 건질 것은 충분히 건진 뒤였고, 하고 싶은 대로 다 하면서 대우받는 생활이 좋기는 해도 주변에 원한을 워낙 많이 사서 언제 무슨 일을 당할지 모른다는 위험성이 있었다. 지휘부가 모조리 죽어 나갔는데 정확히 무슨 일이 있었는지 설명조차 하지 못할 상황. 이대로 돌아가 햇빛 한 점 안 드는 감방에서 고문이나 당하느니 어디 가서 이름을 바꾸고 부잣집 나리로 사는 편이 훨씬 낫다는 게 병사들의 생각이었다.

단 하룻밤 만에 3천 명.

앞선 백 명의 죽음이 선기국 조정을 뒤흔들어 놨다면, 이번에는 단체로 말문이 막히게 만들었다. 연달아 심각한 타격을 입은 대황녀는 말을 잇지 못할 정도로 분개하여 비보를 들고 온 연대장을 그 자리에서 걷어차 숨통을 끊어 놨다.

대황녀는 자피풍 수령을 즉각 갈아 치웠다. 새 수령에게는 본인 머리통과 적의 머리통 중 하나를 갖다 바치라고 으름장을 놓았다.

대황녀는 이 사태를 계기로 본디 중부 수부 단경에 있던 거처를 상풍부로 옮겼다. 상풍부는 남부 진입을 위해 반드시 거쳐야만 하는 길목으로, 현재 수만에 달하는 병력이 주둔하면서 반경 100리에 달하는 주변 지역까지 수색망을 확대해 놓은 상태였다. 무슨 일이 있어도 상풍부에서 적과 결판을 내고야 말겠다는 자피풍의 의지를 엿볼 수 있는 대목이었다.

하지만 이때껏 흉수가 누군지 직접 본 사람은 아무도 없었다. 앞서 이씨 저택에서 목숨을 부지한 현령, 향관, 이장이 있기는 했지만, 등불을 들고 자피풍을 후원으로 안내했던 이장의 경우 맹부요가 사람을 죽이는 광경을 바로 앞에서 목격하고 엄청난 충격을 받은 탓에 증언 한 마디 제대로 못 해 본 채 저승객이 됐다. 현령과 향관은 당시 본 것을 떠올려 보려 무진 애를 썼으나, '칼이 번뜩거렸고, 눈은 시뻘겋고, 온통 피범벅이었다.' 정도밖에 기억해 내지 못했다. 해당 증언을 들은 자피풍 나리께서는 두 사람의 귀싸대기를 올려붙였다.

목격자라는 것들이 죄다 이 지경이니 수색 작전이 난항을 겪을 수밖에 없었다. 그 흔한 용모파기 한 장이 안 나오는 걸 어쩌겠는가.

대황녀는 중부 각 부에 백성들의 이동을 엄격히 통제하라는 명령을 내리고, 성을 드나드는 인원은 반드시 통행증과 호적 증명서를 구비하여 출입 도장을 받도록 했다. 또한 매일 성문을 출입해야 하는 자는 사전에 관아를 방문해 인적 사항을 등

록해 두라 지시했다.

얼마 후, 현령 나리의 입에서 억지로 쥐어짠 증언을 바탕으로 용모파기가 제작되어 각지 성문에 나붙었다. 누가 그렸는지 그 솜씨가 참으로 귀신같은 것이, 과감하고도 화려한 색채가 보는 사람 혼을 쏙 빼 놓을 만큼 인상적이었다.

인물의 이목구비를 놓고 말하자면 새해에 역귀 쫓으려고 집에 붙여 두는 종규 그림을 닮았다 할까. 풍기는 기세만 봐서는 하늘의 뇌신이 따로 없는데, 특히 전구는 저리 가라 할 크기의 시뻘겋게 번뜩이는 눈알 두 개가 강렬한 존재감을 뿜어내고 있었다.

❁

선기 천성 30년 3월 3일.

상풍부에서 기춘起春 행사가 열렸다. 해마다 3월 3일 초봄이면 돌아오는 기춘절은 선기국 중부 지역 백성들이 일 년 중 가장 중요하게 여기는 명절로, '기춘'이라는 명칭은 '봄빛이 일어나 한 해의 시작을 알린다.'라는 뜻이었다. 이때가 되면 근방 100리의 백성들이 모두 상풍 현성에 모여 환상적인 수공예 솜씨를 자랑하고, 정교하게 만들어진 생활용품을 내놓고, 독특한 기예를 선보였다.

솜씨 좋은 장인이 많기로 유명한 나라답게 이곳 사람들은 섬세한 손재주를 겨루는 일을 유독 즐겼다. 선기국은 수공업이 국가 경제를 지탱하는 주축을 담당하고 있었으며, 기춘절은 동종

업계 종사자들이 실력을 겨루기에 가장 좋은 초대형 무대였다.

기춘절 행사에서 어느 가게 물건이 기발한 구상으로 경쟁자들을 제치고 주목을 받았다 하면 그 가게는 단번에 업계의 제왕으로 떠올라 돈벼락을 맞고, 어느 집 여식의 자수가 기춘절 경연에서 우승을 차지했다 하면 그때부터는 몸값이 천정부지로 뛰어 혼처가 줄을 서는 것이었다.

이날은 아침 일찍부터 몇 리 밖까지 줄을 선 인파 탓에 성문 안팎이 북새통이었다. 그 많은 사람을 한 명 한 명 검문해야 하는 관병들은 그야말로 죽을 맛이었다. 성문 앞에 늘어선 줄은 끝도 없이 길어지기만 하지, 뒷사람들은 빨리 좀 하라며 난리를 쳐 대지, 상황이 이렇다 보니 검문이 점점 느슨해지는 것도 당연했다.

성 동편 출입구에서 나이 지긋한 좌사의 지시를 받으며 성문을 지키고 있는 관병들이 땀을 뻘뻘 흘리면서 소리쳤다.

"중간에 끼어들지 말고 줄을 서시오! 어휴, 뒤로 가래도! 댁 말이야!"

눈코 뜰 새 없이 바쁜 참인데 젊은 새댁 하나가 부채로 얼굴을 가리고 살랑살랑 걸어오는 모습이 보였다. 곁에서는 남편과 시부모가 행사 때 좌판에 벌여 놓을 물건을 짊어지고서 따라오고 있었다.

새댁은 상당한 미인으로, 특히 분홍색 둥글부채 밖으로 드러난 눈망울이 까맣고 또렷하게 빛나는 게 무척 매력적이었다. 그 눈동자 속에서 맑은 물결이 반짝일 때마다 한창나이 관병의 가슴도 물결을 따라 울렁거렸다.

그렇다고 본분을 게을리할 수는 없기에 관병은 서류를 보여 달라며 손을 내밀었다. 새댁이 살포시 건넨 통행증과 호적은 언뜻 흠잡을 구석이 없어 보였지만, 막상 손에 쥐자 어쩐 감촉이 이상하다는 느낌이 들었다.

관병이 막 입을 열려는데, 애교 있게 웃으면서 몸을 가까이 기울인 새댁이 향긋한 숨결을 섞어 속삭였다.

"나리……."

부채에 매달린 살구색 동심결 끄트머리 수술이 스르르 내려와 관병의 손등을 부드럽게 스쳤다.

그 살랑거리는 감촉이라니.

흐느적흐느적 녹아내린 관병은 조금 전에 하려던 말을 까맣게 잊어버렸다. 그런 그에게 힐끗 눈길을 던진 새댁이 서류를 도로 가져가면서 손톱으로 그의 손바닥을 간질였다. 너무 가볍지도, 그렇다고 과하지도 않은 힘을 실어서, 애매한 여지를 암시하는 표정으로.

그녀가 나긋하게 말했다.

"나리, 이제 출입 도장을 받으러 가도 되겠지요?"

"어어……."

관병은 손바닥을 긁고 간 손톱의 감촉에 혼이 쏙 빠져 버린 뒤였다.

그대로 여인이 멀어져 가는 모습을 멍하니 쳐다보고 있길 잠시, 그녀가 몇 걸음 가다 말고 뒤를 돌아보며 생긋 웃음을 보냈다. 순간 관병은 새털처럼 날아 하늘에라도 오를 수 있을 것 같은 기분이 됐다.

이 판국에 서류의 감촉이 어땠는지 따위가 머리에 남아 있을 리가.

출입 도장을 찍어 주는 일은 나이 지긋한 좌사가 감독 중이었다. 이쪽은 관병과 달리 점잖고 책임감 강한 양반으로, 백성들이 내미는 서류를 한 장 한 장 손으로 넘겨 가며 확인하고 있었다.

그나저나 노친네 미간에 주름이 깊은 게, 무언가 큰 근심이 있어 보였다. 좋은 냄새를 폴폴 날리면서 하늘하늘 걸어간 새댁이 아까 그랬듯 서류를 내밀었다. 그러고는 서류를 받아 든 좌사의 입에서 대번에.

"으음?"

소리가 나오자 마치 누군가에게 치인 듯.

"어머머!"

하면서 비틀거렸다. 그와 동시에 새댁이 들고 있던 비단부채가 정확히 좌사 앞에 떨어졌다.

순간 좌사의 눈이 번쩍 뜨였다.

이건…… 최상급 자수가 아닌가!

분홍빛 비단 바탕에 수놓인 것은 하얀 옷을 입은 미인의 모습이었다. 주렴을 걷고 창가에 나른하게 기댄 채, 달을 올려다보며 시름에 젖어 눈썹을 살짝 찌푸린 자태. 손바닥만 한 자수 안에 인물의 복식, 표정, 용모, 색채가 놀라울 만큼 정교하고도 생동감 넘치게 표현되어 있었다.

의복에 잡힌 구김 하나도 물 흐르듯 자연스러웠고, 옷자락은 금방이라도 날아오를 것 같았으며, 서늘한 달빛 아래에서 창가에 기대어 번민에 사로잡혀 있는 여인의 심정이 직접 눈앞에서 보는 양 생생하게 느껴졌다. 게다가 미인의 옆쪽으로는 시구도 수놓여 있었다.

좌사는 서법에 조예가 깊은 인물은 아니었으나, 그런 그가 보기에도 필획이 수려하고 품격이 범상치 않았다. 글자 자수는 보통 경직된 느낌을 주기 마련인데, 부채에 적힌 글귀는 전혀 그런 인상 없이 곁의 미인도와 조화를 이루면서 서로를 돋보이게 해 주고 있었다. 이 정도면 대대로 수많은 수예 명인을 배출한 선기국에서도 쉽게 찾아보기 힘든 보배였다.

이런 물건을 기춘절 행사에서 선보인다면 얼마나 열광적인 반응이 나올 것인가. 좌사의 심장이 쿵쾅거리기 시작했다.

줄곧 그를 괴롭혀 온 근심거리가 자연스럽게 머릿속에 떠올랐다. 열여덟이나 먹어서는, 못난 용모 탓에 아직도 규중에 처박혀 있는 딸. 혼처를 찾으려고 여기저기 부단히도 부탁을 해 보았으나 딸아이를 선뜻 데려가겠다는 집안은 없었다.

하지만 만약 이런 걸작을 내놓는다면, 과연 그때도 데려가겠다는 집이 없을까?

좌사가 부채에 꽂힌 눈길을 거두지 못하고 있는데, '후훗' 하고 웃음을 흘린 새댁이 간드러진 목소리로 말했다.

"아이참, 먼지 묻었네!"

그러면서 부채를 좌사의 손 쪽에다 대고 슬쩍 털었다.

좌사는 자기도 모르게 부채를 덥석 붙들고야 말았다. 그렇게 손이 바빠진 좌사가 통행증을 더듬어 본다거나 질문을 던질 짬을 못 내는 사이에 새댁은 서류를 좌사 옆에서 도장 찍기에 여념이 없는 아역 앞으로 쓱 밀어 놨고, 아역은 고개도 안 들고 쾅! 쾅! 도장을 찍은 후 손을 휘휘 내저었다.

이리하여 여유롭게 성문 앞을 벗어나게 된 일가가 제각기 피식 웃던 도중, '시어머니'가 입을 열었다.

"내 눈에도 어여쁜데 아까 그놈 보기에는 오죽할까."

그 소리에 새댁이 수줍은 양 허리를 배배 꼬더니 가느다란 손가락으로 시어머니의 이마를 콕 찔렀다.

"미워, 진짜!"

그러자 옆쪽에서 후딱 달려온 '남편'이 눈을 부라리면서 걸걸한 목소리로 새댁을 윽박질렀다.

"비역쟁이같이 생긴 자식이!"

"누군 뭐 이 짓이 쉬운 줄 아나?"

아리따운 자태의 새댁이 한 맺힌 투로 말했다.

"멀쩡한 여자 놔두고 사나이 대장부한테 분칠을 덕지덕지 시켜서는. 게다가 집에 귀하게 모셔 뒀던 온씨 부인의 역작까지 내놨는데 좋은 소리는 한 마디도 못 듣고."

"잘했어, 진짜 잘했어! 타고난 배우야. 엄청 요염하더라고."

'시어머니' 맹부요가 싱글싱글 웃으면서 다가와 '며느리' 종이의 연기력을 칭찬했다. 그 즉시 녹아내리듯 간드러진 몸짓으로 맹부요에게 기댄 종이가 경극 배우처럼 맵시 있게 굽힌 손가락을 그녀의 몸에 살포시 올렸다.

"친절도 하셔라……."

이때 누군가 뒷덜미를 잡아당기는 느낌이 들자 종이가 뒤를 돌아보며 불만스럽게 쏘아붙였다.

"철성, 번번이 분위기 깨는데……."

뒷말은 목구멍에 턱 걸려 밖으로 나오지 못했다. '시아버지' 장손무극이 빙긋이 웃으며 그를 쳐다보고 있었던 것이다. 표정은 무척 온화했으나 장손무극의 눈은 분명하게 말하고 있었다. 자꾸 그렇게 지분거리면 원보 대인을 밤낮으로 곁에 붙여 놓겠노라고…….

풀이 팍삭 죽은 종이가 무거운 발걸음을 끌며 맹부요 곁에서 떨어지는 한편, 중얼중얼 한탄했다.

"성문 통과했으니까 이제 쓸모없다 이거지……."

기춘절 행사는 이레에 걸쳐 치러졌다. 진영 이탈을 엄금한다는 대황녀와 삼황자의 지시가 있었음에도, 자피풍과 철위 중의 일부 고위층은 명절 기간 온 성을 화려하게 밝힌 등불의 유혹을 이기지 못하고 '백성들과 기쁨을 나누러' 외출을 감행했다. 물론 여기서 '백성'이란 특정 성별만을 콕 집어 지칭하는 말이었다.

포악무도한 자피풍에 비하면 철위는 그래도 질서가 잡혀 있는 편인지라 유곽을 많이 이용했다. 자피풍 쪽 역시 이씨 저택 사건 이후로는 민간인에게 손을 대는 일을 자제 중이었다. 그런 관계로 양측은 주둔지 기준으로 도시를 정확히 반으로 갈라 성 남쪽 유곽은 자피풍, 북쪽 유곽은 철위 몫으로 정하고, 상대방 구역에는 출입하지 않고 있었다.

양측이 충돌을 빚을까 걱정인 건 대황녀나 삼황자나 마찬가지였기에 둘은 수하들에게 절대 여자 문제로 시비를 일으키지 말라 단단히 일러두었고, 덕분인지 양측은 지금껏 별 갈등 없이 잘 지내 오고 있었다.

그러다가 바로 오늘, 기어코 사고가 터진 것이다.

명절 기간에는 근방의 유명한 기녀들이 모두 상풍 현성에 모여 재주를 선보이고 기예를 겨루는 것이 관례였다. 개개인의 장기를 최대한 많은 사람 앞에서 자랑하여 인지도를 한층 더 높이고 업계에서 더 나은 대우를 얻어 내기 위함이었다.

올해도 예년과 마찬가지로 이름난 미인들이 성을 방문했는데, 그중에서도 단연 화제인 인물은 '일탑운'이라는 기녀였다.

일탑운. 어찌하여 이름에 침상을 뜻하는 '탑榻' 자와 구름을 의미하는 '운雲' 자가 들어가느냐.

항간의 소문에 따르면, 온몸을 극히 부드럽고 유연하게 만드는 신비의 기예를 익힌 고로 그 위에 올라탄 사내는 마치 구름 침상에 누워 있는 듯한 기분을 느끼게 되기 때문이었다.

말만 들어도 얼마나 황홀할지 상상이 가지 않는가!

인간이 가진 욕망의 부위별 경중을 따지자면 하반신이 상반신을 절대적으로 압도하는 것이 진리. 거문고, 바둑, 서예, 그림처럼 예술적 정취를 다루는 유희는 흡인력 방면에서 무슨 수를 써도 구름 침상을 따라잡을 수가 없었다. 이러한 연유로 여타 경쟁자들은 출중한 재주를 가지고도 무수한 추종자들을 끌고 다니는 일탑운의 독주를 그저 씁쓸하게 구경이나 해야 하는 신세였다.

일탑운은 이번에 손님을 접대할 장소로 이례적이게도 성안에 흐르는 칠성하를 택했다. 상풍 현성을 남북으로 가로지르는 성안 최대의 물줄기 칠성하는 평소에도 화려한 놀잇배들이 물결을 따라 흘러 다니면서 색시 장사를 하는 곳이었다. 이를 보고 회가 동한 일탑운이 접대 장소로 칠성하를 낙점한 것이다.

강에 띄울 배 같은 경우는 여타 사치스러운 놀잇배들과는 차별화된 조각배를 택해 소박하게 붉은 등롱만 내달았다. 그렇게 준비된 조각배가 푸르른 물결 위에서 나른하게 둥실거리는 모습은 어쩐지 손님을 기다리며 누워 있는 미인의 자태를 연상시켜, 오히려 더 야릇한 상상을 불러일으켰다.

밤경치 위로 악기 연주 소리와 노랫소리가 흐르고 수면에는 찬란한 불빛이 넘실거리는 가운데, 무수한 인파가 강가에 모여 미인의 등장을 애타게 고대하고 있었다.

알려진 바에 따르면 일탑운은 아무나 함부로 손댈 수 있는 창기가 아니었다. 몸값도 있고, 지위도 있고, 지조도 있는 기녀인 만큼 본인이 친히 손님을 골라서 받는다던가.

세간에 그녀가 남겼다는 유명한 명언이 하나 떠도는데, 바로 '양물에도 인격이 있다.'였다.

야심한 시각, 만인의 기대 속에서 노 젓는 소리와 함께 등장한 조각배 한 척이 강기슭에서 10미터가량 떨어진 지점에 멈춰 섰다. 강변에 늘어진 버들가지 사이로 살펴보니, 배 위는 인기척 없이 고요하기만 했다.

애가 타서 어쩔 줄 모르는 인파 사이에는 성 남쪽 사창가를 전적으로 먹여 살리는 자피풍과 성 북쪽 사창가의 큰손인 철위도 섞여 있었다. 양쪽 우두머리가 서로를 한 번씩 힐끔 쳐다봤다. 그러고는 상대방이 서 있는 위치를 눈으로 확인하더니 각자 반대편으로 고개를 홱 돌렸다.

조각배는 줄곧 정적에 잠겨 있었다. 그 점이 오히려 더 사람들을 감질나게 했다. 기다림 끝에 인내심이 바닥난 인파가 막 폭발하기 직전인데, 붉은 등이 갑자기 환하게 빛나더니 등불 아래에 새하얀 옷을 입은 여인이 등장했다.

흘러가는 구름처럼 부드럽게 휘날리는 옷자락이 사람들의 눈길을 사로잡았다. 붉은 조명 탓에 이목구비는 희미하게밖에 안 보였지만, 하늘거리는 그 자태는 낙수의 여신이 따로 없었다.

실로 눈부신 아름다움.

사람들이 몰려 있는 방향에서는 일탑운이 새하얀 섬섬옥수를 허리 앞쪽에 모아 쥐고 있는 모습 정도만 확인될 뿐이었다. 아침노을을 받으며 피어난 백목련만큼이나 우아한 자태였다. 거기에 더하여, 물 위에 핀 하얀색 연꽃처럼 너울거리는 치맛자락이 초봄의 서늘한 바람 속에서 더할 나위 없이 매혹적인 기품을 발하고 있었다.

무엇보다 환상적인 것은 그 유려한 몸매였다. 수수한 흰옷과 엷은 화장으로도 누그러지지 않는, 온몸에서 뿜어져 나오는 농염함. 나올 데는 나오고 들어갈 데는 들어가고, 정상급 장인이 신의 가호를 얻어 빚어낸 작품이 저리 절묘할까.

사람들은 멀찍이 보이는 그 자태 앞에서 잠시 숨 쉬는 것조차 잊고 말았다. 과연, 구름 한 자락이 날아 내려온 듯하도다……

여인은 아무 말 없이 배 위에 서 있다가 금방 선실 안으로 사라졌다. 자신의 아리따운 자태에 마음을 통째로 빼앗겨 버린 이들의 애타는 눈길만을 덩그러니 남겨 두고.

구경꾼들의 침묵을 배경으로 조각배가 다시금 고요를 되찾는가 싶더니, 홀연 배 안에서 비파 연주가 시작됐다.

거대한 바위를 쪼개고 구름의 흐름조차 멈추게 하는 음량!

비파 연주는 은제 병이 깨지면서 쨍하는 소리를 내듯 기습적으로 터져 나왔다. 창천을 휩쓰는 강풍과 우레처럼, 높고도 맑은 울림이 아득한 혼돈을 찢고 폭발했다. 팔방에서 폭풍우가 몰아쳐 오듯이, 첫 음부터 창해를 격동시키고 천하에 풍류를 떨쳤다. 강렬하게 터져 나온 소리가 춤을 추고, 현의 진동이 심장을 뒤흔들었다. 제왕의 바람[4]이 강산을 휩쓸고 창공을 선회

---

4 전국 시대 초나라 문인 송옥宋玉의 〈풍부風賦〉 중 '왕의 바람과 백성의 바람은 다르다.'는 구절에서 가져온 것이다.

하는 봉황의 오색 꽁지깃이 구름 속을 넘나들었다.

바람이 일고, 구름이 피어오르고, 달이 숨고, 태양이 떠올랐다. 무한히 찬란한 광망이 하늘가를 광활하게 밝혔다. 맑은 음색이 생동감 넘치는 변화를 반복하면서 바람에 실린 버들 솜처럼 한들한들 날아올라 먼 산의 꼭대기에 내려앉고, 솔바람 소리와 함께 땅거미가 졌다.

운무 내리는 곳에 묵직한 종소리가 울리고, 어느덧 달이 중천에 걸렸는데, 저 멀리 깊은 산중에 은거하고 계신 이 누구시려나.

달빛이 차츰차츰 아래로 깔리다가 붉은색 얇은 휘장을 두른 벽옥 조각배에 내려앉았다. 그윽하게, 아름답게, 부드럽게, 사뿐하게……. 규방 안 여인의 화려한 꿈인 양.

모든 사람을 꿈결에 빠뜨린, 세상 다시없을 명곡.

격정, 생동감, 아름다움. 그 전부를 비파 연주 한 곡에 이토록 절묘하게 녹여 내다니. 운지법 자체는 말할 필요도 없고, 각기 다른 세 가지 정서가 마치 처음부터 한 묶음이었던 양 조금의 위화감도 없는 전환을 이루어 낸 것만으로도 이미 음악적 경지의 극치를 확인했다 할 수 있었다. 아마 연주자 또한 세속을 초월한 미모와 풍치의 소유자 아니겠는가.

사람들은 눈이 반쯤 풀린 채로, 조금 전에 본 흰옷의 여인을 자연스럽게 머릿속 연주자 자리에 앉혔다. 비파보다 더 아름다운 곡선을 가진 여인의 몸을 떠올리자 당장 가슴속에 불길이 일었다. 그 불길이 이성을 통째로 휩쓸고 가 버린 자리에는 여인의 요염한 자태만이 남겨졌다.

비파 연주가 끝난 후, 선실 입구 발이 걷히면서 검은 옷을 입은 여종이 고개를 내밀었다. 손에 꽃 한 송이를 든 여종이 생글생글 웃으며 말했다.

"어르신들, 저희 아가씨와 단둘이 배 위의 부드러운 구름에 파묻혀…… 출렁여 보고 싶으신가요?"

'출렁'이라는 말에 금방 아랫도리가 묵직해진 어르신네들이 이리 떼처럼 눈을 빛냈다.

그러자 여종이 피식하면서 손에 들고 있던 꽃송이를 하늘 높이 던져 올렸다.

"저 꽃을 손에 넣는 분이 오늘 밤 첫 손님입니다."

목련꽃이 나풀나풀 날아오르는 찰나, 강기슭에서 수십 개의 그림자가 동시에 쏘아져 와 요란하게 부딪치는 소리를 냈다. 처음에는 몸뚱이와 몸뚱이가 부딪치는 충돌음이었지만, 그 충돌음은 곧 도검이 챙챙 맞부딪치는 쇳소리로 바뀌었다.

허공에서 누군가 소리쳤다.

"이런 씹새끼들, 철위가 여길 왜 끼어들어?"

"눈깔은 썩어 문드러지고 궁둥이에는 종기 난 자피풍도 왔는데, 우리라고 못 올 거 있나?"

"여기는 성 남쪽이다!"

"칠성하가 성 남쪽이라고 누가 그래?"

"퉤! 비켜!"

"너나 꺼져!"

치고받는 소리가 이어지는 동안 물에 빠지는 사람이 속출했다. 양쪽은 물속에서도 서로 눈을 후벼 파고 콧구멍을 쑤셔 대며 뒤엉켜 싸웠다.

자피풍과 철위 사이에 악감정이 쌓이기 시작한 것은 이미 오래전부터였다. 지금까지는 싸움을 엄금한다는 윗분들의 명 때문에 참아 왔지만, 오늘은 양쪽 다 정욕에 눈이 먼 상태. 배 위의 미녀를 쟁취하기 위해서라면 주먹다짐이고 뭐고 못 할 게 없었다.

게다가 칠성하는 성 남북에 두루 걸쳐 있는 강이었다. 여기가 남쪽인지 북쪽인지 누가 감히 잘라 말할 수 있으랴. 엄밀히 따지자면 상부 명령을 거역한 것도 아니므로 일단 분풀이부터 하고 보자는 게 양쪽의 생각이었다.

물속에서만 난투극이 벌어진 게 아니라 강기슭에서도 경쟁이 치열했다. 오늘 이 자리에는 자피풍의 부수령과 철위의 이인자도 나와 있었다. 강가에 모인 조정의 앞잡이 무리 중 최강의 무공을 자랑하는 두 나리께서도 오늘만큼은 절대 양보할 수 없다는 각오였다.

몸매도 그렇고, 비파 솜씨도 그렇고, 저런 초절정 미인을 어디 가서 다시 찾는다고 쉽게 포기한단 말인가? 뭐, 처음에야 무리하게 욕심낼 생각까지는 없었지만, 경쟁 상대가 저렇게 의욕을 불태우는데 어떻게 맥없이 물러날 수가 있겠나. 여기서 물러나면 자피풍, 혹은 철위의 체면은 뭐가 되라고.

막상막하의 고수인 두 사람 중, 자피풍 부수령이 먼저 공중에 자색 궤적을 그리며 날아가 꽃송이를 거머쥐었다. 그러자 반보 차이로 지면을 박차고 오른 철위 서열 2위가 허공답보를 펼치며 뒤쫓아 가 발차기를 날렸다.

공중에 뜬 채로 몇 차례 공방을 나눈 두 사람은 이내 휘리릭 돌면서 지면에 내려섰고, 그런 둘의 손에는 목련꽃이 각각 반 쪽씩 들려 있었다.

자피풍 부수령이 다급하게 외쳤다.

"내 쪽이 더 커, 나다!"

이때 배가 슬금슬금 북쪽으로 움직였다. 마침 배가 어디쯤 있는지 살핀 철위 서열 2위가 이어서 삼황자가 성 남북을 가르는 기준점으로 잡아 놓은 화려한 건물 쪽으로 고개를 돌려 양 쪽 위치를 가늠해 보더니 눈을 번쩍 빛냈다.

"배가 성 북쪽에 있으니까 나다!"

말이 끝나기 무섭게 배가 또 슬그머니 움직여 남쪽으로 돌아갔다. 배 위치를 확인하고 발끈한 자피풍 부수령이 쏘아붙였다.

"눈깔 안 달렸냐? 뻔뻔하기는!"

"이 개 같은 놈이! 아까는 분명 내 쪽에 있었다고!"

"이게 진짜 뒈지고 싶나!"

"정신 빠진 새끼가!"

"내가 오늘 네놈 모가지를 따고야 만다!"

한쪽이 으름장을 놓으면서 옷을 벗어 던졌다.

"늙다리 자식, 오늘이 제삿날인 줄이나 알아라!"

다른 쪽도 질세라 소매를 걷어붙였다.

쾅! 퍽!

"사람이 죽었다!"

백성들은 행여나 불똥이 튈까 우르르 자리를 피하고, 강기슭에는 한데 엉켜 난투극을 벌이고 있는 자피풍과 철위만이 남겨졌다. 수면 위의 조각배도 두둥실 방향을 틀어 멀찍이 떨어진 수양버들 그늘로 들어갔다. 물론, 싸움에 정신이 팔린 병사들은 아무것도 보지 못했다. 봤다손 쳐도 쫓아갈 겨를이 없었을 테지만.

선실 안에서는 책상다리를 하고 앉은 흰옷의 여인이 빙긋이 웃으며 맞은편 사내에게 술을 따라 주고 있었다. 새하얀 옷소매 밖으로 드러난 손목이 옥석을 깎아 놓은 양 섬세했다.

"비파를 이렇게 잘 타는 줄은 몰랐어요. 넋을 놓고 들었다니까요."

사내는 비단 보료에 비스듬히 기댄 채 기다란 손가락으로 비파 현을 가볍게 퉁기고 있었다.

희미한 붉은빛 조명 아래, 사내의 눈썹은 먹처럼 짙었고 피부는 백옥처럼 깨끗했다. 길게 풀어 놓은 머리와 느슨한 옷차림, 입가에 떠도는 엷은 미소. 과연, 구경꾼들의 상상처럼 세속을 초월한 자태와 고귀한 풍치를 지닌 인물이었다.

사내가 눈을 들면서 찔레꽃 같은 웃음을 피워 냈다. 차분하고 우아한 모습 가운데 사람 혼을 쏙 빼 놓는 교태가 흘렀다.

"그대를 위해 만든 〈봉무부요鳳舞扶搖〉라는 곡이오. 오늘에야 들려줄 기회를 얻었군."

입가에 웃음을 머금은 그가 현을 퉁겨 맑고 은은한 울림을 만들어 냈다. 깊은 속내를 비파 소리로 대신 털어놓듯이.

"마음에 든다면 한평생 매일같이 연주해 주겠소."

선기 천성 30년 3월 3일.

선기국 양대 감찰 조직인 자피풍과 철위가 기녀 하나를 놓고 내홍을 일으켰다. 상풍성에 주둔 중이던 양측 병력이 충돌을 엄금한다는 상부 명령을 무시하고 벌인 일이었다. 고위급 지휘관 한 명이 사망하고 한 명이 심각한 부상을 입었으며, 일반 병사 중에서도 다수의 사상자가 발생했다.

물속에서 뒤엉켜 싸우다가 죽은 병사들의 시체는 며칠이 지난 후에야 수면 위로 떠올랐다. 이는 크고 작은 마찰을 겪으면서도 상부 명령에 묶여 어쩔 수 없이 서로를 용인해 온 자피풍과 철위 사이에 그간 쌓였던 갈등이 전면적으로 폭발하는 계기가 되었다.

그로부터 며칠간 수차례의 대규모 충돌이 이어졌다. 1만 명에 달하는 인원이 난투극을 벌이다 보니 성안은 자연히 난장판이었다.

대황녀와 삼황자는 각자 진땀을 빼며 수하들을 단속하느라 더는 암살이나 체포령을 내릴 겨를이 없었다. 덕분에 누군가는 유유자적하게 성을 빠져나갈 수 있었다. 성안의 난장판은 두

황자 황녀에게 떠맡긴 채.

　그때부터 일행은 매일 밤을 틈타 빠른 속도로 최종 목적지를 향해 이동하기 시작했다.

　　　　　　　　　　✤

　3월 10일.

　도성 근교 역참에서 갑작스럽게 보내온 급보가 선기국 예부를 발칵 뒤집어 났다.

　무극 태자와 대한 한왕이 호위 3천과 함께 도성 근교 장례 역에 당도하였으니 영접하라!

화려한 등장

3월 10일, 한 달 넘게 '실종 상태'였던 무극 태자와 대한 한왕이 마침내 선기 땅에 그 위풍도 당당한 모습을 드러냈다. 난다 긴다 하는 두 인사가 난데없이 실종되었다는 것 자체도 황당한 일이었지만, 다시 등장한 방식은 더 황당했다.

도성 근교 역참에서 일하는 말단 관리가 아침에 눈을 떴는데, 웬 낯선 사람이 온몸에 흙먼지를 뒤집어쓰고 대뜸 방으로 쳐들어오더라는 것이다. 괴한은 마치 거기가 자기 안방이라도 되는 양 탁자에 있던 물그릇을 벌컥벌컥 비우더니, 의자에 걸쳐 둔 관복으로 입가를 쓱쓱 문질러 닦고, 그 김에 과일까지 하나 덥석 집어 아삭아삭 베어 먹으면서 껍질을 퉤퉤 뱉어 냈다.

너무도 자연스러운 일련의 동작에 압도당해 멍하니 있던 관리가 한참 만에야 눈꺼풀에 눌어붙은 눈곱을 주섬주섬 떼어 내고 상대를 세세히 뜯어봤다.

아무리 봐도 도성에 사는 왕공, 귀족 자제, 유력 인사 중에 저런 인물은 없었지 싶었다. 비록 말단 관직에 있기는 해도 도성 근교라는 역참의 위치적 특성상 항상 귀빈들을 상대하는 그는 황제의 용안도 자주 보고 사는 사람이었다.

상대가 처음 보는 얼굴임을 확인하고 간이 커진 관리가 호통을 쳤다.

"웬 놈이냐! 황제 폐하께서 지척에 계시거늘, 겁도 없이 여기가 어디라고 쳐들어와!"

그런데 웬걸, 씨만 남은 과일을 냅다 집어 던진 상대가 눈을 부라리면서 더 큰 소리로 불호령을 때리는 게 아닌가.

"거기 침상 위에는 웬 놈이냐! 겁도 없이 누구 안전이라고 소리를 질러!"

관리는 또 한 번 상대의 기세에 압도당하고 말았다. 그는 직업적 습관에 따라 혹시 자기가 어느 고관대작 댁을 빠뜨렸나 다시금 머릿속을 샅샅이 뒤지기 시작했다.

저 말하는 본새를 보라. 황실에서 제일 기고만장한 십이황자 봉정송鳳淨松보다도 한술 더 뜨고 있지 않나. 다년간 험난한 벼슬길에서 구르며 쌓은 경험상 건방진 말본새와 사회적 지위는 예외 없이 정비례를 이루는 법이었다.

"저기, 실례지만 뉘신지?"

관리의 태도가 사뭇 조심스러워졌다.

"실종자!"

상대가 손을 홱 내저었다.

"⋯⋯."

우여곡절 끝에 상대방의 정체를 알아낸 관리가 그 즉시 손을 발발 떨면서 예부에 보낼 서신을 작성했다. 막 나가기로 소문난 맹부요 대왕께서는 남의 안방에 다짜고짜 들이닥쳐 아무런 준비도 되어 있지 않은 방 주인을 속옷 차림으로 질질 끌어다가 책상 앞에 앉힌 것만으로도 모자라, 본인의 지렁이 기어가는 글씨체로 서신에다 추신을 달기까지 했다.

선기국 예부는 예의고 나발이고 없구나! 여태껏 성 밖에 코빼기도 안 비치다니? 본 왕은 분노를 금할 수가 없도다. 해도 너무한 처사 아닌가!

관리가 파들파들 떨면서 서신을 빠른 파발로 보낸 뒤, 미리 도성에 잠입해 있다가 맹부요가 당도했다는 소식을 전해 들은 호위병 3천이 즉각 역참으로 달려왔다.

호위들을 마주한 맹부요가 대뜸 팔을 휘두르며 말했다.

"내일부터는 새빨간 색으로 새 옷 맞춰 입어! 마구도 최고급으로 바꿔서 눈에 잘 띄는 보석 팍팍 박고! 조용히 숨어 지내는 건 이제 질렸다! 지금부턴 보란 듯이 화려하게 다녀 줄 테다!"

화려함을 부르짖는 맹부요 대왕의 등장.

그 소식을 접한 선기국 조정 신료들은 웃어야 할지 울어야 할지 모르겠다는 표정이었다.

지난 한 달여간 대한국과 무극국 관원들이 선기국에 눌러앉아 자기네 주군을 찾아내라며 매일 같이 대소 신료들을 들볶아 대던 걸 생각하면 웃어야 할 일이었다. 대한국 관원들은 하루가 멀다고 선기국 관원들을 다과상 앞에 앉혀 놓고 국경선을 조금 더 남쪽으로 옮겨야 하지 않겠냐는 소리를 읊어 댔다. 국경에 인접해 있는 대명현의 경우 백성들이 대한국에 동화된 지 오래이니 이참에 선기국 지도에서는 지우는 게 좋겠다는 것이었다.

그런가 하면 무극국 관원들은 선기국 수도 동성에 대한 흠모와 동경을 가감 없이 드러내면서, 자기네 태자 전하의 인솔하에 우방국 조정 신료들과 함께 동성을 새로이 재건하고 싶다는 소망을 표명했다.

이로 인하여 위로는 재상에서 아래로는 각 부의 말단 관리에 이르기까지, 선기국 대소 신료들은 한 달이 넘는 시간을 모진 고통 속에서 보내야만 했다.

한왕의 등장으로 지옥에서 벗어나기는 했지만, 한편으로는 울고 싶은 마음인 것도 사실이었다.

왜 이렇게 의도가 불순한 자들만 득실득실 꼬인단 말인가. 신하 몇 명만 해도 보통이 훨씬 넘는데 그 주군들은 오죽할까? 게다가 한왕은 대륙 전체에 악명이 자자한 희대의 파렴치한 아니던가. '괴한들에게 둘러싸여 공격당하는 와중에 실종되었다가 천신만고 끝에 돌아온' 한왕이 가만히 있지 않을 것은 머리가 아니라 발톱으로 생각해도 충분히 예상 가능한 일이었다.

과연 한왕을 어찌 맞이해야 하며, 실종 당일 밤의 피습 사건에 관해 물으면 무어라 대답을 해 줘야 할 것인가.

선기국 재상은 황제 폐하께 지시를 받고자 황궁으로 향했다. 폐하의 병세가 악화되기 시작하면서 신료들이 용안을 뵙지 못한 지도 시일이 꽤 되었다. 용천궁에는 온종일 두꺼운 휘장이 겹겹이 쳐져 있었고, 폐하께서는 신료들의 문안 인사도 휘장 너머에서 받으셨다. 신료들은 짙은 약재 냄새와 휘장에 어른거리는 그림자에 둘러싸여 그저 나름대로 폐하의 병세를 짐작해 볼 따름이었다.

재상은 오늘도 회랑 아래에 한나절은 꿇어앉아 있어야 한두 글자쯤 되는 회답이 돌아오겠거니 하고 있었다. 그런데 예상 밖에 그가 한왕의 소식을 아뢰자마자 안쪽에서.

"아아!"

하는 음성이 들려오더니, 희미해서 정확히 무엇을 하는 소리인지는 알 수 없는 기척이 이어졌다.

잠시 후, 태감이 나와서 어명을 전했다.

"극진한 예의로 맞아들이고, 원하는 것은 무엇이든 들어주도록 하라."

조서를 받아 든 재상은 종잇장이 아니라 지글지글 끓는 숯덩이를 손에 쥔 기분이었다.

원하는 것은 무엇이든 들어주라니, 아무리 그래도 이건 좀 과하지 않나? 폐하께서는 그자가 얼마나 뻔뻔한지나 알고 하시는 말씀인가? 만약 위로금 명목으로 성이라도 세 개쯤 내놓으라고 하면, 그때도 들어줘야 하나?

즉각적으로 후회가 밀려왔다. 차라리 알현을 청하지 말 것을. 옥체 미령하시니 정신까지 흐려져서 저러시는 게지.

재상은 조서를 조심스럽게 품 안에 갈무리해 넣고 용천궁을 나왔다. 쉼표 뒤쪽 말은 무시하고 싶더라도 그 앞쪽은 어명에 따라 행해야만 했다.

재상은 현재 도성에 남아 있는 황자 황녀들 중 항렬과 지위가 가장 높은 이황자와 십황녀를 환영 행렬 선두에 세웠다.

이황자는 영귀비의 장남이고 십황녀는 황후의 장녀인 데다가, 3품 이상 관원들까지 대거 동원했으니 모양새는 충분히 갖추었다 할 수 있으리라.

준비 작업으로 분주했던 밤이 지나고 아침이 왔다. 악기 소리가 울려 퍼지고, 성문이 활짝 열리고, 이황자와 십황녀를 위시한 문무백관이 성문 밖 10리까지 귀빈을 맞이하러 나갔다.

말쑥한 차림새에 관모를 멋들어지게 쓴 행렬 참가자들은 성밖 10리 지점에 당도한 후 알록달록하게 장식된 가설 천막 아래에 품계 순서대로 늘어섰다. 그대로 기다리길 한참, 하도 고개를 빼고 내다보느라 목이 늘어났을 지경인데도 태자와 한왕은 그림자조차 보이지 않았다.

땡볕 아래서 오래 있다 보니 목덜미에 개기름이 돌아 생선 비늘처럼 광택이 흘렀다. 게다가 슬슬 다리도 아팠다. 말 위에 올라앉은 사람은 황족 남매 둘뿐, 나머지 신하들은 모두 바닥에 줄을 맞춰 서 있었다. 팔자 좋은 3품 이상 고관들이 언제 이렇게 긴 시간 한자리에 서서 땡볕을 고스란히 받아 봤겠는가.

이리 기다려도 안 와, 저리 기다려도 안 와, 기다림에 지친 일행이 역참으로 사람을 보내서 어서 좀 납시어 주십사 부탁하자 돌아온 대답은 이러했다.

"양치질 중이외다."

양치를 백 번은 했을 시간이 지나서 다시 사람을 보내자 이러한 답이 왔다.

"얼굴에 팩 붙이는 중이외다."

얼굴에 뭘 붙여? 가면 말하는 건가?

또 한참이 흘러, 팩이 아니라 벽돌을 붙였어도 성벽 한 면은 거뜬히 쌓았을 즈음이 되어서 다시 사람을 보내자 답이 왔다.

"세수 중이외다."

가면 쓰고 세수를 해?

세수를 천 번은 하고도 남았을 즈음에 다시 사람을 보내자 답이 왔다.

"클렌징 폼이 깨끗이 씻기지 않았소이다. 잔여물이 안 남을 때까지 헹궈 내지 않으면 치명적인 결과로 이어질 수 있거늘."

문무백관은 서로 멀뚱멀뚱 얼굴을 마주 봤다.

클렌징 폼? 무공 수련에 쓰이는 귀한 약재 같은 것인가?

그때부터 또 무작정 기다리다가, 클렌징 폼이 아니라 10년 동안 목욕 안 한 사람도 잔여물 하나 없이 깨끗이 씻겼을 즈음이 되어서 다시 재촉하자 답이 왔다.

"토너가 흡수될 때까지 기다리는 중이외다."

토너? 외용 공력 증강제인가?

토너를 흡수시킨 다음에는 진주 크림을 발랐고, 진주 크림 다음에는 선크림이었다. 사자 역할을 맡은 예부 관원은 왔다 갔다 발이 닳도록 뛰어다니다가, 막판에는 급기야 다 죽어 가는 꼬락서니로 땅바닥을 기어서 돌아왔다.

그러고는 한왕의 말을 전하기를.

"SPF50짜리 선크림이 없어서 아무래도 얼굴이 탈 것 같다며 동성에 혹시 있는지 물어봐 달라고 하셨습니다."

아직 연륜이 부족한 십황녀가 말채찍을 집어 던졌다.

"제까짓 게 뭐라고 건방을 떨어!"

이황자는 그래도 나이가 조금 있는 쪽답게 씁쓸히 웃기만 했다. 그가 예부 관원을 보며 말했다.

"가서 한왕에게 전하게. 이제 곧 오시인데 햇볕이 점점 따가워지면 얼굴이 더 타지 않겠느냐고."

그 말이 효과를 발휘한 모양이었다. 적어도 이번에는 관원이 다 죽어 가는 꼴로 기어서 돌아오지는 않은 것을 보면.

얼마 지나지 않아 지평선 저 끝에 갑옷을 맞춰 입은 무리가 나타났다. 거칠게 꿈틀거리는 붉은색 구름 덩어리가 동성 앞 관도에 내려앉은 듯한 광경이었다.

금실로 가장자리를 두른 핏빛 장포, 일제히 하늘을 향해 치솟아 번뜩이는 칼날, 정교한 마구와 거기에 장식된 눈부신 보석, 질풍처럼 달려오는 와중에도 흐트러짐 없는 한일자 대형.

하나같이 영준하고, 민첩하고, 용맹하고, 엄숙하고, 건장한

3천 명이 의장대 행렬을 보는 듯한 늠름함과 죽음을 각오한 결사대를 방불케 하는 살기를 뿜어내며 달려오는 중이었다.

그러한 기병들이 칼같이 유지 중인 호위 대형 한가운데에는 여유롭게 옷자락을 나부끼며 말을 모는 두 사람이 있었다. 그 두 사람이 시야에 잡히는 순간, 선기국 관원들은 일제히 숨을 멈추고 말을 잃었다.

왼편 백마에는 연보라색 바탕에 은실로 무늬를 넣은 비단 장포를 입은 남자가 앉아 있었다. 백옥관, 자마금 허리띠, 얼굴 절반을 가린 은제 가면, 늘씬하고 우아한 자태와 존귀한 기품. 가면 밖으로 드러난 눈동자는 감히 바닥을 가늠할 수 없는 깊이 안에 찬란한 광채를 품고 있었다. 얼핏 희미한 웃음기가 감도는 듯한 그 눈은 보는 이의 넋을 순식간에 앗아 갈 만큼 아름다웠다.

오른편 흑마에는 백의를 입은 소년이 앉아 있었는데, 소년의 옷은 눈이 시리도록 새하얀 바탕에 앞섶과 소맷부리에만 연보라색 용 문양이 수놓여 있었다. 비단결 같은 흑발을 하나로 높게 묶어 올리고, 그 위에 청옥관을 쓴 모습. 비할 데 없이 청아하고 수려한 자태였다. 특히 소년이 새카맣게 반짝이는 눈동자로 주변을 훑노라면 태양조차 그 반짝임에 압도당해 순간적으로 빛을 잃는 듯했다.

분명 둘 다 사내 모양새를 하고 있건만, 모두의 가슴속에는 똑같은 한마디가 스쳐 지나갔다.

한 쌍의 신선이 따로 없도다!

천하에 이름을 떨치고 있는 대한 한왕. 아직 진면목을 확인한 건 아니지만 저 눈빛 하며, 저 자태 하며, 딱 봐도 범상한 인물이 아님을 알 수 있었다.

아니 그런데…… 소문하고는 달라도 너무 다른 것 아닌가? 그렇게나 후안무치하고 오만 방자하다는 인물이 실상은 저리 청아한 모습이라니. 이건 청아함에 대한 모독이다!

선기국 관원들은 속으로 구시렁거리는 한편, 귀청이 떨어질 듯한 소악 연주를 배경으로 일사불란하게 예를 올렸다.

"무극 태자 전하와 대한 한왕을 뵙습니다."

말에서 내릴 생각이 전혀 없는 모양새로 빙그레 웃으며 아래를 내려다보던 맹부요가 채찍을 까딱까딱 놀리면서 하늘을 향해 탄식했다.

"역시 말 위가 편하긴 편해. 보름을 오로지 두 다리로만 걸어 다닌 내 신세 참 불쌍하다!"

그녀가 입을 여는 동시에 현실감을 되찾은 군중들이 '후우' 하고 긴 숨을 내쉬었다. 과연, 말본새를 들어 보니 대한 한왕이 확실하구먼.

쓴웃음을 지으며 말에서 내린 이황자가 굳은 얼굴로 꿈쩍도 안 하고 앉아 있던 십황녀를 끌어 내렸다. 맞은편에서는 장손무극이 먼저 말에서 내려 안장에 퍼져 있던 맹부요를 아래로 모시는 중이었다. 맹부요 대왕께서는 발이 땅에 닿자마자 '아이고.'를 연발하면서 그 자리에 주저앉으셨다.

"다리는 퉁퉁 부었지, 발목은 접질린 지 한참이지. 도저히 못 일어나겠네, 아이고야⋯⋯."

다리를 주무르다가 고개를 든 그녀가 난처한 표정으로 서 있는 선기국 관원들을 쓱 훑어보면서 한숨을 내쉬었다.

"어떻게 된 나라가 치안이⋯⋯."

그녀가 머리를 절레절레 흔들자 관원 상당수는 고개를 떨궜고, 나머지는 얼굴을 가렸다. 맹부요 대왕께서는 거기서 만족하지 않고 연달아 한숨을 내쉬셨다.

"어떻게 된 나라가 인간성이 하나같이⋯⋯."

선기국 관원들의 얼굴색이 시커멓게 썩어 들어갔다.

맹부요는 그쯤에서 말을 멈추고 쯧쯧 혀를 찼으나, 그녀의 표정은 말보다 훨씬 강력한 파괴력으로 관원들을 집단 공황 상태에 몰아넣었다. 정녕 눈치가 없는 것인지, 대왕께서는 그 자리에 쭈그려 앉은 채로 본인 흥에 취해 계속 입을 터셨다.

"아니⋯⋯."

이때 이황자가 불쑥 끼어들었다.

"걷기 힘들 것 같으면 말에 오르시지요."

그러나 맹부요는 아무것도 못 들은 양 본인 할 말만 주절거릴 뿐이었다.

"⋯⋯아니, 나는 칼 든 놈들한테 쫓겨 다니고 강도질당하느라 놀란 가슴이 아직도 벌떡거려서 다리에 도저히 힘이 안 들어가는 걸 어쩌나. 실례인 줄은 알지만 여기 좀 쪼그리고 있을 테니까 신경 쓰지 말고 편하게 이야기 나눠요들, 편하게."

선기국 관원들은 할 말을 잃고 허공을 올려다봤다.

자기가 그러고 있는데 무슨 수로 편하게 이야기를 나누나?

그 와중에도 존귀하고 침착하신 태자 전하께서는 아무렇지 않게 이황자와 십황녀를 붙들고 격식을 갖춰 인사를 나누었다.

그는 한왕이 혼자 한쪽에 쪼그리고 앉아 있다는 사실을 너무나 자연스럽게 소화하는 모습이었지만, 태자 전하같이 강대한 면역력을 갖추지 못한 십황녀는 몹시 불편한 기색으로 대화 중간중간 연신 맹부요를 힐끔거렸다.

그나마 얌전히 앉아 있기라도 하면 다행이었을 텐데, 맹부요는 그 잠시를 가만히 있지 못하고 고개를 번쩍 들더니 선기국 재상을 향해 뭐라 뭐라 입을 벙긋거렸다. 말 그대로 입만 벙긋거린 것이었다.

소리 자체가 안 났으니 당연히 무슨 소리인지 알아들었을 리가 없는 재상이 의문의 눈길을 보내자 맹부요가 또 입을 벙긋거렸다. 멀뚱히 서 있기가 뭐해진 재상이 후다닥 달려가 허리를 엉거주춤하게 굽히고 물었다.

"무슨 분부라도 있으신지요?"

그러자 맹부요가 손을 펴서 재상의 귓가에 대고 큰 소리로 되물었다.

"에엥? 뭐라고 하셨습니까? 으응? 안 들리는데."

재상의 입꼬리가 씰룩씰룩 경련을 일으켰다. 하는 수 없이 허리를 한층 더 낮추고 똑같은 질문을 반복했지만, 맹부요는 이번에도 고개를 갸웃했다.

"에엥?"

상체가 조만간 땅바닥에 붙게 생긴 재상을 보며, 나머지 관원들은 참으로 딱하다는 표정이었다.

그러고 보니 저 양반 허리가 성치 못하다고 했던 것 같은데, 쯧쯧. 원래 한왕은 누구든 자기 비위를 거스르면 열 배로 앙갚음을 해 준다지, 지위가 높을수록 더 악랄하게 괴롭히고. 에휴, 재상질도 아무나 해 먹는 게 아니구먼.

"저기 그런데, 너무 고자세인 것 아닙니까?"

한창 재상의 질문에 '귀를 기울이던' 맹부요가 위를 올려다보며 싱긋 웃었다.

"그래도 내가 명색이 손님인데. 그렇게 위에서 내려다보면서 이야기하셔도 괜찮나 모르겠습니다. 선기국은 우리 대한의 신료들과 국사를 논의할 때도 이런 자세로 하는가 보지요?"

엄청난 후폭풍을 불러올 수도 있는 발언이었다. 그 후폭풍을 감당할 자신이 없는 재상 대인은 일국의 재상으로서 지켜야 할 체통이고 뭐고, 만인이 지켜보는 가운데 궁둥이를 붙들고 주춤주춤 쪼그려 앉았다.

그는 그렇게 뒷간에서 큰일 보는 자세로 앉아 사색이 된 채, 맹부요와 머리를 맞대고서 공손히 다음 말을 기다렸다. 마주 보고 앉은 두 사람 사이에 정적이 흘렀다.

그로부터 반 각이 지나도록 양측은 아무 말 없이 쪼그려 앉아 있기만 했다.

"……."

얼굴만 멀뚱멀뚱 쳐다보고 있기를 한참, 견디다 못한 재상

대인이 입을 열었다.

"그래서, 하실 말씀이 무엇인지요?"

"엥?"

맹부요가 눈을 휘둥그렇게 떴다.

"본인이 할 말 있어서 쪼르르 쫓아온 거 아닙니까? 왜 하려던 말은 안 하고?"

"……."

얼굴이 시뻘게진 재상 대인이 해명에 나섰다.

"아니, 저는 한왕께서 하실 말씀이 있다고 하셔서 온 것이지……."

"내가요?"

맹부요가 어이가 없다는 식으로 어깨를 으쓱했다.

"내내 찍소리 한 번 안 내고 있었는데 내가 무슨 말을 했다는 겁니까?"

"……."

콰당!

존귀한 선기국 재상 대인께서 졸도하시는 소리였다.

땡볕 아래에 한나절을 서 있었지, 거기다가 허리 숙이고 한참, 쪼그려 앉아서 또 한참이었다. 그 상태에서 어느 파렴치한의 결정타가 작렬하자 결국 뻗어 버리고 만 것이다.

후다닥 달려온 선기국 관원들이 군말 없이 재상을 둘러업고 자리를 떴다. 무척 서두르는 게, 맹부요 앞에는 1초도 더 머무르기 싫은 눈치였다. 하기야, 꾸물거리다가 또 누구한테 대고

서 입을 벙긋거릴 줄 알고. 그랬다가는 꼼짝없이 저 옆에 쪼그리고 앉아야 할 터.

그러나 정작 맹부요는 미련 없이 자리에서 일어섰다. 그러고는 재상이 업혀 간 방향을 바라보며 몹시 섭섭하다는 투로 말했다.

"어휴, 찬찬히 대화 좀 나눠 보려고 했더니만. 이야기가 잘 풀리면 습격 사건으로 입은 피해는 우방국 사이의 정을 봐서라도 없었던 일로 해 줄 생각이었는데, 지금 보니 영……. 쯧쯧, 저리 성의가 없어서야."

선기국 관원들은 3차 공황 상태를 맞이했다.

맹부요는 유감스럽다는 식으로 고개를 내두르면서 훌쩍 말에 올라탔다. 그런데 그 모양새가, 누가 봐도 다리 아프고 발목 시큰거리는 사람의 것이 아니었다. 몸이 얼마나 가벼운지 족히 한 장은 되는 거리를 한 걸음에 가뿐히 뛰어넘더니, 한술 더 떠 공중에서 물 찬 제비 같은 자태를 과시하기까지 했다.

지켜보던 선기국 관원들은 순간 눈앞이 다 아찔해졌으니, 바로 4차 공황의 엄습이었다.

과연, 극도로 파렴치하도다.

맹부요는 오늘 선기국 측이 습격 사건에 대한 사과의 뜻으로 성대한 환영 행사를 준비했으리란 걸 빤히 예상하고 온 참이었다. 공손한 말에, 선물 공세에, 극진한 대접에, 그런 것들로 그녀와 장손무극에게 부담을 안겨 어영부영 사태를 무마할 속셈이었으리라.

그녀는 아예 꼼수를 부릴 기회 자체를 차단하기로 하고, 선기국 측이 미처 변명을 시도하기 전에 먼저 피습 사건 이야기를 꺼낸 뒤 일부러 끝까지 붙잡고 늘어졌다.

어디 똥줄 좀 타 보라고.

오주에 맹부요처럼 파렴치함의 극치를 달리는 정객이 존재하고 하필 그 뒷배가 또 어마어마하다는 사실은, 아마 누군가의 인생에는 거대한 비극일 수도 있을 것이다. 온 세상 사람 성질을 다 건드리는 한이 있어도 맹부요의 성질만은 절대 건드리지 말아야 하는 게 작금의 오주가 처한 현실이었다.

그녀는 오주대륙 전체를 통틀어 유일하게 삼대 강대국과 각별한 관계를 유지 중인 인물이자, 심지어는 그 세 나라의 황위 다툼에 개입해 황권 교체를 이루어 낸 주역이기도 했다. 그녀를 함부로 건드렸다가는 무극, 대한, 헌원의 동시다발적 침공으로 나라가 아예 공중분해될 가능성이 다분했다. 실로 끔찍한 대가가 아닌가.

선기국 신료 일동은 조용한 수면 아래 살벌한 암류가 흐르는 전장을 이황자와 십황녀에게 양보하기로 하고, 알아서 석 장밖으로 물러났다.

이황자가 애써 웃으며 말했다.

"햇볕도 따가운데 굳이 밖에서 이러고 있을 필요가 있겠습니까? 황궁 영희전寧熙殿에 두 분을 위한 연회석을 마련해 두었으니 성안으로 드시……."

"수라간 약불로 미지근하게 데워 나오는 게 어디 사람이 먹을 음식입니까?"

맹부요의 말 한마디에 황자 황녀부터 신료들에 이르기까지 선기국 일행 전원의 표정이 굳어졌다. 다들 맹부요의 비위를 거스르지 않는 한도 내에서 폐하의 존엄을 지켜 낼 방도를 찾느라 머리가 터지는 참인데, 맹부요의 다음 말이 이어졌다.

"황제 폐하가 드시는 음식이지요."

세상에는 남의 심장을 들었다 났다 하는 것이 존재의 목적인 자도 있는 법이니……

맹부요는 끝끝내 황궁 연회를 거절했다. 꾸며 놓은 모양새만 그럴싸하지 실상은 때깔이고, 향이고, 맛이고 전부 수준 미달인 음식이나 앞에 놓고 밥풀 하나 배에 집어넣을 겨를도 없이 술잔만 들었다 났다, 들었다 났다, 하는 짓은 사절이라고. 그런 귀족 놀음은 무극 태자의 실용 정신과 한왕 본인의 평민적 기질에 전혀 맞지 않는다면서.

길고 긴 장광설이 이어지는 동안 선기국 신료들은 몇 번이고 숨이 꼴깍 넘어갈 위기에 봉착해 허우적거렸고, 나중에는 뇌리를 파고드는 악마의 주절거림에 신물이 난 이황자가 나름 실용 정신을 발휘하여 질문을 던졌다.

"하면, 두 분의 뜻인즉슨……"

그 질문에 장손무극이 엷게 웃으며 맹부요 쪽을 쳐다봤다.

"한왕의 의견을 들어 보시지요."

신료들이 단체로 가자미눈을 떴다. 물론 태자 전하 눈에는 안 띄게.

무극 태자의 안중에는 오로지 한왕뿐이고, 한왕을 잘 대접하는 것이 곧 태자를 잘 대접하는 것이며, 심지어는 태자 본인한테 잘하는 것보다도 더 큰 점수를 딸 수 있음은 온 세상이 다 아는 사실이었다. 그러니 조금 전 질문이 태자를 향한 것은 어디까지나 예의상의 배려였다 하겠다.

결정권을 넘겨받은 한왕이 짐짓 아련한 투로 말했다.

"내가 또 평민 출신이다 보니……."

신료 일동은 눈을 내리깔았다.

알다마다, 쓰는 단어만 봐도 너무나 평민인 것을…….

"소박하고 대중적인 음식을 좋아하는데……."

신료 일동은 곰곰이 생각에 잠겼다.

XX거리 XX골목에서 향토 음식을 파는 가게를 본 듯도 한데, 이 많은 인원이 다 앉을 자리가 되려나?

"그중에서도 엄마가 해 주시던 과첩[5]이 어찌나 생각나는지……."

솥 과鍋에 붙을 첩貼? 그건 또 뭐야?

"위는 쪄진 질감, 아래는 구워진 질감, 밀가루 한 겹을 걷어 내면 맛난 재료가 나오고, 재료가 다 익으면 과첩도 다 익은 것이며, 쪄 낸 부분은 뜨끈뜨끈하고 구워 낸 부분은 바삭바삭하고, 거기에 재료에서 배어난 향이……. 크으, 세상에 그만한 별

---

5 鍋貼. 궈티에. 중국식 군만두. 송나라 태조가 우연히 수라간에서 남은 만두를 구워 먹는 것을 보고 솥에 눌어붙은 것이라는 의미로 궈티에라는 이름을 지었다고 한다.

미가 또 없지!"

……한 가지 음식을 찌기도 하고 굽기도 해? 그리고 대체 밀가루 요리인 게야, 아니면 다른 무언가인 게야?

"이상."

'짝' 하고 손뼉을 친 맹부요가 말 위에서 뒤를 돌아보며 씩 웃었다.

"어느 나라보다도 솜씨 좋은 명인을 많이 배출한다고 자부하는 대국에서 설마하니 흔해 빠진 과첩 하나 못 만들어 내지는 않겠지요?"

"어음, 그럴 리가 있겠습니까. 바로 가능합니다, 바로요!"

높으신 나리들이 눈치를 주자 수행원으로 따라온 말단 관리가 어디론가 헐레벌떡 사라졌다. 아마 이제부터 '위아래가 어쩌고저쩌고' 하는 과첩을 찾아 온 성을 헤매고 다니리라.

말 위에서 그 광경을 지켜보던 맹부요가 눈을 가늘게 접으며 피식 웃는데, 장손무극이 옆으로 다가와 조용히 물었다.

"대체 그것이 무엇이오?"

"당신도 모르는 게 다 있어요?"

맹부요가 웃음을 흘렸다.

"다음번에 만들어 줄게요."

"약속이오!"

이어서 장손무극이 농담조로 말했다.

"그나저나 오늘 끼니는 어느 세월에나 챙길 수 있을지 모르겠군."

"어차피 우리는 배 빵빵하게 채우고 나왔잖아요."

양심 없는 맹부요가 한나절을 쫄쫄 굶은 관원들을 보며 간사하게 웃었다.

"첫 만남부터 내가 얼마나 막무가내에 악독한 인간인지 확실한 인상을 심어 줬으니 앞으로 줄 대려고 알랑거리는 자들은 별로 없을 거예요. 조용히 좀 지내 봅시다."

저녁상을 언제 받을 수 있을지 기약이 없다는 걸 잘 아는 두 사람은 일단 환영단과 함께 역관으로 향했다. 맹부요가 굳은 얼굴로 먼저 작별을 고하고 자리를 뜨는 십황녀를 힐끔 곁눈질하며 고개를 절레절레 저었다.

"크게 되긴 글렀지."

그러더니 어떻게든 환영식을 원만하게 마무리해 보고자 끝까지 붙어 있는 이황자를 보면서도 고개를 내저었다.

"황젯감은 아닐세."

곧이어 고뇌하는 투로 덧붙였다.

"그럼 대체 차기 여제는 누구죠? 코빼기도 안 보이는 게, 진짜 우리가 익히 아는 그 친구 아니에요?"

장손무극이 피식 웃었다.

"적군이 몰려오면 장군이 막듯이, 여제가 나타나면 맹부요 대왕이 손봐 주면 그만 아니겠소."

소리 내어 웃은 맹부요가 문득 고개를 들어 하늘에 걸린 낮달을 올려다봤다.

"어째 요즘 그 짝퉁 자식이 조용하네요? 동성에서 기다리고 있는 건가?"

마침 기우가 와서 곁에 서자 그녀가 물었다.

"내가 부탁한 요리사랑 화언은, 지금 어디 있지?"

"갓 동성에 당도해서 저희 중 일부는 객잔에 묵고, 나머지는 성 밖에 뿔뿔이 흩어져 지냈습니다. 그러다가 종 선생 휘하 광덕당에서 사람이 나와 남의 눈을 피해 다 함께 지낼 수 있는 거처를 구해 주었고요."

기우는 여전히 종월을 입에 익은 옛 호칭으로 부르고 있었다.

"현재는 그 두 사람 모두 첨수항에 있는 민가에서 지내는 중입니다."

"옮겨 오도록 해."

맹부요가 말했다.

"아까 물어봤더니 차기 여제의 즉위식은 4월 초엿새로 예정되어 있다더군. 4월 중 제일 빠른 길일이 바로 초엿새야. 그날을 택했다는 건 여제의 마음이 몹시 급하다는 뜻이고, 풀어 말하면 반대파 숙청과 거동 수상자들에 대한 감시가 활발해질 거라는 의미이기도 해. 나하고 태자 전하는 분명 중점 감시 대상일 거야. 무슨 수를 써서든 우리 팔다리를 묶어 두려고 하겠지. 조금 전에 내가 난동을 부려 놓은 게 있어서 드러내 놓고 덤빌 엄두들은 못 내겠지만, 뒤로는 온갖 꿍꿍이들을 꾸미고 있을 거야. 꼬리에 정탐꾼 매단 채로 여기저기 오가며 감시당하느니, 한군데 모여서 내부 진영을 공고히 하는 편이 나아. 그러니까 다들 내 밑으로 들어와. 그 두 사람도 병사들 사이에 섞여서 같이 데리고 오고."

기우가 낮게 깔린 목소리로 알겠다고 답하자, 맹부요가 덧붙였다.

"지금부터 이곳 역관은 내 소유야. 여왕이 즉위할 때까지 쭉. 내 소유가 아니어도 내 소유로 만들어야 해! 주변 경계 물샐틈없이 하고, 누군가 내 허락 없이 역관에 침입하거든 현장에서 사살하도록! 그게 설령 선기국 황제라고 해도."

"예!"

맹부요가 입꼬리만 끌어 올렸다. 웃음기 없는 웃음이었다.

그녀는 실내로 들어가 이황자 및 그를 따라온 예부 관원들과 함께 차를 마시기 시작했다. 그녀가 진한 차를 한 잔 또 한 잔 연거푸 비우는 통에 관원들은 온종일 피죽도 못 얻어먹은 채로 그 장단을 맞춰 주느라 빈속이 쓰라리고 눈앞이 아찔거려 죽을 맛이었다.

그렇게 시간이 흘러 어둠이 내렸을 즈음, 마침내 저녁 준비를 맡은 말단 관리가 나타나 아뢰었다.

"서풍루에 연회상 네 개를 마련해 두었으니 가시지요."

신이 나서 어깨춤이라도 출 기세인 선기국 신료들이 기대감에 들뜬 얼굴로 어서 연회장으로 납셔 주십사 청하자 맹부요 대왕께서 느긋하게 말씀하셨다.

"옷부터 좀 갈아입읍시다."

옷 한 벌 갈아입는 데 무려 반 시진이 걸렸다. 맹부요는 몇 사람이 현기증을 호소하며 쓰러진 뒤에야 방에서 나왔다.

그녀는 신료들에게 앞뒤로 둘러싸여 거들먹거리면서 서풍루로 향했다. 서풍루 뒤쪽에는 황실 식구들과 고관대작들을 위해 지어 놓은 작은 누각이 따로 있었다. 일행은 늘씬한 수양버들 사이를 지나 호화롭게 꾸며진 실내로 들어섰다.

매끈한 부풍산 진주를 알알이 꿰어 만든 주렴이 등불을 받아 은하수처럼 반짝이고, 주렴 뒤편으로는 샛노란 비단을 두른 탁자 위에 황금 접시와 상아 젓가락이 가지런히 놓여 있었다. 연회장 네 귀퉁이에는 미소 띤 얼굴의 아리따운 여종들이 백옥 술 주전자와 수정 잔을 들고 대기 중이었다.

이처럼 황실의 부귀한 풍류가 물씬 배어나는 정경에 딱 하나 옥의 티가 있었다. 탁자 위에 올라가 있는 것이 여느 산해진미도, 정성스럽게 준비된 주안반도 아닌, 시커먼 솥단지라는 사실이었다.

솥 내벽에는 윗부분은 찌고 아랫부분은 구워 놓은 길쭉한 만두가 줄줄이 들러붙어 있었다. 김이 모락모락 나고 푸근한 냄새가 솔솔 풍겨 오는 것까지는 좋은데, 아무리 잘 봐주려 해도 화려한 연회 분위기를 몹시 해치고 있다는 느낌을 지우기 어려웠다. 여종들은 터져 나오려는 웃음을 가까스로 참고 있었고, 신료들은 자리를 권하고 싶어도 어찌 운을 떼야 좋을지 난감한지라 서로 눈치만 살폈다.

이때 낯선 사람이 생긋 웃으며 자리에서 일어나 쾌활하게 손을 내밀었다.

"차린 것이 없어 부끄럽습니다만, 이쪽으로 앉으시지요."

예쁘장한 얼굴에 호리호리한 체형의 여인. 여인은 연녹색 궁정 예복에 청록색 명주 끈과 비취 구슬을 두르고 있었다. 생기 있는 눈동자가 수정 등 아래에서 잔물결 일렁이는 맑은 수면처럼 반짝였다.

딱히 절색이라고 하기도 어렵거니와 맹부요와는 비교 자체가 불가능한 얼굴이었다. 그러나 활달한 표정과 총기 넘치는 눈빛은 높이 사 줄 만했다.

상대를 쓱 훑어보고 맹부요는 퍽 호감 가는 모습이라는 생각을 했다.

말하는 걸 듣자 하니 저쪽도 선기국 황실 식구인가?

여타 형제자매들 같은 미모는 물려받지 못했어도, 실속 없이 겉만 화려한 황자 황녀들과 달리 이 여인에게는 선기국 황실에 대한 환멸이 극에 달한 맹부요조차 호감을 느낄 만큼 특별한 분위기가 있었다.

"아홉째, 네가 어찌 여기 있느냐?"

이황자가 의아한 듯 물었다.

"열째가 몸이 좋지 않아 먼저 돌아갔다고 들었거든요."

여인이 차분하게 미소 지었다.

"아무래도 연회에 황녀가 한 명쯤은 끼는 게 여인의 몸인 한왕에 대한 예의가 아닐까 싶어서 이렇게 제 마음대로 와 버렸어요."

방긋 웃은 여인이 장손무극과 맹부요를 향해 술잔을 들어 보이더니, 거리낌 없이 잔을 입가로 가져갔다.

"멋대로 행동한 점은 태자 전하와 한왕께서 넓은 아량으로 양해해 주시리라 믿고, 대신 벌주 세 잔을 마시겠습니다."

그녀는 정말로 벌주를 세 잔 연속 화통하게 들이켰다. 그러고도 아무렇지 않은 얼굴로 잔을 내려놓는 걸 보면 주량이 대단한 모양이었다.

일행은 여인의 태연스러운 권유에 휩쓸려 다들 탁자 앞에 둘러앉았다. 조금 전의 어색함은 술잔을 든 그녀의 새하얀 손에 흔적 없이 쓸려 나간 뒤였다.

선기국 황실의 체면을 세우는 일과 손님을 극진히 예우하는 일, 여인은 편안하고 자연스러우면서도 분별 있는 자세로 그 두 가지 모두를 완벽하게 해냈다.

보면 볼수록 마음에 쏙 드는 사람이었다. 맹부요는 머릿속으로 상대의 신상 정보를 떠올렸다.

선기국 구황녀 봉단응鳳丹凝. 영귀비의 막내딸이자 학식과 교양이 출중해 '동성 제일의 재녀'라 불리는 여인. 예로부터 '재녀'란 '고상 떨며 제 잘난 맛에 사는 여자'의 대명사였다.

먹물 좀 먹었답시고 눈 높고 콧대 높기가 하늘을 찌르고, 종일 하는 일이라고는 혼자 앉아서 청승이나 떨거나, 아니면 유명한 시구절처럼 '푸른 구름 흘러가는 하늘, 낙엽이 노랗게 흩날리는 대지, 가을날 경치와 물결 이는 강물이 맞닿아 하나로 이어지고, 수면에는 파르스름한 물안개 드리웠는데'[6] 자기와 함

6 북송의 문인 범중엄范仲淹의 〈소막차蘇幕遮 · 회구懷舊〉에서 따온 구절.

께 시를 읊고 악기를 타며 대자연의 광활하고, 거룩하고, 청아하고, 섬세한 아름다움을 음미할 짝이 없음을 한탄하는 것뿐이었다.

그러한 재녀들은 맹부요의 관심사와 대단히 거리가 먼 존재였으며, 그녀의 표현을 그대로 옮기자면 '정신 빠진 책벌레들'에 지나지 않았다. 그래서 신상 명세를 훑을 때도 구황녀의 것은 시큰둥하게 지나쳤건만, 이렇게 인간사에 통달한 인물이었을 줄이야.

직접 만나 보니 새삼 흥미가 생겼다. 차기 여제가 구황녀일 가능성은 없을까? 일단 자질은 충분해 보이는데.

구황녀의 등장을 기점으로 연회장에는 사뭇 훈훈한 기류가 흐르고 있었다. 그녀는 시와 전고만 줄줄 꿰고 있는 게 아니라 민간 풍속에도 밝았고, 무슨 질문을 하든 예의에 어긋나지 않으면서도 재치 있는 대답을 내놨다.

연회가 너무 과열되거나 너무 식지 않도록 그녀가 알게 모르게 진도와 분위기를 계속 조절해 준 덕분에, 맹부요한테 걸려서 영혼까지 탈탈 털린 선기국 신료들도 마침내 영원히 끝나지 않을 것만 같던 악몽에서 헤어 나올 수 있었다.

술이 세 바퀴쯤 돌고 나자 봉단응이 생긋 미소 지으면서 금박이 입혀진 문서를 꺼내 났다.

"멀리서 오신 손님을 소홀히 대접할 수 있겠습니까. 특별히 예부에 명해 두 분이 선기국에 머무는 동안 돌아보실 만한 곳들을 정리해 보았습니다. 기왕 예까지 왕림하신 거 알찬 시간을 보내셔야지요."

맹부요가 고개를 쭉 빼고 목록을 살폈다. 내일은 동성 봉래산, 모레는 동성 옥지호, 글피는 동성 근교 태유관, 그글피는 천하에 이름난 천년 고찰 만선사……. 보름 내내 유람 일정이 빡빡하게 짜여 있었다. 4월 초닷새까지 쭉.

유람 장소를 다시 보니, 쯧쯧, 하나같이 궁벽진 동네들 아닌가. 수행 인원을 다시 보니, 쯧쯧, 유람은 무슨. 이 조합이면 사람 하나 가운데 몰아넣고 쓱싹 해치우는 건 일도 아니겠구먼.

이건 완전히 개소리였다. 타국 고위층 인사가 사절로 방문했는데 황제 알현이 일정에서 빠져 있다니?

목록 아래쪽에 찍힌 도장을 본 맹부요가 눈을 번뜩 빛냈다. 선기국의 상징은 봉황. 그렇다면 옥새에도 응당 봉황이 새겨져 있어야 할 텐데, 목록 아래쪽에는 전자체로 '명정주인明庭主人'이라는 글자가 들어간 산수화 도장이 찍혀 있었다. 딱 봐도 공무용이 아니라 개인이 쓰는 인장이었다.

"폐하께서는 사석에서 참으로 독특한 도장을 쓰시는군요."

맹부요가 도장 자국을 가리키며 웃었다.

"명정주인, 황제 폐하의 호인가요?"

봉단응의 눈동자에 이채가 돌았다. 순간적으로 묘한 표정을 내보이나 싶던 그녀가 대답했다.

"아닙니다."

맹부요가 눈썹을 꿈틀하자 봉단응이 웃으면서 덧붙였다.

"대전에서 내려온 문서이기는 한데 이 도장은 저도 처음 보네요. 어쨌든 아래쪽에 폐하의 친필이 있어요."

맹부요 쪽으로 가까이 다가붙은 봉단응이 '폐하의 친필'을 짚어 주는 모양새를 취했다. 그러나 금박 입혀진 종이 위를 지나며 그녀의 백옥 같은 손가락이 실질적으로 짚은 것은 목록 아래쪽이 아닌 '봉래산', '옥지호', '태유관', '만선사', 이렇게 네 개 지명 각각의 가운데 글자였다.

순간 맹부요는 눈을 가늘게 좁혔고, 장손무극은 고개를 살짝 갸웃했다. 두 사람이 동시에 웃으며 말했다.

"아하, 그렇군요!"

봉단응이 빙긋이 미소 지으며 제자리로 돌아갔다.

식사가 마저 이어졌다. 서로 주거니 받거니 과첩을 권하는 광경이 제법 화기애애했다. 선기국 관원들이 슬슬 과첩의 참맛을 깨닫고 안주로서의 경이로운 가치에 눈뜨기 시작하자 식사 분위기는 점점 더 무르익어 갔다.

한쪽에서 느긋하게 술잔을 비우던 맹부요가 구황녀에게 받은 목록을 슬쩍 쳐다보며 입가에 엷은 웃음을 머금었다.

래來, 지池, 유有, 선仙.[7]

봉단응이 이런 식으로 암시를 제공할 줄이야.

물론 바보가 아닌 이상에야 목록에 포함된 장소들이 위험하다는 걸 모를 수가 없었다. 봉단응도 그녀와 장손무극이 이미 낌새를 챘다는 걸 알았을 것이다.

---

7 글자를 살짝만 바꾸면 래차유험來此有險. 이곳에 오면 위험해진다는 뜻.

그렇다면 서로가 빤히 알고 있는 사실을 굳이 한 번 더 짚어 준 이유가 뭘까?

구황녀의 진짜 목적은 경고가 아니라 호의 표현이었으리라. 보아하니 황실 안에서도 파벌이 갈리는 모양이었다.

피식 웃은 맹부요가 손끝으로 탁자를 톡톡 두드리며 말했다.

"이황자 전하, 밥도 중요하고 유람도 중요하지만, 저희 사이에는 해결하고 넘어가야 할 문제가 있지 않습니까? 태자 전하와 제가 북부에서 암살당할 뻔한 일에 대해 귀국 측에서 하실 말씀은요? 흉수는 누구고 몇 놈이며 잡아들이기는 했습니까? 어찌 처분할 생각이시지요?"

폭탄 같은 질문의 공습에 신료들은 단체로 젓가락질을 멈췄고 실내는 정적에 휩싸였다. 일순 흠칫한 이황자가 눈길을 틀어 가까스로 정신 줄을 붙잡고 과첩 연회에 참석한 재상을 쳐다봤다. 맹부요가 당도하기 전에 재상이 그 문제로 폐하를 찾아뵈었다는 건 이황자도 알고 있었으나 어명의 내용까지는 소상히 전해 듣지 못한 상태였다.

젓가락을 쥔 재상 대인의 손에 힘이 바짝 들어갔다. 순간적으로 별의별 생각이 다 머릿속을 스쳤다. 맹부요, 저 파렴치한 것 앞에서 폐하의 말씀을 곧이곧대로 읊을 수는 없었다. 하지만 그렇다고 아무 대답 없이 그냥 넘어갈 수 있는 상황도 아니었다. 잠시 후, 그가 숙고 끝에 입을 열었다.

"……조사 중입니다, 조사 중이에요. 온 조정이 힘을 합쳐 반드시 태자 전하와 한왕께서 만족할 만한 결론을 내도록 하겠습니다."

맹부요가 젓가락 끄트머리를 잘근잘근 씹다가 피식했다.

"일 처리 한번 엄청 빠르십니다."

선기국 관원들은 일제히 눈 풀린 백치 시늉에 돌입했다.

"사실 그렇게까지 애쓰실 필요는 없습니다. 이 넓은 세상에
서 놈들을 찾기란 그야말로 바다에 빠진 바늘 찾기겠지요. 얼
마나 난처하시겠습니까."

맹부요가 갑자기 말을 바꿨다. 듣던 중 반가운 소리에 관원
들이 고개를 번쩍 드는 참인데, 다음 말이 이어졌다.

"사람을 죽였으면 목숨으로 갚고, 때렸으면 은자로 갚는 법
이라지요. 지금 나하고 태자 전하가 선기국에 흠씬 얻어맞은 꼴
인데, 그래도 사회적 지위가 있는 우리가 속된 은자나 탐할 사
람들은 아니지요. 대신 성이나 몇 개 내놓으십시오."

그녀의 말투는 지극히 일상적이었으나 듣는 사람들은 까무러
치기 직전이었다.

잠시 후, 재상이 떨리는 목소리로 되물었다.

"서……, 성을요?"

"많이도 안 바라고."

과첩을 으적으적 베어 물면서, 맹부요가 한쪽 손을 활짝 펴
보였다.

"이 정도면 됩니다. 큰 몫은 태자 전하, 작은 몫은 나."

"다……, 다섯 개……."

"예."

맹부요가 미소 지었다.

"선기국 지도에서 몇몇 성을 지우는 문제를 놓고 그간 우리 대한과 상의 중 아니었습니까? 지금쯤이면 결론이 났을 때도 되었을 텐데요? 만약 아직이라면 장현에는 우리 대한군 30만 이, 금주에는 무극군 30만이 주둔 중인바, 마침 동성은 장현과 금주가 맞닿는 지점에 있기도 하니……."

손가락 두 개로 가위 모양을 만든 그녀가 두 손가락 사이를 단번에 닫으면서 음침하게 웃었다.

"이렇게 자르는 거지요. 싹둑!"

선기국 신료들의 속눈썹이 파르르 떨렸다. 방금 그 가윗날에 베이기라도 한 것처럼.

"아무래도 민감한 문제라서요, 암요, 민감하지요."

재상이 땀을 훔쳤다.

"저희가 결정할 수 있는 일이 아닙니다, 아니에요……."

"우리가 이번에 선기국에 온 가장 큰 목적은 그 문제를 해결하는 것입니다."

맹부요가 정색을 하고 말했다.

"결론이 나기 전까지는 유람이고 뭐고 할 마음이 안 들 것 같습니다만."

"저기, 그게……."

재상은 궁지에 몰려 할 말을 찾지 못했다. 한왕에게 전달된 유람 일정이 얼마나 황당한지는 그도 빤히 알고 있었다.

하지만 온 나라가 황당하게 돌아가는 시국인 걸 어쩌란 말인

가. 국정은 혼란하지, 신료들은 불안에 떨고 있지, 조만간 차기 황제를 옹립한다는데 그게 누군지는 아직껏 오리무중이지, 폐하께서는 궁에 틀어박혀 아무도 안 만나 주시지, 어명은 계속 내려오는데 어떤 때는 서로 완전히 모순되는 내용이지…….

재상 된 몸으로서 안간힘을 다해 수습 중이기는 하지만, 여기를 막으면 저기가 터지고 저기를 막으면 여기가 터지는 상황의 반복이었다. 이 판국에 저렇게 작정을 하고 덤벼드는 상대방을 일개 신하에 불과한 그가 무엇으로 막는단 말인가. 뭐, 모가지로?

폐하께서 안배하셨다는 유람 일정을 보아 하니 태자와 한왕이 동성에 머물면서 황위 다툼에 개입하길 바라지 않으시는 것이 분명한데, 그럴 거면 애초에 두 사람을 왜 불러들여서 이 난감한 꼴을 만드셨단 말인가? 대체 황궁 안에서는 무슨 해괴한 일이 벌어지고 있는 것인가.

머릿속이 엉망진창인 재상은 땀을 삐질삐질 흘리면서 화제를 돌려 보려 애썼다. 그러나 맹부요에게는 그 장단에 맞춰 줄 인내심이 없었다. 작은 상자 하나를 꺼내 놓은 그녀가 피식하면서 말했다.

"우리 대한국 황제 폐하의 선물입니다. 이 손으로 직접 선기 국주 본인께 전해 드리라고 하셨지요. 예, 본인에게 말입니다! 하지만 여러분이 짠 일정을 보아 하니 귀국 황제 폐하를 알현할 기회는 없을 것 같군요. 그럼 이 물건은……."

맹부요가 웃는 낯으로 상자를 이황자에게 건넸다.

"전하께서 받으시겠습니까?"

이황자가 허겁지겁 자리에서 일어나 뒤로 물러섰다.

"제가 어찌 감히, 어찌 감히요!"

이번에는 상자가 구황녀에게로 갔다.

"아니면 구황녀께서?"

그러자 구황녀가 자리에서 일어나 허리를 숙였다.

"제가 어찌 그런 주제넘은 짓을 하겠습니까."

재상은 맹부요가 상자를 내밀기도 전에 일찌감치 젓가락을 내던지고 멀찍이 물러난 뒤였다.

"하는 수 없군요."

상자를 내려놓고 자리에서 일어난 맹부요가 붓을 가져오라고 하더니 유람 목록에 줄을 찍 그었다.

"내일 일정을 취소하고 태자 전하와 함께 입궁하겠습니다. 가서 귀국 황제 폐하와 황후마마에게 습격 사건에 관한 정식 논의를 요청할 테니 그리들 아십시오!"

그대로 연회장을 나가는가 싶던 그녀가 문간쯤에서 뒤를 돌아보며 씩 웃었다.

"그쪽 폐하께 빨리 가서 알리는 게 좋을 겁니다. 내일 우리가 입궁했는데 노인네 잠옷도 제대로 챙겨 입기 전이면 어쩝니까."

한밤중, 환영연을 빙자한 알력 다툼이 한창인 서풍루에는 수정 등이 환하게 켜져 있는 것과 달리, 선기국 황제의 침전 영창전을 비추는 등불은 어두침침하기 그지없었다. 희미한 노란색 불빛이 겹겹 휘장 뒤편 몽롱한 어둠 속에서 느릿느릿 소리 없이 약동하는 모습은 유리병에 갇힌 반딧불이가 보이지 않는 벽을 넘지 못하고 바둥거리는 광경을 연상시켰다.

대전 심처에서는 사람 그림자를 거의 찾아보기 힘들었다. 중병이 든 황제가 작은 인기척에도 신경이 날카로워진다면서 시종들을 모조리 내쫓은 까닭이었다. 하여, 지금은 병시중 대부분을 황후가 직접 들고 있었다.

휘장 안쪽에서 숟가락이 그릇과 부딪쳐 달그락거리는 소리가 흘러나오는 가운데, 서로 마주 보고 있는 두 그림자가 천 위에 어른거리고 있었다. 한 사람은 침상에 누운 채였고, 다른 한 사람은 앉은 자세로 그릇을 들고서 누워 있는 이에게 무언가를 떠먹여 주고 있는 듯한 모양새였다.

조용한 전각 안에는 병자의 혼탁한 숨소리만이 울려 퍼지고 있었다. 잠시 후, 앉아 있던 사람이 그릇을 집어 던지다시피 탁자 위에 내려놓고는 말했다.

"왜 또 안 먹겠다는 거예요! 소주방에 명해서 사흘이나 푹 고아 올리게 했더니!"

아주 젊지도, 그렇다고 나이가 아주 많지도 않은 여인의 음성이었다. 누워 있는 이가 무어라 무어라 하는 소리를 가만히 듣고 있던 여인이 짜증스러운 투로 대꾸했다.

"거기다가 신경 쓰고 있을 줄 알았지! 말했잖아요, 안 만난다고!"

나지막한 말소리가 이어지길 잠시, 여인이 아까와 달라진 게 없는 투로 말했다.

"안 만난다고요! 그 돼먹지 않은 것들! 하나는 아무 이유도 없이 정범이와의 혼사를 깨고, 다른 하나는 세상 사람들 다 보는 앞에서 망신을 주더니, 둘이 짜고 정범이를 죽이려고까지 했잖아요! 그런 것들이 여기가 감히 어디라고 와. 살아서 돌아가게 둘 것 같아?"

침상 위의 사람이 한참을 콜록거리더니, 화가 났는지 갑자기 목소리를 높였다.

"또 그 병이 도졌군! 살아서 돌아가게 안 두겠다니, 무슨 자격으로!"

남자는 말을 마치자마자 금방 또 격렬하게 기침을 뱉었다. 조용히 있던 여인이 잠시 후 입을 열었다.

"몸이 그 지경인데 쓸데없는 일에 신경은 왜 그렇게 써요? 그리고 꼭 4월까지 기다려야겠다는 이유는 대체 뭐예요? 차라리 일찌감치……."

"우리 선기국의 황위 계승식은 항상 4월이었소. 선조들께서 남기신 전통을 함부로 거슬렀다가는 천벌이 떨어진단 말이오. 아무것도 모르는 주제에!"

한마디 받아칠 기세로 목에 힘을 주던 여인이 내실 안쪽을 한 번 쳐다보더니 하려던 말을 그냥 삼켰다. 그녀가 냉랭한 목소리로 다시 입을 연 건 시간이 잠시 지나서였다.

"참 위풍당당하고 살기등등하기도 하네요. 습격 사건인지 뭔지 꼬투리를 만들어 황실에서 정해 준 일정까지 마음대로 바꾸고! 그렇게 대단한 분이 만나고 싶다는데 우리로서야 만나 주는 수밖에 없겠지!"

찬바람을 쌩쌩 날리며 일어선 여인이 소맷자락을 휘둘러 식기를 우르르 바닥으로 내팽개쳤다. 벽돌 바닥에 처박힌 식기는 와장창 소리와 함께 박살이 났다.

여인의 목소리는 고급 자기 그릇이 깨지는 소리보다 더 날카롭고, 매섭고, 싸늘했다.

"그래, 오라지! 어디 한번 와 보라고 해!"

황궁에서 신경전을 벌이다

"동지들, 이제 우리는 한 줄에 엮인 메뚜기입니다. 하지만 메뚜기에게도 메뚜기 나름의 생존 수단이 있기 마련이지요."

여유롭게 앉아 차를 마시고 있던 맹부요의 눈길이 손님 자리로 향했다. 그곳에는 호위병들 사이에 섞여 역궁으로 옮겨 온 화언과 오황자가 어리둥절한 얼굴로 앉아 있었다.

"겨울을 버텨 내고 한 계절을 더 사느냐, 아니면 그냥 가만히 매달려서 죽기를 기다리느냐, 선택은 여러분 본인에게 달렸습니다."

맹부요가 다리를 꼬고 눈을 가늘게 접으면서 웃었다.

"자, 그러니 여러분이 알고 있는 내막을 모조리 털어놓아 보시지요. 아무리 사소한 것이라도 좋으니 의심스러운 부분은 전부 다요."

맹부요의 앞에는 두 사람이 있었지만, 그녀의 눈은 시종일관 화언만을 주시하고 있었다. 그러니 조금 전 발언도 화언을 향한 것임이 분명했다.

화언은 머뭇거리고 있었다. 표정이 이랬다저랬다 자꾸 바뀌는 걸 보니 무언가 아주 중대한 고민을 하는 것 같았다. 맹부요는 재촉하지 않고 인내심 있게 기다렸다.

잠시 후, 화언이 마침내 마음을 굳힌 듯 천천히 자리에서 일어서더니 품 안에서 비단 보자기에 싸인 물건을 꺼냈다. 그러고는 물건을 두 손으로 정수리 높이까지 받쳐 든 채 말없이 맹부요와 장손무극 쪽으로 내밀었다.

극도로 숙연한 화언의 자세를 물끄러미 쳐다보던 맹부요가 눈을 물체 쪽으로 옮겼다.

물체를 감싼 밝은 노란색 비단에는 누구의 것인지는 몰라도 희미한 핏자국이 남아 있었고, 안쪽에 든 물체는 딱 떨어지는 사각형 윤곽을 내보이고 있었다. 그 사각형 윤곽에서 엄청난 물건을 연상해 내고야 만 맹부요는 순간 가슴이 덜컥 내려앉는 걸 느끼며 속으로 생각했다.

설마, 아니겠지?

의혹에 휩싸인 채 물체를 받아 든 그녀가 보자기를 풀기 시작했다. 물체는 비단보 여러 장으로 참 꼼꼼히도 싸여 있었다.

드디어 마지막에 이르러 붉은색 무늬 비단을 벗기자, 흠집 하나 없는 백옥 재질에 정교한 무늬가 조각된 도장이 모습을 드러냈다. 도장 맨 위쪽에서는 황금으로 만든 용 형태의 손잡이가 존귀한 위엄을 발하고 있었고, 바닥 면에는 전자체로 네 글자가 또렷하게 새겨져 있었다.

황제어보. 옥새!

십일황자가 그 먼 길을 추격해 오고 천하의 한왕을 건드리는 걸 감수하면서까지 어떻게든 화언을 잡으려 했던 이유, 그게 선기국 옥새였을 줄이야!

맹부요의 직감대로 엄청난 물건이 맞았다. 오황자 역시 옥새의 등장에 충격이 컸는지 손가락을 배배 꼬고, 불안하게 발바닥을 비비적대고, 숨까지 헐떡이고 있었다.

옥새. 일국의 가장 중요한 상징물이자 만백성의 생사여탈권을 가진 절대 권력자의 증명.

얼마나 많은 사람이 옥새를 위해 살고, 옥새를 위해 죽고, 옥새 때문에 나라와 집을 버리고 전란의 불길을 피워 올렸던가.

맹부요가 전생에 배운 역사에서도 그러했다.

화씨벽[8]으로 만든 천년 황조의 전국 옥새. 포학한 진과 우뚝 궐기한 한을 거쳐 호탕한 풍류가 흐르는 서진과 동진으로, 어지러운 오호 십육국으로, 화려한 남조로, 심지어는 소수 민족 돌궐족의 땅까지 한 바퀴 돌고서 다시금 풍요로운 당으로 돌아온 뒤 오색찬란한 오대에 이르러 모습을 감추기까지, 기나긴 세월 동안 그 옥석에 새겨진 전란의 역사는 얼마나 파란만장했

---

8 和氏璧. 전국시대에 전해 내려온 보물 옥. 완전함을 뜻하는 완벽이라는 말도 화씨벽에서 유래한 말이다. 화씨벽을 차지한 진시황이 전국 옥새로 만들었다.

던가.

그때부터 제왕의 옥새는 황권의 역사적 정통성을 그 무엇보다도 확실하게 입증하는 증거로 자리매김했다. 황궁 밖에 나돌아 다니는 옥새가 불순한 야망을 품은 자의 눈에 띄기라도 한다면 어떤 혼란이 초래될지야 불을 보듯 뻔했다.

매끈한 윤기가 도는 옥석 표면을 손끝으로 쓸어내린 맹부요는 순간 현실감이 아득하게 흐려지는 느낌을 받았다. 선기국 국주의 인장, 진정한 황제의 보물이 이렇게 버젓이 눈앞에 있다니. 상식을 벗어나도 한참 벗어난 상황이었다. 어떻게 이게 화언의 손에 들어온 걸까?

"폐하께서 제 아내에게 맡기신 물건입니다."

맹부요의 눈빛에서 의문을 읽어 낸 듯, 화언이 다소 씁쓸한 투로 말했다.

"두 달 전 어느 날, 폐하께서 갑자기 제 처를 궁으로 부르셨습니다. 궁에서 무슨 일이 있었는지는 몰라도, 집에 돌아온 처는 많이 당황한 얼굴이었습니다. 돌아오자마자 동성을 떠야 한다며 왕부와 공주부의 호위병들을 전원 소집하더군요. 그렇게 도성을 벗어난 지 얼마 지나지 않아 추격자들이 따라붙었습니다. 함께 길을 나섰던 호위병과 장수들은 기나긴 도피 기간에 차례로 목숨을 잃었고, 저희도 부상을 입었습니다. 막다른 골목에 몰려 이제 끝이구나 했던 적도 많았어요. 그때마다 몇 번이나 진상을 캐물었지만, 아내는 눈물을 글썽이며 고개를 가로저을 뿐이었습니다. 그러다가 선기국과 대한의 접경지대를 앞두고 아내가 그만 화살을 맞고 말았어요. 눈을 감기 직전에 이 옥새를 주면서 대한 한왕의 영지로 도망치라고 하더군요."

"다른 말은 없었고요?"

"옥새를 무턱대고 넘기지는 말라고 했습니다. 한왕이 목숨을 구해 주고 우리의 복수를 해 주겠다고 약속하거든 그때 넘기라 고요. 그리고 한왕이 옥새를 선기국 황궁에 계신 폐하께 다시 가져다 드리면 폐하께서 그에 상응하는 보상을 내리실 거라고 도 했습니다."

"별 괴상한 소리를 다 듣겠네."

맹부요가 눈썹을 꿈틀했다.

"당신네 황제는 너무 한가하다 못해 정신이 회까닥했대요? 궁에 멀쩡히 잘 있던 보물을 그 집 마나님 시켜서 밖으로 내돌 린 덕분에 죽네 사네 그 난리가 나고 죄 없는 사람들이 줄줄이 희생됐는데, 그게 고작 나 시켜서 다시 돌려받기 위해서였다고 요? 참 나, 어이가 없어서!"

"모르겠습니다……."

고개를 가로저은 화언이 침통하게 말했다.

"저도 이해가 안 되기는 마찬가지예요. 옥새가 반출된 배경 에 의심이 들기도 합니다만, 어쨌든 제 아내는 이제 답을 줄 수 없는 곳으로 떠났습니다. 이렇게 된 이상 폐하를 만나 여쭤보 는 게 유일한 길이에요. 내일 입궁할 예정이라 하셨으니 옥새 를 가져가서 어떻게든 폐하께 전해 주십시오."

"왜 직접 가서 물어보지 않고요? 아니면 이거 이용해서 황위를 노려볼 생각은 안 해 봤어요?"

맹부요가 화언을 응시하며 눈썹을 찌푸렸다.

"게다가 이 중요한 물건을 선기국 사람도 아닌 나한테 넘긴다고요? 평판도 별로인 나한테?"

"옥새가 저한테 있다 한들, 병권을 가지지 못한 화씨 집안이 이걸로 뭘 할 수 있겠습니까? 당장 힘 있는 황자 황녀들의 손에 갈기갈기 찢기는 게 고작이겠지요. 그렇다고 대규모 병력을 틀어쥐고 있는 각지의 장군들이 순순히 제 지시를 따를 리도 만무하고요. 이건 옥새가 아니라 사람을 죽이는 칼입니다. 팔자에도 없는 걸 욕심내 봐야 결과는 패가망신일 뿐이에요."

땅이 꺼져라 한숨을 내쉰 화언이 몸을 일으키며 말했다.

"왜 하필 한왕께 넘기느냐고 물으신다면……."

화언은 조용히 그 자리에 선 채로, 기우가 이끄는 호위 3천을 따라 동성까지 오는 동안 보고 들은 것들을 떠올렸다.

한왕군의 삼엄한 군기, 고도로 훈련된 병사들, 효율적이고 간결한 정보 전달과 세부 임무 안배, 그리고 맹부요의 이름이 나올 때마다 기우를 비롯한 군사들이 드러내는 숭배에 가까운 존경심……. 여정 내내 주위 사람들이 이야기하던 맹부요의 과거지사는 바깥세상에 알려진 악명과는 사뭇 다른, 그의 마음을 온통 뒤흔들어 놓은 핏빛 분투기였다.

화언이 다시 말을 이었다.

"신뢰하기 때문입니다. 기우 장군 같은 사람이 충심을 다해 우러러 받드는 분이 저를 실망시킬 리는 절대로 없다, 그렇게 믿고 있으니까요."

✤

"아니, 무슨 그런 부담스러운 감투를……."

화언과 오황자가 밖으로 사라진 지도 한참, 맹부요는 여전히 한숨을 푹푹 내쉬고 있었다.

"예고도 없이 덜컥 갖다 씌우냐고요."

"윗사람 노릇이라는 것이 그렇다오. 언뜻 보기에는 그럴싸해도 실상은 보통 사람보다 훨씬 많은 짐을 짊어져야 하는 일이지. 차츰차츰 적응하게 될 것이오."

장손무극은 등불 아래에서 원보 대인을 데리고 숫자 맞히기 놀이를 하는 중이었다. 그가 주사위를 손에 쥐고 있으면 원보 대인이 숫자를 알아맞히는 식이었다.

원보 대인은 궁둥이를 뒤로 쭉 빼고서, 주인님 손가락 틈새에서 답을 찾아내겠다고 애쓰고 있었다. 그러나 아쉽게도 녀석의 주인은 바람처럼 날쌘 손놀림과 철통같은 손가락 틈새의 소유자였다.

영 뵈는 게 없는 탓에 헛다리만 짚길 수차례, 원보 대인은 애초에 주인을 잘못 고른 것이 한스러울 따름이었다. 그때는 이 불량한 자의 어디가 그리 좋았을까?

지켜보다가 혹한 맹부요가 둘 사이로 엉덩이를 밀어 넣으며 말했다.

"쥐 새끼, 그냥 관둬! 기껏 맞혀 봤자 네 주인이 손가락 하나만 까딱하면 도로 꽝인걸. 차라리 나랑 난센스, 음, 생각 비틀기 놀이 하자."

원보 대인이 맹부요를 쳐다봤다.

생각 비틀기는 또 뭐야? 머릿속을 이리저리 비틀면 꼬이기밖에 더해?

"소명네 아버지한테는 아들이 셋 있어. 큰아들 이름은 대모大毛, 둘째는 이모二毛, 그럼 셋째는 이름이 뭘까?"

원보 대인이 배꼽을 잡았다.

너무 쉽네, 너무 쉬워! 천기신서의 무한한 지혜를 이렇게 우습게 보나?

녀석이 발가락 세 개를 내밀었다.

"찍찍!"

"삼모三毛?"

맹부요가 묻자 원보 대인이 의기양양하게 고개를 끄덕였다. 이번에는 맹부요가 배꼽을 잡았다.

"아이고! 우리 원보를 어쩌나. 너희 아버지가 쥐 새끼 삼 형제를 뒀다고 생각해 봐. 큰형은 대보大寶고 둘째 형은 이보二寶야. 그러면 너는 삼보三寶여야 되냐?"

그 말에 동그랗고 까만 눈을 번쩍 뜬 원보 대인이 눈동자를 초롱초롱하게 빛내면서 연거푸 찍찍거렸다.

창피스러워해야 정상인 녀석이 어째서 흥분한 기색인가. 의문을 느낀 맹부요가 장손무극 쪽을 돌아봤다. 그러자 장손무극이 통역을 제공했다.

"자기 큰형 이름이 대보인 줄은 어떻게 알았느냐고 하는군."

"……."

흥이 난 원보 대인이 계속하자며 맹부요에게 엉겨 붙었다. 맹부요는 이처럼 지능 떨어지는 쥐 새끼를 상대로 난센스 퀴즈를 계속하는 것은 인간적으로 너무 양심 없는 짓이라고 생각하여 한사코 거절했으나, 원보 대인의 요청이 워낙 집요했던 관계로 결국은 백기를 들고 말았다.

"수탉 한 마리랑 암탉 한 마리가 있어. 네 글자로 하면 뭐게?"

원보 대인은 깊은 사색에 빠졌으나 답을 찾지 못했다.

"닭 두 마리!"

"……."

"수탉 한 마리랑 암탉 한 마리가 있어. 이번에는 다섯 글자로 하면?"

원보 대인은 초조하게 귀를 긁적거리다가 턱을 만지작거리다가 했다. 답은 여전히 오리무중이었다.

"또 닭 두 마리!"

"……."

"수탉 한 마리랑 암탉 한 마리가 있어. 이번에는 일곱 글자, 안 어려워."

원보 대인은 앞발을 잘근잘근 씹으면서 머리를 쥐어짰지만, 답은 찾을 길이 없었다.

"바보! 또 닭 두 마리!"

"......!"

간단히 입 몇 번 놀려서 지능 미달 쥐 새끼를 납작하게 밟아 준 맹부요가 이어서 안광을 번뜩이며 장손무극 쪽으로 접근했다. 그러고는 씩 웃으면서 말을 붙였다.

"총명예지하고 전지전능하신 태자 전하, 소인이 사소한 문제를 하나 낼까 하는데 맞혀 보시겠나이까?"

장손무극이 눈을 들었다. 그는 상대의 눈 안에서 음험함, 간사함, 도발, 흉계 등 일련의 부정적인 정서를 읽어 냈지만, 아무런 내색 없이 미소 지었다.

"으음?"

"성공한 남자 뒤에는 항상 여자가 있기 마련이죠. 그렇다면 실패한 남자 뒤에는 뭐가 있을까요?"

묵묵히 생각에 잠긴 장손무극이 답했다.

"맹부요."

"......"

맹부요가 분통을 터뜨렸다.

"이건 반칙이죠!"

"내 답이 틀렸소?"

장손무극이 억울하다는 눈빛을 보냈다.

"틀렸소?"

"원래 생각해 둔 정답은......."

맹부요가 이를 갈며 말했다.

"실패한 남자 뒤에는 너무 많은 여자가 있다......, 이거였다고요."

그러자 빙긋이 웃으며 눈을 내리깐 장손무극이 자못 진지하게 읊조렸다.

"나한테는 그대 한 사람밖에 없으니 분명 성공하겠군."

오늘도 내가 내 발등을 찍었구나.

맹부요는 강대한 태자 전하 앞에서 또 한 번 쓰디쓴 패배를 맛봤다. 잠시 후, 그녀가 씩씩거리면서 말했다.

"마지막 문제예요. 남도 속이고 자기도 속이는 사람은?"

장손무극은 이번에도 미소를 머금었지만, 답은 내놓지 않고 느긋하게 차만 마셨다. 맹부요도 그의 대답을 기대하지 않는 듯, 그저 웃음기 어린 눈으로 문밖을 힐끔거리고 있을 뿐이었다.

얼마 지나지 않아 쓴웃음을 지으면서 안으로 걸어 들어오는 사람이 있었다.

"저겠지요!"

장손무극과 맹부요가 '드디어 바른대로 고하는구나.' 하는 눈으로 쳐다보는 사이에도, 그 남자는 전혀 민망한 기색 없이 의자에 앉아 장포 자락을 툭툭 털더니 자기 찻잔을 자기가 채웠다. 그러면서 눈동자를 두어 번 요리조리 굴렸는데, 반짝이는 눈빛이 흡사 매와 여우를 반씩 섞어 놓은 듯했다.

"당이중, 정국공 당씨 가문 자제분."

맹부요가 입꼬리를 끌어 올렸다.

"정답은 '사기꾼'이었는데 자진 납세를 하실 줄이야."

그러자 언제나처럼 어여쁜 얼굴에 어여쁜 미소를 내건 종이가 티 없이 순진무구하게 대꾸했다.

"사실 사기라고 할 수는 없지요. 제 입에서 나간 말 중에 거짓은 한 글자도 없었는걸요."

"진무대회에서 나랑 한 판 붙었었지."

맹부요의 눈길이 상대의 얼굴을 세세히 훑었다.

"당 대협, 어느 쪽이 진짜 얼굴이지?"

"이 출중한 용모를 대회장에 모인 어중이떠중이들한테 함부로 보여 줄 수야 있나요?"

당이중이 느긋하게 대답했다.

"당연히 지금이 진짜 얼굴이지요."

"우리 앞에 나타난 목적은 역시 저거겠지?"

맹부요가 탁자 위에 놓인 옥새를 가리켰다.

"화언이 나한테 도움을 요청한 걸 보고 분명 옥새를 넘겼겠구나, 생각한 거잖아?"

"솔직히 말하면 만나자마자 곧바로 넘기지 않은 게 의아했어요."

당이중이 손을 양쪽으로 펴고 어깨를 으쓱했다.

"옥새의 유혹 없이도 화언을 돕겠다고 나서서 그 많은 수고로움을 감수하다니. 왕야께서도 참으로 인물은 인물이십니다."

"모든 사람이 다 너처럼 계산적일 것 같지?"

맹부요가 콧방귀를 뀌었다.

"이 몸이 얼마나 도량이 넓고, 절개가 곧고, 인품이 훌륭하고, 풍격이 고상하고, 세상 사람들한테 존경받고, 덕망이 높은지 알기나 해? 그리고……."

청산유수 같은 일장 연설이 이어지는 동안 장손무극은 맹부요를 외면했고 원보 대인은 얼굴을 가렸다. 맹부요와 한 패거리인 것을 수치스러워하며…….

반면 당이중은 존경스럽다는 표정으로 눈을 반짝반짝 빛내고 있었다. 그 상태로 중간중간 추임새까지 넣으며 맹부요의 위대함에 마음을 온통 빼앗긴 모양새를 하고 있더니, 이야기 말미에야 한마디를 뱉었다.

"아아……, 그러셨군요!"

입을 딱 다문 맹부요가 진무대회에서 잠깐 마주쳤을 때부터 인상이 범상치 않다고 생각해 온 상대방을 쳐다봤다. 역시 못 당할 녀석이었다.

그녀가 당이중의 뒤통수를 한 대 팍 때리면서 말했다.

"본론으로 돌아가!"

"자초지종을 설명하자면……."

표정을 진지하게 바꾼 당이중이 맹부요 쪽으로 가까이 붙어 앉았다.

"정말로 악의는 없었습니다. 옥새를 되찾으려던 것뿐이에요. 그러려면 신뢰를 얻는 게 먼저였기에 공력을 봉인하고 혈혈단신으로 두 분 앞에 나타나기는 했지만, 한 번도 해를 끼치지는 않았잖아요. 악의가 없었다는 걸 행동으로 증명한 셈 아니겠어요?"

"감히 악의 따위를 품을 수 있었겠어?"

맹부요가 눈을 흘겼다.

"손가락 하나만 까딱했어도 그 자리에서 가루가 됐을 텐데."

"사실 두 분한테 접근하면서도 제가 찾아야 할 물건이 옥새라는 확신은 없었어요."

당이중이 불쑥 덧붙였다.

"그게 무슨 소리야?"

"폐하께서 신하들을 안 만나 주신 지도 벌써 오래거든요. 심지어는 영창전에 누가 접근하는 것조차 허용하지 않으십니다."

웬일로 당이중의 얼굴에 근심이 어렸다.

"정상적인 상황이 아니에요. 궁에 심어 둔 저희 측 사람을 시켜서 어찌 된 일인지 알아보게 했는데, 영창전에서 시중을 드는 인원을 계속 줄이는 추세라 자기도 들어갈 수가 없다더군요. 아무래도 누군가 폐하의 거동을 제한하고 있는 것 같습니다."

"거동을 제한하다니?"

아연실색한 맹부요가 되물었다.

"대체 누가 일국의 군주를 꼼짝 못 하게 묶어 둘 수 있다는 거지?"

"그야 모르지요."

잠시 웅얼웅얼 머뭇거리던 당이중이 입을 열었다. 말투에서 채 가시지 않은 망설임이 묻어났다.

"아까 말한 저희 측 사람이 딱 한 번 빈틈을 노려 침전에 들어갔는데, 폐하께서 주무시면서 같은 잠꼬대를 연신 반복하더랍니다. '아육阿六……, 찾아 돌아와야 한다…….'라고요. '아육'이라 하면 폐하께서 육황녀를 부르는 호칭입니다. 화언의 아내 말이에요."

당이중이 설명을 덧붙였다.

"육황녀한테 맡긴 무언가를 당장 되찾아야만 하는 상황이라는 추측이 가능하더군요. 육황녀가 최근 살해당했다는 점과 십일황자가 국경 밖까지 살수를 보낼 만큼 안달이 나 있다는 점을 고려할 때, 그 물건이 아주 중요한 것이라는 결론이 났고요. 이를테면 옥새 같은. 사실을 아는 사람은 극소수고, 아마 황자황녀들 중에서는 십일황자만 우연히 정보를 입수한 게 아닐까 싶습니다. 혼자만 유독 무모하게 두 분한테 덤벼드는 것만 봐도요. 만약 아는 사람이 더 있었다면 여정이 훨씬 시끌벅적했을 겁니다."

"하나가 아닐 텐데?"

맹부요가 냉소했다.

"그 빌어먹을 짝퉁 새끼 못 봤어?"

"그자는……."

당이중이 눈살을 찌푸렸다.

"황자나 황녀들이 부릴 수 있는 인물로는 보이지 않습니다. 이 나라 황자 황녀들에 대해서는 제가 훤히 꿰고 있거든요. 폐하는 슬하에 많은 자식을 두셨는데, 항상 자식들을 경계하면서 형제자매끼리 서로 견제하도록 판을 짜셨어요. 황자 황녀들한테는 그런 고수를 움직일 만한 힘이 없을 겁니다."

"옥형!"

맹부요가 새하얀 이로 아랫입술을 질끈 깨물었다.

옥형이라는 이름이 나오는 동시에 그녀의 표정에서는 장난기가 싹 빠졌다. 온 세상을 통틀어 제일 죽이고 싶고, 반드시 죽여야만 하는 대상이 누구냐고 묻는다면 그녀는 망설임 없이 그 작자의 이름을 댈 것이다. 하마터면 씻을 수 없는 치욕을 당할 뻔했던 것도, 장손무극과 서먹해졌던 것도, 장손무극을 주화입마에 빠뜨릴 뻔했던 것도, 더 넓게 보면 이씨 집안이 멸문지화를 당하고, 진퇴양난의 상황에서 자신이 목숨을 잃을 뻔했던 것도, 전부 그 작자가 원인을 제공한 탓이었다.

"정말 그자가 옥형이라면 상황이 골치 아파집니다."

당이중이 생각에 잠긴 표정으로 중얼거렸다.

"예전에 황실 내에 은밀히 떠돌던 이야기가 있는데…… 그걸 좀 파 봐야겠군요."

무슨 이야기냐고 캐묻는 대신 그저 당이중을 비스듬히 흘겨본 맹부요가 잠시 시간 간격을 두고 말했다.

"황제가 뭘 잃어버렸든 말든 그게 본인이랑 무슨 상관이라고 위험하게 공력까지 봉인해 가면서 찾아다니는데?"

"춘추가 있다 보니 이제 폐하께서도 정무를 돌보는 데 지치셨나 봅니다. 국정은 혼란하고 군사와 경제 방면은 한 번 무너진 후로 복구가 안 되고 있어요. 그런데도 황자와 황녀들은 황위를 둘러싸고 서로 물어뜯기만 바쁘고, 조정 신료들은 저마다 줄을 서느라 정신이 없습니다. 선기국은 이미 뿌리까지 짓물렀어요."

이 순간 당이중의 말투는 대화 초반과 달리 사뭇 숙연하기까지 했다.

"오랫동안 병환에 시달려 온 폐하께 이제 남은 시간이 얼마 없는 것도 사실이고요. 문제는 이 혼란한 시국에 누가 옥좌의 새 주인이 되느냐인데, 그게 어디 폐하께만 중요한 일이겠습니까? 이 땅의 수많은 백성과 조정의 문무백관, 그리고 선기국의 국운과도 직접적으로 관계되는 일인걸요. 그러니 손 놓고 있을 수만은 없는 게 당연하지요."

"여기도 고염무[9]가 또 한 명 계셨네. 천하의 흥망에는 한낱 필부도 책임이 있다는 건가."

고개가 절로 수그러질 만큼 훌륭한 자세가 아닐 수 없었다. 맹부요가 칭찬이라도 몇 마디 건네려는 참인데, 상대가 실실 쪼개면서 말을 이었다.

"돼먹지 못한 자가 제위에 올라서 대규모 숙청 작업이라도 벌이면 저 같은 신료들은 부귀영화고 뭐고 다 끝장 아니겠어요?"

맹부요는 '쳇' 하고 그를 외면했고, 당이중은 그런 그녀를 비스듬히 곁눈질하면서 엉뚱한 소리를 했다.

"이번 여정을 통해 그간 가지고 있던 의문이 어렴풋하게나마 풀린 것 같네요, 하하!"

당이중이 의자에서 일어섰다.

"저는 이만 원래 자리로 돌아가 보겠습니다. 앞으로도 필요한 일이 있으면 언제든 분부만 내려 주십시오. 그리고 옥새는……

---

9 顧炎武. 명나라 말 청나라 초의 유명한 학자로 '천하흥망天下興亡 필부유책匹夫有責'이라는 명언을 남긴 바 있다.

두 분께서 적당히 때를 봐서 돌려주시면 될 것 같습니다."

그는 그렇게 옷자락을 툭툭 털면서 조금의 미련도 없이 밖으로 사라졌다. 처음부터 끝까지 옥새에는 눈길 한 번을 안 주고서.

당이중이 멀어져 가는 모습을 멍하니 쳐다보고 있던 맹부요가 잠시 후 얼떨떨한 투로 중얼거렸다.

"옥새 때문에 나 쫓아다닌 거 아니었어? 왜 저러고 그냥 가?"

한편 장손무극은 노란색 비단 보자기를 흘깃 쳐다보며 미간을 찌푸렸다가, 이내 탄식처럼 한마디를 읊조렸다.

"결국은 피해 갈 수 없는 것인가……."

✿

이튿날, 선기국 황제와 황후가 영창전에서 무극 태자와 대한 한왕을 만났다. 벌써 수개월간 궁 안에 틀어박혀 외부인과의 접촉을 거부해 온 선기국 황제가 맹부요의 강력한 요청하에 이례적으로 두 대국 귀빈을 접견하기로 한 것이다.

그간 겹겹이 굳게 닫혀 있던 전각 출입문이 하나하나 열리고, 햇빛을 차단하던 두꺼운 휘장이 차례로 걷혔다. 쫓겨났던 태감과 궁녀들도 총채를 들고 살금살금 돌아와 두 줄로 모양새를 갖추어 늘어섰다. 윗분이 부르시면 언제라도 달려가서 시중을 들고, 쓸모를 다한 후에는 다시금 쫓겨나길 기다리며.

이제 유일하게 남은 장애물은 옥좌 앞을 어렴풋하게 가리고 있는 얇은 비단 장막뿐이었다.

장지문을 지난 햇빛이 썰렁하니 허허로운 영창전 입구를 밝히고, 옥섬돌 위에 귀빈의 당도를 알리는 목소리가 울려 퍼졌다.

각자 자국 관원들을 이끌고 등장한 장손무극과 맹부요가 태감의 안내에 따라 전각 안으로 들어섰다. 두꺼운 고급 융단이 발소리를 완벽하게 흡수하는 대전 안에서는 관직에 있는 황자 황녀들과 조정 대신들이 먼저 와서 기다리는 중이었다.

일행의 당도와 함께 대전 안의 대기 인원들이 일제히 자리에서 일어서고, 영창전 총관태감이 공손히 마중 나와 허리를 바닥에 닿도록 굽혔다.

"잠시만 기다려 주시옵소서. 황제 폐하께서 곧 납실 것이옵니다."

장손무극과 맹부요가 고개를 끄덕였다. 여기서까지 함께 앉을 수는 없는 노릇인지라 두 사람은 양편으로 갈라져 각자 착석했다. 그러고는 서로를 보며 웃음을 교환했다.

자리에 있는 대신들은 그 웃음을 보자마자 단체로 가슴이 덜컥 내려앉았다. 설마 황제 폐하 면전에서까지 무슨 수작을 부리는 건…….

드넓은 대전을 가득 채운 신료 전원은 숨을 죽인 채, 기침 소리 한 번 내지 않고 황제 폐하를 기다렸다. 한참이 지나 마침내 비단 장막 너머에서 인기척이 들려왔다. 가래 섞인 콜록거림, 굼뜬 발소리, 노인 특유의 거칠고 무거운 헐떡임, 그리고 장신구가 딸랑거리는 소리였다.

내실에서 걸어 나오는 남녀의 윤곽이 어렴풋이 눈에 들어왔다. 바깥쪽에서 걷고 있는 여자는 높게 틀어 올린 머리 위에 화려한 관을 썼고, 언뜻 보기에도 옷차림이 대단히 호화로웠다. 난새가 수놓인 열두 겹짜리 장포가 진홍색 융단 위를 쓸고 지나는 소리가 사락사락 이어졌다. 그 동안 햇빛이 얇은 비단 장막을 통과하면서 여자의 살짝 들린 턱과 꼿꼿한 자세를, 곤룡포 차림으로 그녀의 부축을 받고 있는 남자의 쇠약하고 구부정한 옆모습을 드러냈다. 남자는 걸음을 옮기면서도 쉬지 않고 콜록거렸다.

한 사람은 자세가 곧고 한 사람은 구부정하다 보니 여인의 옷소매가 길게 늘어져 남자의 팔뚝에 걸쳐져 있었다. 덕분에 두 사람의 그림자는 황후가 황제를 부축해 주는 모습이라기보다는 황후가 태감의 팔에 손을 올리고 시중을 받으며 여유롭게 걸어 나오고 있는 모습처럼 보였다.

맹부요는 그 모습을 보자마자 대놓고 웃음을 흘렸다.

다 늙어서 영계 끼고 살다 보면 저 꼴이 나는 게지…….

맹부요가 피식하자 선기국 신료들은 급격히 시무룩해졌다.

우리 폐하가 원래부터 저러셨는 줄 아나? 얼마나 위풍당당한 미남이셨는데. 나이 들어서도 젊었을 적 늠름한 풍채 그대로였던 분인 것을. 근 반년 사이에 급격히 노쇠해지기는 했어도 저 지경까지는 아니었건만, 고작 두 달 못 본 사이에 허리조차 제대로 못 펴게 되셨다니? 젊은 아내의 미색이 옥체를 망쳤음이야…….

비단 장막 뒤편의 황후가 황제를 부축해 주면서 자리에 앉았다. 맹부요는 당연히 황후가 옆에 따로 마련된 의자에 앉을 줄 알았다. 그런데 웬걸, 고개를 빳빳이 세운 황후는 우아하게 맞잡은 두 손을 무릎 위에 올리고서 황제의 옥좌에 함께 끼어 앉았다.

선기국 신료들의 얼굴에서 핏기가 싹 가셨다. 황후가 원래 교만하고 대가 세기는 해도 지금껏 정사에 끼어든 적은 없었다. 적어도 그 점만은 폐하께서 단속을 철저히 하셨었다.

후궁에서야 무슨 난리를 치든 그냥 놔둘지언정 대전 사무에는 절대 간섭하지 못하게 하셨었거늘, 지금 이게 무슨 상황이란 말인가? 무극과 대한에서 귀빈까지 와 있는데 남들 보는 앞에서 황후를 옥좌에 함께 앉히다니? 이……, 이……, 이……, 이……, 이거야 원, 천하의 웃음거리가 될 일 아닌가? 폐하께서 병세가 위중하시어 제정신이 아니신 건가?

상좌에 앉아 있는 맹부요 대왕 쪽으로 눈길을 옮긴 신료들은 역시나 보란 듯이 피식거리고 있는 그녀를 발견했다. 맹부요는 웃기만 하는 데서 그치지 않고 입을 열었다. 그냥 연 것도 아니라 첫마디부터 폭탄이었다.

"아니, 선기국은 언제부터 황제가 두 명이 됐답니까? 하늘에 해가 둘일 수 없듯 일국의 군주 또한 둘일 수 없다고 알고 있었는데, 여기서 희한한 구경을 다 합니다그려!"

입가에 미소를 머금은 장손무극이 새파랗게 질린 예부상서를 쳐다보며 말했다.

"대인, 따져 볼 문제가 있을 듯하니 배례 규정을 좀 알려 주시지요."

오주 일곱 나라에서는 관례에 따라 황제와 황후를 배알할 때의 예절이 따로 구분되어 있었다. 장손무극과 맹부요 정도 되는 신분이면 선기국 황제에게는 허리를 굽혀야 하고, 황제 역시 화답해야 하며, 황후에게는 서로 대등한 위치에서 가벼운 인사만 나누면 되었다. 그런데 황제 황후가 같은 옥좌에 나란히 앉아 있으니, 예법이 꼬여 버린 것이다.

예부상서는 비단 장막 뒤에 꼿꼿이 앉아 있는 황후와 그 곁에서 아무 말이 없는 황제를 슬그머니 곁눈질했다. 그도 혼란스럽기는 마찬가지였다. 타국 사자를 접견할 때의 예법은 그때그때 입맛대로 바꿀 수 있는 것이 아니건만, 황후가 저러고 있으니 이 일을 어찌한단 말인가?

비단 장막 안쪽에서 움직임이 없자 장막 밖의 장손무극과 맹부요도 꿈쩍을 하지 않았다. 양측은 대치 국면에 돌입했고, 이 거북한 상황을 타개할 뾰족한 방법은 없어 보였다. 예부상서의 이마에서 식은땀이 삐질삐질 배어났다.

맹부요는 압박감이고 뭐고 없이 태연자약하게 앉아서 손톱이나 깔짝거리고 있는 반면에, 계단 위쪽의 황후는 그리 차분하지 못했다. 싸늘하게 날 선 눈빛이 비단 장막을 뚫고 칼날처럼 날아와 맹부요를 몇 번이고 위아래로 훑고 있었다. 만약 그 눈길이 맹수로 둔갑할 수 있었다면 벌써 한참 전에 맹부요를 물어뜯고도 남았으리라.

황후의 눈빛은 맹부요에게 뒤늦은 깨달음을 가져다주었다.

그러고 보니 저기 앉아 있는 두 내외, 장손무극의 전임 장인과 장모 아닌가? 이거 지금 파혼한 예비 사위가 장인네 현관 앞에 새 여자 친구 데려다 놓고 자랑하는 꼴이 되는 건가?

아이고야, 해도 너무했네! 황후마마 부신 호르몬이 폭발한 이유가 있었구먼. 가만히 앉아 있는 것 같은데도 머리에 달린 보석 장식 발발 떨리는 소리 나는 거 봐라.

물론 맹부요는 본인을 어느 분 여자 친구로 인정할 의사가 없었지만, 황후마마가 그렇게 생각하는 걸 막기는 힘들어 보였다. 현재 태자 전하께서 이쪽을 향해 보내고 있는 뜨거운 눈빛을 참고할 때, 이미 전 오주대륙 황족 모두가 같은 견해를 공유하고 있을 가능성이 컸다.

게다가 해당 견해를 둘러싼 별의별 해괴한 버전의 소문이 나도는 모양이었다. 서풍루 술자리 때 선기국 관원 둘이 속닥거리는 소리를 어렴풋이 듣기로는, 그녀의 진짜 남자 친구가 과연 누구인가를 놓고도 말이 많은 것 같았다. 다니기는 무극 태자랑 같이 다니면서 신분은 왜 대한 한왕이고, 대한국 왕으로 있으면서 어떻게 헌원국 국사 자리까지 버젓이 꿰찼느냐는 것이었다.

이러한 의문 사이사이에 인간 두뇌의 무궁무진한 상상력이 더해지면서 무극, 대한, 헌원을 잇는 삼각관계, 다각관계, 비련의 연인, 배반의 러브 스토리 등 수많은 버전의 뜬소문이 탄생했다. 그녀는 영광스럽게도 온갖 잡다한 버전 안에서 전 오주대륙을 통틀어 제일 바람기 많고, 운 좋고, 남자 복 터진 스캔들의 여왕으로 등극한 상태였다.

하아! 옛 사위를 보는 장모는 눈물이 그렁그렁하다만, 옛 사위 여자 친구를 보는 장모는 손톱이 번뜩번뜩하도다…….

혼자 실실 쪼개고 있는 맹부요와 달리, 선기국 신료들은 난감해서 어쩔 줄을 모르고 있었다. 장손무극과 맹부요는 거북한 상황을 소화하는 능력이 워낙 뛰어나신지라 이 판국에도 태연히 자리를 지키고 있지만, 다른 사람들도 다 그런 능력이 있는 것은 아니었다.

선기국 신료들은 지금껏 대전에서 한 번도 일어난 적이 없는 사태를 목격 중이었다. 장손무극과 맹부요가 예를 안 올리니 그 둘을 따라온 무극국과 대한국 관원들도 의자에서 궁둥이를 뗄 생각을 안 하는 것이었다. 이는 상대국을 완전히 무시하는 행위였으나, 선기 쪽에서 먼저 빌미를 제공한 탓에 항의를 하고 싶어도 할 수가 없었다.

대전 안에는 선기국 황자와 황녀들도 자리하고 있었다. 제일 앞쪽에 앉은 대황녀가 맨 먼저 인내심의 한계를 드러냈다. 눈썹을 꿈틀한 그녀가 막 입을 열려는데, 맞은편에 앉아 있는 구황녀와 눈이 딱 마주쳤다. 순간 구황녀가 아주 미세하게 고개를 가로저었다. 이에 대황녀는 하려던 말을 도로 삼키고, 상석쪽을 힐긋 쳐다보며 소리 없이 찬웃음을 지었다.

나란히 붙어 앉은 십황녀, 십일황자, 십이황자는 같은 황후 소생답게 셋이 똑같은 표정을 하고 있었다. 장손무극과 맹부요를 노려보는 모양새에서 눈빛으로 압박감을 조성해 보겠다는 강한 의지가 느껴졌다.

그러나 맹부요는 그들을 본 체도 안 했다. 오히려 그녀의 눈길을 끈 대상은 대황녀 곁에 앉아 있는, 온화하고 차분해 보이는 남자였다.

남자는 아까부터 내내 앞만 똑바로 보고 있는 게, 대단한 자제력의 소유자인 듯했다. 선기국 측 사람이라면 누구나 심적인 부담을 느낄 수밖에 없는 상황에서도 그는 홀로 아무런 동요 없이 평온한 모습이었다.

앉은 자리를 보아 하니 녕비 소생 삼황자인가?

녕비의 외동아들. 언뜻 들어서는 고립무원의 외로운 처지일 것 같지만, 본인이 가진 재주와 힘 있는 외가를 발판 삼아 다른 형제들과 어깨를 나란히 하고 있다고 했다. 과연 딱 보기에도 만만한 자는 아니라는 느낌이 들었다.

맹부요가 혼자 여유를 부리면서 황자 황녀들을 한 명씩 뜯어보고 있는 참인데, 상대편 진영의 나지막한 술렁거림 속에서 마침내 황후가 입을 열었다.

"따져 볼 것이 뭐가 있어서?"

비단 장막 뒤편의 황후가 코웃음을 치는 것 같더니, 다소 뾰족한 목소리가 드넓은 대전 안에 또렷하게 메아리쳤다.

"본 궁은 폐하와 부부이고, 부부 사이는 귀천을 나눌 수 없는 법, 그런데도 손아랫사람이 올리는 인사 한 번 받을 자격이 없다는 것인가?"

황후는 절대 물러서지 않을 생각으로 앉은 자세를 다잡았다.

설령 조정 신료들의 비난과 어사의 탄핵이 기다리고 있다 해도 오늘 이 자리에서 건방진 두 애송이가 자신에게 정식으로 예를 올리는 모습을 기필코 보고야 말 작정이었다. 그래야만 가슴속을 틀어막고 있는 울분이 조금이나마 풀릴 것 같았다.

맹부요가 눈썹을 까딱 치켜세웠다. 연배를 무기로 내세울 생각을 한 걸 보면 황후도 머리가 아주 나쁘지는 않은 모양이었다. 국가 의례를 떠나 나이로만 따진다면 사실 허리를 굽힐 수도 있는 문제였다.

허나, 차라리 돼지한테 절을 하면 절을 했지 저 여자 앞에서는 싫었다. 어째서인지는 모르겠지만, 맹부요는 황후가 몹시 마뜩잖았다.

"좋습니다!"

입가에 미소를 머금은 맹부요가 안도의 한숨을 내쉬는 선기국 신료들을 배경으로 느긋하게 말했다.

"어질고 너그러우시며 항시 주변의 화목을 위해 마음 쓰신다는 황후마마의 명성이야 오주 전체에 자자하지요. 저 또한 오래전부터 마마를 흠모해 왔습니다. 이 자리에서 인사 한 번 받을 자격쯤은 물론 있다마다요."

그 즉시 계단 위쪽에서 노기 섞인 콧방귀 소리가 들려왔다. 선기 황후가 아무리 자신감이 넘쳐도 본인이 '어질고 너그럽기로' 명성이 자자하다는 소리를 믿을 정도는 아니었다. 맹부요의 말은 칭찬을 빙자한 빈정거림이었다.

"귀천을 나눌 수 없기로 말하자면 나라와 나라 역시 마찬가지겠지요. 국가 간의 예법에서는 어느 나라가 더 나이가 많은 지를 따지지 않고요."

맹부요가 웃음 지었다.

"그래도 굳이 나라의 연배를 따진다면……. 어이쿠, 무극국 건국이 선기국보다 빠른 것 같은데, 그러면 무극국이 손위뻘이라고 해야 하나요? 태자 전하가 황후마마한테 절을 받아야 되나? 아이고야, 그럴 수는 없지요. 어떻게 그럽니까!"

선기국 신료들은 진흙 인형이나 나무 조각상이 된 것처럼 망연한 얼굴로 맹부요가 하는 소리를 가만히 듣고 있었다. 한왕이 그리 호락호락한 인사가 아니라는 거야 새삼스럽지도 않은 사실이었다. 속이 얼마나 시커면 줄도 모르고 저 뜨거운 감자를 덥석 문 사람은 황후 본인이니 스스로 삼키게 놔둘 수밖에.

황후와 말을 길게 섞고 싶지 않은 맹부요가 손바닥을 짝짝치며 본론을 던졌다.

"정 그렇게 나이 따져서 저와 태자 전하한테 인사를 받고 싶거든 우선 후궁으로 돌아가시지요!"

"어린것이 무엄하구나!"

황후가 벌떡 일어나면서 떨친 봉포 자락에 곁에서 부채질을 해 주던 궁녀가 떠밀려 계단 아래로 굴러떨어졌다. 궁녀는 계단 모서리에 머리를 부딪혀 피를 줄줄 흘렸지만, 감히 울지도 못했다. 영창전 소속 태감이 달려와 피 칠갑이 된 궁녀를 능숙하게 밖으로 끌어냈다.

지켜보던 맹부요의 눈빛이 날카로워졌다.

저런 못돼 처먹은! 지금껏 궁 안에서 저 악독한 손에 죽어 나간 원혼이 얼마일 것인가.

불쑥 봉선이 입을 열었다.

"황후, 짐의 탕약은……."

탁하게 떨리는 노인의 목소리가 대전 위쪽에 메아리치자 흠칫한 황후가 반사적으로 대답했다.

"뒤편 후전後殿에……."

황후가 돌아서는 찰나, 봉선이 몸을 등받이 쪽으로 깊숙이 묻으면서 옥좌를 통째로 독차지했다. 이제 황후가 끼어 앉을 자리는 없었다.

아까에 이어 한 번 더 흠칫한 황후는 곧 남편의 의도를 알아챘다. 그래도 나름 황후의 체면을 배려한답시고 이런 식으로 넌지시 축객령을 내린 것이다. 그녀가 이 기회에 자연스럽게 빠져 준다면 그보다 원만한 결말은 없으리라.

하지만 수십 년간 자기 마음대로 되지 않는 게 없었던 여인은 분해서라도 물러설 수가 없었다. 자기편을 들어 주지 않는 남편의 태도는 더더욱 원통했다.

그 자리에 선 채로 뻣뻣하게 굳은 그녀는 난새와 파도 문양금실 자수가 놓인 봉포의 너른 옷자락 아래로 손가락을 비틀어 짜듯 감아쥐었다. 청옥으로 장식된 법랑 호갑투가 실내의 적막 속에서 '까드득' 소리를 냈다.

그녀가 돌연 고개를 쳐들어 병풍 뒤편 후전에 눈길을 주자 후전 내에서 호리호리한 그림자 하나가 움직였다. 이때 맹부요가 자리를 박차고 도약했다!

느긋하게 늘어져 있던 맹부요가 느닷없이 숲속을 누비는 표범으로 화한 것은 황후가 망설임 끝에 고개를 든 바로 그 순간이었다. 빛의 속도로 자리에서 솟구쳐 오른 맹부요는 넓고 적막한 실내를 새하얀 번개처럼 가르고 옥좌를 향해 쇄도해 갔다.

대전이 발칵 뒤집혔다. 자리에 앉아 있던 인원 중에는 무공을 익힌 자들이 꽤 됐는데, 그들 모두가 맹부요를 저지하고자 앞다퉈 몸을 날렸다.

그러나 그들은 뛰어오르자마자 눈에 보이지 않는 거대한 힘의 흐름에 부딪혔고, 그 힘은 곧 강력한 소용돌이로 화해 파도처럼 그들을 덮쳐 왔다. 파도 하나를 피하면 그다음 파도가 또 밀려왔다. 그들이 가까스로 소용돌이를 벗어났을 때쯤 맹부요는 이미 옥좌 지척까지 가 있었다.

그녀가 비단 장막을 향해 달려들자 장막 앞을 지키고 있는 갑옷 차림의 무사들이 창을 세워 가로막았다. 맹부요는 무사들에게 눈길도 주지 않고서 창을 걷어차 날려 버렸고, 빛나는 호선을 그리며 날아간 창은 용과 봉황으로 화려하게 꾸며진 천장에 꽂혀 부르르 진동했다.

피식 코웃음을 친 맹부요는 창 자루의 진동이 미처 그치기도 전에 걸상을 엎어뜨리고, 호위병을 쓰러뜨리고, 비단 장막을 찢어 버리고서 구룡 병풍 뒤편으로 돌진했다.

"나와!"

옥좌에 앉아 있는 노인의 놀란 얼굴과 화려하게 치장한 여인의 질겁한 표정 따위는 맹부요의 안중에 있지도 않았다. 그녀는 곧장 병풍 뒤편으로 손을 쑥 집어넣었다. 그러나 손아귀에 잡힌 것은 아무것도 없었다. 사람은 무슨, 병풍 뒤편은 텅 비어 있었다.

맹부요는 일순 당황했다. 자신이 전력을 다해 돌진할 때의 속도가 어느 정도인지 잘 아는 그녀였다. 온 천하를 뒤져도 자신보다 빠른 신법을 가진 자는 몇 없을 터였다. 그야말로 눈 한 번 깜짝할 시간밖에 안 걸렸건만, 그새 감쪽같이 사라져 버리다니!

그녀가 분한 눈으로 주위를 둘러봤다. 후전에 갖춰진 가구는 낮은 침상 하나와 탁자 하나가 전부였다. 바닥에는 바깥과 똑같이 발소리가 나지 않도록 융단이 깔려 있고, 벽면을 빙 둘러 두꺼운 휘장이 겹겹이 쳐져 있었다.

맹부요의 눈길이 미동도 없이 늘어져 있는 휘장을 훑었다. 마음 같아서는 하나하나 걷어 보고 싶었지만, 불가능한 일이었다. 선기국 황자와 황녀, 신료들이 벌써 어림시위까지 잔뜩 끌고 쫓아와 있었다.

"한왕! 폐하를 암살이라도 할 작정이었나!"

대황녀가 일갈했다.

"왕야, 너무 무례하지 않습니까!"

재상이 부들부들 떨리는 손가락으로 허공에다 대고 삿대질을 해 댔다. 표정으로 하고 있는 말은 '당신의 미친 짓에 치가 떨린다, 버젓한 대국의 왕이 뭐 이리 되바라졌나.'였다.

"납득할 만한 해명을 해 보시지요!"

십이황자의 격분한 외침이었다.

흥분한 군중이 너도나도 비난을 쏟아 내며 맹부요를 에워쌌다. 하지만 그들 중에 맹부요의 주변 반경 한 장 이내로 접근하는 사람은 없었다. 군중이 맹부요 대왕에 대한 증오를 표현하는 수단이라고는 삿대질과 침 튀기기가 전부였다. 참으로 흉악하고, 파렴치하고, 무엄하고, 괘씸하기는 한데 너무 세서 도저히 가까이 갈 엄두는 안 나니까.

곧이어 십일황자가 사태를 총결산하는 의미의 성명을 발표했다. 고전적인 문구가 돋보이는 성명문이었다.

"한왕의 행각으로 우리 선기국 측은 깊은 유감을 느끼고 있으며, 이를 강력히 규탄하는 바입니다!"

그때였다. 누군가 인파 사이를 헤치고 걸어 나왔다.

차분하게 맹부요 앞까지 온 사람은 우선 시위들부터 뒤로 물리더니, 충격으로 인해 옥좌 위에 쓰러진 채 효성스러운 자식 손자들에게 까맣게 잊힌 황제를 일으켜 앉혔다. 그러고는 칼이라도 맞는 줄 알고 다리가 풀려 버린 황후까지 부축해서 점잖은 자세로 앉혀 둔 후, 마지막으로 맹부요에게 길게 읍하면서 급할 것 없는 어투로 말을 건넸다.

"한왕께서 노하신 것은 필시 저희 측 준비가 미흡한 탓일 터, 본 왕이 이 자리를 빌려 사과드리겠습니다. 다만, 부황께서는 병환이 깊어 안정이 필요한 상태입니다. 부황께서 마음을 놓으실 수 있도록 자초지종을 설명해 주시길 부탁드립니다."

훌륭하도다!

눈을 가늘게 뜬 맹부요가 맞은편에 여유로운 모습으로 서 있는 삼황자를 위아래로 뜯어봤다. 예의, 절조, 효심, 바른 도리는 있되 사사로운 욕심이나 두려움은 없는 태도. 과연 소문 그대로였다. 게다가 말 한마디로 대치 상황을 종식시키고 양쪽 모두의 기분을 맞춰 주는, 그야말로 가는 곳마다 환한 빛을 드리우는 능력까지. 다른 황자들과는 급 차이가 나도 한참 나는 자였다.

"노하다니, 그럴 리가요!"

싱긋 웃은 맹부요가 말꼬리를 길게 뽑으며 느릿느릿 덧붙였다.

"선기국은 치안도 좋고, 풍광도 아름답고, 예법에도 빈틈이 없고, 황제 황후께서도 점잖으시고, 황자 황녀들의 풍모 또한 비범한 나라인 것을요. 저같이 작은 나라에서 온 무지렁이는 우러러보며 흠모하기만도 바쁜데, 노할 일이 어디 있겠습니까?"

맹부요는 무척 성의 있게 웃어 보이며, 뒷짐을 지고 있던 손을 앞으로 내밀었다. 그러고는 손에 달랑 붙들려 있는 물체를 신료들의 눈앞에다 대고 휘적휘적 흔들었다.

"그저 쥐가 한 마리 눈에 띄길래."

그녀의 손아귀에서는 원보 대인이 매우 협조적으로 축 늘어진 채 시체 흉내를 내는 중이었다.

"끼아악! 쥐!"

황후는 맹부요의 손에 들린 물체를 제대로 보지도 않고 '쥐'

라는 단어를 듣자마자 비명부터 지르더니, 새파랗게 질린 얼굴로 뒷걸음질을 쳤다.

"황후마마 기겁하시는 것 좀 보십시오."

신료들이 보내는 혐오의 눈빛 속에서 '죽은 쥐'를 소맷부리에 쑤셔 넣은 맹부요가 이럴 줄 알았다는 양 어깨를 으쓱했다.

"분명 무서워하실 것 같았다니까요. 아니 글쎄……."

맹부요의 어조가 급격히 격앙됐다.

"극악무도한 쥐 새끼가 선기국의 존귀한 옥좌 밑으로 들어와 병풍 뒤편으로 숨어들어서는, 점잖고 기품 넘치는 황제 폐하와 황후마마를 놀라게 하려 하지 않겠습니까. 누구보다도 예법에 밝으신 두 분이 우방국에서 온 손님을 비롯해 수많은 사람이 지켜보는 앞에서 결례를 범하도록 만들려는데, 어떻게 그냥 내버려 둘 수가 있습니까? 이 우라질 쥐 새끼를, 살금살금 병풍 뒤로 숨어든 눈꼴사나운 놈을 어떻게 끌어내지 않을 수 있었겠느냐는 말입니다! 이런 놈은 터뜨려 죽이고, 도륙을 내고, 토막을 치고, 아예 가루를 내서 바다에 내버려야……."

선기국 황자, 황녀, 신료들은 맹부요 대왕의 험상궂은 표정, 뾰족한 송곳니, 증오에 찬 눈빛, 가닥가닥 곤두선 머리카락, 사방으로 튀는 침을 멍하니 쳐다보며 생각했다.

고작 생쥐 한 마리한테 저렇게까지 잔인하게 굴 필요가 있나? 전생에 쥐하고 원수진 사이라도 되는 걸까?

개중에 얼굴색이 변하지 않은 건 삼황자와 구황녀뿐이었다. 두 남매가 빙긋이 웃으며 허리를 굽히더니, 한쪽이 먼저 대단히 진심 어린 투로 맹부요를 띄워 줬다.

"참으로 어진 마음을 가지셨습니다!"

나머지 하나는 한술 더 떠, 감격한 얼굴로 손뼉까지 치며 감탄했다.

"한왕께서 나서 주신 덕분에 폐하와 황후마마께서 큰 위기를 넘기셨군요!"

맹부요가 화답했다.

"별말씀을요, 응당 해야 할 일을 했을 뿐입니다."

흐음, 구황녀만 세상사에 통달한 줄 알았더니 삼황자 쪽은 더 고단수로군. 낯짝 두께부터가 달라.

"아이고, 고되다……."

'땀을 훔쳐 낸' 맹부요가 아까부터 옥좌에서 초점이 또렷하지 못한 눈으로 자신을 훑어보고 있는 봉선 쪽을 곁눈질했다.

"얼마 전에 당한 작은 부상이 아직 낫기 전이라서 그런지 잠깐 움직였다고 체력이 달리네요. 으으……."

맹부요는 이리저리 휘청거리다가 대충 눈에 띄는 의자에 털썩 앉아서 열심히 자기 다리를 두드리기 시작했다. 누가 봐도 '기력이 없어 더는 한 걸음도 못 걸을 듯한' 모습이었다.

지켜보던 이들이 단체로 입가를 씰룩거렸다.

아까 뛰쳐나갈 때는 그렇게나 기운이 넘치고 살기가 등등하더니. 사납고 거칠기가 새매도 울고 가게 생겨서는, 외가공이 장난 아닌 금갑 무사를 한 방에 날려 버리고도 체력이 달리고 기력이 없다는 소리가 나오나?

다들 속으로는 말이 많았으나 정작 입 밖으로는 한 마디도 꺼내지 못했다. 괜히 주둥이 잘못 놀렸다가 십대 강자 구소 대인께서 즉석에서 겨루기라도 한 판 하자고 제안하시면 그때는 어쩌나.

대전에 모인 이들은 이미 깨달음을 얻은 뒤였다. 세상에 맹부요 대왕이 '하고 싶지 않은 일'은 있어도 '겁나서 못 하는 일'이나 '민망해서 못 하는 일'은 없음을.

"하면, 두 분 모두 오늘 밤은 궁에서 묵어가시지요."

봉선이 내보인 긍정의 눈빛을 제일 먼저 포착한 삼황자가 눈치 빠르게 말했다.

"혹여 불편해하실까 저어되어 권하지 못했을 뿐이지, 사실 부황께서는 처음부터 두 분을 궁으로 모시고 싶어 하셨습니다."

하룻밤이면 충분하다. 이 썩어 빠진 데 오래 붙어 있다가는 살이 다 짓무를 거 같으니까.

맹부요가 마음에 없는 웃음을 지으면서 삼황자에게 찬탄의 눈길을 보냈다.

"폐하의 배려에 감사드립니다! 그리고 삼황자……."

"아니!"

갑자기 벌떡 일어난 황후가 날카롭게 소리쳤다.

"본 궁이 허락 못 한다!"

그러더니 분노로 온몸을 부들부들 떨며 맹부요를 가리켰다.

"저, 저, 천한 계집이 어디서 감히 우리 선기국 황궁에 발을 들여?"

그 말에 단체로 표정이 구겨진 선기국 신료들이 황후를 향해 눈을 부라렸다.

사람이 뻔히 듣는 데서 저런 소리를 하다니, 나랏일을 얼마나 더 망쳐 놓고 싶어서!

"본 왕이 이 나라 저 나라 떠돌아다닌 지도 벌써 시일이 꽤 되었습니다만."

황후를 등지고 있는 맹부요는 전혀 노여운 기색이 아니었다. 뒷짐을 지고 천장을 올려다보면서, 그녀가 무척 아쉽다는 듯 말했다.

"다 좋은 나라들이긴 한데 너무 틀에 박힌 느낌이더군요. 개성이 있길 하나, 깜짝 사건이 있길 하나. 눈이 번쩍 뜨이고, 바닥에 넙죽 엎드리고 싶어지고, 혼이 쏙 빠질 만큼 요란뻑적지근하고 천박한 경향이랄까, 그런 게 없습디다. 이를테면 새벽에 우는 암탉이라든지, 자기 일도 아닌데 주제넘게 나서는 사람이라든지……."

"황후마마, 환궁하시옵소서!"

참다못한 어사가 한 걸음 앞으로 나서서 황후에게 허리를 숙였다.

"이곳 조정에서 결정권을 가진 분은 오직 폐하뿐이십니다. 황후마마의 조정은 여기가 아니라 후궁일 것입니다!"

맹부요는 간 큰 어사를 보며 흐뭇하게 미소 지었다.

쓸 만하구먼, 쓸 만해. 요즘 보기 드물게 기개가 있는 충신일세. 후궁이야 자기 세상이었을지 몰라도 조정 신료들이 저런 진상을 가만히 두고 볼 수 있겠나?

"마마, 환궁하시옵소서!"

신료들이 일제히 허리를 숙였다. 다수의 묵직하고도 차가운 목소리가 하나의 소용돌이로 합쳐져 대전을 우릉우릉 울렸다.

황후는 궁에서 인심을 얻는 데 실패한 사람이었고, 유일하게 봉선만이 그런 그녀를 싸고돌았다. 지금껏 황후가 정무에 끼어들지 않고 지내 오는 동안에도 어사로부터 황후를 폐하라는 간언이 올라온 적이 한두 번이 아니었다. 단지 봉선이 무시하고 있을 뿐.

오늘 대전에서의 도발과 충돌만 해도, 맹부요가 불량한 작자인 것과 별개로 분쟁은 무조건 피하는 게 상책이고, 상대국에 군이 꼬투리를 제공할 필요는 없다는 게 신료들의 생각이었다. 이러다가 정말 사달이라도 나면 다들 무슨 생고생인가.

황후를 여기 그냥 뒀다가 조만간 큰 싸움이 나는 꼴을 보느니 한시라도 빨리 내보내는 쪽이 현명할 터. 조정 전체가 한목소리를 낸다면 황후도 누구 하나를 찍어서 패악을 부리지는 못할 것이다.

과연 예상이 적중했다. 신료들의 단체 간언에는 황제인 봉선도 꼼짝을 못 하는데 황후라고 별수 있을까?

황후의 봉황관에 장식된 진주가 파르르 떨면서 반짝였다. 매끈한 진주알이 울분과 증오에 찬 눈빛을 반사하고 있었다. 분개한 표정으로 서 있던 황후는 잠시 후 소맷자락을 신경질적으로 떨치며 돌아서서 걸음을 옮겼다.

"황후마마 납시오!"

맹부요가 싱긋 웃으면서 황후마마 가시는 뒷모습에다 대고 소매를 휘휘 흔들어 드렸다.

맥이 허락을 하든 말든 그딴 게 내 알 바는 아니지. 신료들의 간언이 없었어도 오늘 밤은 여기서 자기로 마음을 굳힌 참이었거든. 아까 그 빌어먹을 그림자의 정체를 밝혀내야겠으니까!

고통스러운 기억

봄밤의 어둠에 물든 선기국 황궁은 수려하고 섬세하기 이를 데 없는 모습이었다. 꽃 한 송이, 풀 한 포기, 대들보 하나, 기둥 하나까지 모든 요소가 치밀한 구상에 따라 배치되어 있었고, 그 특유의 풍격은 황성 한복판에 우아하게 누워 있는 미인을 연상시켰다.

웅장하고 엄숙한 분위기로 황실의 위엄을 드러내는 데 치중한 헌원이나 대한의 황궁 건축과는 다르게, 선기국 황궁에서는 높은 누각을 찾아보기가 힘들었다. 대신에 빙빙 돌면서 굽이굽이 이어지는 동선이나 전각 안에 또 전각이 있는 등의 설계가 대단히 특색 있었다.

그 대단한 특색은 하마터면 맹부요를 미아로 만들 뻔했다. 그녀와 장손무극은 둘 다 황궁에 머물되, 각자 다른 공간을 배정받았다. 맹부요의 숙소는 기수헌, 장손무극의 숙소는 기수헌 근처 단창각이었다.

관례에 비추어 봐도 그녀가 장손무극과 한 원락을 쓰게 해 달라 요구하는 건 무리였다. 선기국 황궁 사무를 전담하는 궁전 감사 책임자 앞에서 원래도 같은 집에 살아서 그게 편하다는 소리를 할 수는 없지 않은가. 그 소리가 밖으로 새어 나가기라도 해 봐라. 불순한 의도를 가진 자가 거기다가 양념만 살짝 치면 오주 7국 황가 최대의 스캔들, '동거 게이트'가 터지는 것이다.

별수 있나, 맹부요는 혼자서 기수헌으로 향했다. 기수헌은 정교하고 우아한 느낌의 건물이었지만, 설계 자체는 무슨 미궁처럼 정신이 하나도 없었다. 거울을 밀면 방이 나오고, 방 뒤편에 또 방이 있고, 그런데 뒤편 방을 자세히 보면 방이 아니라 화원인 식이었다.

화원이 2층 구조인 걸 보고 호기심이 동해 아래로 내려간 맹부요는 꽃밭을 둘러본 대가로 침실이 어느 방향이었는지 알 수 없게 되고 말았다. 화원을 세 바퀴나 돌도록 문은 눈에 띄지 않았다. 진법에 대해 꽤 빠삭하다고 자부하는 그녀였지만, 선기국 황궁 건축가의 사람 정신 홀딱 빼 놓는 추상적 설계는 도저히 파악이 안 되는 영역이었다.

꽃 시렁 밑에 씩씩거리며 주저앉은 그녀가 원보 대인이 있는 소맷부리 안에다 대고 한숨을 푹 쉬면서 말했다.

"찾을 놈을 찾기도 전에 나부터 잃어버리는 게 말이 되냐."

원보 대인이 어이가 없다는 표정을 짓고 있는데, 꽃 시렁 위쪽에서 말소리가 들려왔다.

"이러고 있을 줄 알았지. 그 머리는 멈추지 말아야 할 때만 멈추더군."

반가운 표정으로 고개를 든 맹부요가 꽃 시렁 밑으로 늘어져 내려온 연보라색 옷자락을 보면서 웃음을 흘렸다.

"어떻게 여기 있어요? 이 야심한 시각에 처녀, 음……, 규방에를 막 들어오고. 누구한테 걸리기라도 했다가는 오주 전체의 비웃음거리가 될 텐데 괜찮아요?"

"야심한 시각을 틈타지 않으면, 처녀 규방을 백주 대낮에 보란 듯이 드나들라는 것이오?"

태연자약하게 되물은 장손무극이 웃음기를 섞어 덧붙였다.

"정녕 내가 기다려지지 않았소? 아닐 텐데?"

그 말에 소리 내어 웃어 버린 맹부요가 꽃 시렁 위로 훌쩍 뛰어올라 장손무극 곁에 사뿐하게 자리를 잡더니, 조금 전의 장손무극보다 한층 더 태연하고 명쾌하게 말했다.

"맞아요, 기다린 거. 이 꽃 시렁 아래에서 밤을 지새우고 싶지는 않았으니까."

장손무극이 고개를 틀어 곁에 앉은 여인을 보며 미소 지었다. 좋은 점을 꼽자면 수도 없이 많겠지만, 그중에서도 맹부요의 가장 큰 장점은 바로 속이 투명하게 들여다보이는 옥석과도 같은 명쾌함, 가식이 없다는 점이었다.

맹부요가 하늘을 올려다봤다. 장손무극이 나타난 이유가 따로 있다는 걸 모를 그녀가 아니었다. 옥형이 궁 안에 있을 가능성이 큰 상황에서 두 사람이 떨어져 있는 건 적에게 파고들 틈을 내어 주는 꼴밖에 안 되기 때문이었다.

"이따가 소등 시간 되면 우리 영창전이나 한 바퀴 돌고 와요."

맹부요가 말했다.

"답을 얻으려면 거길 뒤져 보는 수밖에 없을 거예요."

"그러지."

장손무극이 짧게 답한 직후, 곁에 앉은 맹부요의 체향이 희미하게 코끝을 스쳤다. 맑고도 그윽한 여인의 향기. 꽃 시렁 주변에 가득한 죽도화, 병꽃나무, 석곡, 풍신화, 자주붓꽃, 박태기나무 꽃향기에도 묻히지 않고 홀로 고고히 빛나는 체향이 그의 안으로 깊숙이 스며들었다.

얇은 백의 한 벌만을 걸친 맹부요는 비단 같은 광택이 흐르는 보라, 빨강, 노랑, 파랑 꽃송이들 한복판에서 구름처럼 한들거리며, 흐릿한 별빛과 몽롱한 어둠 속에 향기롭고 아련하게 존재하고 있었다.

그녀를 지긋이 바라보고 있던 장손무극은 문득 그녀가 그리워졌다. 눈앞에 그녀를 두고도 그 매끈한 이마가, 빛나는 눈동자가, 웃을 때 살짝 위로 올라가는 눈꼬리가 그리웠다. 흐드러진 살구꽃 아래에서 그녀와 단둘이, 동이 터 올 때까지 서로를 바라보고 있었으면 했다.

그러다가 또 문득 드는 생각이, 가까이서 그녀를 맛본 지가 참 오래된 것 같다는 것이다. 그는 생각을 곧바로 행동에 옮겼다. 속으로 근심사를 곱씹는 한편 야행 계획을 짜고 있던 맹부요의 허리를 단번에 휘어 감아 끌어오면서 고개를 틀어 한순간 그녀의 입술을 훔쳤다.

화들짝 놀란 맹부요가 무언가 대응할 틈도 없이, 혹하고 짙어지나 싶던 상대 특유의 향기가 금방 멀찍이 물러갔다. 꽃 시렁에 기대 자신을 응시하고 있는 장손무극의 웃음기 어린 눈동자와 그 속에서 넘실거리는 물결을 본 맹부요는 마음이 급격히 약해지는 것을 느끼며 한숨을 내쉬었다.

"태자 전하씩이나 되는 사람이 어째 날이 갈수록 좀도둑질만 늘어. 체통이 없어요, 체통이!"

"자고로 미인을 훔치는 자는 도둑이라 칭하지 않는다고 하였……."

미소 지으며 답하다가 말고 갑자기 말을 끊은 장손무극이 옆쪽을 돌아보면서 낮게 외쳤다.

"누구냐!"

측전방에 보일 듯 말 듯 희미한 검은색 그림자가 스쳤다.

순간 공기를 찢으며 튀어 오른 맹부요가 몸을 틀어 그쪽으로 돌진했다. 그러나 그자는 지독히도 빠른 신법을 자랑했다. 도약 한 번 만에 멀찍이 거리를 벌린 자가 공중에서 고개를 돌려 맹부요를 향해 원한에 찬 눈빛을 던졌다.

중간에 상당한 거리와 밤의 어둠이 가로놓여 있음에도 상대의 눈이 뿜어내는 증오와 독기가 생생히 전달됐다. 어두컴컴한 구석에서 소리 없이 기어 나온 뱀 한 마리가 사람과 동등한 눈

높이에서 검붉은 눈을 기괴하게 치뜨고 있는 걸 보는 느낌이었다. 멀리서도 서늘한 비린내가 끼쳐 오고, 눈이 마주치는 순간 골수까지 한기가 뻗치는.

그러나 맹부요는 코웃음을 쳤다.

독기? 세상천지를 뒤져 봐라, 가슴에 독기를 안 품은 사람 있나.

지금은 마음껏 웃고, 마음껏 욕하고, 염치없이 설치면서 오주대륙을 누비고 다니지만, 그녀의 심장도 한때는 핏물에 절었었고, 쇳물을 뒤집어썼었고, 사나운 불길 속에서 제련되었다.

똑같이 구멍 나고, 바람이 나들고, 독기가 오른 처지에 네놈 따위가 두려울쏘냐!

그녀는 새하얀 무지개 같은 반원을 그리며 공중을 찰나에 가로질러 그자를 집요하게 추격해 갔다. 등 뒤에서 옷자락이 펄럭이는 소리가 따라오고 있었다. 급하지도 느리지도 않게, 시종일관 곁에서 떨어질 줄 모르고.

장손무극이 뒤에 있다고 생각하자 어쩐지 안심이 됐다. 그만 거기 있어 준다면, 퇴로를 걱정할 일 따위는 영원히 생기지 않을 것 같았다. 아무것도 하지 않아도, 존재 자체로 세상에서 가장 넓게 트인 퇴로가 되어 주는 사람.

맹부요는 바람을 가르며 질주하고 있었다. 앞서가는 사람은 왼편 오른편을 오가면서 기묘하게 움직였다. 좌우가 바뀔 때마다 몸이 연기처럼 흐트러졌다가 다음 순간이면 도로 형태가 잡혔다. 그러기를 반복하던 몸이 또 한 번 흐릿해진 상태에서 모퉁이를 돌아 사라졌다.

맹부요가 그 뒤를 바짝 쫓아가는데, 그새 모퉁이 뒤편에서 다시 나타난 사람이 이번에는 다른 방향으로 내달리기 시작했다. 황궁 서북쪽으로 향하는 듯했다.

그자를 쫓는 사이 주위 풍경이 점점 황량해지고 건물이 듬성듬성해졌다. 그자의 신법도 변한 듯했다. 아까보다는 속도가 약간 떨어진 느낌이고, 더는 연기처럼 깜빡거리지도 않았다. 어느 순간 갑자기 방향을 확 트는가 싶던 몸이 나무 뒤편으로 모습을 감췄다.

곧바로 쫓아가 봤지만, 나무 뒤에는 아무것도 없었다. 멈칫한 맹부요는 그 자리에 서서 주변을 두리번거렸다. 주위를 고요하게 에워싼 꽃나무 너머로 반쯤 가려진 건물들이 보이고, 대지 위에는 맑은 물결 같은 달빛이 일렁이고 있었다. 단지 그뿐, 주변 어디에도 사람은 눈에 띄지 않았다.

도저히 믿지 못할 일이었다. 천하의 맹부요가 두 눈을 시퍼렇게 뜨고 있는데 그 앞에서 감쪽같이 사라질 수 있는 자가 이 세상에 존재하다니?

물론 십대 강자 서열 5위 안쪽으로는 가능하겠지만, 아까 그자가 정말 옥형이 맞을까?

지난번에 당이중의 말을 들어서는 옥형과 선기국 황실 사이에 모종의 인연이 얽혀 있는 듯했다. 그렇다면 그는 정확히 황실 구성원 중 누구를 위해 움직이는 걸까?

이때 등 뒤에서 바람 소리가 났다. 장손무극이 다가오는 소리였다. 뒤쪽의 그가 거리를 좁히는 동시에 손가락을 살짝 튕겨 기척을 냈다. 가짜한테 다시 속지 않도록 두 사람이 정한 암호였다.

"사라졌소?"

"네."

근처를 세세히 훑어본 뒤, 맹부요는 지하에 비밀 통로 같은 게 있지 않고서야 멀쩡한 사람이 갑자기 증발한다는 건 말이 안 된다는 결론을 내렸다. 장손무극도 눈을 들어 주위를 둘러보며 말했다.

"애초에 무언가 감추고 싶은 게 있었기에 황궁을 굳이 이렇게 기묘하고 복잡하게 설계해 놓았는지도 모르겠군. 조금 더 훑어보도록 하지."

그러더니 홀연 손을 뻗어 수풀 뒤편으로 삐죽이 보이는 처마 끄트머리를 가리켰다.

"부요, 저기, 저쪽 전각이 수상하오."

고개를 든 맹부요의 눈에 금방이라도 허물어지게 생긴 진홍색 처마가 들어왔다. 처마 끝에는 세월의 풍파에 시달려 까맣게 변한 황동 풍경이 걸려 있었다. 녹이 잔뜩 슬어 벙어리가 되어 버린 풍경이 바람 속에서 느릿느릿 흔들리는 모습은 멀찍이 서 보자니 높은 데 매달려 팔다리를 뻣뻣하게 늘어뜨린 꼭두각시 인형 같았다.

그 광경이 시야에 잡히자마자 심장이 덜컥, 밑으로 떨어졌다. 순간 무어라 형용할 수 없이 묘한 기분이 들었다.

끝이 보이지 않는 원시림 한복판을 걷다가 먼 옛날로부터 날아든 아득한 부름을 들은 듯한, 그 부름이 일으킨 공명이 혈관 속에서 소리 없이, 그러나 격렬하게 용솟음치는 느낌. 그것은 해안을 때리는 성난 파도와 같되, 한편으로는 고요한 물속으로 침잠하는 듯한 감각이었다.

바로 코앞에서 상연되는 웅장한 무성 영화를 보고 있는 것처럼, 영혼이 통째로 뒤흔들리고 그 장대함에 압도당해 어떠한 소리도 낼 수 없었다.

맹부요가 휘청하자 장손무극이 손을 내밀어 그녀를 붙들어 줬다. 그러고는 그녀 쪽으로 몸을 숙이며 걱정스럽게 이름을 불렀다.

"부요?"

맹부요는 얼떨떨하게 눈을 깜빡였다. 그까짓 처마 끄트머리가 뭐라고 이렇게 과민 반응인지, 스스로도 납득이 안 갔다.

전생에 인상 깊게 봤던 공포 영화 속 장면이랑 겹쳐져서 그랬나?

그녀의 눈을 지긋이 들여다보던 장손무극이 불쑥 말했다.

"부요, 이만 돌아가는 편이 좋겠소. 오늘 밤에는 원래 영창 전을 살펴보기로 하지 않았소?"

"그랬죠……."

맹부요의 눈이 하늘로 향했다. 더 뭉그적거리다가는 시간이 너무 늦어질 것 같았다.

만약 누군가 황제의 거동을 제한하고 있는 게 사실이라면 그자는 절대로 황제가 외부인과 접촉하는 꼴을 그냥 보고만 있지 않을 것이다. 오늘 밤 영창전 탐사에는 상당한 우여곡절이 따를 터. 그 점을 생각하면 한시라도 빨리 움직여야 했다.

처마 끄트머리를 다시 한번 올려다본 그녀가 막 발걸음을 돌렸을 때였다. 홀연히 불어온 바람이 풍경을 흔들었다. 소리 없이 흔들리는 풍경이 마치 밤을 틈타 생명을 얻은 인형처럼, 떠나려는 그녀를 향해 손짓을 보냈다. 맹부요는 자기도 모르게 그 손짓을 따라갔다.

마치 진흙탕이나 물속을 걷는 듯한, 평소와는 딴판으로 느리디느린 걸음이었다. 정작 그녀는 자신이 어떤 식으로 걷고 있는지 전혀 인지하지 못하는 것 같았다. 아니면 일시적으로 자신의 존재 자체를 인지하지 못하는지도 몰랐다.

어둠에 젖은 그녀의 고운 뒷모습을 바라보는 사이, 장손무극의 눈 안에 이채가 어른거렸다. 무언가 하고 싶은 말이 있는 것 같았으나 그는 결국 아무런 말도 꺼내지 않고 묵묵히 그녀의 뒤를 따라갔다.

키 작은 덤불을 겹겹이 헤치고, 반쯤 허물어진 채 접근이 봉쇄된 담장을 넘어 한 발 한 발 나아가던 맹부요는 버려진 전각 앞에 이르러 걸음을 멈췄다. 그녀는 고개를 들어 평범하기 이를 데 없는 형태의 아담한 건물을 올려다봤다.

수풀 뒤편에 깊숙이 숨겨진 전각은 선기궁 황궁 특유의 정교하고 복잡한 설계와는 거리가 먼 모습이었다. 대문에 걸린 놋쇠 자물쇠에는 벌겋게 녹이 슬었고, 담벼락에는 암녹색 이끼가 얼룩덜룩하게 끼었고, 벽면은 온통 덩굴 식물로 뒤덮여 있었다. 무성하게 웃자란 덩굴줄기가 시리도록 새하얀 달빛 아래에서 유령의 녹색 손처럼 흐느적거렸다.

그 시리도록 새하얀 달빛이 맹부요의 머릿속에서도 번쩍 빛나는 순간, 눈부신 섬광을 배경으로 낯설면서도 익숙한 정경이 펼쳐졌다.

진홍빛으로 윤기 자르르하게 옻칠되어 활짝 열려 있는 대문, 단정하고 깔끔한 담황색 담벼락, 전각을 바삐 드나드는 녹색 옷의 궁녀들과 자색 옷의 태감들, 출입문 앞에 서서 다정하게 자세를 낮춘 채 무슨 말인가를 나지막이 속삭이는 사람.

돌연히 시점이 바뀌었다. 이제 맹부요는 고개를 바짝 쳐들어야만 처마 끄트머리에 달린 황금색 풍경을, 짙푸른 하늘 한 귀퉁이를, 그리고 자기보다 훨씬 키가 큰 그 사람의 섬세한 턱 선을 볼 수 있었다.

바람이 처마 꼭대기를 스쳐 가자 황동 풍경이 땡그랑거렸다. 하지만 그 소리도 그녀 앞에 서 있는 사람의 목소리만큼 듣기 좋지는 못했다.

상대는 계속해서 무언가 속삭이고 있었다.

뭐라고 하는 거지? 무슨 말이야?

까마득한 기억의 저 끝에서 달려온 말소리가 가랑비처럼 흐릿하게 이어졌다. 투명하던 유리에 가랑비가 한 줄 한 줄 그려 넣은 물 얼룩과도 같은, 그 몽롱하게 번진 글귀에는 어딘지 모르게 그리움을 자극하는 데가 있었다. 지척에 있는 것처럼 익숙하면서도 하늘 끝에 있는 것처럼 아득한 느낌.

맹부요는 모호한 말소리를 알아듣고자 정신을 집중했다. 그런데 도중에 갑자기 머릿속이 아찔해지더니, 천지가 뒤집히는 듯한 두통이 파도처럼 밀어닥쳐 가랑비에 젖은 유리를 산산이 조각냈다.

흔들리던 시야가 안정되고, 진홍빛 대문과 담황색 담장이 사라지고, 전각을 드나들던 태감과 궁녀들이 모습을 감추고, 처마 끄트머리에 걸려 있던 풍경이 없어지고, 시리도록 하얀 달빛 아래에는 굳게 잠긴 대문과 얼룩덜룩한 담장만이 남았다.

한참 동안 담장을 물끄러미 응시하던 맹부요가 천천히 걸음을 옮겨 담장 가까이 다가섰다. 그러고는 살며시 손을 뻗어 담장을 위에서부터 아래로 세심하게 쓸어내렸다. 마치 혈육의 살갗을 어루만지듯이.

그리고 마침내 손이 담벼락 맨 아랫부분에 이르렀을 때, 돌연 가슴이 지끈, 아프면서 온몸에 오한이 들었다. 꼭 벼락을 맞은 것 같았다.

벼락은 그녀의 전신을 때리고, 머리를 때렸다. 온 세상이 하얀 섬광에 먹히면서 모든 풍경이 시야에서 지워졌다.

맹부요는 극도의 현기증 속에서 낮게 신음했다. 머리를 부여잡고 급하게 뒤로 물러나면서 고통을 이기지 못해 가쁜 숨을 몰아쉬었다.

이때 문득 부드러운 손길이 그녀의 어깨를 감싸 쥐었다. 흔들림 없이 굳건하면서도 은은한 열기가 느껴지는 손이었다. 그 손이 어깨에 가볍게 얹히는 동시에 뜨거운 기운이 몸 안으로 흘러들어 헝클어진 진기를 가라앉혔다. 머리 위쪽에서 장손무극의 걱정스러운 음성이 울렸다.

"부요, 이만 돌아가도록 하지."

두 눈을 지그시 감았다가 뜬 맹부요가 아무 말 없이 그의 손등을 토닥였다. 그러고는 입을 앙다물고, 앞으로 한 걸음을 내디뎠다. 그 한 걸음은 그녀가 지금 직면한 선택을 대하는 자세인 한편 그녀의 일생을 관통하는 자세이기도 했다.

피해도 될 때는 피하되 피해서는 안 될 때라면 의연히 마주할 것.

이제부터 알게 될 무언가가 그녀를 고통에 빠뜨린다 해도, 무지가 잉태할 더 큰 고통보다는 이편이 나을 것이다. 두렵다고 머뭇거리고, 뒤돌아서 도망치는 것은 맹부요답지 않은 행동이었다.

그녀는 가만가만, 그러나 꿋꿋하게 걸음을 내디뎌 흙먼지로 뒤덮인 섬돌 위에 올라섰다. 문고리 쪽을 한 번 건드리자 자물쇠가 '툭' 하고 풀려 손바닥에 떨어졌다. 검게 녹슨 자물쇠의 감촉은 차고, 무겁고, 꺼끌꺼끌했다. 이 순간, 거친 모래 알갱이에 쓸린 양 소리 없이 피가 배어나는 그녀의 마음처럼.

지금 이 문을 열면 그간 몇 번이고 목전까지 밀려올 때마다 의식적으로 회피했던 이야기가 결국 왈칵 쏟아져 나올 테고, 아마 이번에는 피하고 싶어도 피할 수 없을 것이다.

맹부요의 손이 허공에 멈췄다. 하지만 망설임은 찰나에 불과했다. 그녀는 곧바로 문을 밀어젖혔다.

끼익.

오랫동안 기름칠을 하지 않은 문지도리가 길고 묵직하게 울었다. 한밤중, 죽음을 앞둔 이가 내는 신음과도 같은 소리였다.

지면에 누운 달빛이 무한히 키를 늘리면서 낙엽으로 뒤덮인 벽돌 길을 비추었다. 벽돌 길은 그다지 길지 않았고, 길을 품고 있는 원락은 목目 자 구조였다. 처마 아래와 계단 가장자리에 얼기설기 걸린 거미줄이 바람결에 일렁이면서 은색 달빛을 반사하고 있었다.

건물의 형태는 평범하기 그지없었다. 맹부요는 건물을 묵묵히 쳐다보며 또 한 번 익숙함과 생경함이 교차하는 기분을 느꼈다. 눈에 익은 것 같기는 한데, 핏속에 각인된 친숙함까지는 아니었다. 그러면서도 사소한 부분 부분이 마음을 잡아끌고, 철렁하게 만들었다.

벽돌 길을 따라 천천히 안으로 들어서자 발밑에서 바싹 마른 나뭇잎이 부서지며 바스락거리는 소리를 냈다. 아주 먼 과거의, 무슨 뜻인지 알아듣지 못할 잠꼬대 같은 소리였다.

맹부요는 유령처럼 스르르 회랑에 올라섰다. 그리고는 회랑을 따라 곧장 원락 제일 깊숙이 있는 건물까지 가서 굳게 잠긴 곁방 앞에 멈춰 섰다.

건물 앞에 선 그녀는 다소 혼란스러운 기분에 사로잡혀 고개를 갸웃했다. 거친 파도가 소용돌이치는 머릿속에 산산이 조각나 잡다하게 뒤섞인 장면들이 주마등처럼 우르르 지나갔다.

자그마한 곁방, 녹색 옷을 입은 여자, 근심 어린 입매, 좁고 어두운 공간, 핏발이 선 탁한 눈동자, 지린내가 나는 창백한 손……

맹부요는 이내 신음을 흘리면서 머리를 감쌌다. 뭐가 뭔지 모를 단편적 장면들이 온몸의 혈행을 발작으로 몰아가더니, 이어서 기억의 울타리를 세차게 들이받았다.

자신을 지키기 위해 스스로 잠재의식 안에 가두었던 기억이 위태롭게 흔들거렸다. 작은 조각배가 격렬한 소용돌이에 속절없이 휘말려 들어가듯이. 그러더니 극심한 두통이 엄습해 왔다. 수없이 많은 칼날이 머릿속을 휘젓는 것 같은 통증에 금방 온몸이 식은땀으로 흠뻑 젖었다.

이 정도 거부 반응이라니……. 이 정도라니. 과연 내가 저 방 안까지 걸어 들어갈 수 있을까.

맹부요는 자신이 없어졌다. 요양 기간 한 달을 꽉 채우려면 시간이 더 필요했다. 아직 절정기 수준을 회복하지 못한 공력을 생각하나, 이제야 가까스로 안정을 되찾은 진기를 생각하나, 한 달 안에 주화입마를 두 번 겪을 수는 없었다.

돌연 등 뒤에서 장손무극이 손을 뻗어 그녀를 끌어당겼다. 손아귀에 힘이 단단하게 들어가 있었다.

"부요, 돌아가야겠소! 일단 지금은 그대가 감당할 수 있는 때가 아니오."

그러나 맹부요는 짧은 침묵 끝에 불쑥 걸음을 내디뎠다. 곁방 앞으로 가서 창가에 두껍게 쌓인 먼지를 털어 내고 안을 들여다봤다. 특별할 것 없는 실내 풍경이 눈에 들어왔다. 모든 물건이 먼지에 묻혀 있는 탓에 한참을 뜯어봐야 대략적인 윤곽을 구분할 수 있었다.

침상, 탁자, 대야 받침대, 휘장……, 휘장에 반쯤 가려져 있는 검고 네모난…….

맹부요의 몸이 휘청하면서 뒤로 넘어갔다. 혼절한 것이다. 그녀는 그대로 장손무극의 품속으로 쓰러졌다.

핏기 없는 얼굴, 얕은 호흡, 파르르 떨리는 기다란 속눈썹.

급하게 맥박부터 잡아 본 장손무극은 기혈의 흐름이 불안정하기는 해도 그것만 빼면 큰 문제는 없음을 확인했다.

부요…….

심리적 저항이 너무 컸기 때문이리라. 자신을 보호하기 위해 혼절이라는 수단을 택한 것이다.

장손무극은 그녀를 조용히 안은 채로 생각했다.

처마 끄트머리를 발견하고부터 곁방 앞에서 쓰러지기까지, 그사이에 얼마나 심한 내적 갈등과 고통에 시달렸을까. 당장 도망치라고, 기억이 모든 수단을 동원해 압박을 가하는데도 그녀는 이를 악물고 이곳까지 왔다. 결국에는 꺾이고야 말았지만.

곁방 앞 창가에 서 있던 장손무극의 눈이 지극히 짧은 순간 실내를 스쳤다. 보고 싶은 것 같으면서도 보고 싶지 않은 것처럼, 급하게 눈빛을 거둔 그는 더 이상 방 안에 눈길을 주지 않고 돌아섰다. 그러고는 품속의 여인을 힘줘 끌어안고, 살며시 자세를 낮춰 그녀의 꽃잎 같은 입술에 부드럽고도 세심한 위로의 입맞춤을 남겼다.

"부요……, 내가 곁에 있소."

❀

싸늘한 바람에 가을꽃 향기가 실려 있었다. 차분하게 아래를 내려다보는 상대의 섬세한 턱 선이 눈에 들어왔다.

누구길래 말을 거는 거지?

말소리가 멀어졌다 가까워졌다 하며 소곤소곤 이어졌다. 상대의 말투는 침착하고, 약간 서늘하면서도 향긋했다. 꽃향기와는 다른 향기였다.

섬세한 턱이 움직이는 걸 보고 있자니 공단으로 된 소맷자락이 피부를 스치고 갔다. 감촉이 사람 살결처럼 부드러웠다.

사방 어디를 보나 어둠뿐이건만, 상대는 홀로 밝게 빛났다. 저런 광채는 지금껏 살면서 처음 접해 보는 것 같았다.

창밖에서 사람들이 웃고 떠드는 소리와 발소리가 들려왔다. 그곳에는 찬란한 햇빛이 있었다.

햇빛……. 오랫동안 보지 못한 햇빛.

어둠 속에서 하얗고 가냘픈 손가락이 뻗어 나왔다. 새의 발 같은 모양새에 크기는 갓난아이 손만 하고 손톱 밑마다 나뭇밥이 끼어 있었다. 심심할 때는 그 나뭇밥을 파내는 게 유일한 놀이였다.

"앞쪽에 시중들러 가 봐야 할 것 같아서…… 다녀올 때까지만 좀 봐주세요, 절대……, 절대……."

"아무렴!"

사람 좋은 목소리가 경쾌하게 대답했다. 그러자 자그마한 몸이 파들파들 떨리기 시작했다.

공포……, 한없는 공포가 밀려왔다. 사람 좋게만 들리는 목소리가 마치 세상에서 제일 무시무시한 악마의 속삭임이라도 되는 것처럼.

역한 냄새를 풍기는 커다란 손이 안으로 들어왔다…….

갑자기 공기가 물결이 번지는 수면처럼 일렁이기 시작했다. 장면이 짓눌리고, 접히고, 기묘하게 소용돌이쳤다. 엄청난 속도로!

육안으로 따라잡을 수 없을 정도의 빠르기였다. 그녀는 눈을 커다랗게 뜨고서 잘게 조각난 풍경의 파편들을 하나의 온전한 그림으로 짜 맞추고자 애썼다. 그러나 보면 볼수록 현기증만 더해질 뿐이었다.

눈앞이 빙빙 돌다 못해 온몸이 산산이 부스러지고, 조각조각 깨지고, 진흙탕처럼 끈적거리는 어둠 밑바닥으로 영영 가라앉기 직전까지 갔을 때…….

"부요……, 내가 곁에 있소."

내가 있소.

내가 있소, 내가 있소, 내가 있소, 내가 있소.

누군가의 나지막한 부름이 들려왔다. 온화하고, 무게감 있고, 진한 차처럼 감미로운 목소리가 삶이 다하지 않는 한 벗어날 수 없을 고통을 희석시켜 줬다. 그녀를 어둠 밑바닥에서 불러내고 진창길에서 끌어냈다.

익숙한 체향이 코끝을 스쳤다. 꽃도 아니고 나무도 아닌, 우아하면서도 고풍스러운 향기.

천천히 눈꺼풀을 들어 올리자 깊디깊은 눈동자가, 그리고 거기에 서린 절박함이 시야에 잡혔다.

서로 눈이 마주친 순간, 상대의 눈동자가 반짝 빛나면서 말로는 이루 다 표현할 수 없을 만큼 많은 감정을 내비쳤다. 초조, 우려, 불안, 후회, 아픔, 망설임⋯⋯.

좀처럼 속내를 드러내지 않는 장손무극이 복잡함을 넘어 상호 모순적이기까지 한 감정들을 이렇게 한꺼번에 내보이기는 처음이었다. 주변 사물이 한 겹 한 겹 또렷해졌다.

더는 시야가 물결치는 수면처럼 일렁이지 않았다. 장소는 아까 그 화원 꽃 시렁, 맹부요는 장손무극의 품에 안겨 있었다.

"나 이제 괜찮아요."

몸을 일으켜 꽃 시렁 아래로 뛰어내린 맹부요가 저 멀리 어둠에 잠긴 영창전을, 이어서 조금 전에 다녀온 방향을 차례로 쳐다봤다. 그리고 한참 뒤, 그녀의 입에서 차분한 목소리가 흘러나왔다.

"원래 계획대로 움직여요."

장손무극은 그녀를 말리지도, 딱히 다른 말을 하지도 않았다. 그저 묵묵히 머리카락을 몇 차례 쓸어내려 준 게 전부였다. 아픔을 또다시 조가비 같은 껍데기 속에 감추고서, 누구의 눈도 닿지 않는 곳에서 피 흘리며 그 아픔을 자기 안으로 끌어안아 결국에는 진주로 승화시킬 그녀를 응시하며.

세상 사람들은 패기만만하고 화려하게 빛나는 맹부요만 알 뿐, 그 이면에 존재하는 깊은 상처는 볼 줄 몰랐다. 장손무극은 안타까웠다. 하지만 차마 많이 안타까워할 수는 없었다. 너무 안타까워하다 보면 어느 순간 자신이 자제력을 잃고 그녀의 발걸음을 붙들게 될 것만 같아서.

그녀는 그의 품 안에서 보호받길 원하는 여자가 아니었다. 모든 고난과 아픔을 막아 줄 그의 날개 안에 유순하게 들어앉아 있을 성미가 못 됐다. 그녀에게는 커다랗고 강인한, 언제라도 비바람에 맞서 하늘 높이 날아오를 준비가 된 날개가 있었다. 앞으로 점점 더 높은 파도가 덮쳐 올 터인데, 미리 그녀를 세상사 어둠에 단련시켜 두지 않는다면 무슨 수로 그 격랑을 헤쳐 나가겠는가.

두 사람이 어둠을 뚫고 소리 없이 날아 영창전으로 향했다. 영창전은 밤의 암흑 속에 조용히 웅크리고 있었고, 주변을 지키는 근위병의 수는 여느 때보다 크게 많지도, 그렇다고 적지도 않았다.

각각 반대 방향에서 온 근위병 무리가 전각 앞에서 서로 교차하는 찰나, 그림자 둘이 대열 사이를 가윗날처럼 자르며 통과했다. 대열 맨 뒤에서 걷던 병사가 뒤통수를 스치는 바람을 느끼고 고개를 돌렸으나, 그때쯤 등 뒤에는 아무런 기척도 남아 있지 않았다.

3단 구조로 설계된 영창전에서 황제의 침소는 제일 안쪽에 위치해 있었다. 맹부요가 곧장 안쪽으로 몸을 날리려는데, 장손무극이 돌연 그녀를 잡아채더니 소리 없이 몇 걸음 거리를 훌쩍 비켜나 담벼락에 붙어 섰다. 곧이어 어렴풋한 말소리가 들려왔다.

"······죽여 버리면 그만이야!"

다소 날카로운 여자 목소리, 선기국 황후인 것 같았다.

"······드디어 인내심이 바닥난 건가?"

이어서 들려온 음성에는 곱지 않은 웃음기가 섞여 있었다. 어린 소녀의 것처럼 앳되고 가늘면서도 살짝 나른한, 짜증이 묻어나는 말투. 순간 맹부요는 머릿속에 천둥이 치면서 온몸의 피가 거꾸로 솟는 걸 느꼈다.

이 목소리는······ 옥형!

그녀의 눈에 예리한 살기가 서렸다. 하지만 그것도 잠깐뿐이었다. 맹부요는 금세 살기를 거두고 아까보다 더 공고한 자세로 꼼짝도 하지 않았다. 옥형 정도 되는 고수라면 수십 장 밖에서도 적의 기척과 살기를 포착해 낼 수 있을 터, 아무리 분노가 치밀어도 이 순간에 조바심을 내는 건 금물이다.

"더는 못 참아······."

화가 머리끝까지 난 듯한 황후가 방 안을 연신 왔다 갔다 하는 소리가 들렸다. 빠른 발소리가 이어지길 잠시, 한 자리에 멈춰 선 그녀가 내뱉었다.

"뻔뻔한 것들!"

"처음에 했던 말과는 다르군."

여전히 느긋한 옥형이 키득거리면서 말했다.

"처리는 하되 일을 크게 만들지는 말고, 돌이킬 여지를 남겨 두라고 하지 않았나?"

"그 꼴 봤잖아, 돌이켜지겠어? 내가 진짜……, 하!"

험한 말을 하고 싶은 걸 애써 삼킨 듯한 황후가 분하다는 양 콧방귀를 뀌었다.

"진작 말할 것이지. 진작 그랬으면……."

옥형이 홀연 피식했다.

"……여태껏 살아서 우리 이야기를 엿들을 일도 없었을 텐데!"

콰앙!

굉음과 함께 담벼락이 무너지면서 먼지가 자욱하게 일고 벽돌과 기와 조각이 사방으로 쏟아져 나갔다.

장손무극과 맹부요는 옥형이 마지막 말을 맺기에 앞서 한발 빠르게 뒤로 물러났지만, 짙은 적색과 황색의 유리 기와가 '쐐액' 소리가 날 정도로 세차게 회전하면서 두 사람을 따라붙었다. 색색의 빛살로 화해 허공을 가르며 날아온 기와 조각들은 곧장 둘의 머리 위를 덮쳤다.

"벽에 붙어 있는 거, 힘들지 않나? 영원히 잠들게 해 주려는

데 어때?"

어지러이 날아다니는 기와 조각을 배경으로 호탕하게 웃으면서 계단을 내려온 사람이 길게 늘어진 소맷자락을 모으고 중정 한가운데에 섰다. 그러고는 비스듬히 몸을 틀더니 눈썹을 까딱 치켜세우면서 두 사람을 쳐다봤다.

그는 흡사 달빛에 잠긴 옥석처럼, 전체적으로 하얗고 부드러운 느낌이었다. 농담이 시시각각 변화하는 눈빛은 월광 아래의 나뭇가지가 드리운, 고르지 않게 무늬진 그림자를 연상시켰다.

그의 말에 코웃음을 친 맹부요가 담벼락 반쪽을 단번에 공중으로 걷어차 올렸다.

"잠은 너나 자, 이불은 던져 주마!"

훌쩍 몸을 날린 그녀가 살벌한 파공음을 내며 날아가는 벽체 위에 올라탔다. 검은색 옷자락이 바람을 맞아 격렬하게 펄럭이면서 칼날처럼 예리한 선을 그렸다.

"날으는 양탄자나 받아라!"

그 모습을 보고 싱긋 웃은 옥형이 무심하게 양팔을 뻗었다. 한쪽 손으로는 담벼락을 받아 치고, 다른 쪽으로는 담벼락 위에 검은 고양이처럼 날름 올라가 있는 맹부요를 잡아챌 모양새였다.

"큰 이불 덮고 함께 자는 것도 좋겠군. 그날 하던 일도 마저 끝내고 말이야."

담벼락이 옥형의 코앞까지 들이닥치는 동시에 시천이 싸늘한 빛을 뿜었다. 그리고 바로 그 순간, 벽체 뒤편에서 또 다른 손이 뻗어 나왔다.

그 손에는 옥여의가 들려 있었다. 벽돌과 기와로 된 벽체를 아무런 기척도 없이, 흡사 두부를 통과하듯 가볍게 뚫고 나온 손에서 자색 광채가 번쩍했다. 광채가 부채꼴로 펼쳐지는 틈에 옥형의 상반신 대혈 열여덟 군데를 연달아 제압했다.

맹부요는 몸을 뒤로 젖히면서 담벼락에서 뛰어내려 절묘하게 옥형의 등 뒤에 착지했다. 그러고는 새카맣게 번뜩이는 칼날을 등 한복판을 향해 내질렀다.

바로 그때 옥형의 몸이 뒤틀렸다. 뼈가 아예 없는 것처럼 흐느적거리면서 스르르 옆으로 빠진 옥형이 옷소매를 휘둘러 장손무극의 여의를 둘둘 휘감았다. 그런 다음 소맷자락에 감긴 여의를 맹부요가 내지른 칼날 쪽으로 끌어갔다.

쩡!

충돌음은 크지 않았지만, 두 사람은 깜짝 놀라 각자 방향을 틀었다. 여의와 단검이 물 흐르듯 서로 비켜나는 동시에 조각조각 찢긴 옷소매가 나비처럼 흩날렸다. 달빛 아래에서 여의의 자색 광채가 일렁이고, 시천의 흑색 도광이 싸늘하게 빛났다.

맹부요는 앞선 동작의 여세를 몰아 허공에 기다란 검은 선을 그리면서 상체를 크게 휘돌렸다. 그 힘을 이용해 허리를 축으로 회전, 석 장 거리를 날아간 그녀는 다시금 옥형과의 거리를 바짝 좁혔다.

옥형이 곁을 스쳐 지나치려 하자 그녀는 긴 머리카락을 검은 물결처럼 휘날려 그의 시야를 가렸다. 다음 순간 검은 물결을 헤치고 차디찬 섬광을 뿜으며 등장한 시천이 옥형의 눈을 노리고 달려들었다.

그러나 경이로운 유연성을 가진 옥형은 한 마리 뱀장어처럼 시천을 휘감아 돌더니 머리가 발에 닿을 정도로 몸을 구부렸다가 단숨에 튕기면서 반동을 얻었다. 백색 빛줄기로 화한 그는 맹부요의 뒤편에서 자색 물살처럼 밀려오는 여의를 향해 곧장 쏘아져 나가려는 듯하다가, 맹부요 곁을 지나치는 순간 발끝을 뻗어 그녀의 단도를 낚아챘다. '챙' 하는 소리와 함께 옥형의 발끝에 걸린 단도가 아까처럼 여의와 충돌할 기세로 장손무극 쪽으로 끌려갔다.

허공에 붕 떠 있던 맹부요는 즉각적으로 칼을 거둬들일 여력이 없다고 판단해 아예 장손무극의 품에 온몸을 던지는 쪽을 택했다. 이에 장손무극이 한쪽 팔로 그녀를 받아 내면서 한 바퀴를 빙그르르 돌았고, 두 사람의 옷자락이 일순간 옅은 자색과 짙은 청색의 호선을 그렸다가 이내 유유히 내려앉았다.

그간 함께해 온 시간이 있는 만큼 둘은 서로의 무공에 워낙 익숙했기에, 같이 적을 상대할 때면 말이 필요 없이 완벽한 호흡을 발휘했다. 공중에서 서로를 안고 있는 두 남녀의 하늘거리는 자태는 흡사 명문장가의 붓끝에서 탄생한 시구를 보는 듯했다.

사뿐히 땅에 내려선 직후, 맹부요는 정신없는 와중에도 장손무극의 여의부터 살폈다. 혹시라도 자기가 그의 무기를 망가뜨렸을까 걱정이 되어서였다. 그러나 세 사람은 모두 진기를 자유자재로 운용할 줄 아는 절정 고수였다. 장손무극이 그녀를 보며 괜찮다는 뜻으로 미소 지었다.

고개를 돌린 맹부요가 옥형을 노려보면서 콧방귀를 뀌었다. 같은 편끼리 칼 겨누는 걸 구경하면서 혼자 즐거워하는 변태 자식. 패거리들한테 맨날 속고만 살아서 정신세계가 배배 꼬인 게 분명했다.

"어떻게 죽고 싶은지는 생각해 뒀고?"

달빛에 에워싸인 상대를 날카롭게 응시하며, 맹부요가 칼끝을 겨눴다.

"어떻게 죽고 싶은지는 생각해 뒀고?"

흐릿한 눈썹을 까딱 치켜세운 상대가 크고 둥근 눈을 요사스럽게 굴려 그녀를 쳐다봤다.

"한평생 자기 자신은 없이 남의 그림자로 살면서 앵무새 노릇이나 했나 보지?"

맹부요가 피식했다.

"십대 강자 명단에 너 같은 연체동물이 있다는 것 자체가 엄청난 비극이다."

상대방도 피식했다. 달빛 아래에서 연기처럼 너울거리면서.

"한평생 자기 자신은 없이 남의 그림자로 살면서 앵무새 노릇이나 했나 보지?"

일순 가슴팍이 뜨끔하는 걸 느낀 맹부요가 눈썹을 곤추세우면서 쏘아붙였다.

"본인 말은 할 줄 모르는 건가?"

상대는 맹부요의 타박에 아랑곳하지 않고 그녀의 말을 거울처럼 반사했다. 어투와 목소리의 높낮이까지도 똑같이.

"본인 말은 할 줄 모르는 건가?"

맹부요는 다시 한번 가슴이 지끈 쑤시는 느낌을 받았다. 무언가에 찔린 심장이 뜨겁게 끓어오르면서 그 안에 도는 피가 둑을 허물고 금방이라도 우르르 쏟아져 나올 것만 같은 감각이었다.

이때 곁에 있는 장손무극이 그녀를 불렀다.

"부요!"

순간 움찔한 맹부요의 귓가에 장손무극의 낮게 깔린 목소리가 들려왔다.

"저자와 말을 섞지 마시오. 그대를 따라 하게 두면 안 되오!"

정신이 퍼뜩 드는 것 같았다. 저 망할 작자가 또 술수를 쓰고 있었던 것이다.

천의 얼굴을 가지고 사람 혼을 빼 놓는 작자. 한순간이라도 방심했다가는 저자의 함정에 걸려들고 만다. 말 한마디 섞는 것조차 위험으로 직결될 수 있는 상황이었다.

맞은편에 서 있는 옥형은 여전히 웃는 얼굴이었다. 이번에는 그의 입에서 장손무극의 말투가 나왔다.

"저자와 말을 섞지 마시오. 그대를 따라 하게 두면 안 되오!"

"조심해요!"

목표물이 바뀐 것을 본 맹부요가 걱정스럽게 외쳤지만 장손무극은 그저 싱긋 웃기만 했을 뿐, 옥형의 눈길을 피하거나 굳이 입을 다물고 있지 않았다. 그가 맹부요를 향해 말했다.

"그대의 머릿속을 장악하려는 것이오. 걸려들지 마오!"

"그대를 머릿속을 장악하려는 것이오. 걸려들지 마오!"

장손무극의 말을 그대로 반복하는 옥형과 그럼에도 전혀 의식하지 않고 말을 이어 가는 장손무극을 보며, 맹부요의 가슴이 불안하게 쿵쾅거렸다.

무극까지 올가미에 걸려들고 말다니.

"부요, 물러나시오. 더는 아무 말도 하지 말고."

장손무극은 전혀 위기감을 느끼지 않는 양 그녀를 챙기고 있었다. 아까와 달라진 점이 있다면 얼굴색이 조금 창백해진 것 정도였다.

"부요, 물러나시오. 더는 아무 말도 하지 말고."

달빛 아래에서 옥형이 눈웃음을 쳤다. 하얗고 아리따운 처녀를 보는 듯한 모습이었다.

맹부요는 피가 바싹바싹 마르는 기분이었다.

날 구하겠다고 무극이 대신 옥형의 술법에 걸려들다니, 어떡하면 좋지? 소리라도 질러서 주의력을 이쪽으로 돌려? 그래, 한 번에 한 사람씩만 홀릴 수 있는 것 같으니까.

그녀가 막 입을 열려던 때였다. 그녀를 응시하고 있던 장손무극이 돌연 눈길을 틀더니 느릿하게 운을 뗐다.

"평생을 은애한 여인을 다른 사내에게 빼앗기는 것은 어떤 기분이지?"

"평생을 은애한 여인을 다른……."

옥형이 흠칫 굳었다.

"봉황관을 쓰고 예복을 입은 그녀가 남의 아내가 되어, 붉은 초와 휘장으로 꾸며진 신방에서 초야를 치르는 것을 볼 때는 어떤 마음이었지?"

"봉황관을 쓰고……."

입술을 달싹이던 옥형의 얼굴빛이 파리하게 질렸다. 푸르스름한 기운이 돌 정도로 창백한, 달빛과도 같은 색이었다.

"나도 참 한심하지!"

장손무극은 그에게 눈길조차 주지 않고서 홀로 달을 올려다보며 탄식했다.

"무위가 하늘에 닿고 천하를 발밑에 둔 십대 강자면 무엇하랴. 그래 봤자 그녀는 돌아봐 주지 않는 것을."

"나도 참 한심……, 네놈이!"

옥형은 딱 보기에도 한계까지 몰려 허덕이고 있었다. 낯빛이 새파래졌다가 새하얘지기를 반복했다.

맹부요는 그 낯빛을 보며 옥형의 목소리 흉내가 정신제어술의 일종이라는 사실을 알아챘다. 다른 사람의 정신을 조종하는 종류의 무공을 시전하려면 본인이 상대보다 절대적인 우위에 있고, 실패 가능성 따위는 전혀 없다는 확신이 필요하다. 자칫 잘못하면 시전자 쪽이 역공을 당하는 수도 있기 때문이다. 지금 장손무극이 하는 것처럼.

장손무극은 일단 정신제어술에 걸려든 척해서 옥형이 모든 진력을 기술에 쏟아붓게 만든 다음, 갑자기 다른 이야기로 그의 급소에 크게 한 방을 먹였다. 옥형이 가장 고통스러워할 만한 약점에 직격타를 날림으로써 심리적 방어선을 무너뜨리고, 그렇게 해서 생긴 빈틈을 비집고 들어가 내면을 뒤흔들어 놓았을 뿐만 아니라, 악의적인 독설을 이용해 상대방이 쥐고 있던 주도권을 빼앗아 왔다.

이제 옥형은 좋든 싫든 장손무극에게 끌려다녀야만 하는 신세였다. 그리고 그 끝은 만신창이일 터.

맹부요는 터져 나오려는 웃음을 가까스로 삼켰다. 장손무극을 방해하면 안 된다는 생각만 아니었어도 그 자리에서 포복절도했을 것이다.

아이고, 옥형 이 양반아! 자신감이 너무 과했구먼.

그래, 뭐 무공이야 우리보다 한 수 위인 듯하다만, 본인이 상대하고 있는 게 오주 제일가는 여우라는 사실은 잊지 말았어야지. 장손무극을 얕잡아 보는 건 본인 목숨을 얕잡아 보는 짓이라는 걸 왜 몰라.

맹부요는 삐져나오는 웃음을 참지 못하고 한쪽에 가서 배꼽을 잡고 쪼그려 앉았다. 그 자세로 소리 죽여 끅끅거리면서 아무도 모르게, 기척 없이 조용히, 시천을 꺼내 들어 옥형의 등을 겨눴다.

"아무리 숙이고 인내하며 곁을 지켜도 깨진 거울이 다시 맞춰질 날은 오지 않는구나."

장손무극이 달을 올려다보며 서글피 읊조렸다.

"아무리……, 아무리……."

옥형은 몸부림치고 있었다. 새파랗게 질렸던 얼굴빛이 백지

처럼 창백해지면서 마치 얇은 종잇장 너머로 사물이 비치듯 핏
줄이 고스란히 드러나 보였다.

맹부요의 칼과 그의 등 사이에 가로놓인 간격은 세 치. 조바
심을 내서는 안 된다. 서두르다가 지금 이 분위기를 깨 버리면
장손무극이 애써 씌워 놓은 심리적 굴레 역시 깨질 것이다.

"다른 사내와 그림자처럼 붙어 다니는 그녀를 지켜봐야만 하
는 이 내 마음은 어이하리."

달빛에 젖은 장손무극의 옆모습은 옥석을 깎아 놓은 양 한없
이 아름다웠고, 어투에서는 서늘한 월광과 닮은 쓸쓸함이 어렴
풋하게 배어났다.

어째서일까. 맹부요는 그가 단순히 옥형의 속내만을 읊는 게
아니라 어느 정도는 본인 이야기를 하는 것 같다는 느낌을 받
았다.

"다른 사내와……. 어이하리……. 어이하리……."

옥형의 입가에서 핏물이 배어나기 시작했다. 그사이에도 칼
끝은 느릿느릿 앞쪽으로 다가붙고 있었다.

남은 간격은 한 치!

맹부요의 눈이 예리하게 빛났다. 지금이야말로 하늘이 내린
기회였다. 오늘 밤에는 방심한 틈에 장손무극에게 아픈 곳을
찔려 일시적으로 이성을 잃은 것뿐, 정상적인 상황에서 옥형
같은 실력자를 수세에 몰아넣기란 불가능에 가까운 일이었다.
이런 기회가 두 번 오지는 않을 것이다.

이번을 놓치면 끝이다!

"항시 주위를 맴도는 것은 그저 아주 조금이라도 더 내 생각을 해 주길 바라서이니."

장손무극의 어조는 부드럽고 조용조용했다. 한순간 줄곧 달을 향해 있던 그의 눈길이 홀연 나비처럼 날아 맹부요에게 내려앉았다.

맹부요는 심장이 '쿵' 하고 떨어지는 통에 하마터면 칼을 놓칠 뻔했다가 황급히 손아귀에 힘을 넣었다. 칼자루를 다잡은 그녀는 다시금 초저속 암살 작업을 재개했다.

남은 간격은 한 치의 10분의 1!

다만, 마음의 호수를 흔든 파문은 오래도록 가라앉을 줄을 몰랐고, 그녀의 가슴속에서는 잔잔한 동심원이 생겨났다가 스러지기를 반복하고 있었다.

"이번 생에 오직 한 가지 소망이 있다면 그녀와 짝이 되어 오래오래 함께하는 것, 사랑하는 사람과 머리가 하얗게 세도록 헤어지지 않는 것뿐이라."

"이번 생에……."

울컥, 옥형이 피를 토했을 때였다.

"옥형!"

날카로운 외침이 끼어들어 결정적인 순간을 망쳐 놨다. 옥형이 퍼뜩 고개를 들었다. 달빛을 받은 그 모습은 흡사 뱀이 쉭쉭거리며 머리를 쳐드는 것처럼 보였다.

장손무극이 움찔했다. 맹부요가 즉각 앞으로 튀어 나가면서 칼을 내질렀다.

촤앗!

칼날이 살을 파고드는 소리와 피부가 찢기는 소리가 동시에 울렸다.

선혈이 뿜어져 나오는 가운데, 옥형이 손톱을 세우고 무서운 속도로 장손무극을 덮쳤다. 갈고리처럼 굽은 손아귀의 잔영이 온 사방을 채우자 맹부요는 당장 장손무극 걱정에 가슴이 철렁했다. 집중력을 잃은 바로 그 순간, 칼날이 무언가 딱딱하고 매끈한 물체를 긁으면서 쭉 미끄러져 옥형의 몸 주변을 벗어났다.

맹부요는 이에 굴하지 않고 놀라운 유연성을 발휘해 제자리에서 360도를 회전했다. 그러면서 적의 위치를 확인하기 위해 고개를 돌릴 것도 없이 냅다 칼을 뻗질렀다.

하지만 옥형은 이미 핏방울을 흩뿌리며 지면을 박차고 오른 뒤였다. 그가 기다란 뱀 같은 모양새로 빙그르르 돌며 허공을 가로질러 가 착지한 지점은 조금 전 건물 안에서 달려 나온 황후의 곁이었다.

땅을 디디자마자 황후의 팔을 덥석 붙잡은 옥형이 들뜬 기색으로 미소 지었다.

"역시 날 걱정해 주는……."

그러나 황후는 그를 가차 없이 뿌리치고는 땅바닥을 걷어차면서 째지는 소리로 악을 썼다.

"없애 버려, 저대로 살려 둬서는 안 돼!"

"암, 살려 둘 수가 없겠지."

칼날에 맺힌 핏방울을 '후' 불어 날린 맹부요가 씩 웃었다.

"둘이 그렇고 그런 사이라는 걸 알아 버렸으니 어떻게 살려 두나."

"저 천것이!"

맹부요 쪽으로 팩 고개를 돌린 황후가 눈에 핏발을 시뻘겋게 세우고서 소리쳤다.

"너 따위가 무슨 염치로 본 궁 앞에서 그런 소리를 해? 오주 대륙에서 제일 낯 두꺼운 계집이 너라는 걸 온 세상 사람이 다 아는데! 그저 사내라면 누구든 안 가리고 놀아난다지? 별다른 재주도 없는 천것이 무슨 수로 무려 세 나라에서 영지를 받았겠어. 당연히 그 잘난……."

철썩!

허공을 사이에 두고 매서운 따귀가 작렬해 황후의 고개를 한쪽으로 획 비틀어 놨다. 장손무극이 무심하게 옷소매를 거둬들이며, 동작만큼이나 무심한 투로 말했다.

"더 지껄이면 그때는 옆에 누가 있는지와 관계없이 그 숨통을 끊어 놓고야 말 것이다."

말투만 담담한 게 아니라 표정에도 전혀 동요가 없었다. 뺨을 감싸 쥐고 그를 쏘아보던 황후가 잠시 후 잇새로 잔뜩 잠긴 목소리로 씹어뱉었다.

"장손무극, 네놈도 천하기는 마찬가지……."

철썩!

이번에는 더 찰지고 더 매서운 소리를 내며 작렬한 따귀가 아까 돌아갔던 황후의 고개를 도로 되돌려 놨다.

맹부요가 찬웃음을 흘리며 소맷자락을 말아 올리더니, 가소롭다는 듯 말했다.

"한 글자만 더 지껄여 봐. 옆에서 누가 지키고 있든지 간에 그 심장을 꺼내서 무슨 색깔인지 확인하고야 말 테니까!"

"둘 다 허풍이 세군."

마침내 옥형이 입을 열었다. 한 걸음 뒤로 물러나 대성통곡을 하는 황후는 그냥 내버려 둔 채, 옥형이 싸늘하게 그늘진 눈으로 장손무극과 맹부요를 노려봤다.

"내가 잠시 방심해 네놈들 술수에 걸려들었다고 해서 승리를 확신하는 건가?"

맹부요가 단도를 눕혀 겨눴다.

"확인해 보면 되겠네."

콧방귀를 뀐 옥형이 다음 말을 이으려는데, 뒤쪽에서 전각 출입문이 벌컥 열리더니 까칠하고 노쇠한 몰골의 봉선이 비틀거리며 달려 나왔다. 채 몇 걸음을 움직이지 못하고 숨을 헐떡이며 창가에 매달린 봉선이 힘없는 목소리로 물었다.

"무슨 일이 난 게야? 무슨……."

맹부요의 눈길이 봉선에게 꽂혔다. 황제는 비록 초췌했지만, 그래도 이목구비만은 여전히 수려했다. 그 이목구비를 세세히 뜯어보던 맹부요의 머릿속에 '우르릉' 하고 섬광이 번쩍하면서 간 큰 생각이 스쳤다.

과거의 나는 아무래도 이곳에서 지냈던 것 같은데, 그렇다면 나랑 똑같은 얼굴을 가졌다는 그 사람도 궐 안에 살았을까? 혹시 봉선이 그 사람의 얼굴을 알아보진 않을까?

버려진 전각 풍경을 보고 까무러치기나 할 바에야 이 얼굴을 아는 사람을 찾아보는 편이 훨씬 나을 것 같았다. 만약 봉선이 알아본다면, 알아본다면……

맹부요가 기습적으로 몸을 날렸다. 옷소매를 떨치자 소맷부리에서 화섭자가 튀어나와 옆쪽 꽃나무 사이로 날아갔다.

바람을 맞은 화섭자는 곧장 불꽃을 일으켰고, 작은 불꽃은 이내 활활 타오르는 화염으로 세를 키웠다. 덕분에 의도적으로 등을 켜지 않고 어두컴컴하게 놔뒀던 전각이 환하게 밝아졌다.

창문에 기대어 있던 봉선이 소스라치게 놀라 고개를 드는 순간, 맹부요가 창문 쪽으로 달려들면서 손을 얼굴로 가져가 인피면구 한 귀퉁이를 잡아뗐다.

실마리를 따라가다

허공에 붕 뜬 맹부요가 봉선이 보는 앞에서 인피면구를 벗으려는 찰나, 검은 그림자가 돌진해 왔다. 대체 어떻게 된 영문인지는 몰라도, 그림자가 튀어나온 곳은 측전 안쪽이었다.

창틀을 박차고 날아오른 형체가 공중에서 새하얀 섬광을 뿌리는가 싶더니, 석 장 밖에서도 소름이 오스스 돋을 만큼 싸늘한 검풍이 주위를 휩쓸었다. 그자의 손에 들린 무기는 절세 명검이었다.

그자와의 거리는 아직 한 장 이상이었지만, 보검이 내뿜는 검광은 벌써 맹부요의 코앞까지 들이닥쳐 있었다. 검광이 노리는 것은 그녀가 들어 올린 손목.

콧방귀를 뀐 맹부요가 옥석처럼 단단한 손으로 마치 가위질을 하듯 검광을 썩둑 잘라 버렸다. 그런 다음 손가락으로 장검 끄트머리를 잡고는 그대로 검신 전체를 상대의 가슴팍을 향해 밀어붙였다.

상대는 별로 싸우고 싶은 마음이 없는 듯 미련 없이 돌아서서 대전을 향해 몸을 날렸다. 심지어는 절세 명검마저 포기한 채였다.

봉선이 기대고 있던 창가를 통해 상대가 안으로 뛰어들면서 한 손으로 봉선을 붙잡아 실내로 끌어들인 후, 활짝 열려 있는 창문짝을 걷어찼다. '쾅' 하고 창문이 닫혔다. 봉선은 이미 안으로 끌려 들어간 뒤였다.

인피면구를 찢으려고 재차 얼굴로 손을 가져가던 맹부요가 멈칫했다. 그녀는 격분한 나머지 순식간에 낯빛마저 달라졌다.

웬 개놈의 새끼가 중간에 초를 칠 줄이야.

딱 봐도 놈의 목적은 싸움이 아니라 봉선이 그녀의 얼굴을 확인하지 못하도록 훼방을 놓는 것이었다. 그렇게 기를 쓰고 덤벼들었던 것은 무언가 아는 게 있기 때문일 테고.

무언가 아는 자가 이 시점에 진상을 밝히는 것을 방해하고 나선다? 그렇다면 과거 그녀에게 몹쓸 짓을 한 전적이 있을 가능성이 농후했다.

다섯 살 이전에 무슨 일이 있었는지는 몰라도 지금 상황을 보아 하니 절대로 좋은 일이었을 것 같지는 않았다. 그뿐이랴, 다섯 살 이전 일은 뺀다고 치더라도 그 이후 역시 어마어마했다. 망할 도사 영감 밑에서 10년을 학대당하며 무공 수련이랍시고 온갖 개고생이란 개고생은 다 했지, 열다섯 살부터는 강호를 떠돌면서 세상 무시란 무시는 다 당했지. 그게 다 저놈을 포함한 빌어먹을 인간들 때문이었다!

화가 부글부글 끓어올랐다. 맹부요는 당장 앞으로 튀어 나갔다. 그런데 바로 그때, 옥형의 소맷자락이 지면을 길게 그었다. 옷소매가 아니라 철판으로 돌을 긁는 것처럼 청석 계단 표면에 불꽃이 튀었다.

옥형이 손가락을 위로 올리자 불꽃이 마치 별빛을 꿰어 만든 사슬처럼 기다랗게 딸려 가 그의 손끝에 올라앉았다. 그 반짝반짝 한들대는 불꽃 속에서 옥형의 이목구비가 희미하게 가물거렸다. 그가 한쪽 입꼬리를 비틀어 올리며 말했다.

"나도 부상을 입기는 했지만, 너희 둘도 상태가 아주 좋은 것 같지는 않군. 잘됐어, 십대 강자 서열 상위권과 하위권 사이에 얼마나 큰 격차가 존재하는지 똑똑히 가르쳐 주마."

느리게 뒤로 돌아선 그가 아무런 거리낌 없이 맹부요에게 등을 내보였다.

옥형의 등판을 보는 순간, 맹부요는 가슴이 덜컥 내려앉았다. 분명히 있는 힘껏 단도를 꽂아 넣지 않았던가. 아무리 칼이 미끄러졌다고 해도 그녀 정도 되는 공력의 소유자가 가한 일격이라면 꽤 깊은 상처가 남아 있어야 옳았다.

그러나 옥형이 뒤로 돌면서 내보인 등은 그새 피가 멈춘 상태였고, 찢긴 옷감 안쪽으로 기다란 상흔이 눈에 띄기는 했지만, 그마저도 육안으로 분별 가능한 속도로 아물고 있었다. 이 무슨 말도 안 되는 회복력인가!

충격이 채 가시기도 전에 그녀를 등지고 있던 옥형이 불멸의 별빛으로 만들어진 사슬을 휘둘러 허공에 찬란한 포물선을 그렸다. 분명 실체가 없는 불빛에 불과했음에도 옥형의 막강한 진기가 실린 사슬은 '쐐액' 하고 바람을 찢는 소리를 내면서 천지를 쪼갤 기세로 지면을 후려쳤다.

콰콰광!

열 장 너비의 중정이 반으로 갈라지고, 맹부요가 낸 불이 단숨에 꺼졌다. 서른 장 밖에서는 외전 처마 끝에 걸려 있던 등롱들이 격하게 요동치면서 등롱 바깥을 에워싼 종이가 안으로 팍삭 우그러졌다.

종이가 안쪽에 켜져 있던 촛불과 만나자 등롱이 통으로 '화르르' 타올랐고, 곧 불덩어리 그 자체가 되어 아래로 추락했다. 한편, 뜰을 한가득 채우고 있던 봄꽃들은 일제히 갈기갈기 찢겨 나가는 걸 넘어서 소리 없이 가루가 되어 흩어져 버렸다. 무시무시한 일격의 기세에 휩쓸린 맹부요의 옷자락이 붕 떠올라 얼굴을 가렸다.

모든 광원이 차단당하고 사방이 암흑천지로 변한 찰나, 음산한 바람이 불어닥쳤다. 바람 소리 사이에 누군가 키득거리는 소리가 섞여 있었다. 웃음소리가 들려온 위치는 귓가 바로 옆.

다음 순간, 딱히 무슨 움직임이 포착된 것도 아닌데 갑자기 얼굴에 선뜩한 느낌이 들면서 통증이 엄습했다. 상대가 그녀의 얼굴을 망가뜨리려 한 것이다! 이때 옆쪽에서 옷자락이 빠르게 바람을 가르는 소리가 났다. 장손무극인 것 같았다.

'파앙' 하고 손바닥과 손바닥이 거세게 맞부닥치는 소리가 터져 나왔다. 그 굉음이 얼마나 쩌렁쩌렁했는지 순간적으로 지면마저 뒤흔들리는 듯했다.

안 그래도 열불이 나서 못 참을 지경이던 맹부요는 급기야 뚜껑이 열렸다. 지금 아픈 게 대수랴, 그녀는 앞뒤 가릴 것 없이 일 장을 내질렀다. 어둠을 뚫고 뻗어간 그녀의 손바닥에는 검은색 칼날이 비스듬히 튀어나와 있었다. 시천!

파앙!

막대한 힘이 폭발했다. 가슴 위로 바위가 떨어진 것 같기도, 파도에 머리 꼭대기까지 삼켜진 것 같기도, 아니면 누가 담벼락을 통째로 들어다가 정수리에 내리꽂은 것 같기도 했다. 파랑이 끝도 없이 몰아닥쳐 배를 집어삼켰다.

거대한 격랑이 겹겹이 들이닥쳐 만물을 가루로 만들었다. 눈앞이 캄캄해지면서 핏물이 목구멍을 울컥 넘어 올라오고, 온몸의 혈류가 고삐 풀린 망아지처럼 날뛰었다.

홀연 누군가 그녀를 힘줘 끌어당겼다. 세찬 바람 소리가 귓전을 때리고 어둠 속을 자욱이 떠돌던 독특한 체향이 물씬 짙어졌다. 곧이어 다소 놀란 듯한 옥형의 음성이 들려왔다.

"너는……! 오호라, 이제 보니 네가 바로……."

말을 도중에 끊은 옥형이 소리 내어 웃었다.

그사이 맹부요는 장손무극의 손에 이끌려 중정을 벗어난 뒤였다. 밤바람을 타고 나부끼는 깃발인 양 장손무극의 뒤에 매달린 채로, 맹부요는 겹겹 기와지붕을 넘고 화려한 전각 꼭대기를 스쳐 지났다. 마치 별똥별이 하늘을 가로지르듯이.

뒤편에서 황후가 신경질적으로 발을 구르며 소리쳤다.

"후환을 안 남기려면 죽였어야지! 쫓아가, 쫓아가라고!"

아무런 대답도 하지 않고 있던 옥형이 얼마 안 가 가슴을 움켜잡고 연달아 기침을 뱉었다. 옷소매를 느릿느릿 들어 입가를 가린 그가 살짝 쉰 목소리로 말했다.

"오주대륙이야 워낙 걸출한 인물이 많이 나는 땅이지. 이제 나도…… 나이가 들었군……."

"쫓아가라니까! 얼른!"

황후가 불만스러운 투로 자꾸 채근하자 옥형이 소맷자락을 내리면서 그녀를 쓱 쳐다봤다. 실망, 체념, 후회, 애수……, 갖가지 복잡한 감정이 끓어오르는 눈으로.

옥형이 다시 입을 연 것은 잠시 시간이 흐른 후였다.

"녕아寧兒, 무조건 오냐오냐하는 게 아니었는데, 널 이렇게 만든 게 후회가 막심하다. 훗날 내가 지켜 줄 수 없게 되면 어쩔 셈이지?"

처녀 시절에나 불리던 이름, 오랫동안 누구도 불러 준 적 없는 그 이름이 모종의 감상을 불러일으켰는지 잠시 입을 다문 황후가 짧은 침묵 끝에 되물었다.

"오늘따라 넋 빠진 사람처럼 왜 그래? 겨우 애송이 둘이 뭐라고 질겁한 거야? 그쪽도 된통 당했기는 마찬가지잖아? 십대 강자 서열 4위씩이나 된다는 사람이 왜 그렇게 본인을 깔아뭉개?"

피식 웃은 옥형이 대답 대신 말했다.

"그 성미, 몇 번이나 타일렀는데도 소용이 없군. 마지막으로 한 번만 더 말하지. 고쳐!"

"고치긴 뭘 고쳐?"

황후의 목소리에 다시금 날이 섰다.

"왜 못 지켜 준다는 건데? 죽을 때까지 지켜 준다고 약속했잖아!"

"그야 물론."

옥형이 담담하게 답했다.

"살아서부터, 죽을 때까지. 네가 죽어서 묻힐 곳은 내 곁이다. 봉씨 가문 능묘가 아니라!"

"말 같지도 않은 소리!"

그를 힐끗 곁눈질한 황후가 오연하게 말했다.

"나하고 그 사람은 살아서는 같은 이불을 덮고 죽어서는 같은 무덤에 들어갈 사이야. 안릉에 마련된 그 사람 옆자리는 내 거라고. 나 아니면 안 되는 자리! 안릉 전체가 우리 둘만을 위한 공간이고, 그 사실은 아무도 못 바꿔!"

"아니!"

옥형이 무심히 대꾸했다.

"내가 허락 못 해. 만약 네가 안릉에 묻힌다면 그곳 전체를 쑥대밭으로 만들 거다. 시체를 파내서 그놈은 개밥으로 던져 주고 너는 내가 먹어. 정 안릉이 좋다면 아예 죽어서 땅에 묻히는 것 자체를 못 하게 만들어 주지."

"무슨……."

무미건조한 어투와 달리 내용은 머리털이 쭈뼛 서게 섬찟한 소리였다.

놀란 황후가 고개를 홱 틀어 커다랗게 부릅뜬 눈으로 옥형을 응시했다. 달빛 아래에서 보는 옥형의 눈빛은 짙고 옅음이 명확하지 않았다. 어디까지가 진심이고 어디까지가 빈말인지 가늠할 수 없는 애매모호한 표정.

그래도 그간 함께해 온 세월이 있는지라 황후는 옥형의 성질을 어느 정도 파악하고 있었다. 곰곰이 머리를 굴리던 황후가 조심스럽게 그를 떠봤다.

"농담이지? 농담이잖아, 그렇지?"

그녀에게 고정된 옥형의 눈동자 안에 희미한 실망감이 스쳤다. 그가 피식 웃으며 말했다.

"그래, 농담이야."

❦

맹부요는 장손무극에게 손을 붙들린 채 첩첩 용마루 위를 빠르게 지나치고 있었다. 장손무극은 그녀를 데리고 바람을 맞으면서, 폭주에 가까운 속도로 황궁 안을 몇 바퀴고 내달렸다.

맹부요는 조금 전에 옥형과 장법을 겨루면서 가해진 충격으로 단전에 울혈이 뭉친 상태였다. 그 울혈을 최대한 빨리 풀어줘야 했다.

질주가 세 바퀴째에 접어들었을 때, 마침내 맹부요가 울혈을 토해 냈다. 그제야 달리기를 멈춘 장손무극이 안도의 한숨을 내쉬었다.

"이제 되었군."

맹부요가 고개를 들어 고맙다는 눈빛을 보냈다. 장손무극은 세상 그 누구보다도 그녀의 몸 상태를 잘 알았다. 맥박조차 잡아 볼 필요가 없을 정도로.

그녀가 눈을 반짝반짝 빛내면서 웃음 지었다.

"아까 손바닥끼리 충돌하면서 정체되어 있던 단전이 뚫린 것 같아요. 며칠 회복 기간을 가지면서 종월이 준 환약의 약효를 마저 흡수하면 금방 다음 경지로 올라설 수 있겠어요. 하하! 십 대 강자랑 싸우면 이게 좋다니까, 한 판 뜰 때마다 다음 단계 달성! 옥형, 너 이 자식아, 기고만장할 수 있는 것도 며칠뿐이다. 관이나 짜 놓으시지!"

맹부요야 혼자 신이 나 있든 말든, 장손무극은 눈살을 찌푸리면서 인피면구부터 들춰 봤다.

"다친 것 아니오?"

인피면구 아래를 확인한 그가 깜짝 놀랐다. 얼굴 전체가 피범벅인 까닭이었다. 그 시뻘건 얼굴로 송곳니까지 드러내고 씩 웃고 있는 맹부요는 차마 눈 뜨고 볼 수 있는 몰골이 아니었다.

장손무극은 얼굴을 재차 자세히 살피다가 다른 게 아니라 코피가 터졌을 뿐임을 확인하고서야 마음을 놓을 수 있었다. 뒤늦게 코를 잡아 쥔 맹부요가 손에 빨갛게 묻어난 피를 보며 의아한 투로 말했다.

"엥? 피가 줄줄 나는데 왜 몰랐지? 아휴, 그래도 콧대가 워낙 오똑해서 하늘이 무너져도 떠받칠 수 있으니 다행이지. 조금만 납작했어도 코가 아니라 눈이 작살났겠구먼."

못 말리겠다는 눈길을 보낸 장손무극이 손을 뻗어 그녀의 턱을 위로 들어 올렸다.

"고개 뒤로."

그러더니 손수건을 꺼내 핏자국을 닦아 주며 말했다.

"본인 용모에 이렇게까지 무심한 여인은 또 처음 보오."

"껍데기 번지르르한 게 뭐 좋다고요."

맹부요가 양손을 펼치면서 어깨를 으쓱했다.

"괜히 번뇌만 늘지. 어딜 가나 머리 빈 장식품 취급받기 십상이잖아요. 조직에서 성과를 내도 얼굴 팔아서 했다는 소리나 듣지, 능력은 깨끗이 무시당하고. 거기다가……."

싱긋 웃은 그녀가 느릿하게 덧붙였다.

"못생기면 못생긴 대로 좋은 점이 있잖아요. 귀찮게 구는 사람이 없다는 거!"

얼굴을 닦아 주던 장손무극이 손을 멈칫하더니, 잠시 후 눈을 들어 그녀를 보면서 눈썹을 꿈틀 곤추세웠다.

"한왕께서는 우리가 쫓아다니는 것이 본인의 절세 미모 때문이라고 알고 계셨군."

태자 전하의 말투에서 불편한 심기를 읽어 낸 맹부요는 대답 대신 머쓱하게 웃으면서 눈만 깜빡거렸다. 그 표정의 뜻인즉슨 '솔직히 껍데기도 중요하긴 하죠. 다들 십중팔구는 그거 때문에

나 좋아하는 것 같은데, 민망하게 내 입으로 말할 수는 없잖아요. 그냥 인정해요.'였다.

손수건을 갈무리해 넣은 장손무극이 한숨지었다.

"나라서 망정이지, 그 불같은 성미의 작자가 들었다면 아마 피를 보겠다고 달려들었을 것이오."

맹부요가 고개를 바짝 쳐들고서 물었다.

"내 말이 틀렸어요? 틀렸어요?"

"틀려도 단단히 틀렸지!"

장손무극이 찬웃음을 흘렸다.

"그 말은 우리에 대한 모욕이오."

"무슨 모욕까지 들먹이고."

맹부요가 꿍얼거렸다.

"알았어요, 워낙 고결하신 분들이라 겉껍데기 같은 거에 흔들리고 그럴 리 없다고 칩시다."

고개를 길게 빼고 주위를 살피던 그녀가 줄지어 늘어선 나지막한 집채들과 외곽을 에워싼 키 작은 담장을 보고 미간을 찌푸렸다.

"그나저나 여긴 뭐 하는 데예요?"

"태감과 노비들이 지내는 곳 같소."

장손무극이 답했다.

"알고 있겠지만, 잘못을 저질러서 파면당했다든지, 병이 있거나 나이가 든 태감과 궁녀들은 따로 단체 숙소를 두고 거기서 지내게 하기 마련이지."

"까놓고 말하면 그냥 버려두는 거죠. 죽든 살든 너네가 알아서 하라고."

주변 건물들의 정체를 알게 된 맹부요가 한숨을 푹 내쉬었다.

"불쌍한 인생들이에요……. 그만 가죠, 아까 그 망할 놈들은 며칠 내로 기회를 봐서 처리하기로 하고."

그녀가 막 몸을 돌리는 순간 등 뒤에서 장손무극의 소리가 들렸다.

"으음?"

다시 뒤로 돌아서자 근처 건물 처마 밑을 바라보고 있는 장손무극이 보였다.

건물 귀퉁이 어두운 그늘 안에 누군가 쪼그리고 앉아 있었다. 헝클어진 백발이 어깨까지 내려온 뒷모습을 보니 나이 지긋한 노인이었다. 노인은 지푸라기로 땅바닥에 그림을 끄적거리고 있었다.

대체 누구기에 야밤에 잠도 안 자고 밖에서 저러고 있는 거지?

호기심에 슬쩍 한 번 눈길을 준 맹부요가 자리를 뜨려는데, 노인이 컥컥거리는 소리를 내기 시작했다. 노인은 지푸라기를 내던지고 뒤로 벌렁 나동그라졌다.

맹부요가 재빨리 아래로 뛰어내려 노인을 향해 손을 뻗었다. 하지만 곧바로 인상을 구기고 말았다. 그녀가 질색하는 태감들 특유의 오줌 지린내 때문이었다.

눈을 위로 들자 땟국물이 줄줄 흐르는 얼굴이 보였다. 얼굴에 들러붙은 밥풀과 언제 마지막으로 감았는지 모를 머리카락이 한데 뒤엉켜 있는 탓에 이목구비가 제대로 분간이 가질 않았다.

노인은 입을 허망하게 벌리고서 탁한 눈을 부릅뜨고 있었다. 입가를 따라 침이 주르륵 흘러내렸다. 모양새를 딱 보아 하니 풍이 왔거나, 아니면 지병이 발작을 일으킨 것 같았다.

맹부요가 노인의 얼굴을 찰싹찰싹 때리면서 외쳤다.

"노인장! 노인장……."

그러자 노인이 힘겹게 눈꺼풀을 꿈쩍거렸다. 곧이어 눈길이 맹부요의 얼굴에 가닿는 순간, 노인의 눈알이 돌연 굳었다. 한 지점에 고정된 채로 눈구멍 안에서 더는 꼼짝도 하지 않았다. 맹부요는 노인이 자기를 보자마자 숨이 넘어가는 줄로만 알고 기겁을 해서 연신 '노인장!'을 외쳤다.

그사이 늙은 태감은 나름 발버둥을 치고 있었다. 소리를 지르려는 것 같기도, 바둥거리려는 것 같기도 했다. 그러나 뻣뻣하게 굳은 몸은 꼼짝할 줄을 몰랐고, 그의 '발버둥'은 객관적으로 볼 때 미세한 파들거림에 지나지 않았다. 맹부요는 노인이 중풍 발작이 난 줄 알았다.

"이 화상! 그새 또 발광이 나서 기어 나갔네!"

뒤쪽에서 돌연 문이 벌컥 열리는 소리가 나더니, 차림새가 엉망인 중년 여인이 무뚝뚝한 얼굴로 구시렁거리면서 걸어 나와 한바탕 욕을 퍼부어 댔다.

"실성한 노인네 같으니, 종일 밖에서 송장처럼 나자빠져 있는 것도 모자라 이 오밤중까지, 잠이나 잘 것이지!"

쿵쿵대면서 걸어온 여인이 맹부요의 손에서 태감을 날쌔게 낚아채 갔다. 맹부요한테는 눈길 한 번 주지 않았다.

그녀는 마른 장작개비 같은 태감의 몸뚱이를 우악스럽게 질질 끌고 방 앞까지 가서 문을 걷어차 열었다. 태감을 안쪽으로 던져 넣은 여인이 문을 다시 한번 걷어차자 '쾅' 하는 소리와 함께 집채가 다 흔들렸다. 맹부요로서는 괘씸하기도 하고 우습기도 한 광경이었다.

그녀가 뒤에 있는 장손무극에게 말했다.

"내가 투명 인간인 줄 오늘 처음 알았어요."

장손무극은 대답 없이 땅바닥만 뚫어져라 응시하고 있었다. 어째서일까, 달빛에 비친 그의 얼굴이 사뭇 창백해 보였다. 새하얗다 못해 푸른빛이 돌 정도였다. 눈썹 끝이며 눈꼬리가 희미하게 꿈틀거리는 게, 모종의 사건이 그의 내면을 뒤흔들어 놓고 분노를 불러일으키고 있는 것 같았다.

평소 같지 않은 장손무극의 표정에 가슴이 철렁한 맹부요가 고개를 틀어 지면을 내려다봤다. 그러자 장손무극이 황급히 다리를 앞으로 뻗었다. 바닥에 있는 그림을 문질러 지우려는 듯한 동작이었다. 하지만 결국에는 뻗었던 다리를 도중에 다시 원위치로 돌리고 말았다.

맹부요는 쪼그려 앉은 자세로 그림을 빤히 들여다봤다. 아주 난잡하고, 추상적인, 전형적인 어린애 낙서.

그림은 총 세 폭이었다. 첫 번째 그림은 궁궐 전각을 그려 놓은 것 같았다. 오늘날의 선기국 황궁과는 달리 평범해 빠진 건물이었다. 그림 안에는 대화를 나누는 중으로 보이는 남녀도 있었는데, 여자는 소박한 차림새였고 남자는 태감 복장인 듯했다.

두 번째는 방 안인 것 같았다. 앞서 본 건물만큼이나 특징이 없는 방이었다. 침상, 탁자, 대야 받침대, 길게 늘어진 휘장……. 첫 번째 그림에 등장했던 태감이 바닥에 쪼그리고 앉아서 휘장 뒤편으로 손을 죽 뻗고 있었다. 손이 닿는 위치에 어렴풋하게 그려진 것은 사각형 물체의 한쪽 귀퉁이뿐이었다. 그림을 노려보는 사이 맹부요의 호흡이 가빠지기 시작했다.

세 번째는 실내 장식이 늘어난 것으로 보아 장소가 바뀐 듯했다. 여자 하나가 바닥에 엎드려 있고, 계단 위쪽으로는 머리에 보석 장신구를 잔뜩 꽂은 다른 여자와 얄팍한 소년이 서 있었다. 회랑 기둥 뒤편에는 아까 그 태감으로 보이는 사람이 숨어서 기둥 옆으로 늘어진 휘장을 꽉 붙들고 있었다. 그림을 이루고 있는 빽빽하고 어지러운 선에서 숨 막히는 긴장감이 느껴졌다.

긴장감!

돌연 아무런 이유 없이 눈앞이 아찔해지고 심장이 쿵쾅쿵쾅 뛰었다. 맹부요는 가슴을 꾹 누르면서 힘겹게 고개를 들어 장손무극을 올려다봤다. 장손무극은 아까부터 줄곧 두 번째 그림에서 눈길을 떼지 못하고 있었다. 비통하기 그지없는 눈빛을 하고서.

맹부요는 장손무극이 어째서 아픈 눈빛인지 알지 못했지만, 그런 그를 보는 것만으로도 육중한 무언가가 '쿵' 하고 가슴 위로 떨어져서 오장육부가 짓이겨지는 것 같은 격통을 느꼈다.

일순간 두 사람은 고통에 짓눌린 채 아무런 말도 내뱉지 못했다. 정원을 떠나고 싶으나 발이 떨어지지 않는 듯, 그래서 도망치고 싶어도 도망칠 수가 없는 듯한 모습이었다.

맹부요는 두 번째 그림 쪽으로 망연히 눈길을 옮겼다. 그러나 도저히 다시 볼 엄두가 나질 않았다. 새하얗게 번쩍이는 장면들이 언젠가처럼 뇌리를 스쳤다.

어두컴컴한 공간, 오줌 지린내를 풍기며 안으로 쑥 들어오는 손, 남들보다 유달리 뾰족하게 긴 손가락…….

맹부요의 몸이 휘청하자 장손무극이 얼른 손을 내밀었다. 그러나 맹부요는 장손무극이 미처 부축해 줄 틈도 없이 벌떡 일어나 건물 입구를 향해 성큼성큼 걸어가서는, 아까 중년 여인이 닫고 들어갔던 문을 거침없이 걷어찼다.

악취가 진동하는 방 안에서 초라한 침상에 누운 태감의 땀을 닦아 주며 욕지거리를 해 대던 중년 여인이 화들짝 놀라 고개를 들었다. 여인이 보는 앞에서 바람을 일으키며 안으로 들어선 맹부요가 늙은 태감을 덥석 붙잡아 침상에서 끌어냈다.

"거기 서!"

맹부요가 태감을 끌고 나가려 하자 침상에서 뛰어내린 여인이 벽에 기대 세워져 있던 대나무 빗자루를 집어 들고 획획 휘두르면서 악을 썼다.

"웬 놈이 황궁까지 쳐들어와서 사람을 납치해!"

그 소리에 맹부요가 웃음을 흘렸다. 물론 정다운 웃음은 아니었다. 그녀가 인사불성인 태감의 몸뚱이를 들고 달랑달랑 흔들면서 비아냥거렸다.

"그래, 황궁까지 이거 납치하러 오셨다. 내가 잡아가고 싶으면 잡아가는 거야. 분위기 파악하고 한쪽에 찌그러져 있기나 하지."

"국법이 무섭지도 않더냐! 썩 꺼지지 못할까!"

여인이 빗자루를 휘두르며 달려들었다. 그러나 다음 순간 맹부요가 손가락을 가볍게 한 번 퉁기자 여인은 사지가 굳어 옴짝달싹할 수 없는 신세가 되고 말았다.

여인을 쓱 훑어본 맹부요가 무심하게 말했다.

"그래도 팍팍한 궁 안에서 서로 의지하던 사이라 이건가. 의리는 있는 축이군. 그 점이 갸륵해서 목숨은 살려 주도록 하지. 대답해, 이 늙은이 원래 뭐 하던 작자야?"

"퉤!"

여인이 걸쭉한 가래침을 뱉었다.

"네 아비다!"

"내 아버지는 저세상 간 지 오래인데."

맹부요가 살벌하게 웃으면서 말했다.

"우리 아빠가 그렇게나 보고 싶으면 만나러 가게 해 줘?"

"이런 쌍놈이 있나!"

맹부요의 미간에 주름이 잡혔다. 상대는 긴 세월 구중궁궐에 갇혀 온갖 고초를 견뎌 오면서, 본디 가졌던 심성은 물론 죽음에 대한 공포까지 잃어버린 지 오래인 인물이었다. 다루기가 만만치 않다는 느낌이긴 한데, 노인네가 이렇다 할 정보를 제공해 줄 형편이 못 되는 현시점에 그나마 믿을 건 여인의 입이 유일했다.

짧은 계산을 마친 맹부요가 한 손에는 늙은 태감을, 다른 한 손에는 중년 여인을 붙잡아 들고 방문턱을 넘었다. 황궁 내에서도 워낙 외진 구석인지라 그 난리를 치는 내내 근처를 지나가는 시위 하나가 없었다.

보란 듯이 두 남녀를 들고 역관에 복귀한 맹부요는 곧장 내실로 들어가 둘을 바닥에 패대기쳤다. 그러고는 다리를 척 벌리고 의자에 걸터앉아서 말했다.

"봤지? 밖에 데리고 나와 준 거. 대답만 똑바로 하면 아예 자유의 몸으로 만들어 줄 수도 있어."

중년 여인을 보면서 한 말이었다. 태감의 경우는 명확한 정체와 과거에 얽힌 사연을 알아내기 전까지는 자유를 약속할 수 없었다.

"밖이라고?"

바닥을 짚고 일어나 주위를 두리번거리던 여인이 창살에 매달려 정원을 내다봤다. 역관 안에 우거진 키 큰 나무들, 궐 안에서는 볼 수 없는 풍경이었다. 정말로 황궁을 탈출했음을 실감한 여인이 무릎을 치면서 웃어 젖혔다.

"아하하, 밖이다! 하하하, 밖이야!"

그러더니 늙은 태감에게로 달려가 장작개비 같은 몸뚱이를 붙잡고 흔들어 댔다.

"노로老路, 노로! 밖이야! 드디어 나왔다고! 이제 죽이려 드는 사람도 없을 거야! 아하하, 거길 빠져나왔어!"

여인이 하는 소리를 듣고 있던 맹부요가 눈썹을 까딱했다.

"죽이려 들다니, 누가?"

"무슨 상관인데?"

여인이 얄팍한 입술을 삐죽였다.

"상관이야 없지."

맹부요가 싱긋 웃었다.

"둘이 어떻게 되든 그게 내 알 바인가. 다시 궁에나 데려다 놔야겠네. 죽이려던 거 끝을 보라고."

바닥에서 파들파들 떨고 있는 태감을 내려다보며 입을 꾹 다물고 있길 잠시, 여인이 불쑥 물었다.

"뭐가 알고 싶은데?"

"이 노인네가 누구고 어떻게 살아왔는지, 그리고 댁의 과거는 어땠는지."

"그게 무슨 얘깃거리나 된다고."

여인이 불퉁하게 말했다.

"이쪽은 노로, 나하고는 대식 관계. 나보다 한참 먼저 입궁한 사람이야. 내가 죄짓고 암정暗庭으로 쫓겨났을 때 벌써 거기 있었고. 무슨 이유로 암정에 떨궈졌는지는 물어봐도 말을 안 해. 원래는 영비盈妃마마 궁에서 막일하는 태감이었다는데, 영비마마가 병으로 급사하시고 나서 그 밑에 있던 궁녀와 태감 대부분이 암정으로 보내진 모양이야. 개중에 목숨을 부지한 건 노로 하나고, 나머지는 쫓겨난 지 얼마 못 가서 다 죽어 나갔다고 해. 노로하고 대식 사이가 된 건 암정에서 자리를 잡기까지 도움을 많이 받아서고."

영비······.

봉호를 한참 입 안에서 곱씹어보고도 딱히 이렇다 할 느낌을 받지 못한 맹부요가 물었다.

"황궁 서남쪽 구석, 키 작은 수풀 뒤편에 버려진 전각이 있던데, 혹시 무슨 건물인지 아나?"

"거기 전각이 있다고?"

여인이 고개를 가로저었다.

"서남쪽 귀퉁이에는 출입 금지 구역이 있어서 궁녀 시절에도 함부로 못 가 봤어. 건물은 당연히 본 적 없고."

얼굴을 찌푸린 맹부요가 이번에는 각도를 바꿔서 재차 질문을 던졌다.

"영비의 처소에는 무슨 이름이 붙어 있었지?"

맹부요는 관원현 감옥의 죄수에게서 들은 두 글자를 기억하고 있었다. 언릉인지 뭔지, 그 이름을 찾아 선기국 지명을 모조리 뒤졌으나 비슷한 발음은 끝내 발견할 수 없었다.

지금에야 드는 생각이지만, 애초에 지명보다는 전각 이름 같은 게 아니었을까?

"몰라."

여인은 이번에도 고개를 가로저었다.

"영비마마께서 돌아가신 건 14년 전이고 내가 입궁한 건 8년 전인데 그걸 무슨 수로 알겠어?"

"14년 전……."

맹부요의 가슴이 쿵 내려앉았다.

"저 노인네가 암정으로 쫓겨난 게 언제인데? 그것도 14년 전인가?"

"맞아, 14년 됐지."

여인이 고개를 돌려 노로를 쳐다봤다. 늙은 태감은 바닥에 널브러진 채 웅얼웅얼 신음을 흘리고 있었고, 그걸 보는 여인의 눈동자에는 안쓰러움, 슬픔, 탄식이 한가득 담겨 있었다.

평소의 맹부요였다면 어려운 처지에도 서로를 챙기는 두 사람의 모습에 퍽 감동했겠지만, 지금 그녀는 심기가 몹시 불편했다. 가슴에 들불이 일어 띠 풀을 불사르는 양 속이 아리고 어수선한데 남의 애틋함에 신경 쓸 겨를 따위가 어디 있겠는가.

질문이 이어졌다.

"당신들을 죽이려는 자는 누구지?"

"나는 아니고 노로 하나만."

여인이 말했다.

"원래는 둘이서 아무한테도 간섭받을 일 없이 조용하게 잘 살고 있었어. 좀 고생스럽기야 고생스러워도 나중에는 그냥 그러려니 하고 지내게 되더라고. 그러다가 몇 달 전에 난데없이 누가 노로를 죽이려고 밥에 독을 탄 거야. 마침 그날은 내가 실수로 그릇을 엎는 바람에 쏟아진 음식을 개가 물어갔거든. 아까워서 욕에 욕을 해 대고 있는데 아니 그 개 새끼가 몇 번 펄떡거리다가 꼴깍 그냥 숨이 넘어가더라고. 기겁을 해서 그날은 둘이 끌어안고 날밤을 꼬박 새웠어. 숨고 싶어도 숨을 데가 있나, 도망치고 싶어도 도망칠 데가 있나. 죄수 둘이서 할 수 있는 일이라고는 방구석에 처박혀서 저승사자를 기다리는 게 전부였지. 그런데 그 이후로 한동안은 또 잠잠한 거야. 혹시 목표물을 헷갈려서 그랬다가 뒤늦게 정신 차리고 물러갔나 했는데, 다시 곰곰이 생각해 보니까 독약 사건이 있기 전에 이 정신 나간 화상이 종일 땅바닥에다 그림을 끄적였었거든? 언젠가 한번은 누가 그 그림을 보고 갔다고도 했고. 그래서 그림 보고 간 사람이 누구였냐고 물어봤는데 대답을 제대로 못 해. 그 순간 그림이 문제였나 하는 생각이 딱 드는 거야. 그때부터 그림을 못 그리게 했어. 그랬더니 이 반송장이 낮에 내가 볼 때는 얌전히 있다가 오밤중에 기어 나가서 끄적거리는 수작을 부릴 줄 누가 알았겠냐고. 해 떠 있는 내내 태감들 옷 빠느라 기진맥진인 내가 밤에까지 무슨 수로 그걸 지키고 앉아 있어? 그러다가 네놈들한테 걸려서…….."

어느 부분에서 울컥했는지는 몰라도, 여인이 소맷자락 끄트머리로 눈물을 찍어 냈다.

맹부요는 나무토막처럼 망연히 앉아 있었다. 여인의 이야기는 한마디 한마디 귀에 쏙쏙 박히는 것 같으면서도 다른 한편으로는 처음부터 끝까지 모호하게만 들렸다.

잿더미 속에 남아 있는 불씨같이 줄곧 어둠 한복판에서 붉게 반짝이고 있던 과거는 막상 마음먹고 잿더미를 뒤지기 시작하자 오히려 깊숙이 모습을 감추어 버렸다.

자칫 잘못해서 그 작은 불씨를 꺼트리기라도 했다가는 차가운 재만이 남겨지리라. 밤새도록 물에 잠겨 있었던 양 싸늘하게 식은 이 가슴이 그렇듯, 차디찬 재만이.

곁에 있던 장손무극이 아무 말 없이 팔을 뻗어 그녀의 손을 살며시 감아쥐었다. 그의 손바닥은 다소 뜨거웠으나, 손발이 얼음장처럼 차가운 이 순간의 맹부요에게는 부족하지도 과하지도 않게 딱 포근한 온도로 느껴졌다.

그 따끈함이 엉망진창인 맹부요의 머릿속에 엉뚱한 생각을 불러일으켰다. 그녀가 기억하기로 예전 장손무극의 손은 서늘한 편이었다. 그가 익힌 무공이 음유한 계열인 탓이었다. 하지만 요즘 들어서는 매번 가슴속까지 훈훈해질 만큼 따끈따끈한 손을 내밀어 줬다.

생각이 여기까지 미치자 일순 가슴이 뛰었다. 혹시나 싶어 장손무극 쪽으로 흘깃 눈을 돌린 맹부요는 김이 모락모락 나는 찻잔을 소매 안쪽에 품고 있는 그를 발견했다. 저러고 있으니 손이 따끈할 수밖에.

연유를 알고 나자 아까에 이어 또 한 번 가슴이 두근거렸다. 어두운 여로를 걷는 그녀에게 조금이나마 온기를 보태어 주고 싶은 것이리라. 말로, 행동으로, 살갗과 살갗의 맞닿음으로, 언제나 곁에서 보내 주는 응원으로, 그녀의 가슴이 얼어붙고 손발이 차갑게 식었을 때 소매 안에서 찻잔을 쥐고 있으며 덥힌 따뜻한 손을 내밀어 줌으로써.

세상에 나를 이렇게 아껴 주는 사람이 있는데, 다가올 진실의 모습이 아무리 무시무시하다 해도 얼마든지 함께 짊어져 주겠다는데, 겁날 게 무엇이 있을까?

눈가가 촉촉하게 젖은 맹부요는 숨을 깊게 한 번 들이쉬고 잡혀 있던 손을 빼서 그의 손등을 가볍게 토닥여 줬다. 그런 다음 철성에게 여인을 데리고 나가라는 눈짓을 보냈다. 일단 옆에 두고 있으면서 지켜보다가 거취 결정은 모든 진상이 밝혀진 후에 할 생각이었다.

한편, 다른 수하에게는 조용히 밖에 나가서 의원을 불러오라는 지시를 내렸다. 늙은 태감의 병세가 심상치 않아서였다. 그림의 의미가 무엇인지, 과거 영비에게는 어떤 일이 있었는지, 그의 목숨을 노리는 사람은 누구인지, 이 모든 의문의 답을 얻으려면 태감이 입을 열 수 있을 정도로 호전될 때까지 기다리는 수밖에 없었다.

모두가 물러간 후, 내실에는 등불을 앞에 두고 마주 앉은 두 사람만이 남았다. 멀리서 닭이 울고, 큰길 몇 개 건너에서는 일찌감치 일어난 사람들이 문을 열어젖히는 소리와 뒷골목 아침 시장 개장을 알리는 딱따기 소리가 들려오고, 창호지에 차츰차츰 덧씌워지기 시작한 아침 햇살이 창가에 앉은 이의 얼굴을 하얗게 물들였다.

음침하고 비밀스럽게 심장을 조여 오던 밤도 결국에는 유수와 같이 지나가고, 미처 붙잡을 새 없었던 심사 또한 강물처럼 흘러가 버린 뒤였다.

다만, 빛바랜 종잇장 사이에 숨어 있다가 막무가내로 삶의 틈바구니를 비집고 들어온 어두운 옛일이 생경하고 딱딱한 덩어리로 불어나 가슴을 꽉 틀어막고 있었다. 순간순간 울고 싶어 목이 메도록.

자리에서 일어나 등불을 불어서 끈 장손무극이 맹부요를 부드럽게 끌어당겨 품에 안았다. 그러고는 밤새 그녀의 눈썹꼬리와 눈초리에 새겨진 고단함을 손끝으로 살며시 훔쳐 내며 나지막하게 말했다.

"잠시라도 눈을 붙이도록 하오. 이제 곧…… 날이 밝아 올 것이오."

맹부요는 장손무극이 이끄는 대로 조용히 품에 기대어 차분하면서도 심대한 힘이 느껴지는 그의 심장 박동을 세어 보았다. 세상에서 가장 평온하고 아름다운 곡조를 듣고 있는 기분이었다.

❀

비록 병풍 뒤에서 본 그림자의 정체는 밝혀내지 못했지만, 황궁에서 보낸 하룻밤 동안 과거에 얽힌 비밀을 한 겹 또 한 겹 들춘 결과, 이제 진실까지는 얇은 종잇장 하나만이 남은 상황이었다.

밤이 지나자 맹부요는 다시금 평정심을 되찾았다. 예전의 그녀는 참으려고 노력하다가도 결국은 충동에 넘어가고, 충동적으로 일을 칠 때면 항상 실수 연발이던 하찮은 존재에 불과했다. 그러나 상급자로서의 자세가 몸에 밴 지금은 더 이상 그러지 않았다. 오주 네 나라를 휩쓴 변란의 한복판에서 타국 황가의 명운을 한 손에 쥐고 쥐락펴락한 바 있는 그녀는 남의 분탕질 따위에 휘둘릴 인물이 절대 아니었다.

맹부요는 일단 구황녀를 찾아갔다. 둘은 공주부 내실에서 긴 대화를 나누었다.

구황녀는 시종일관 차분하되 명확한 말로 부황이 처한 상황이 심상치 않음을 설명했다. 겉으로 보이는 것이 전부가 아니리라는 이야기였다. 또한 차기 여제는 이미 확고하게 정해져 있을 것이며, 각자 얼마 되지도 않는 세력을 틀어쥐고 바둥거리는 여타 황자 황녀들의 아집에 대해서는 무의미하고 가소로울 뿐이라고 평했다.

"우리 선기국 황성을 지키는 병력은 세 사람이 나누어서 관장하고 있습니다."

구황녀 봉단응이 병력 배치도를 그려 보여 주면서 말했다.

"총괄 지휘권은 당연히 폐하께 있습니다. 황성 어림군이 폐하 밑으로 직속되어 있기도 하고요. 물론, 어림군이야 지금은 황후 손으로 넘어갔겠지만요. 황성에는 어림군 외에도 신책군 10만과 장용군 15만이 주둔 중인데, 신책군은 병부 소속이고 병부상서는 셋째 오라버니의 외숙 되니, 곧 셋째 오라버니의 소유인 셈입니다. 그 밖에 자피풍 1만과 철위 1만이 있고, 각지의 장수들이 거느리고 있는 병력의 경우는 누구의 소유이며 앞으로 어떻게 움직일지 장담할 수 없는 상황입니다. 옥좌의 주인이 확정되면 자연히 알게 될 문제이기는 하지만요."

"장용군의 임자는요?"

"장용군은 세 개 군영으로 나뉩니다. 총지휘권자는 폐하이십니다만, 세 군영 중 하나는 대황녀의 외조부가 장악하고 있고, 나머지 두 곳은 아직 중립적인 태도를 유지 중입니다. 장용군을 이끄는 통령 대부분은 변경 수비군 출신으로, 정국공이 병마대장군을 지내는 동안 당씨 집안이 거두었던 사람들입니다."

맹부요가 빙그레 웃으며 말했다.

"으음. 구황녀께서는 어쩌실 작정입니까?"

숙연하게 자리에서 일어난 구황녀가 옷깃을 여미고 예를 올렸다.

"한왕과 태자 전하께 도움을 청하고자 합니다. 부디 이 나라 정국을 하루빨리 안정시켜 황자 황녀들을 골육상잔의 난으로부터 구해 주십시오."

"내가요?"

본인 얼굴을 가리키며 되물은 맹부요가 잠시 구황녀를 빤히 쳐다보다가 피식했다.

"누굴 진짜 오지랖 대왕으로 아나. 나한테 선기국 집안싸움을 말릴 책임이나 의무가 있는 것 같지는 않습니다만?"

"왕야, 차기 여제가 누구인지는 모르지만, 현재 이 나라 권력을 틀어쥐고 있는 자가 왕야께 상당한 적의를 품고 있다는 것만은 확실합니다."

눈을 내리깐 구황녀가 조용히 말했다.

"잠깐의 수고로 앞으로 닥칠 번거로움을 미리 더는 것도 좋지 않겠습니까?"

맹부요가 픽 웃었다.

"다른 황자 황녀들은 황위 욕심에 눈이 벌게지다 못해 눈병이 날 지경이 되어 칼춤을 추느라 바쁜데, 구황녀께서는 참 초탈하십니다그려. 구황녀께만은 황위보다 형제자매 간의 우애가 훨씬 더 중요해 보입니다."

"고작 1년 사이에 넷째 언니가 죽고, 여섯째 언니가 죽고, 일곱째 오라버니가 죽고, 여덟째 오라버니도 죽었습니다."

구황녀가 담담한 표정으로 말을 이었다.

"같은 어머니를 두지는 않았으나 그래도 피를 나눈 형제들인데, 황권 다툼의 수레바퀴에 휘말려 한 명 한 명 허망하게 죽어 나가는 모습을 지켜볼 수밖에 없었습니다. 앞으로 더 많은 형제자매가 목숨을 잃을지도 모르고요. 선기국에는 황자 황녀가 너무 많아요. 몇 명쯤 죽어 나간들 잡초가 잘려 나간 것과 별반 다르지 않은 취급을 받습니다. 아무도 불쌍히 여기지 않지요. 하늘도 그렇고 부황과 황후께서도 그렇고요. 하지만 저는 그들이 가엾습니다."

그녀가 다시 한번 예를 올렸다.

"부디 왕야께서도 가엾이 여겨 주시기를 바랍니다."

자리에서 일어난 맹부요가 허리를 굽히는 구황녀를 만류하면서 웃음기 섞인 투로 말했다.

"나야 선기국에는 잠깐 들른 외부인일 뿐이고 가진 병력도 호위 3천이 전부인데, 가여운들 뭘 어쩔 수 있겠습니까? 너무 과대평가받는 기분이군요. 어쨌든, 선기국 황실에 나를 못마땅하게 여기는 사람이 있다는 말에는 동의합니다. 한 대 얻어맞은 뒤에야 느지막이 움직이는 건 평소 내 취향이 아닌지라, 나서야 할 때는 망설이지 않을 것입니다."

구황녀의 얼굴에 화색이 돌았다.

"감사합니다! 뭐든 시키실 일이 있거든 말만 해 주세요!"

세상에 공짜가 없다는 것도 알고, 역시 총명한 여인이었다. 빙긋이 웃던 맹부요가 소매 안에서 그림 한 폭을 꺼내 났다.

"글과 서화에 워낙 정통하셔서 황제 폐하의 어서방에서 문서 수발을 든다고 들었습니다. 상소문을 간략하게 정리하여 사흘에 한 번씩 영창전에 가져가신다지요? 영창전에 들거든 짬을 봐서 이 그림을 폐하께 보여 드리십시오."

한눈에 들어오도록 활짝 펼쳐진 그림이 구황녀의 손에 전달됐다. 맹부요는 그림을 건네주면서 상대의 얼굴빛을 유심히 살폈다. 그러나 이렇다 할 표정 변화는 읽히지 않았고, 맹부요의 미간에는 희미한 주름이 잡혔다.

구황녀에게 전달한 그림은 앞서 태감이 땅바닥에 그려 놓은 장면과 맹부요 본인의 머릿속에 남아 있는 기억을 조합해서 재구성한 것이었다.

화폭에는 예의 그 전각과 미소 띤 여인이 그려져 있었다. 여인의 얼굴에는 맹부요의 이목구비를 그대로 옮겨 놓았다. 물론 그림 속 여인 쪽이 맹부요보다 나이가 많아 보이고, 표정도 그녀와는 사뭇 다르긴 했다.

　여인 뒤편에는 아담한 곁방 풍경을 그려 넣었다. 반쯤 말려 올라간 창가 발 너머로 침상과 탁자, 대야 받침대, 바닥까지 늘어진 휘장이 들여다보이도록.

　봉선이 늙은 태감쯤이야 허투루 봐 넘겼을 수도, 세 번째 그림에 있던 장면은 아예 못 봤을 수도 있지만, 그래도 그림 속 여인만은 기억하리라는 게 맹부요의 기대였다.

　그림을 정리해 넣은 구황녀에게 오황자의 아내에 관해 묻자 잠시 고뇌하던 그녀가 대답을 내놨다.

　"올케는…… 오라버니한테 찾지 말라고 전해 주세요."

　추측에 못을 박는 한마디. 더는 물어볼 것도 없었다.

　맹부요는 한숨을 쉬며 자리에서 일어나 작별을 고했다.

　　　　　　　　✿

　역관에 복귀해 수하들에게 이것저것 지시를 내리고 난 맹부요는 채비를 새로 하고 다시 대문을 나섰다. 목적지는 주작 대로 신목항, 권력에 충성하는 개들의 집단 거주지였다. 물과 기름처럼 경계선이 분명한 자피풍과 철위의 관계를 반영하듯, 두 조직의 수장이 사는 집은 같은 신목항 내에서도 끝과 끝에 위치해 있었다.

　맹부요는 우선 철위 총통령의 집으로 향했다. 위아래로 새카만 옷을 입고 저택에 들어서자마자 그녀가 곧바로 찾아간 곳은 총통령의 침실이었다.

철위 총통령은 일전에 '일탑운'을 놓고 벌인 싸움에서 다리가 부러지는 등 큰 부상을 당해 아직껏 요양 중이었다. 맹부요는 빙긋이 웃으며 침실 출입문을 밀치고 들어가는 길에 탁자 위에 있던 값비싼 골동품 도자기를 집어 들어 이제 겨우 골절부가 아문 총통령의 다리를 도로 작살내 놨다.

그런 다음 돼지 멱 따는 소리를 질러 대는 총통령을 뒤로하고 여유롭게 침실을 나와서 구황녀가 준 명단에 적힌 조정 관원들의 집을 찾아갔다. 명단에 오른 관원들은 평소 철위와 돈독한 관계를 유지 중인 자들이었다.

뭐 그녀가 대단한 일을 친 것은 아니었다. 그저 잘 걸려 있던 등롱을 쳐서 떨어뜨려 집채 절반을 불사르거나, 첩실 위에 올라타 재미 보고 있던 놈을 끌어내 거기가 팍삭 쪼그라들게 만들거나, 뇌물로 받은 은자를 밀실에서 짊어지고 나와 아무나 주워 가라고 길바닥에 뿌린 것 정도.

그렇게 몇 집을 쑥대밭으로 만든 뒤에는 자피풍 총수령의 저택으로 가서 그 집 우물에 싸구려 독약 한 포대를 통째로 들이부었다. 독약이 들어가자 당장 우물 한가득 허연 거품이 부글부글 올라왔다. 사람은 물론이요, 돼지 새끼를 데려다 놔도 주둥이를 안 댈 때깔이었다.

우물에 문제가 생겼다는 걸 알게 된 자피풍 총수령은 조사에 돌입하자마자 마침 담장을 넘어 바람처럼 사라지는 그림자를 포착했다. 이에 허겁지겁 병사들을 이끌고 추격을 시작하긴 했는데, 한참 쫓아가다 보니 어째 느낌이 싸했다. 이 길을 따라 쭉 가면 철위 놈들네 집이 나오지 않나?

자피풍 총수령이 머뭇거리던 참이었다. 맞은편에서 총통령을 습격한 흉수를 찾으러 나온 철위 소속 인마가 살기를 풀풀 날리며 등장했다.

이리하여 양측이 본의 아니게 정면으로 맞닥뜨리게 되었으니. 한쪽은 상대방이 자기네 통령님 다리를 부러뜨려 놓고 불난 집 털러 왔다고 생각했고, 다른 한쪽은 철위 놈들이 저희 웃대가리를 반병신으로 만들어 놓은 데 앙심을 품고 우물에 독을 풀더니 적반하장으로 시비까지 건다고 생각했다.

양측은 본디가 견원지간, 그간 꾹꾹 눌러 쌓아 둔 악감정이 얼마인데 차분하게 마주 앉아서 앞뒤를 따져 본다는 게 가능하겠는가. 몇 마디 섞어 보려고 해도 서로 말은 하나도 안 맞지, 거기다가 머리 풀고 맨발로 뛰쳐나온 철위 편 관원들은 대뜸 핏대부터 올리며 닦달이지.

해명을 해 보려 무진 애를 쓰고도 결국 실패한 자피풍 측이 최종 결론으로 내놓은 것은 혼이 빠지게 쩌렁쩌렁한 고함뿐이었다.

"니미럴, 매를 버는구나!"

이리하여 매타작이 시작됐다. 자피풍 1만 명과 철위 1만 명이 또 한 번 신나게 뒤엉켜 치고받는 사이, 상황을 보고받은 대황녀와 삼황자가 부리나케 달려왔다.

하지만 이번에는 지난번과 달리 사태 수습이 쉽지 않았다.

집이 불타고, 웃차웃차를 방해받고, 은자가 길바닥에 뿌려진 관원들이 끼어 있는 탓이었다. 관원들은 죽는소리를 하면서 대황녀와 삼황자를 붙들고 늘어지다가 나중에는 동료들과 패거리를 지어 억울함을 풀어 달라며 시위를 벌였다.

삼황자는 인내심 있게 관원들을 다독이기는 했지만, 철위와 관원들의 일방적인 말을 전적으로 신뢰하지는 않았다. 반면 성질이 불같은 대황녀는 자피풍 총수령으로부터 자초지종을 듣자마자 눈썹을 곤두세웠다.

어쭈, 가만히 있었더니 이것들이 아주 단체로 상투 꼭대기까지 기어올라?

지난날의 자피풍은 그 얼마나 위엄 넘치는 집단이었던가. 그런데 지금은 번번이 얻어터지기나 하고, 그간 죽어 나간 대장들도 한둘이 아니었다. 그럼에도 대황녀 본인은 그 모든 굴욕을 꾹꾹 참아 왔다.

그런데 삼황자가 기어코 분풀이를 할 줄이야. 아닌 척 뻔뻔한 얼굴을 하고 있지만, 만약 삼황자가 뒤에서 손을 쓰지 않았다면 어떻게 저쪽만 완벽한 피해자인, 지금 이 그림이 만들어질 수 있었겠나.

대황녀의 눈에 불길이 일었다. 황위 계승자가 누구인지는 아직 밝혀지지 않았다. 하지만 폐하께서는 그녀에게 이례적으로 많은 힘을 실어 주고 있는 상황이었다.

사실상 차기 황제는 미정일 거라느니, 폐하께서는 누가 권력 투쟁에서 승리해 본인이 황젯감임을 증명해 보일지 관찰하고 계실 뿐이라느니, 하는 소리를 빙빙 에둘러 그녀의 귓가에 흘리는 이들은 또 얼마나 많은가. 들을 때마다 수도 없이 마음이 동했지만, 결단을 내리기란 쉬운 일이 아니었다.

그러던 중 오늘 마침 불난 데 기름을 끼얹는 사건이 터진 것이다. 덕분에 그녀는 결심을 단단히 굳혔다.

그래, 나를 우습게 알던 조정 놈들에게 똑똑히 보여 주는 거다. 내가 가진 능력과 자격을!

마음을 정한 대황녀가 입가에 냉소를 머금고서 팔을 휘두르자, 그녀의 의중을 읽어 낸 수하가 명을 전하러 장용군 군영으로 달려갔다.

장용군 5만이 움직이자 10만 신책군 역시 움직일 수밖에 없었다. 나머지 장용군 군영 두 곳을 장악하고 있는 당씨 가문은 즉각 '군란으로 도성이 위기에 빠진바, 신하 된 자로서 황제 폐하를 보호하기 위하여 나서지 아니할 수 없다.'는 입장을 발표했다.

본래 신책군이 맡고 있던 도성 수비 임무에 장용군 1개 군영 인원을 투입하는 한편, 나머지 병력으로는 황궁 외곽을 포위했다. 신책군과 어림군이 이 같은 조치에 반발한 것은 당연한 일이었다.

앳되고 어여쁜 얼굴에 꽃 같은 미소를 건 당씨 집안 자제께서 종잇장을 꺼내 몇 글자를 끄적이더니 촐싹촐싹 역관으로 달려갔고, 역관에 있던 맹부요는 뒷간에서 요즘 원보 대인 변기 발 받침대로 쓰는 옥새를 가져와 '꽝!' 하고 종이에 찍어 줬다.

'(주)부요 황위 탈취 컨설팅' 대표 겸 마케터 겸 사업부 주임 겸 인사부 부장 겸 수석 회계사 겸 사원 맹부요의 손에서 화려한 조서 한 장이 탄생하는 순간이었다.

'2인조 황권 탈취단' 멤버 당이중은 조서를 경건하게 받쳐 들고 경건하게 혼란 한복판으로 뛰어들어, 질서를 유지하는 한편 질서를 무너뜨리고, 균형을 잡는 한편 균형을 깨뜨리고, 싸움을 말리는 한편 상대편에 발길질을 먹이고, 화재를 진압하는 한편 은근슬쩍 불을 싸지르고 다녔다.

동성은 마침내 온통 시뻘건 불길에 휩싸임으로써 이름에 들어가는 '붉을 동' 자에 퍽 어울리는 모양새를 갖추게 됐다.

정작 맹부요는 본인이 일으킨 불길에 전혀 관심이 없었다. 선기국 황실은 어차피 뒤죽박죽인 장작더미나 다름없었고, 누군가 사소한 불씨 하나만 떨궈도 폭발을 일으킬 것은 미리 예견된 일이었기에.

그녀는 절반의 반가움과 절반의 실망 속에서 눈썹을 찌푸렸다. 반가운 건 근래 몸 안에서 진기의 약동이 느껴지는 게, 다음 경지 달성이 얼마 안 남았다는 확신이 든다는 사실이었다.

반대로 실망스러운 건 구황녀가 전해 준 소식이었다. 구황녀의 말에 따르면 황제는 그림을 보고 일순 움찔하면서 낯빛이 변하기는 했으나, 홀로 깊은 생각에 잠겼을 뿐 결국 입 밖으로는 한 마디도 내지 않았다고 했다.

봉선은 대체 무슨 꿍꿍이인 걸까.

이쯤 되자 맹부요도 그 속내를 헤아릴 길이 없어졌다.

한편, 태감 노로는 근방에서 이름난 의원이라는 의원은 다 불러다 붙여 보았음에도 여전히 차도가 없는 관계로, 쓸 만한 정보라고는 한 톨도 제공하지 못하고 있었다.

이날 맹부요는 구황녀의 저택에 다녀오는 길에 마침 속도 심란하겠다, 거리에서 눈에 띈 주루에 들렀다. 장손무극과 함께 오랜만의 망중한을 즐겨 볼까, 하고 들어간 주루에서는 전기수가 한창 이야기를 풀고 있었다. 그 제목인즉슨 '한왕이 토끼몰이 작전을 쓰고, 비빈들에게 농사일을 시켜 궁을 평정하다.'였다.

듣던 맹부요가 입꼬리를 씰룩거리면서 말했다.

"역시 좋은 얘기는 집 밖을 못 나가도 불량한 소문은 천 리를 간다니까."

이때 조금 떨어진 자리에서 말소리가 들려왔다.

"하여튼 어딜 가나 얌전히 있는 법이 없지!"

맹부요는 순간 흠칫했다.

설마 날 알아본 건가?

목소리를 따라 고개를 돌리자 건너편 탁자에 앉아 있는 어여쁜 소녀가 눈에 들어왔다. 어깨 아래까지 오는 긴 머리를 특이하게 세 갈래로 땋아서 황금 고리로 고정한 모습. 소녀는 손에 풀 줄기를 들고서 탁자 위에 놓인 작은 상자를 간질이고 있었다. 표정을 보아 하니 조금 전 그 말은 상자 안에 들어 있는 무언가에게 한 것인 듯했다.

피식 웃은 맹부요가 도로 고개를 돌리려는 찰나, 소녀 곁에 앉아 있는 여인이 눈길 가장자리에 걸렸다. 사실 그 순간 눈에 들어온 것은 사람 전체가 아니라 상자 곁에 놓여 있는 손뿐이었다. 특히 매끈하게 윤이 나기는 하는데 가장자리 모양이 뭔가 부자연스러운 손톱.

자세히 보니 여인의 손톱은 살짝 말려 들어간 형태였다. 꼭 뜨거운 물에 불려서 인위적으로 모양을 잡은 것처럼.

보통 외가공을 연마하는 사람들이 무공을 쓰다가 손톱이 부러질까 봐 저런 식으로 형태를 잡는다고 알고 있는데, 세상 누가 여인의 몸으로 그만큼 파괴적인 외가공을 익힌단 말인가?

게다가 상대의 손은 양쪽 다 굳은살 하나 없이 매끄러웠다. 저런 손의 소유자라면 외가공은커녕 평생 검 한 번 안 잡아 봤을 것이다.

독특한 손 모양에 호기심이 동한 김에 손을 따라서 쭉 위쪽으로 눈을 옮기자 남색과 진홍색이 함께 들어간 소맷자락이 보였다. 대단히 강렬한 색상 대비였다.

더 위쪽으로 올라가자 보통 사람보다 월등하게 가늘고 긴 목선과 윤곽이 뚜렷한 옆얼굴이 눈에 들어왔다. 여인은 투명한 벌꿀 색 피부를 가졌고, 이민족 같은 인상은 아니어도 이목구비가 굉장히 입체적이었다.

움푹 들어간 여인의 두 눈에는 물결 너울거리는 심해를 닮은 눈빛이 깃들어 있었다.

일렁이는 심연, 혹은 부유하는 어둠을 보는 듯한 눈동자.

처음 봤을 때는 흠칫했으나, 두 번째에는 훅 빨려 드는 느낌이었다.

저런 눈동자는 지금껏 어디에서도 본 적이 없었다. 바다처럼 깊은 눈동자라면 장손무극도 있지만, 그의 눈은 햇살을 받아 찬란하게 반짝이는 바다이자 영롱한 구슬과도 같은 아름다움으로 상대를 홀리는 눈이었다. 그와 달리 여인의 눈동자는 무겁고 진득한, 세상 밖 환상계의 바다와 같아 도무지 속을 들여다볼 수가 없었다.

시선을 감지한 여인이 고개를 틀어 맹부요를 응시했다. 순간 맹부요는 갑작스러운 현기증을 느꼈다.

이때 여인의 곁에 앉아 있던 소녀가 '흥' 하고 콧방귀를 뀌었다. 맹부요가 여인을 대놓고 위아래로 훑어본 게 불만인 모양이었다. 소녀가 손에 쥐고 있던 상자를 맹부요 쪽으로 휙 밀어 보냈다.

손바닥 크기의 알록달록한 상자가 탁자 위를 미끄러져 오나 싶더니, 홀연 안에서 새하얀 종잇장 같은 게 빠져나와 맹부요의 손등을 향해 나풀나풀 날아들었다.

맹부요가 손가락을 까딱하자 날아오던 물체가 허공에 덜컥 멈췄다. 공중에 박제된 물체가 바둥거리길 일순, 새하얀 몸체에서 다리 네 개가 불쑥 튀어나왔다. 작은 다리가 격하게 한 번 꿈틀하자 가느다란 실 네 가닥이 등장해 아래쪽을 향해 뻗쳐왔다. 하얀 실 중 하나가 맹부요의 살갗에 달라붙더니 순식간에 새빨갛게 변했다.

피를 빠는 촉수였다!

자기 피를 노리는 흡혈 괴물을 그냥 둘 맹부요가 아니었다. 그녀는 실을 잘라 버릴 요량으로 손끝을 세웠다.

바로 그때, 건너편 탁자의 여인이 둥글게 말린 손톱을 톡 튕겼다. 하얀색 실은 그 손동작과 동시에 끊어져 나갔고, 여인은 즉시 세 갈래 머리 소녀를 향해 나무라는 눈빛을 보낸 다음 맹부요 쪽에다 대고 간단한 손짓을 해 보였다. 아마도 사과의 의미인 듯했다.

사람을 무는 괴물을 함부로 풀어놓는 행태 자체는 괘씸했으나, 여인에게 장애가 있다는 걸 알고 나자 화낼 의욕이 사라졌다. 맹부요는 웃는 낯으로 고개를 한 번 까딱해 보였다.

자리에서 일어서려는데, 여인이 눈을 그녀에게 고정한 채로 또 뭔가 손짓을 보냈다. 그러자 세 갈래 머리 소녀가 가자미눈이 되어서는, 몹시 떨떠름한 투로 말했다.

"성……, 아가씨께서 무언가 근심이 있지 않냐고 물으시네요. 좀처럼 답이 나오지 않는 문제가 있을 것 같다고요."

순간 움찔한 맹부요가 우선 장손무극과 눈빛을 교환한 다음, 웃으면서 대답했다.

"참으로 특별한 분이시군요. 일단 한 가지만 먼저 물어보고 싶은데, 그 근심이 대충 어떤 것인지도 보입니까?"

여인이 묵묵히 손동작을 몇 번 하자 소녀가 그걸 말로 옮겼다.

"'무릇 만물은 올 곳에서 오고 갈 곳으로 가느니, 온 곳을 알지 못할진대 갈 곳을 어이 알까.'라고 하십니다."

이번에는 맹부요도 제대로 놀랐다. 그러고 보니 오주대륙은 본래 기인이 많은 땅 아니던가. 저 여인도 소소하게 신통력을 가진 모양이었다.

일단 한번 도움을 구해 봐도 밑질 것은 없으리라. 맹부요가 재깍 말했다.

"부디 답을 청합니다!"

여인이 살짝 고개를 기울이며 미소를 보냈다. 그러자 또 한 번 현기증이 몰려오더니, 뭔지 모를 풍경들이 맹부요의 머릿속을 빠르게 스쳐 갔다. 풍경이 바뀌는 속도는 점점 더 빨라졌고, 나중에는 하나의 커다란 덩어리가 되어 굉음과 함께 그녀를 덮쳐 왔다.

몸속에서 무언가가 '쩌적' 쪼개지는 소리를 들은 맹부요가 진저리를 친 직후, 여인의 눈알이 눈구멍을 빠져나오더니 허공을 둥실둥실 날아 맹부요의 머릿속으로 들어왔다. 그녀의 눈을 밀어내고 그 자리를 대신 차지하려는 듯이.

소름 끼치는 감각에 기겁한 맹부요는 순간 정신이 번쩍 들었다. 정신을 차리고 보니 눈알이 날아다니기는 무슨, 여인은 멀쩡히 제자리에 앉아 있었다. 아마 환각을 본 모양이었다.

머릿속은 엉망진창에 기분은 또 뭐가 이리 망연한지, 맹부요는 순간적으로 할 말을 잊었다. 혹시 무슨 술법에 당한 건 아닐까 잠시 걱정스러웠지만, 맞은편의 장손무극이 생각에 빠진 모양새로 가만히 앉아 있는 걸 보니 그건 아닌 듯했다. 정신제어술에 일가견이 있는 그가 나서지 않았다는 건 상대방에게 공격 의사가 없었다는 의미이리라.

그나저나…… 여인은 아까 대체 뭘 본 걸까? 딱히 뭐가 기억난 것도 아니건만.

소녀의 손을 잡고 천천히 일어선 여인이 흰색과 붉은색이 섞인 종이 한 장을 내밀었다. 곁에서 소녀가 설명을 덧붙였다.

"태워서 재를 물에 섞어 마셔요. 아니면 그냥 연기만 쐬어도 되고. 어느 쪽이든 좋을 대로 하세요."

맹부요가 듣기에는 퍽 우스운 말이었다. 전생의 무당들이 치던 대사 그대로였으니까.

그녀는 히죽히죽 웃으며 종이를 건네받아 주머니에 넣고서 여인이 표표히 자리를 뜨는 모습을 지켜봤다. 그런 다음 본인도 장손무극과 함께 아래층으로 내려가면서 말했다.

"아까 그 무당이 먹으라는 재, 진짜 먹어 보……."

"무당이라니?"

누군가 불쑥 끼어들어 말을 가로챘다.

"아니, 같이 있었으면서……."

이야기를 도중에 끊고 흠칫 고개를 돌린 맹부요가 눈을 커다랗게 떴다.

"종……, 종……, 종……, 종……."

"고작 몇 달 못 본 사이에 기억상실증이라도 걸렸나, 아니면 이제 사람 이름도 제대로 못 부를 지경이 된 건가?"

상대는 특유의 독설도 그대로, 주변은 완전히 무시한 채 얼굴 보자마자 손목 맥소부터 덥석 잡는 버릇도 그대로였다.

맹부요는 놀라고 반가운 마음에 한 소리 되받아치는 것마저 잊고 더듬더듬 말했다.

"어, 어어, 종월, 어떻게 여길……."

"광덕당에서 보고가 올라왔더군. 여기저기 명의를 수소문하고 다닌다고."

종월은 여전히 눈처럼 하얀 백의에 투명한 피부를 가진 예전의 그 종월이었다. 황제라는 신분마저도 그에게 때를 묻힐 수는 없었는지, 인파 가운데 서 있는 그는 백설처럼 정결한 모습 그대로였고, 사람들은 본능적으로 그를 피해 다녔다.

잠시 맥상을 읽는 데 집중하던 그가 이내 미간을 찌푸리면서 맹부요의 손목을 놔줬다. 그러더니 다소 불만스러운 눈으로 장손무극을 비스듬히 쏘아본 다음, 말을 이었다.

"진정한 천하제일 명의가 누구인지 잊은 건가?"

"오주 구석구석을 싹 다 뒤지는 한이 있어도 그쪽한테는 감히 연락 못 하죠."

맹부요가 어깨를 으쓱했다.

"고작 태감 하나 고쳐 보겠다고 천 리 밖에 계시는 황제 폐하 호출하는 경우 봤어요?"

"내가 그 태감이라는 자를 위해서 오는 것은 아닐 텐데."

짧게 대꾸한 종월이 허리를 쭉 빼고 거리 끝쪽을 내다봤다.

"아까는 누구와 이야기 중이었지?"

"난들 알겠어요, 신들린 여자 같던데."

맹부요가 그를 힐끗 곁눈질했다.

"아는 사이예요?"

생각에 잠겼던 종월이 잠시 후 대답했다.

"아니, 뒷모습이 약간 비슷한 것 같았는데, 내가 잘못 봤을 수도 있겠군."

그러더니 뒤늦게 장손무극에게 인사를 건넸다.

"태자 전하께서는 혈색이 참 좋으십니다. 부요보다 훨씬."

옆에서 맹부요가 눈을 흘겼다.

입만 열었다 하면 가시 돋친 소리, 저것 좀 고칠 수 없나.

"덕분입니다."

장손무극이 미소 지었다.

"폐하께선 혈색이 더 좋으십니다. 저희 둘을 합친 것보다도."

대화 초반만으로도 머리가 지끈거리기 시작한 맹부요는 얼른 둘을 끌고 역관으로 향했다.

역관에 당도한 후, 맹부요가 말했다.

"돌팔이 황제 폐하, 이제 예전하고는 처지가 달라진 거 알죠? 진찰만 하고 빨리 돌아가요."

"나도 여기서 잔소리나 하고 있을 만큼 한가하지는 않아."

노로의 맥을 잡아 본 종월이 곧 눈썹을 찌푸렸다.

"간당간당하군."

그러고는 덧붙였다.

"일시적으로 맑은 정신을 되돌려 놓을 수는 있지만, 한 가지 미리 말해 두는데 정신이 돌아오면 이자는 그걸로 끝이야."

맹부요는 아무 대답도 하지 못했다.

죽어 마땅한 악인이라는 직감은 있으나 그래도 아직은 진상이 명확히 드러나지 않은 상황. 과연 자신이 저 늙은이에게 사형 선고를 내려도 되는 걸까?

그녀를 한 번 쳐다보고, 이어서 노로를 내려다본 종월이 홀연 고개를 틀어 장손무극에게 눈길을 줬다. 그 순간 장손무극역시 종월을 응시했고, 서로 눈이 마주친 시간은 찰나에 불과했지만 둘 사이에는 수많은 정보가 오갔다.

종월이 말했다.

"늦었군, 오늘은 가서 쉬도록 해."

맹부요가 알겠다고 답했다. 그녀는 우선 철성을 시켜 종월에게 거처부터 내어 준 뒤, 생각에 잠긴 채 자기 방으로 돌아와 옷을 벗고 누웠다. 옷을 벗는 도중 품에서 여인이 준 종잇조각이 나왔다. 피식 웃은 맹부요는 종이를 대충 탁자 위에 던져 놨다.

그녀가 잠자리에 든 이후, 종월은 늙은 태감을 내실로 옮겨다 놓고 평소 가지고 다니는 비단 주머니에서 금침을 꺼내 치료에 돌입했다.

침대에 누운 맹부요는 금방 세상모르고 잠들었다. 먼저 잠든 맹부요에 이어 밖에서 큰일을 보고 들어온 원보 대인도 잠을 청하고자 탁자 위로 기어 올라갔다.

못 보던 종잇장이 일순 대인의 눈길을 끌었지만, 잠시 붙들고 있는 동안 별다른 특이점을 발견하지 못한 대인은 이내 종잇장을 아무렇게나 던져 버렸다.

그렇게 버려진 종잇장은 공중을 나풀나풀 날아서 침향이 타고 있는 침상 곁 향로에 안착했다. 그러고는 향로 안의 빨간 불씨에 천천히 그을어 꾸깃꾸깃하게 말려 들어가다가, 마지막에는 회백색 재 가루로 화했다.

푸르스름한 연기 한 줄기가 피어올라 원래부터 공기 중을 떠돌고 있던 하얀 연무 사이로 끼어들었다. 그 푸른빛은 흰색 연무에 둘러싸여서도 주변과 섞이지 않고 꼿꼿한 일직선을 유지했다. 돌연 맹부요가 몸을 뒤척였다.

조금 떨어진 내실 안에서는 이마에 땀방울이 송골송골 맺히기 시작한 종월이 바람 같은 손놀림으로 태감의 뒤통수에 금침을 놓고 있었다. 잠시 후 종월이 침중하게 손을 뗐다.

그로부터 조용히 기다린 지 얼마나 지났을까. 태감이 갑자기 몸을 파들파들 떨었다. 부스러진 낙엽이 바람에 휩쓸려 파들거리듯이. 그러더니 억눌린 울부짖음을 토해 냈다. 그 울부짖음과 함께 태감이 침상에서 벌떡 튀어 올랐다. 죽음을 앞둔 병자에게서는 절대 나올 수 없는 민첩함이었다.

곧이어 태감의 목구멍에서 짓뭉개진 절규가 터져 나왔다.

"살려 줘……!"

바로 그때, 맹부요의 방에서도 비명이 울렸다. 날카로운 비명에 어둠이 찢겨 나갔다. 평소와는 전혀 다른 음성. 오주 일곱 나라를 거침없이 누비며 풍운을 몰고 다니던 맹부요에게서 나온 것이라고는 믿기 어려운 소리였다.

얼굴색이 급변한 종월이 정신을 차린 태감을 내버려 두고 밖으로 몸을 날렸다. 종월의 새하얀 신형뿐 아니라 또 다른 자색 그림자 하나도 어둠을 뚫고 번개처럼 맹부요의 처소로 향했다.

272

어두컴컴한 방 안, 땀에 흠뻑 젖은 채 침상에서 튀어 오른 맹부요가 그대로 바닥으로 떨어지면서 탁자를 넘어뜨리고, 의자를 박살 내고, 휘장을 잡아 뜯고, 등불을 짓이기고, 폐부가 찢기도록 비명을 질렀다.

그녀는…… 봐 버리고야 말았다.

쓰라린 진실

어느 세상에서 불어왔는지 모를 바람이 연기와 풀 내음을 실어 왔다. 엷은 연기가 섞인 바람은 투명이 아니라 창백한 색을 띠고 있었다. 창백한 바람이 창백하고 작은 손안으로 불어 들었다.

작은 손…….

그녀는 고개를 숙여 자기 손을 내려다봤다.

언제부터 내 손이 이렇게 작고 여위었었지?

손가락은 새의 발처럼 가냘프고 손톱 밑에는 나뭇밥이 잔뜩 끼어 있었다.

나뭇밥……, 웬 나뭇밥이?

그녀가 기억하는 자기 손은 마디가 길고 가늘며, 손톱은 항상 깨끗했다. 그런 손에 언제 이렇게 나뭇밥이 덕지덕지 끼었

단 말인가?

다음 순간, 머리 위에서 나뭇밥이 부스스 쏟아져 내렸다. 고개를 들자 위쪽에 가로놓인 시커먼 나무판자가 보였다. 그다지 질이 좋지 않은 목재에서 희미하게 썩은 내가 풍겼다.

지금 그녀가 있는 공간은 사방이 나무판자로 막혀 있었다. 길이는 한 팔, 높이는 양팔을 합친 정도. 팔을 뻗어서 크기를 재는 시늉은 했지만, 사실 굳이 확인해 보지 않아도 될 만큼 익숙했다.

그녀는 눈을 감고도 주변 환경을 줄줄이 읊을 수 있었다. 등 뒤편 나무판으로 말하자면 이음매에 동그란 흠집이 있고, 맨 아래쪽에는 조그맣게 튀어나온 부분이 있었다. 아래쪽 돌기는 원래 대패질이 제대로 되지 않아 뾰족하게 남아 있다가, 긴 세월 손때가 타면서 지금은 대추알처럼 반질반질해진 상태였다.

대추알…….

흐릿한 머릿속에 새삼스레 드는 생각이, 본 적 없는 물건인 것 같았다.

어떻게 대추를 본 적이 없지?

그녀는 뒤늦게 무언가 깨달은 양 고개를 숙여 자신의 짤막한 팔다리를, 다리에 매인 끈을, 주위를 에워싸고 있는 끝없는 어둠을 쳐다봤다. 어둠 너머 멀지 않은 처마 끄트머리에서 풍경이 땡그랑땡그랑 스산하게 우는 소리가 그보다 더 스산한 그녀의 작은 세상 안으로 흘러들어 왔다.

어디선가 어렴풋이 등롱 불빛이 비쳐 들고 있었다. 몽롱한 연보라색 광채. 등롱에 불이 밝혀지는 시간은 유시부터 해시까지, 매일 세 시진씩이었다. 그 시간이 지나 불이 꺼지면 그녀는 적막한 어둠 속에서 더듬더듬 잘 자리를 찾아야 했다.

그녀의 잠자리에는 요도 없고 베개도 없었다. 기껏해야 누더기 조각과 헌솜이 전부. 여름에는 그마저도 없이 찜통 같은 어둠 속에서 알몸으로 잠들었다. 그렇게 누워 있다 보면 땀이 뻘뻘 흘러 몸 아래 나무판자로 스며들었고, 시일이 지남에 따라 나무판자는 점점 더 까매져서 나중에는 밑바닥 없는 심연 같은 칠흑빛이 됐다.

덥고, 비좁고, 갑갑한 공간 안에는 모기가 윙윙거리며 날아다녔다. 모기들이 기척 없이 살갗에 내려앉아 바늘 같은 주둥이를 꽂으면, 아무것도 할 수 없는 그녀는 그저 이리저리 뒤척이면서 물린 자리를 벅벅 긁었다.

긁적이다가 부지불식간에 다시 잠이 들어도 두세 시진이면 더위 탓에 깨기 일쑤였다. 그럴 때면 가슴이 못 견디게 답답해서 물 밖에 나온 물고기처럼 입을 뻐끔거리며 숨을 몰아쉬었다. 살갗을 더듬어 보면 온몸이 오돌토돌 빨갛게 부어올라 있었다. 개중에는 땀띠도 있고 손톱이 낸 생채기도 있었는데, 상처에 땀이 들어가면 불에 덴 것처럼 쓰라렸다.

그녀의 몸은 여기저기 욕창투성이였다. 병자도 아닌 사람이 욕창을 달고 사는 것이다. 그래서 여름에는 겨울을 간절히 기다렸다. 날씨가 차고 건조해지면 구원받을 수 있을 것 같아서.

하지만 막상 겨울이 오면 동짓달 혹한도 여름 무더위 못지않게 고통스럽다는 걸 실감했다. 얇디얇은 판자때기는 사방에서 스며드는 찬 바람을 전혀 막아 주지 못했다. 살을 에는 칼바람이 뼛속까지 파고들면 얼음 낀 뼈마디에서 뼈가 갈리는 소리가 났다. 가지고 있는 누더기 조각과 헌솜을 총동원해 온몸을 꽁꽁 싸매고 최대한 작게 웅크리고 있어도 뼈에 사무치는 한기를 당해 내기는 역부족이었다.

그토록 혹독하고, 혹독한 추위. 그녀는 어려서부터 추위로 인한 관절염을 걱정해야만 했다.

그렇다고 어디다 하소연을 할 수 있는 처지도 아니었다. 이불을 달라고 할 수도, 부채를 달라고 할 수도, 누군가를 부를 수도, 자물쇠 걸린 궤짝 밖으로 나갈 수도…… 없었다.

그래, 궤짝! 이번 생의 시작점부터 그녀의 기억에 줄곧 존재했던, 그리고 앞으로도 영원히 존재할 공간.

궤짝 안에 사는…… 아이.

그녀의 세계는 길이 한 팔, 높이 양팔밖에 안 되는 네모난 궤짝 안이 전부였다. 일어서기에는 높이가 애매해서 항상 웅크리고 있을 수밖에 없었고, 잠잘 때도 편히 누울 수 없었다. 대소변은 누더기 조각을 걷으면 나오는 구멍을 통해서 해결했다.

바깥세상에 핀 꽃, 날아다니는 새들, 경쾌한 발걸음, 자유로운 움직임, 즐거운 말투, 쾌청한 봄빛은…… 궤짝 안 세상과는 완전히 동떨어진 것들이었다.

문득, 누군가 궤짝을 조용히 두드렸다. 약하게 한 번, 조금 세게 두 번. 귀에 익은 소리였다. 곧이어 머리 위쪽에 가느다랗게 열린 틈으로 딱딱하게 식어 빠진 찐빵 두 개가 들어왔다.

틈새 밖으로 설핏 여인의 얼굴이 보였다. 아직 젊고 예쁘지만, 지나치게 마음 졸이며 살아온 세월로 인해 나이에 어울리지 않게 초췌한 얼굴. 아픔과 안타까움이 여인의 눈동자를 무겁게 짓누르고 있었다. 툭 치기만 해도 눈물이 왈칵 쏟아질 것 같았다.

틈새를 통해 서글픈 눈빛을 보내고 있는 여인의 눈 속에서 그녀는 낯익은 아이를, 자신의 축소판을 발견했다. 모든 것이 너무나도 익숙했다.

혈맥 깊숙이 각인된, 충격적일 정도의 익숙함. 해가 들지 않는 돔 안에 새하얀 번개가 치면서 그녀의 꿈속 영혼과 과거의 육신을 제각각 쪼개 놓은 것 같았다. 그녀가 여인의 눈동자에서 본 것은 현재의 자신이 아니었다.

다섯 살배기 맹부요, 다섯 살배기 봉무명鳳無名.

무명, 이름 없는.

본의 아니게 한 차례 승은을 입은 궁녀가 남몰래 숨어서 낳은 황녀. 이름을 받는 건 고사하고 살아갈 기회조차 허락받지 못한 아이.

폐하께서 새로 들이신 황후는 투기가 심해 자기 외에 다른 여인이 시침을 들거나 아이를 갖는 꼴을 봐 넘기지 못했다. 본인은 해마다 자식을 낳았지만, 다른 후궁들의 거처에서는 갓난애 울음소리가 영영 끊겼다. 만약 누군가 간 크게 폐하를 꾀거나 폐하의 씨를 품는다면 필시 세상에서 가장 처참한 최후를 맞이하게 될 터였다.

그러던 어느 해, 영비 처소에서 머리단장 시중을 들던 궁녀 허완許宛의 배가 불러 왔다. 허완이 어쩌다가 아이를 갖게 됐는지 아는 사람은 없었다. 언젠가 전각 앞을 지나는 길에 황후의 머리를 틀어 올리느라 옷소매 밖으로 뽀얀 팔이 드러난 궁녀를 보게 된 황제가 그 봄날같이 아름다운 용모에 반해 낭만적으로 운우지락을 청했던 것일까.

그게 아니라면, 황후의 배에는 해마다 아이가 들어서지, 그렇다고 후궁들에게 두루두루 총애를 베풀 수 있는 처지도 아니지, 한창나이에 홀로 긴긴밤을 견디기가 힘들었던 황제가 우연히 정원 버들가지와 꽃송이를 헤치고 나타난 가냘픈 여인을 보고는 융단처럼 펼쳐진 풀밭에 그대로 쓰러뜨렸을 수도…….

그러나 추측은 어디까지나 추측일 뿐, 사실 여부를 확인해줄 사람은 영영 떠나 버린 뒤였다. 핏빛 궁궐에 흩뿌려진 다른 옛이야기들과 마찬가지로 허완의 사연 역시 썩어 먼지가 된 지 오래였고, 이제 그 누구도 다시 주워 담지 못할 터였다.

그로부터 열 달이 지나 봉무명이 세상에 태어났다. 이 세계에서 눈을 뜨자마자 처음 마주한 풍경은 그녀에게 잊지 못할 기억으로 남았다.

불 꺼진 방, 사방에 선혈이 낭자한 가운데 이를 악문 채 불에 달군 가위로 직접 탯줄을 자르는 여인의 창백한 얼굴, 핏물 위에 떠 있는 연꽃 모양의 작은 옥석 조각, 이불로 제 입을 틀어막은 여인이 소리 없이 신음하는 모습, 온 천지에 진동하는 피비린내…….

눈물로 범벅이 된 여인의 얼굴이 뺨에 바짝 다가붙는 게 느껴졌다. 여인이 목멘 소리로 말했다.

"아가야, 울지 마. 울면 안 돼……. 네가 울면 우리 둘 다 끝이야. 부탁할게, 제발 울지 마…….."

그리하여 봉무명은 그때껏 세상에 없었을, 태어나서 한 번도 울지 않은 갓난아기가 되었다. 여인과 자신의 목숨을 지키기 위하여.

후일 그 길고 긴, 지옥 같은 5년이라는 시간 동안 그녀는 수도 없이 생각했다. 차라리 울었어야 했다고. 그냥 하는 소리가 아니라 정말로 우는 게 좋았을 거라고. 때로는 죽음이 삶보다 편안할 수 있으니까.

그때 왜 울지 않았을까. 그 뒤로는 울고 싶어도 울 수가 없게 되어 버렸는데.

이번 생의 모친은 그날 이후 그녀를 궤짝 안에서 키웠다. 태어나서부터 다섯 살이 될 때까지, 5년을.

다섯 살배기 봉무명은 세 살짜리만큼 작았다. 구부정한 자세로 다리를 움츠린 채 지내 온 세월이 관절에 변형을 가져온 까닭이었다.

다섯 살 이후에 만난 사부는 변형된 골격을 늘이고 단련시키기 위해 고강도 동작을 강요하며 그녀를 몰아붙였다. 그녀는 남들보다 훨씬 고된 수련 과정을 견뎌야 했다. 애초에 출발선부터가 남들과 달랐기 때문에…….

어느 세상에서 불어왔는지 모를 바람이 연기와 풀 내음을 실어왔다. 연기의 출처는 후원 부뚜막, 풀 내음의 출처는 건물 외벽 아래쪽에 돋아난 봄풀이었다. 명주 끈처럼 기다란 초록색 이파리 끝에 영롱한 이슬방울을 매단 풀. 직접 본 적은 없지만, 어머니가 궤짝 옆에 쪼그리고 앉아 소곤소곤 이야기해 주었다.

이야기를 듣는 내내 그녀는 전생의 기억 가운데서 '풀'이라는 것에 대해 남아 있는 인상을 떠올리려 무진 애를 썼다. 암흑에 갇혀서 보낸 5년. 그 5년 동안 본 것이라고는 등잔 불빛, 아니면 멀찍이 걸린 자색 등롱 모서리의 수술이 흔들리는 그림자가 전부이다시피 했다.

기나긴 고독 속에서 몇 번이고 되씹어 본 전생의 기억은 또렷했지만, 상당수 사물에 대한 인상은 모호하게만 남아 있었다. 풀이 무엇인지를 상기해 내는 데만도 꽤 긴 시간이 필요했을 정도였다.

어머니는 밤이 되면 항상 궤짝에 기대앉아 그녀에게 재잘재잘 이야기를 건넸다. 오주 일곱 나라가 이렇고 저렇다느니, 지금 처한 상황이 어떠어떠하다느니, 주제는 대중없이 그냥 생각나는 대로였다. 아마 딸이 궤짝 안에서 미쳐 버리기라도 하면 어쩌나 걱정인 모양이었다. 그래서 어떻게든 짬을 내 소통하려 노력하는 것 같았다.

어머니는 그저 어린 딸에게 궤짝 밖 세상에 관해 조금이라도 더 알려 주고 싶어만 했지, 자기가 한 마디씩 건넬 때마다 딸이 꼬박꼬박 대답을 주고 있다는 사실은 까맣게 몰랐다. 한 마디 한 마디, 말하고, 묻고, 답하고. 단지 소리가 나지 않았을 뿐.

목소리를 내서는 안 되는 그녀는 무성의 언어로 나무판자 너머 이번 생의 어머니에게 자기만이 알아듣는 이야기를 하고 있었다.

하지만 어머니한테 꼭 알려야 할 아주 중요한 사실 몇 가지만은 반드시, 무슨 일이 있어도 소리 내어 말해야 했다. 말해야 하는데, 어머니는 번번이 그녀가 첫음절을 꺼내기 무섭게 급한 걸음으로 자리를 떴다. 허망하게 입을 벌린 채, 처량한 표정으로 끝없는 어둠과 절망을 마주하고 있는 그녀만을 남겨 두고.

언젠가 한 번은 한창 이야기를 이어 가던 어머니가 난데없이 한숨을 쉬면서 이런 소리를 소곤거렸다.

"아가, 너는 연꽃을 품고 태어난 황녀란다. 원래대로라면 선기국 황실에서 제일 고귀한 공주였어야 해. 가끔은 정말이지 하늘의 뜻을 헤아릴 수가 없구나……. 어째서, 어째서……."

몸을 일으킨 어머니가 침상 요 아래를 뒤져 무언가를 꺼내 오더니 궤짝 바닥 쪽 틈새를 통해 안으로 밀어 넣었다. 그녀가 넘겨받은 물건은 은은한 옥색을 띤 돌이었다. 형태 자체는 어머니 말대로 연꽃 같기는 했다.

그러나 그녀는 어둠 속에서 조소를 흘렸다.

십중팔구는 결석이겠지. 오주대륙에서 제일 고귀한, 연꽃을 품고 태어난 공주가 평생 궤짝 안에 숨어 살면서 식어 빠진 찐빵 한두 개로 하루하루 연명한다고? 연꽃은 무슨, 사람 잔인하게 놀리는 것밖에 더 돼?

그녀가 밖으로 휙 내던진 연꽃을 허겁지겁 낚아챈 어머니가 왜 그렇게 철이 없느냐면서 발을 동동 굴렀다. 그러더니 연꽃을 다시 침상 밑에 잘 숨기고 돌아와 궤짝에 기대서는, 기대에 찬 투로 말했다.

"언젠가는 저게 네 신분을 증명해 줄 수도 있겠지……."

신분? 세상에 신분만큼 시시한 게 또 있을까.

그녀는 공주 지위에 털끝만치도 관심이 없었다. 만약 저 연꽃으로 자유를 살 수 있다면 당장 무릎 꿇고 연꽃에다 절이라도 하겠지만.

어디 자유가 없을 뿐일까. 단지 어둠과 배고픔이 다겠는가. 허리를 펴지도 못하고 햇빛을 보지도 못하는 고통스러운 생활만이 전부랴. 호소할 수도 없고 저항할 수도 없는, 세상 가장 잔인하고 괴로운, 도저히 견딜 수 있는 것이 아님에도 매일같이 묵묵히 참아 내야만 하는 치욕적 고문은 따로 있었다.

성스러운 연꽃, 더러운 손.

그녀는 소위 길조라는 빌어먹을 연꽃이 사무치게 증오스러웠다. 너무 증오스러운 나머지 머릿속에서 깨끗이 지웠다.

……그녀는 익숙한 냄새가 나는 바람 속에 웅크리고 앉아 손톱을 깔짝거리고 있었다. 손톱 밑 나뭇밥을 파내는 것조차 그녀에게는 무척 조심스러운 일이었다.

언젠가 한 번은 무심코 소리를 냈다가 하필 어머니 방에 와 있던 다른 여자가 들은 적이 있었다. 여자가 의심스러운 기색으로 궤짝을 향해 다가오자 어머니가 후다닥 앞을 막아섰다.

어머니는 떨리는 목소리로 방에 쥐가 있다고 했고, 궤짝 안의 그녀는 밑바닥 쪽 틈새를 통해 지면이 서서히 젖어 들어가는 걸 지켜보고 있었다. 얼룩의 위치는 정확히 어머니의 치마 아래였다.

그때부터는 손톱도 예술을 하듯 파게 됐다. 우선 침을 묻혀서 시간을 두고 불린 다음 나뭇밥을 조금씩 조금씩 파내고, 뭉쳐서 한 덩어리로 만들고, 그걸 닭 다리라고 상상하고…… . 닭 다리를 구경도 못 한 지가 어언 몇 년인지!

영비는 궁녀들에게 몹시 박해서 먹을 거라고 해 봐야 겨우 허기를 면할 정도만 줬고, 작은 실수라도 하면 그날은 밥을 굶겼다. 그런 영비 밑에서 오래 지내다 보니 나중에는 어머니가 가져오는 찐빵 개수만으로도 그날 마마님 기분을 추측해 볼 수 있게 되었다. 찐빵 두 개는 정상, 한 개는 기분이 울적하거나 예민, 아예 없는 날은 영비가 격노해서 궁녀에게 벌을 내린 날…… .

어머니가 찐빵을 하나도 들고 오지 못할 때는 나무판자를 사이에 두고 서로의 배에서 울리는 꼬르륵 소리를 들었다. 가끔 그녀를 달래 주려고 궤짝 안으로 들어오는 손을 밀어내면 어머니는 딸이 토라졌구나, 하고 궤짝 앞에 앉아 밤이 오길 기다렸다가 부엌 음식 찌꺼기 통을 몰래 뒤져서 찐빵 껍질을 비롯해 그나마 상태가 좋은 먹을거리를 추려 왔다. 그러고는 딸 몫 많이, 본인 몫 조금으로 나눴다.

솔직히 말해 구정물 냄새만 잘 처리하면 음식 찌꺼기도 제법

먹을 만했다. 어쨌든 기름 맛은 볼 수 있었으니까.

그녀는 익숙한 냄새가 나는 바람 속에 웅크리고 앉아 나뭇밥이 잔뜩 낀 손톱에 코를 박고 킁킁거리고 있었다. 지난번 찐빵이 없던 날 어머니가 훔쳐다 준 훈제 돼지고기 껍질 반쪽을 회상하며.

홀연, 바람 냄새가 바뀌었다. 향기롭게.

묘하면서도 고귀한 향이었다. 까마득하게 높은 산꼭대기에 핀 설련화를 덮고 있는 눈처럼, 서늘하고 향긋했다.

과하게 진하지 않음에도 존재감이 확실한 향기가 날아들자 세상의 온갖 불쾌한 냄새가 순식간에 지워졌다. 남은 것은 마음을 잡아끄는 그 향뿐이었다. 그녀는 고개를 쳐들고 코 안 가득 숨을 들이쉬었다. 그런 다음 소리 없이 입술을 달싹였다.

제왕의 향기.

언어 능력을 완전히 잃어서는 안 되기에, 그녀는 지난 세월 내내 혼잣말을 멈추지 않았다. 소리는 없더라도 입을 열었다 닫았다 하면서.

이때 갑자기 향기가 짙어졌다. 조금 전까지만 해도 멀어져 가는 것 같던 향이 도로 지척까지 다가왔다. 긴장한 그녀는 궤짝 구석으로 파고들었다.

그런데 그 동작이 되레 그녀의 위치를 확실히 알려 준 것인지, 향기의 주인공이 곧장 궤짝을 향해 걸어왔다. 그녀는 한층 더 긴장했다.

현재 그녀는 고작 다섯 살짜리 어린아이의 몸이었다. 사실 말이 좋아 다섯 살이지, 제대로 먹지도 못하고 어둠 속에 갇혀 지내 온 탓에 덩치는 세 살짜리만도 못했고, 양쪽 다리에는 끈까지 묶여 있었다. 만약 지금 접근해 오는 사람이 악의를 가졌다면 반항할 여건이 안 되는 그녀는 그 악의를 오롯이 받아 낼 수밖에 없는 처지였다.

향기의 주인공이 궤짝 앞에 멈춰 섰다. 궤짝 아래쪽 틈새를 통해 연보라색 바탕에 가장자리는 은색으로 장식된 신발이 보였다. 그 잘 만들어진 신을 신고 있는 발은 의외로 작았다. 아직 어린 소년인 듯했다.

저렇게 화려한 신발을 신고 다닐 정도면 황자 중 하나가 아닐까?

그녀가 몸을 더 바짝 움츠렸다. 불우한 꼬마가 마음씨 고운 황자를 만나 곤경에서 벗어나는 건 소설에나 나오는 이야기다. 세상 풍파를 겪어 본 적 없는 문인들이 현실을 모르고 지어낸 동화에 불과하다. 실제는 오늘부로 어머니까지 함께 발각당해 세상에서 제일 끔찍한 방식으로 죽임당할 가능성이 훨씬 크다.

돌연 궤짝 문이 열렸다. 아무런 기척도 없이. 그녀가 기억하기로는 분명 커다란 자물쇠가 채워져 있었건만, 자물쇠가 풀리는 소리조차 듣지 못했다.

문이 열림과 동시에 미약한 햇빛 한 줄기가 비단 폭 펼쳐지듯 궤짝 안으로 비쳐 들었다. 제일 먼저 눈에 들어온 건 섬세한 턱 선이었다. 턱 선을 따라 눈길을 위쪽으로 옮기자 비단 같은 햇살 속에 비단보다 더 곱고 아름다운 소년이 서 있는 게 보였다. 하늘과 땅 사이에 조용히, 그러나 화려하게 펼쳐져 있는 소년의 자태는 그 자체로 오색 빛깔 찬란한 비단과 다름없었다.

어디 자태뿐일까, 눈빛 또한 비단결같이 미끈했다. 그 미끈한 비단결이 그녀의 자그마한 체구를, 여윈 얼굴을, 산발인 머리를, 겁에 질린 눈동자를 스치듯 훑고 갔다.

어둠에 적응해 버린 그녀의 눈이 기습적으로 비쳐 든 햇빛을 감당 못 하고 가늘게 좁아졌다가 이내 눈물을 펑펑 쏟아 냈다. 눈물로 어슴푸레하게 번진 시야에 상대방의 모습이, 햇살 아래서 반짝이는 바다와도 같이 깊디깊은 눈동자가 잡혔다.

강렬한 햇빛을 감당하지 못하는 그녀의 상태를 눈치챈 듯, 한 걸음 앞으로 나서서 해를 가린 상대가 무릎을 접고 앉으면서 물었다.

"너는 누구지? 왜 궤짝 안에서 자고 있었어?"

그녀는 소년을 보며 난감한 얼굴을 하고 있었다. 궤짝 안에서 나는 냄새가 얼마나 지독한지 잘 아는 탓이었다. 그냥도 난감한 상황인데 향기롭기 그지없는 상대방 앞에서 역한 냄새를 풀풀 풍기고 있으려니 더 난감했다. 하지만 소년은 아무런 냄새도 느끼지 못하는 것처럼 그녀만 빤히 응시하고 있을 뿐이었다.

순간, 뇌리를 스치는 생각이 있었다.

거짓말, 거짓말을 하자. 있는 그대로 말할 수는 없어. 어차피 내가 누군지 알지도 못하잖아. 대충 꾸며내도 눈치 못 챌 거야.

"몸에 바람 들까 봐."

불쑥 입을 연 그녀가 또렷한 발음을 내려고 애를 쓰며 답했다.

"무슨 병이라도 있어?"

소년이 미처 생각지 못했다는 표정으로 다시 한번 그녀를 훑어봤다. 장작개비처럼 가느다란 팔다리. 어디가 아파 보이는 모양새이기는 했다.

"아프면 치료를 받아야지 왜?"

"받고 있어."

이러니저러니 해도 전생에 부교수까지 했던 사람이다. 맹부요의 거짓말에는 막힘이 없었다.

"태의가 한 달 동안 궤짝에 틀어박혀 있으라고 했어. 바람 쐬면 절대 안 된다고."

피식 웃는 소년의 눈에 그늘이 스쳤다. 그러더니 한마디를 툭 던졌다.

"너도 어둠 속에 갇혀 있어야 하는 처지구나……."

그녀가 당황한 표정으로 쳐다보자 소년이 즉시 화제를 돌렸다.

"신분은? 궁녀의 딸인가?"

흠칫한 그녀가 얼른 고개를 가로저었다.

"아니."

소년의 의문스러운 눈빛이 그녀의 심장을 걷잡을 수 없이 쿵쾅거리게 했다. 대체 뭐라고 대답해야 좋을까. 결정을 내리지 못하고 눈동자를 굴리던 중에 소년의 허리 아래쪽으로 길게 드리워진 명주 끈이 보였다.

끈에 매달린 옥석에 전자체로 '하늘이 무극을 보우하사 길이 길이 창성하리라.'는 문구가 각인되어 있었다. 그렇다면 선기국 사람이 아니란 얘기로, 아마 무극국 황자인 모양이었다.

그녀가 알기로 무극국은 선기국과 국경선을 공유하고 있는 대국이었다. 여하튼 다른 나라 황자라면 선기국 황실에 대해서는 아는 게 그리 많지 않을 터.

안도의 한숨을 내쉰 그녀가 작은 소리로 말했다.

"황제 폐하의 막내딸이야."

소년이 깜짝 놀라는 기색으로 그녀를 또 한 번 위아래로 훑어봤다. 어떻게 봐도 황녀 같지는 않다는 생각을 하고 있으리라. 그녀는 알면서도 태연하게 거짓말을 이어 갔다.

"어머니는 내가 병이 있다고 손도 대기 싫어했어. 안아 준 적도 없고. 그러다가 아예 궁녀한테 키우라고 떠넘긴 거야."

아까보다 그늘이 짙어진 눈으로 묵묵히 듣고만 있던 소년이 잠시 후 침묵을 깼다.

"선기국 황실에서 제일 어린 황녀는 올해 여덟 살이라고 하던데."

그녀의 머리가 지끈거리기 시작했다.

무슨 애가 이렇게 영악하담.

한숨밖에 안 나왔다.

"못 들었어? 어머니가 나 싫어한다고! 황실 족보에도 내 이름은 안 올라 있어, 버림받은 자식이니까!"

소년의 눈동자에 흥미가 어렸다.

퍽 재미있지 않은가. 확실히 평범한 꼬마는 아닌 듯한데…….

잠깐 머릿속을 더듬어 보고 난 소년이 물었다.

"이름이 뭐지?"

그녀가 침울하게 고개를 가로젓자 소년이 즉시 의심하는 기색을 내비쳤다. 소년의 눈동자에 적힌 말이 명확히 읽혔다.

'말도 안 돼, 아무리 찬밥 신세여도 이름마저 없을 수가 있나.'

그녀는 최후의 수단으로 소년에게 이부자리 아래를 뒤져 보라는 눈치를 줬다. 살짝 망설이는 듯하던 소년이 결국은 침상으로 가서 요 밑을 뒤적거리더니 작은 연꽃이 손에 잡히자 의아한 표정으로 그녀 쪽을 돌아봤다.

고개를 빳빳이 세운 그녀가 의기양양하게 말했다.

"선기국 황족 중에 연꽃을 품고 태어난 사람은 나 하나야."

이어서 TV 속 공주들이 하던 대로 거만하게 턱을 치켜들고 상대를 내려다보면서 덧붙였다.

"그런 길조는 고귀한 인물한테만 나타나기 마련이지."

자그마한 연꽃을 손안에 꽉 쥐고 있던 소년이 갑자기 활짝 웃었다. 그 찬란한 웃음에 그녀가 잠시 멍해져 있는데, 소년의 목소리가 들려왔다.

"응, 그래. 누구보다 고귀한 공주님!"

웃는 표정으로 허리를 굽혀 그녀의 다리에 매여 있던 끈을 풀어 준 소년이 '누구보다 고귀한 공주님'을 안아서 자기 무릎에 올려놨다.

그녀는 그 자세가 몹시 불편했다. 지난 수년간 누구한테 안겨 본 적이 없어서이기도 했지만, 웬 '남자'가 자기를 어린애 안

듯이 덥석 안아서 무릎에 올려놓았다는 것 자체가 스물두 살 아가씨의 영혼이 소화하기에는 다소 벅찬 상황이었다.

등에 맞닿은 소년의 가슴은 따스했고, 손길은 더할 나위 없이 부드러웠다. 악기를 타고, 차를 우려내고, 시를 쓰고, 그림을 그리는 데나 어울릴 법한 기다란 손가락이 그녀의 머리카락을 사락사락 쓸어내리고 있었다.

간질거리는 감각이 가슴속까지 파고들었다. 가슴속에서 가느다란 현 하나가 잘게 진동할 때마다 팽팽하게 긴장해 있던 의식과 영혼이 조금씩 느슨해지는 것 같았다. 어느덧 온몸이 나른해진 그녀는 세상 제일 따사롭고, 넘실거리고, 투명하고, 너그러운 샘 속으로 빠져들었다.

소년은 그녀의 작은 머리를 자기 어깨에 기대 놓고 탁자에서 빗을 집어 들었다. 그러고는 오랫동안 감지 않아 엉망으로 엉킨 머리카락을 우선 손으로 차근차근, 조심스럽게 풀기 시작했다. 수세미가 된 머리카락이 당겨지면 아플 법도 하건만, 그녀는 조금도 아프다는 느낌을 받지 못했다.

소년의 나이 고작 열 살이나 넘었을까.

그녀는 웃음이 나오려 했다. 전생의 기억에 남아 있는 저 시기 남자애들은 다른 어느 나이 대보다도 제멋대로에, 장난꾸러기에, 반항적에, 틈만 나면 사고를 치는 녀석들이었다. 특히 여자아이들한테 괜히 시비 걸고 그러는 나이 아니던가.

그런데 소년은 물처럼 고요했고, 온유했다. 엉킨 머리카락을 푸는 손동작마저도 마치 꽃송이를 따는 것 같았다.

그녀는 기분 좋은 감각 속에서 나른한 고개를 간신히 틀어 소년을 쳐다봤다. 오뚝한 콧날과 섬세한 턱 선, 붉고도 보드라운 입술이 그리고 있는 유려한 선이 눈에 들어왔다.

그 미색을 조금 더 눈에 담고 싶었는데, 소년이 그녀의 머리를 손바닥으로 톡 치더니 웃음기 섞인 목소리로 말했다.

"얌전치 못하기는."

소년을 보며 마주 웃은 그녀는 문득 그런 생각이 들었다. 남들과 달리 너무 일찍 어른이 되어 버린, 제 나이에 맞는 활발함을 너무 일찍 잃어버린 소년도 아마 그녀와 마찬가지로 춥고 허무한 가슴을 가지고 있는 게 아닐까 하는. 그녀가 그렇듯이 줄곧 웃고 있지만, 어둠 속에서 얻고 공허 속에서 단련된 긴긴 탄식으로부터 한 꺼풀 한 꺼풀 벗겨져 나온 그 웃음은 고독이고 쓸쓸함이요, 어떻게 봐도 아프지 않나 하는.

소년이 친절을 베푸는 것은 자기와 그녀를 동류라고 느껴서가 아닐까?

엉킨 데를 풀고 살살 빗질을 마친 소년이 머리를 땋아 보려 했다. 그러나 빗질까지는 어찌어찌 가능했을지 몰라도, 호사스러운 일상이 몸에 밴 황자에게 머리 땋기란 실로 험난한 도전이었다. 소년은 한참을 머리카락과 옥신각신한 끝에야 차마 눈 뜨고 보기 힘들 정도로 비뚤비뚤한 머리를 완성해 냈다.

장식이랍시고 옥연꽃까지 꽂았지만, 머리 모양이 하도 엉망진창이라 그것마저도 비뚤게 매달려 있었다. 본인의 실패작을 보며 한숨을 내쉰 소년이 처음부터 다시 해 보려는데, 소년의 손길을 저지한 그녀가 머리를 만져 보고 씨익 미소 지었다.

"예뻐!"

그녀가 조용조용 말했다.

"누가 머리 땋아 준 거 처음이야."

그런 그녀를 보는 소년의 눈이 아프게 흔들렸다.

잠시 후 소년이 물었다.

"이렇게 지내는 거…… 벗어나고 싶지 않아? 내가 대신 황제 황후한테 이야기해 줄까?"

그녀가 짐짓 의아한 양 되물었다.

"넌 누구길래 폐하랑 이야기를 할 수 있다는 거야?"

"이웃에서 왔어."

머나먼 남쪽 '이웃집'을 가리켜 보인 소년이 말했다.

"사숙을 따라 선기국을 지나던 길에 사숙께서 오랜 지인을 만나 보고 가야겠다고 하셔서. 기다리는 동안 딱히 할 일도 없 겠다 여기저기 돌아보는 중이었지. 황제 폐하 알현은 지금이라 도 마음만 먹으면 바로 할 수 있어."

그녀는 눈동자를 굴리며 생각했다.

아무리 황자라지만 다른 나라 사람인데, 그냥 지나가던 딴 나라 황자가 선기국 내정에 끼어든다고? 마누라 모시기를 호랑 이 모시듯 하는 황제가 무슨 난리가 날지 빤히 알면서도 나를 자기 딸로 인정해서 정상적인 생활이 가능하게 해 준다고?

그럴 턱이 있나! 도리어 모녀가 쌍으로 끝장날 확률이 압도 적으로 높지.

"안 그래도 돼."

고개를 가로저은 그녀가 둘러댔다.

"상궁이 말해 줬어. 어머니가 나 잘 지내냐고 물어보더래. 그냥 두면 조만간 나갈 수 있을 텐데 괜히 지금 이야기 꺼냈다가 어머니 심기를 거스르기라도 하면 어떡해."

소년이 고개를 끄덕이더니 물었다.

"생년월일시가 어떻게 돼?"

생년월일시라면 자신 있게 대답해 줄 수 있었다. 그녀가 혹여라도 '누구보다 고귀한 공주의 고귀한 탄생 일시'를 잊어버릴까, 어머니가 궤짝 너머에서 귀에 딱지가 앉도록 읊어 준 까닭이었다.

그녀의 대답을 듣고 무언가 곰곰이 생각하는가 싶던 소년이 일어서서 방 안을 뒤지기 시작했다. 그리하여 어렵사리 손에 넣은 것은 꺾어진 몽당붓과 반쪽짜리 먹이었다. 종이도 찾아봤으나 끝내 나오지 않았다.

소년은 고심 끝에 겉옷을 벗었다. 겉옷 안쪽에 입은 의복에도 겉옷과 마찬가지로 빛의 각도에 따라 은은하게 나타났다 사라졌다 하는 무늬가 있었다. 옷자락을 찢어 낸 소년이 빠르게 먹을 갈아서 글자를 써 내려갔다.

소년은 글을 쓰는 중간중간 붓놀림을 멈추고 생각에 잠겼다. 옆에서 얼핏 보니 글의 분량이 상당한 것 같았다.

호기심에 고개를 쭉 빼고 내용을 살펴본 그녀는 눈이 휘둥그레지고 말았다.

선기도!

그녀의 눈앞에 있는 것은 군사 지식으로 짜인 선기도였다. 짧게 훑어보는 사이에만도 기막힌 병법이 줄줄이 읽혔다.

대체 정체가 뭐길래 이렇게 비상한 재주를 가졌지? 준비 없이 붓을 들자마자 그 자리에서 무언가를 써 내려가려면 그게 설령 평범한 시구라 해도 힘들 텐데, 하물며 정교하고 심오한 이치를 담아 어느 방향으로 읽어도 말이 되게 만들어야 하는 선기 병법도라니?

그녀의 반응이 의외였는지, 소년이 고개를 돌려 눈빛을 보냈다. 소년의 눈 안에서 의문을 읽어 낸 그녀는 놀란 표정을 재깍 지우고 아무 생각이 없는 척에 돌입했다. 몇 살 먹지도 않은 꼬맹이가 선기도를 알아보는 건 절대 안 될 일이었다. 그 안에 담긴 오묘함과 신묘함은 더욱 알아봐서는 안 되고.

완성된 선기도를 반으로 찢은 소년이 한쪽을 그녀에게 건넸다. 그녀가 엉겁결에 천 조각을 받아 들자 소년이 빙긋이 웃으며 말했다.

"증표야."

그녀는 아무 말 없이 천 조각을 건네받으며 내심 생각했다.

증표는 무슨. 오늘이 지나면 너는 너대로 호사스러운 황자의 삶을 마저 살 테고 나는 나대로 궤짝 안에서 영원한 어둠을 견뎌야 할 텐데, 설마 다시 얽힐 일이 있으려고?

뒤로 돌아선 그녀가 궤짝을 쳐다봤다. 한번 바깥세상에 나오고 나니 다시는 궤짝 안으로 돌아가고 싶지 않았다.

문득, 모종의 생각을 떠올린 그녀가 말했다.

"잠시만 밖으로 데리고 나가 줘. 바깥 풍경이 보고 싶어."

일단 여기서 데리고 나가 주기만 하면 틈을 봐서 도망칠 작정이었다. 그때부터는 한없이 넓은 세상에서 자유를 만끽할 것이다.

알겠다고 답한 소년이 그녀를 단단히 끌어안고 바람막이로 몸을 에워쌌다. 바람막이 틈으로 밖을 살피던 그녀는 곧 자신이 5년간 갇혀 지낸 장소가 자그마한 곁방이고, 문제의 궤짝은 휘장으로 가려져 있다는 사실을 알게 됐다.

건물 앞쪽으로는 뜰 세 개가 차례로 이어져 있었고, 담장은 연노란색, 담장에 난 문은 진홍색이었다.

그녀는 잔뜩 들떠 있었다. 뜰만 벗어나면 당장 내빼야지, 하고 생각하면서.

그런데 소년이 갑자기 흠칫 굳었다. 걸음을 멈춘 소년은 어디에선가 나는 소리에 귀를 기울이고 있는 것 같았다. 그녀가 품 안에서 불안하게 꼼지락거리자 소년이 그녀의 머리를 아래로 내리눌렀다. 소년의 손에 힘이 들어가 있는 걸 느낀 그녀는 이유도 모른 채 바짝 긴장해서 그대로 얼어붙어 버렸다.

곧이어 가느다란 목소리가 들려왔다. 소년의 목소리인 것 같기는 한데, 아주 낮게 억눌려 있었다.

"먼저 처리해야 할 일이 생겼어. 일단 돌아가 있으면 이따가…… 다시 데리러 올게. 어때?"

실망스러웠다. 그러나 지금은 남의 손에 자유를 저당 잡힌 상황, 조급증을 내서 될 일이 아니었다. 그녀는 얌전히 고개를 끄덕였다.

소년은 그녀를 원래 있던 곁방으로 다시 데려다주었다. 어머니는 아직 돌아오기 전이었다.

그녀는 창가에 붙어서 소년이 높은 담장을 날듯이 뛰어넘는 모습을 넋 놓고 지켜봤다. 하늘을 나는 새와도 같은 그 자유로움이 너무나 부러운 눈으로.

다음 순간, 소년이 공중에서 뒤를 돌아봤다. 고개를 트는 동작이 긴 흑발을 허공에 너울너울 풀어 놓았다. 반짝이는 눈동자 아래로 소년의 입술이 작게 달싹거리는 게 보였다. 입 모양을 통해 그녀가 한 자 한 자 읽어 낸 말은 이러했다.

'올 때까지 기다려.'

찬란하게 빛나는 가을 햇살을 배경으로, 그녀를 돌아보는 소년의 눈에는 진심이 담겨 있었다. 그 눈빛을 본 그녀는 의심 없이 고개를 끄덕였다. 소년은 한번 뱉은 말은 반드시 지킬 사람이었다.

그렇게 생각했기에, 그녀는 방 안을 한 바퀴 둘러보고 머리에 꽂았던 옥연꽃을 빼서 침상 아래에 도로 넣어 두고는 처음으로 자진해서 궤짝에 들어갔다. 소년이 돌아오길 기다리며.

그러나 소년은 오지 않았다. 다시는 돌아오지 않았다. 그녀는 그날 밤 자기 자신을 잃어버렸다.

어느 세상에서 불어왔는지 모를 바람이 피비린내와 괴상한 악취를 실어 왔다. 그 냄새, 그 냄새…….

그녀는 어둠 속에 웅크려 앉아 소년을 기다리고 있었다. 희망이 차츰차츰 사그라져 가던 그때, 뚜벅거리는 발소리가 들려왔다. 그녀는 소년이 돌아온 줄로만 알고 반가운 마음에 궤짝 밖으로 튀어 나가려 했다. 그러나 바로 뒤이어 들려온 것은 낯선 여자아이의 낭랑한 목소리였다.

"여기서 봤다더니? 어디 있다는 거지?"

더 많은 발소리가 한꺼번에 밀려들었다.

그녀는 소스라치게 놀라 숨을 죽였다. 누군가 작게 소녀의 질문에 답하는 것 같더니 '철썩' 하고 뺨을 치는 소리가 났다.

소녀가 느릿한 투로 말했다.

"대체 너희 따위를 어디다 쓰려고 밥 먹여 주면서 데리고 있는 건지. 쓰레기 소리도 아까운 것들 같으니!"

심기가 몹시 불편해 보이는 여자아이가 빽 소리를 질러 아랫사람들을 몰아내고 나자 주위에 적막이 찾아들었다. 그녀는 여자아이가 한시라도 빨리 자리를 떠 주기를 빌었다. 이따가 소년이 돌아왔는데 다른 사람이 있으면 그녀를 빼내 줄 수가 없지 않나.

적막이 이어지길 한참, 이쯤이면 갔으려니 하고 몸을 움직이는 참인데 곁방을 향해 곧장 가까워지는 발소리가 들리더니 여자아이가 방으로 들어왔다. 무언가 대단히 짜증스러운 일이 있는지 방 안을 신경질적으로 왔다 갔다 하면서, 소녀가 작게 중얼거렸다.

"옥형 삼촌이 분명 동성에 당도했다고 그랬는데 왜 궁에는 안 들어왔지? 내가 오래전부터 만나고 싶어 한 걸 몰라서? 설마 나에 대해 못 들어 본 거야? 오주대륙의 전설로 꼽히는 황자라면 당연히 대륙에서 가장 존귀한 공주님을 만나 봐야 하는 거 아니야?"

공주님……. 황후의 막내딸인가? 공주 칭호를 받았다는. 오주대륙의 전설이라는 황자는…… 아까 그 소년이고?

이래저래 생각이 많아졌다.

저 애, 아까 그 소년한테 관심이 많은 모양이지? 하기야, 그렇게 빛나는 인물인데. 둘도 없을 절세 미모에, 말 몇 마디 하는 것만 들어 봐도 머리가 비상한 티가 줄줄 나, 아까 그린 선기도는 어떻고. 세상에 누가 또 그런 걸 그려 낼 수 있겠어? 또래 여자애라면 마음이 가는 게 당연하지 않나? 오주대륙 황족들은 혼인을 일찍 하니까 그 나이면 혼약을 맺을 때도 됐지.

한창 생각에 빠져 있는데 어째 갑자기 주위가 조용해진 느낌이었다. 무심결에 아래쪽을 내려다본 그녀는 자기가 선기도를 제대로 간수하지 못했음을 깨달았다. 품에서 빠져나온 선기도가 궤짝 아래쪽 방바닥으로 절반쯤 흘러내려 있었던 것이다.

머릿속에 벼락이 쳤다. 저걸 주워야 할지, 아니면 그냥 둬야 할지, 순간적으로 판단이 서질 않았다.

공주가 과연 봤을까? 만약 지금 주변이 조용한 게 선기도를 뚫어져라 쳐다보고 있기 때문이라면, 괜히 주우려다가 정체만 발각당하는 거 아닐까?

그녀가 마음을 정하기도 전에 궤짝 문이 또 한 번 기척 없이 열렸다. 이번에는 아까보다도 더 갑작스러웠다. 발소리조차 듣지 못했으니까.

부용화가 층층이 수놓인 다홍색 치맛자락이 눈앞에 펼쳐졌다. 셀 수 없이 많은 구슬이 치마폭 위에서 오색찬란하게 반짝이고 있었다.

"으음?"

소리가 들리더니 눈처럼 새하얀 손이 궤짝 안으로 들어와서 대뜸 그녀의 턱을 들어 올렸다.

눈과 눈이 마주쳤다.

그녀가 마주한 것은 가을날의 맑은 호수였다. 순흑이 아니라 미미한 갈색이 섞인, 심원한 색채의 눈동자. 아득히 멀리에 진하게 그려진 해안선을 바라보는, 또는 겹겹 산맥 너머 1만 리밖에 떠오른 별빛을 보는 느낌이었다. 언뜻 묵직하고 정적으로 보이나 가까이 달려가 보면 동적인 너울거림을 발견하게 되는, 그런.

아주 특별하고도 아름다운 눈동자였다. 그 눈동자 안에서는 무어라 형언하기 힘든 광채가 빛나고 있었다. 가슴을 건드리는 소년의 따사로운 눈과도, 이따금 보는 어머니의 비통하고 절망적인 눈과도 달랐다. 이 소녀의 눈동자는 변덕스러운 눈빛 탓에 밑바닥이 들여다보이질 않았다.

상대에 대한 멸시가 배어 있는 자세로 그녀의 턱 끝을 들어 올린 채, 소녀가 한 자 한 자 내뱉었다.

"넌 뭐야?"

이번에는 얼렁뚱땅 넘어갈 수 없으리라. 그녀는 아무 말도 하지 않고 고개를 틀어 소녀를 외면했다.

소녀는 더 캐묻는 대신 그녀를 위아래로 한 번 훑어본 후, 이어서 방 안을 쓱 둘러봤다. 그러는 사이 대충 알 만하다는 눈빛이 된 소녀가 이내 고개를 까딱거리면서 찬웃음을 흘렸다.

"하, 요것 봐라?"

눈을 내리뜬 소녀가 선기도를 발견하더니 눈을 번뜩 빛내면서 표정을 바꿨다. 그림을 한 번, 또 한 번 세세하게 살펴본 소녀가 눈을 지그시 감았다. 내용을 암기하고 체화하려는 것처럼. 그러더니 곧 선기도를 자기 옷섶 안에 챙겨 넣으려 했다.

당황한 그녀가 그림을 향해 다급히 손을 뻗었다. 오랫동안 자르지 않은 손톱이 새하얀 소녀의 손등에 눈이 시리도록 선명한 다섯 줄기 혈흔을 남겼지만, 그녀는 아랑곳하지 않고 선기도를 낚아채 허겁지겁 품에 밀어 넣었다.

소녀가 흠칫했다. 설마하니 자기 손에 있는 걸 빼앗아 갈 줄은 상상도 못 한 모양이었다.

그녀를 뚫어져라 노려보는 사이, 소녀의 눈썹이 천천히 올라갔다. 조금 전의 차분하고 온화한 인상은 온데간데없이 사라지고, 짙은 독기가 그 자리를 대신 채웠다. 어린애가 뿜어내는 것이라기에는 스물두 살의 영혼을 가진 그녀조차도 진저리가 쳐질 정도로 독살스러운 기운이었다.

곧이어 소녀가 싱긋 웃었다. 단, 입 모양만이었다. 소녀의 눈빛은 웃음기가 있기는커녕 송곳처럼 싸늘했다. 그러더니 돌연 그녀의 얼굴에다 대고 옷소매를 휙 떨쳤다.

"그게 뭐나 된다고."

소녀가 웃었다.

"개 작품인가? 그래서 뺏기기 싫은 거야? 어쩐지, 아까 여기 있었다고 하더니. 널 봤어? 봤어?"

문장 말미에 반복된 질문 중 두 번째는 얼음판을 헤집는 듯한 한기 그 자체였다.

"널? 너 따위를?"

소녀가 궤짝 안의 그녀를 훑어보며 입꼬리를 비틀어 올렸다. 자기와는 비교도 안 되게 초라한 계집애한테 밀렸다는 사실이 퍽 분한 듯하더니, 갑자기 또 웃음을 흘렸다. 부드러움을 넘어 자애롭기까지 한 미소가 허름한 방 안에 꽃처럼 만개했다.

소녀가 부드럽게 말했다.

"내 손으로 직접 그 품에서 끄집어낼 필요까지는 없겠지. 더러워."

그러더니 미소를 머금은 채로 궤짝 문을 닫고서 어디서 났는지 모를 자물쇠를 찰칵 채웠다. 궤짝 안으로 비쳐 들던 빛이 가느다란 선으로 수렴해 사라지는 순간, 소녀가 한마디를 던졌다.

"조만간 얌전히 내놓게 될 거야."

굳게 잠긴 궤짝 아랫면, 햇빛이 스며드는 가느다란 틈새를 소녀의 화려한 치맛자락이 스치고 지나면서 무지개 색 광채를 반사했다. 치맛자락은 곧 느릿느릿 궤짝에서 멀어져 갔고, 존귀한 공주님은 그걸 끝으로 방을 나가 버렸다. 안도의 한숨을 내쉰 그녀는 어둠 속에서 조용히 어깨를 끌어안고 앉아 다시금 소년을 기다리기 시작했다.

공주의 성격으로 봐서는 분명 무언가 꿍꿍이가 있어서 그냥 간 것 같은데, 알면서도 그녀는 아무런 대응도 할 수 없었다. 그저 어둠 속에 웅크리고 앉아서 예측 불허의 운명을 기다리는 것 말고는.

부디 와 주기를, 부디 와 주기를…….

얼마 안 가 바깥에서 또 누군가의 발소리가 들려왔다. 이번 에는 꼼짝 않고 있길 잠시, 곧 그게 어머니 발소리라는 걸 알 수 있었다. 걸음새가 어째 다급했다.

어머니 뒤쪽에서 다른 사람이 걸어오는 소리도 들렸다. 어머니의 것만큼이나 익숙한, 치 떨리게 증오스러운 발소리였다.

사지가 덜덜 떨리기 시작했다. 몸이 추워졌다 더워지기를 반복했다. 꺼끌꺼끌한 모래 알갱이가 목구멍을 짓이기는 느낌이었다. 목구멍에서 피가 울컥 올라오는 것 같았다.

싫어, 싫어, 싫어, 싫어!

바깥에서 이야기를 나누는 소리가 희미하게 들려왔다.

"……마마께서 부르신대요. 제 일은 벌써 파하고 나왔는데, 왜 또 찾으시는지 모르겠어요. 노 공공, 저 대신 좀 봐주세요."

"아무렴! 걱정 말고 다녀와."

사람 좋은 목소리.

"번번이 귀찮게 해 드려서……."

어머니가 눈물을 훔치는 것 같았다.

"낳을 때도 공공께서 도와주셨는데, 보답도 제대로 못 하고……."

"그런 소리는 뭐 하러 해."

남자의 목소리는 언제나 사람 좋고 자상한 느낌이었지만, 그녀는 들을 때마다 구역질이 나고 온몸이 벌벌 떨렸다. 배 속에서 역류한 것들이 울컥울컥 목구멍까지 치고 올라오는데, 그렇다고 시원하게 토해 낼 수 있는 것도 아니었다. 넘어오다가 만 덩어리들이 중간에 걸려서 코를 찌르는 냄새를 풍겼다.

숨이 막혔다. 그녀는 질식감 속으로 서서히 가라앉고 있었지만, 정작 밑바닥에는 닿을 수 없었다. 머리 꼭대기까지 차오른 어둠과 증오 속에서 발버둥 치며 언제까지고 부침을 반복할 뿐이었다.

가슴을 쥐어뜯으면서 몇 번이고 도움을 갈구하는 사이, 살갗이 손톱에 파헤쳐져 피투성이가 됐다.

이리 못 오게 해 줘! 못 오게 해 줘! 제발 막아 줘!

식은땀으로 흠뻑 젖은 그녀는 궤짝 안에서 소리 없이 몸부림쳤다. 매번 이 상황이 오면 언어 능력이 완전히 마비되어 버렸다. 벌 떼처럼 몰려나온 어휘들이 가슴팍을 틀어막고, 세상이 산산이 부서져 내려 그녀를 파묻었다.

어머니는 그녀의 소리 없는 울부짖음과 구조 요청을 듣지 못한 채, 불안한 마음을 안고서 자리를 떴다. 그게 마지막이었다. 어머니가 자기 발로 자기 처소에 걸어 돌아올 수 있었던 것은.

묵직한 발소리가, 커다란 발이 지면을 지르밟는 소리가 점점 가까워졌다. 조금은 기괴한, 조금은 흥분된, 조금은 음흉한 웃음소리와 함께.

오지 마! 오지 마! 오지 마! 제발 오지 마!

소리 없는 외침과 발악은 그녀가 처참한 5년을 보내는 동안 아무런 도움이 되어 주지 못했다. 천 일이 넘는 시간 내내 마찬가지였다.

궤짝 아래쪽에 난 틈으로 자색 옷자락과 검은색 헝겊신을 신은 커다란 발이 보였다. 지난 수년간 수시로 봐 온, 악몽과도 같은 작자의 모습이었다.

궤짝 틈새를 통해 태감 특유의 오줌 지린내를 풍기는 창백한 손이 들어왔다. 유달리 길고 가느다란 손가락이 느릿느릿 움직이는 모양새가 꼭 뱀이 기어오는 것처럼 보였다.

안으로 들어온 손이…… 뱀처럼 꿈틀거리면서 사냥감을 물색하기 시작했다. 남다른 손가락 길이와 굵기를 십분 활용해 어둠 속을 자유자재로 누비면서, 어린 몸뚱이의 감촉을 찾아다녔다.

그녀는 바들바들 떨면서 다리를 오므리고 죽자 사자 궤짝 구석으로 파고들어 갔다. 언제나 하는 생각이지만, 자신을 악취나는 나무판 속으로 쑤셔 넣지 못하는 게 한일 따름이었다. 먼지가 되어도, 나뭇밥이 되어도, 공기가 되어도, 그 무엇이 되어도 다 좋으니 제발 이 순간만은 나 자신이 아닐 수 있다면.

뱀은 그사이에도 궤짝 안을 소리 없이 휘젓고 다니는 중이었다. 그녀는 눈물범벅이 된 채, 어둠 속에서 머리로 궤짝 문을 쿵쿵 들이받았다.

데리러 오겠다고 약속했으면서, 약속해 놓고! 왜 안 오는 거야? 왜 안 오는 거야!

창백하고, 길고, 가느다란 손가락이 뱀처럼 슬금슬금 기어와 그녀의 몸을 슬쩍 타고 올랐다가, 다시 슬쩍 내려가기를 반복했다. 태감은 그 술래잡기 과정 자체를 즐기는 듯했다. 공허하고 무미건조한 삶 가운데 흔치 않은, 사내도 여인도 아닌 밑바닥 인생이 다른 사람의 의지와 육체를 마음대로 가지고 놀 수 있는 유희를 찾아낸 양.

자기보다 훨씬 작고 힘없는 어린아이 앞에서 그는 오래전에 잃어버린 강대함을 되찾았고, 이는 비극적인 그의 인생에 주어진 최고의 보상이었다.

태감은 흥분에 젖어 히죽거리면서 길고 창백한 손가락을 슬슬 움직였다. 그렇게 한참을 즐기다가 더는 못 참겠다 싶은 순간이 오자 미리 위치를 파악해 뒀던 부위를 정조준해 손을 뻗었다.

"아악!"

"아악!"

식은땀에 흠뻑 젖은 채 침상에서 튀어 오른 맹부요가 그대로 바닥으로 떨어지면서 탁자를 넘어뜨리고, 의자를 박살 내고,

휘장을 잡아 뜯고, 등불을 짓이기고, 폐부가 찢어져라 소리를 질렀다.

그녀는 이불에 뒤엉켜 허우적대면서 무작정 밖으로 뛰쳐나갔다. 얼굴은 온통 땀으로 번들거렸고 눈은 흰자위마저 검게 물들어 있었다. 한없는 흑색. 그것은 무한한 암흑, 한 인간이 감당하기에는 너무 버거운 무게였다.

천 일 넘게 이어진 지옥 같은 궤짝 속 생활, 끝날 줄 모르는 배고픔과 침묵, 허리조차 펼 수 없는 비좁은 공간, 견디기 어려운 무더위와 혹한, 등잔불과 등롱 불빛 말고는 아무것도 볼 수 없는 어둠의 나날들, 궤짝 안에 갇혀 다리가 묶인 채 변태 태감에게 추행과 능욕을 당하면서도 반항 한 번 하지 못한 세월…….

아아, 왜 굳이 알아야만 했는가? 왜 굳이 알아야만 했는가? 왜 굳이 알아야만 했는가? 세상 가장 비통하고, 무겁고, 서럽고, 절망적인 슬픔과 치욕을!

14년간 깊이 묻어 놨던 악몽을, 사는 동안 다시는 대면하고 싶지 않았기에 망각을 택한 악몽을, 왜 굳이 피를 내며 헤집어서, 피투성이 과거를 통해 세상 가장 큰 비애와 싸늘한 그늘을 마주하게 만드는가.

맹부요는 절규를 토하면서 회오리바람처럼 밖을 향해 돌진했다. 무엇을 들이받고 싶어서 돌진하는 것인지는 그녀 자신도 알지 못했다. 다만 이 순간에는 온 천지와 온 우주가 다 그녀의 원수였고 운명 앞에 가로놓인 얼음산이었다.

지금껏 그녀는 번번이 그 산에 머리를 박아 피 흘리고, 자신의 잘린 팔다리와 난도질당한 살점이며 핏물 한복판에서 신음하면서도 항상 안간힘을 다해 땅을 짚고 일어섰지만, 그래 봤자 금방 또 거대한 빙하가 칼날처럼 서슬 퍼렇게 번뜩이며 내리꽂혀 정수리를 뚫고 들어왔다.

그녀의 울부짖음이 드넓은 역관 전체를 뒤흔들었다. 검은 폭풍으로 화한 그녀는 방 안 가구들을 마구잡이로 휩쓸면서 우당탕탕 밖으로 돌진했다.

돌연 하얀 형체가 시야를 스쳤다. 옆방에 있다가 뛰쳐나온 종월이었다. 맹부요는 눈앞에 있는 사람이 누군지 분간할 수 있는 상태가 아니었다. 새하얀 그림자를 본 그녀는 반사적으로 빙산을 떠올렸다.

자신의 인생에 가로놓인, 깨부숴야만 하는 빙산!

그녀는 포효와 함께, 앞뒤 가릴 것 없이 빙산을 향해 달려들면서 전력을 다해 일 장을 내뻗었다.

'파앙' 소리가 나는 동시에 양쪽 모두 넘어져서 수 장에 달하는 거리를 밀려났다. 맹부요가 바로 이어서 발차기를 날리려들자 종월이 그녀를 옴짝달싹 못 하게 끌어안았다.

두 사람이 한 덩어리로 뒤엉켜 나뒹구는 동안 맹부요가 내뿜는 진기로 인해 땅이 쩍쩍 갈라지고 주변 꽃나무가 우르르 쓰러졌다. 종월은 맹부요가 혹여 제힘에 다칠까 팔다리를 옭아매는 한편, 머리 위로 내리꽂히는 나무까지 피해 가며 뒹구느라 꼴이 말이 아니었다.

자색 그림자가 허공을 스치며 날아왔다. 장손무극이었다. 그가 맹부요를 일으켜 세우려고 손을 뻗자 종월이 번쩍 고개를 들었다.

"아니!"

종월은 맹부요가 무차별적으로 뿜어낸 진기에 다쳐 그 잠깐 사이에 벌써 온몸이 피범벅이었다. 그러나 하얀 백의는 비록 피로 붉게 물들었을지언정, 장손무극이 내민 손을 단칼에 거절하는 그의 눈빛은 여전히 예리하게 살아 있었다.

종월은 맹부요를 끌어안고 이리저리 계속 구르면서 그녀가 마구잡이로 내쏘는 진기를 온몸으로 받아 냈다. 그러는 한편, 허리춤에서 금침이 든 비단 주머니를 끄집어내 한 손으로는 맹부요를 붙들고 다른 손으로는 빠르게 침을 꽂았다.

장손무극은 그 즉시 주변 경계에 돌입해 소맷자락을 휘둘러 이쪽저쪽에서 쓰러지는 나무를 쳐 냈다.

맹부요는 한시도 가만히 있지 못하고 미친 듯이 바닥을 뒹굴고 있었다. 그러나 천하제일 신의로 불리는 종월은 그 와중에도 혈 자리를 정확히 짚어 내 나는 듯한 손놀림으로 침을 놨다.

종월 역시 목숨을 내놓고 하는 일이었다. 그의 품에서 벗어나기 위해 맹부요가 연달아 장법을 펼치고 있었던 것이다. 종월은 그녀가 손바닥을 내뻗는 중간중간 생기는 짧은 간격을 이용해 민첩하게 침을 꽂았고, 금침이 하나씩 몸에 꽂혀 가면서 마침내 맹부요의 장법에서도 서서히 힘이 빠지기 시작했다.

맹부요의 상태가 진정되어 가자 밖으로 뿜어져 나왔던 진기도 마치 살아 있는 생명체처럼 느릿느릿 꿈틀거리면서 몸으로 돌아갔다. 그녀의 진기는 이전보다 견고하고 웅혼해져 있었다.

멀리서 보면 옥여의가 무리 지어 공기 중에 떠 있는 듯한 모습이었다. 옥석 혹은 진주를 연상시키는 광택을 발하며 일렁이는 여의의 형태가 얼마나 생생한지, 꼭 손을 대면 만져질 것 같았다. 그새 다음 경지로 올라선 것이다!

종월이 줬던 환약의 마지막 약효와 강력한 상행 진기가 만나면서 순간적으로 두 단계를 뛰어넘어 7성 3단계 '여의如意'를 달성한 상태, 이제 8성도 코앞이었다.

물론 이러한 결과가 있기까지는 종월의 희생이 큰 역할을 했다. 종월이 맹부요를 안고 뒹구는 동안 한 일은 단지 그녀가 다치지 않도록 챙기고, 침을 놓은 게 전부가 아니었다. 그는 맹부요의 손바닥에 가격당하면서도 자신의 진력을 그녀에게 흘려보내 강력한 힘의 폭발로 인해 손상된 경맥을 복구시키고, 다음 경지로의 진입이 완벽히 이루어질 때까지 내내 그녀를 보살폈다.

이제 맹부요는 땅바닥에 늘어진 채 천천히 진기를 회수하고 있었다. 한편, 종월은 연신 기침을 하면서도 장손무극의 부축을 거절하고 자기 힘으로 몸을 일으켰다. 그러고는 아무 말 없이 앉아 있다가, 한참 만에야 입을 열었다.

"부요가…… 정말 그……?"

장손무극이 고개를 틀어 그를 외면했다. 차마 답을 입 밖으로 낼 수가 없는 듯했다.

온통 상흔으로 뒤덮인 풍경 한복판, 두 사람 사이에 침묵이 흘렀다. 하나는 이내 고개를 숙이고 나지막이 기침을 뱉었고, 다른 하나는 고개를 들고 조용히 달만 올려다봤다. 기침하는 쪽은 끝도 없이 피를 뱉어 냈고, 달을 보는 쪽은 스산하고 구슬프기 그지없는 표정이었다.

그때껏 땅바닥에 누워 있던 맹부요가 잠시 후 지친 목소리로 말했다.

"둘 다 그만 가 봐요."

어느 쪽도 대답이 없었지만, 맹부요는 그냥 눈을 감아 버렸다. 말도 하기 싫고 캐묻기도 싫었다. 그날 어머니가 불려 간 후 무슨 일이 있었는지 묻고 싶지 않았다. 그녀는 꿈의 결말을 보기 전에 기억 가장 깊은 곳에 묻어 놨던, 다시는 마주하고 싶지 않았던 상처로 인해 잠에서 깨어났고, 본능적으로 나머지 이야기를 회피하는 쪽을 택한 뒤였다.

장손무극에게 왜 돌아오지 않았냐고 묻기도 싫었다. 물어 봐서 무엇할까. 어차피 그 모두가 운명이었던 것을.

그녀, 맹부요의 운명.

오주대륙 전체가 부러워하는 맹부요의 운명.

3국에 영지를 가진 대한 한왕이자 헌원 국사, 혁혁하고 영광스러운 맹부요의 운명이란 바로 이러한 것이었다. 어둡고, 무겁고, 쓰라리고, 절망적인.

"살려 줘!"

한쪽에서는 야수와도 같은 울부짖음이 이어지고 있었다. 종월의 극단적인 처방으로 정신이 돌아온 노로는 이 순간 누군가가 느끼고 있는 인생의 무상함도, 과거 자신이 어둠 속에서 꼬박 5년을 능욕했던 아이가 바로 지척에서 번쩍 고개를 들었다는 사실도 알지 못했다.

노로는 그저 혼란스럽고 몽롱했다. 그는 온 천지가 핏빛이라는 생각에 사로잡힌 채 밖으로 뛰쳐나왔다. 근래의 일들은 모조리 색채를 잃고, 지금 그의 머릿속에 남아 있는 것은 지울 수 없는 14년 전의 기억뿐이었다.

어둠 속의 여자아이, 손끝에 닿던 따뜻하고 보드라운 살갗, 몰래 아이를 낳은 사실을 황후에게 들킨 궁녀 허완, 허완이 궤짝 맞은편 침상에 묶여서 당한…… 산 사람에게 끓는 물을 끼얹고 뼈가 드러날 때까지 강철 솔로 온몸의 살점을 긁어내는 끔찍한 형벌 '소세梳洗', 궤짝 안에서 그 모든 참상을 지켜보고 있던 새빨간 눈…….

천지간에 가장 참담하고 쓰라린 한이 한 글자 한 글자 새겨진, 그 숯덩이처럼 빨간 눈은 다섯 살 어린아이의 것이라기보다는 구유 지옥에 1천 년을 갇혀 있었던 마신의 것에 가까워 보였다. 그 눈에서 옮겨붙은 불이 그때부터 하루하루 노로를 괴롭혔다. 긴 세월 가슴속에서 명멸을 반복하며 그의 정신을 차츰차츰 갉아먹었다.

그러다가 이 순간에 이르러, 노로는 또 한 번 그 눈을 마주했다. 핏빛의, 새카만, 칼집을 나온 명검처럼 싸늘한 빛을 발하는, 감옥을 뛰쳐나온 마신의 눈처럼 살기등등한…… 맹부요의 눈.

노로를 본 맹부요가 지면을 박차고 올랐다. 순식간에 허공을 가로질러 수 장 거리를 뛰어넘은 그녀는 다음 순간, 노로의 가슴 깊숙이 손을 박아 넣었다.

바람이 한차례 주변을 휩쓸고 지나가면서 여인의 새하얀 옷자락을 말아 올렸다. 바람을 타고 너울거리는 순백의 옷자락은 마치 장례 행렬 맨 앞의 깃발처럼 보였다. 휘날리는 옷자락과 달리 그녀의 몸과 손가락은 흡사 강철로 만들어진 양 일말의 떨림조차 없었다. 가슴을 꿰뚫린 노로 역시 움직임이 없기는 마찬가지였다.

밤의 어둠 속에 서 있는, 생명이 깃든 인물상 둘.

한참이 지나, 노로의 입가에 홀가분한 웃음이 걸렸다.

마침내 벗어난 것이다……. 이 순간을 얼마나 기다렸던가.

그의 기다림은 붉은 눈에 시달리느라 밤잠을 못 이루던 나날들로부터 시작됐다. 그러다가 나중에는 그림을 그렸다. 그림을 그릴 때면 그 어린 계집아이가 바로 옆에서 지켜보고 있다는 생각이 들었다. 그려서는 안 될 그림이란 걸 알았지만, 밤낮으로 그를 지켜보는 붉은 눈동자 탓에 마음대로 멈출 수도 없었다. 그리지 아니할 수 없어 계속 그리던 그림이 급기야는 우연히 근처를 지나던 폐하의 눈에까지 띄었다.

그때 그는 직감했다.

곧 끝나겠구나, 그래, 이제 곧이겠구나.

그리하여, 끝이 났다.

선한 이에게든 악한 이에게든, 인생은 누구에게나 고난이다. 그래서 사람들은 모두 끝이 오기를, 삶과 죽음의 맛을 삼킬 날을 기다린다.

노로는 웃고 있었다. 점차 냉정을 되찾아 가는 날카로운 두 눈을 보며, 시종일관 바윗돌처럼 흔들림 없는 손을 보며.

다섯 살 먹도록 궤짝에 갇혀 살던 아이가 마침내 어른이 된 것인가?

아이는 이제 충분히 강대해진 뒤였다. 맨손으로 그의 심장을 후벼 팔 만큼. 그때는 그의 손이 아이의 몸을 만졌고, 이제 아이의 손이 그의 심장을 후벼 파고 있었다. 참으로 공평하게도.

그는 냉혹한 세상을 마지막으로 한 번 더 둘러보면서, 슬슬 허물어져 내릴 준비를 했다. 이대로 서 있는 건 너무 피곤한 일이었다. 그러다가 문득, 눈길이 한 지점에 멈췄다.

맞은편에 서 있는 백의의 남자. 낯선 듯 낯설지 않은 얼굴, 독특한 우아함을 풍기는 늘씬한 체형, 온몸이 피에 젖었음에도 티끌 한 점 묻지 않은 양 정결한 느낌을 주는 특유의 분위기…….

저 사내는!

노로는 부들부들 떨기 시작했다. 불안정하게 흔들리는 시야에 자신이 그렸던 세 번째 그림이 겹쳐졌다. 오래도록 같은 그림을 그려 온 연유로 그는 그림 속 등장인물 한 명 한 명의 동작과 표정을 한시도 잊어 본 적이 없었다. 인물들의 모습이 변할 만큼 긴 세월이 흘렀어도 그의 기억은 사소한 점까지 여전히 또렷했다.

그림 속 황후 곁에 서 있던 수려한 외모의 소년이 천천히 그림 밖으로 걸어 나와 흰옷을 입은 남자에게로 가서 하나로 합쳐졌다. 노로는 당시 소세 형이 집행되는 침상 앞에 서 있는 소년을 보았고, 소년이 궤짝 문을 여는 것을 보았으며, 소년이 조용히 하는 말을 들었었다.

'진정 강해지기 전까지는 모든 한을 잊어라.'

그때 그, 그때 그…….

노로의 손가락이 종월을 가리켰다. 이미 생기를 잃어 더 이상은 제대로 된 발음조차 만들어 낼 수 없는 잇새로, 그는 벌벌 떨면서 안간힘을 다해 말을 뱉어 냈다. 매 음절을 뱉을 때마다 가슴에서 피거품이 울컥울컥 뿜어져 나왔다.

"……저 사내는……, 너의……, 너의……."

그때였다. 맹부요가 그의 가슴에서 무심하게 손을 뽑아냈다. 지금껏 서서 말을 할 수 있도록 그를 지탱해 주던 마지막 버팀목이 사라지자 수많은 과거지사와 비밀을 품은 몸뚱이가 '쿵' 하고 쓰러졌다. 선혈이 뱀처럼 땅바닥을 기어가다가 지면에 남아 있던 균열로 흘러들어 흔적도 없이 모습을 감췄다.

흙에서 난 자, 흙으로 돌아가리니.

일생을 통째로 황궁에 바친 태감. 그는 맹부요의 인생에서 그녀가 자기 자신을 껍질 안에 가두게 만드는 악역을 맡았지만, 어쩌면 본질적인 악인은 아니었는지도 모른다. 그저 뒤틀린 운명이 그를 비정상적인 욕망의 길로 인도했고, 그는 거기에 저항하지 못해 한 인간의 5년 인생을 검게 색칠하고 만 것이리라. 그리고는 한평생 형벌에 시달리다가 드디어 마지막 심판의 순간을 맞은 것이다.

태감에 대한 심판은 이로써 종결되었다. 그가 갈 곳이 천당이든 지옥이든, 원치 않는 그림을 억지로 그릴 일은 이제 없을 터였다.

그러나 다른 자들에 대한 심판은?

"노로!"

처절한 비명에 이어, 철성의 감시하에 있던 여인이 달려왔다. 주군을 염려한 철성이 자리를 비우자, 그 틈을 타 밖으로 빠져나왔다가 노로의 죽음을 목격한 것이었다. 여인은 노로의 시신 위에 엎어져서 죽네 사네 통곡을 했다.

노로가 생전에 얼마나 인정 많고 선했는지 한참 넋두리를 늘어놓더니, 그런 노로를 죽인 악랄한 자가 끝이 좋을 줄 아느냐며 저주를 퍼부었다. 이에 분개한 철성이 여인의 입이 팩 돌아가도록 따귀를 올려붙였다.

맹부요는 꼼짝 않고 제자리에 서 있었다. 손에 묻은 피조차 닦지 않았다. 단지 차가운 눈으로 여인을 내려다보다가 이내 눈길을 바닥에 널브러져 있는 송장에게로 옮겼다.

저렇게 추악한 자도 진심으로 대해 주는 사람이 있는데, 내 어머니는? 아름답고 한 많던 허완, 그녀의 일생에는 단 하루라도 행복한 날이 있었을까? 그녀를 비참한 결말로 몰아넣은 남자는 일찌감치 그녀를 잊은 채 그 악독한 여자를 끼고 옥좌에 앉아 있건만.

황금 새장이 키워 낸 쓰레기들. 저지를 줄만 알지 책임질 줄은 몰라서 죄 없는 사람을 어둠 속에서 피투성이로 허덕이게 만드는.

아무런 표정 없이 꼿꼿하게 서서 턱을 치켜들고 있던 맹부요가 종월이 다가서자 한 걸음 뒤로 물러섰다. 그 한 걸음에 종월은 당장 얼음 조각상처럼 굳어졌다.

옆쪽에서 묵묵히 지켜보던 장손무극이 맹부요를 끌어당기려 손을 뻗었다. 그러나 맹부요는 그의 손 역시 피했다. 손이 공중에 붕 떠 버린 장손무극은 곧바로 팔을 움츠리는 대신 허공에서 살며시 손을 말아쥐었다. 차가운 공기라도 붙들어 이 순간 가슴속에서 몰아치는 회한의 격랑을 잠재우고 싶은 듯이.

맹부요는 그저 조용하고도 싸늘하게 제자리에 서 있었다. 지극히 싸늘하되 그녀보다는 싸늘하지 않은 달빛에 잠긴 채.

지금 그녀는 누구의 얼굴도 보고 싶지 않았다. 약속을 어기고 결국은 돌아오지 않은 장손무극도, 노로가 죽어 가면서 지목한, 비록 말의 의미는 불분명했으나 십중팔구는 당시 사건에 한 발을 담근 것으로 보이는 종월도.

그녀는 다만 매 순간 싸늘하게 식어 갈 뿐이었다. 뼛속까지 한기를 불어 넣는 밤바람 속에 서 있자니 의문이 들었다.

이제 무엇을 믿어야 하나? 이제 무엇에 기대야 하나? 나를 사랑한다던 사람들이, 절대 나를 저버릴 리 없다고 믿었던 사람들이, 어느 모퉁이에선가 문득 뒤돌아보니 저 멀리 반대편 강기슭에서 냉랭한 눈빛을 보내고 있는데. 내 앞에는 도저히 건널 수 없는 혼탁한 파도가 거세게 굽이치고 있는데.

뒤늦게야 알았지만, 자신은, 처음부터, 쭉, 혼자였다.

이토록 그리워하건만

어느 누가 알아줄까, 후회라는 심정을.

어느 누가 알아줄까, 그리움이라는 심정을.

어느 누가 알아줄까, 그립고도 후회되는 심정을.

이 긴긴밤, 얼음으로 뽑은 실 가닥처럼 차디찬 바람이 느릿하게 손아귀를 빠져나가는 듯한 심정을.

기억의 저편으로부터 기척 없이 다가온 옛일이 푸른 가면을 쓰고, 흰자위마저 새카만 눈을 하고, 싸늘한 얼굴을 바짝 들이대고 나를 노려보는 듯한, 심장이 '쩌적' 하고 쪼개지는 그 심정을……

10여 년 세월이 한바탕 꿈에 지나지 않더라.

한바탕 꿈속에서, 가슴 가득 한을 품고 죽어 매미가 된 궐의 여인은 해마다 정원 나무 그늘에 깃들어 슬피 울었더라.[9]

한바탕 꿈속에서, 10년 세월이 처량하기가 마치 호숫가의 제비가 멀리 날아가고 황량하게 남겨진 둥지와 같더라.[11]

한바탕 꿈속에서, 육조 때의 옛일은 이미 유수처럼 흘러가 버리고 남은 것은 스산한 연무와 색 바랜 풀잎뿐이더라.[12]

한바탕 꿈속에서, 지난날 유람 다니던 때의 발자취는 곳곳에 남아 있건만 소년 시절의 마음만은 찾을 길이 없더라.[13]

그저 꿈이었구나.

그는 손안에서 술잔을 느릿느릿 돌리다가 자신이 올라와 있는 나무보다 더 높은 곳에 걸린 달을 향해 건배를 청했다. 잔에 담긴 술처럼 맑고 서늘한 달빛이 그의 손안을 스쳐 갔다.

아까 그 순간 그녀의 눈빛도 딱 이렇게 싸늘했었다.

그 눈빛을 떠올리며 마시는 술은 쓰디썼다. 평생 경험해 보지 못한 쓴맛이었다.

아니, 14년 전에도 같은 쓸쓸함을 맛본 적이 있던가.

그해, 그는 믿음을 저버리고 약속을 어겼고, 그리하여 그의 작은 소녀를 잃었다.

그해, 그는 어두운 궤짝 안의 그녀를 우연히 만났다.

---

10 청나라 문인 왕기손王沂孫의 〈제천악齊天樂 · 선蟬〉에서 따온 구절.

11 남송의 문인 오문영吳文英의 〈야합화夜合花 · 자학강입경박봉문외유감自鶴江入京泊葑門外有感〉에 등장하는 구절을 변형.

12 북송의 정치가 왕안석王安石의 〈계지향桂枝香 · 금릉회고金陵懷古〉에 등장하는 구절을 변형.

13 남송의 문인 장량능章良能의 〈소중산小重山 · 유암화명춘사심柳暗花明春事深〉에서 따온 구절.

그해, 그는 침상 이부자리 아래에서 자그마한 옥연꽃을 찾아 냈다.

그해, 그녀는 자신이 연꽃을 품고 태어난 세상 가장 고귀한 공주라고 했다.

그해, 그가 마주한 그녀의 눈빛은 비록 눈물로 흐려져 있었 지만, 세상사 무상함을 이미 깨달은 듯한, 아이 같지 않은 그녀 의 웃음은 그를 온통 뒤흔들어 놓았다.

그해, 그는 그녀를 무릎에 앉히고 5년간 한 번도 빗질이 닿 지 못해 엉망으로 뒤엉킨 머리를 빗어 주었다. 그 좋은 머릿결 이 아무도 돌보아 주는 이 없이 덥수룩하게 자라 있었다. 엉킨 머리를 천천히 빗질하는 동안 그의 마음에도 무성한 풀잎이 돋 아났다.

그해, 그는 그녀를 품에 안고 두꺼운 바람막이로 꼭꼭 감쌌 었다. 다섯 살 아이의 키는 고작 세 살짜리만 했고, 가볍기는 한 살짜리 같았다. 얌전하고 앙증맞은 새끼 고양이를 안고 있 는 기분이었다.

그해, 그는 본래 그녀를 밖으로 데리고 나갈 생각이었으나 도중에 갑작스레 사숙의 음성이 들려왔다. 옆옆 전각에 있던 사숙이 옥형과 인사를 시켜 줄 테니 와 보라며 전음을 보내온 것이었다. 하여, 그는 그녀를 원래 있던 곳에 데려다 놓았다. 옥형을 만나고 나서 다시 데리러 올 생각으로.

사숙에게로 향하는 길에 여덟 살 소녀가 총총히 걸어오는 모 습이 보였다. 잔뜩 들뜬 표정, 조바심이 나는 기색. 얼핏 듣기로 그에게 관심이 아주 많다는 선기국 공주였다. 언젠가 한 번은 인사를 전하고 싶다며 특별히 사자까지 보냈던.

그런 종류의 인사에 대한 그의 반응은 정중한 사양이었다. 그 시절 어린 소년에 불과했던 그에게 '정중한 사양'이란 말 그대로 '정중한 사양'이었을 뿐, 당시의 그는 완곡한 화법이나 적당히 상대의 기분을 맞춰 주는 법을 알지 못했다. 그때는 오로지 삼십육계 줄행랑이 최선이라고만 생각했다.

공주를 피해 담장 뒤편에 숨어 있는데, 사숙과 옥형의 대화가 들려왔다. 사숙은 무슨 불만스러운 일이라도 있는지 말투가 그리 곱지 못했다.

"우리 사형 말일세, 그놈의 오지랖은 도무지 고쳐지질 않아. 천하의 도를 바로 세우는 것이 자기 본분이라나, 자나 깨나 그 타령이지. 온갖 이매망량과 사술이 판을 치는 세상인데, 고작 사문 하나가 고군분투한다고 세상이 바로 잡히겠나. 이번에도 보라고, 멀쩡히 좌선 잘하고 있다가 난데없이 무슨 요녀가 강림해 천지의 균형을 깨뜨리려 든다면서 처단하라잖아. 마침 내가 강호를 주유하고 있으니 나더러 처치하라는 거야."

사숙이 손가락으로 탁자를 '딱' 소리 나게 치면서 혀를 찼다.

"웃기는 소리지! 잔디밭에서 바늘 찾기 아닌가?"

방 안에서 옥형의 웃음소리가 흘러나왔다.

"자네한테도 불가능이라는 게 있나? 자네 사형과 사문의 장로들을 제외하면 세상에 못 당해 낼 것이 없다고 알고 있는데? 그런 지시를 내렸을 때는 사형도 단서를 아예 안 주지는 않았을 테고."

"쳇."

사숙이 콧방귀를 뀌었다.

"출생 시일 정도만 알려 주더군. 모종의 기묘한 표식과 함께 태어났을 가능성이 크다면서. 하지만 5년을 찾아 헤맸어도 특별한 표식을 가지고 태어난 아이가 있다는 이야기는 들어 보질 못했어. 그리고 생년월일시도 말이야, 규방에 감춰 놓고 고이 기르는 남의 여식 생년월일시를 어디 가서 물어보나?"

"생년월일시가 어떻게 되기에?"

느긋하게 차를 마시는 듯하던 옥형이 한참 만에 물었다.

"기회가 되면 나도 좀 알아보도록 하지."

사숙이 생년월일시를 밝혔다. 그걸 듣는 순간, 그는 경악하지 않을 수 없었다. 사숙이 말한 날짜는 아까 그 아이의 생년월일과 고작 하루 차이였다. 아이는…… 자기가 연꽃을 품고 태어났다 했고.

그 아이인 걸까? 그 아이인 걸까? 그 아이인 거겠지, 그 아이인 거야!

그 묘한 눈빛. 분명 다섯 살짜리 꼬마에 불과하건만, 아이의 눈빛에는 세상사와 인생에 대한 달관, 그리고 비애가 가득 담겨 있었다. 아이의 나이 고작 다섯 살, 단순히 아픈 줄을 아는 거야 그렇다 치더라도 그토록 짙은 비애는 다른 문제였다.

다섯 살 꼬마가 궤짝에 갇힌 채 온몸이 욕창에, 얼굴색은 누렇고, 빼빼 말라 뼈마디가 뒤틀린 상태로 발견된다면 열에 아홉은 불구거나 지능이 온전치 못한 경우겠지만, 그가 만난 아이는 말하는 것도 똑 부러지고 반응도 기민했으며, 소소하게 익살을 부리거나 도통 못 알아들을 별난 어휘를 쓰기도 했다. 결코 보통 아이는 아니었다.

마음이 무겁게 가라앉았다. 원래는 밖으로 데리고 나오게 되면 기회를 봐서 스승님께 제자로 받아 달라 간청해 볼 생각이었다. 아이에게 안정적이고 힘 있는, 그 누구도 함부로 무시하지 못할 떳떳한 삶을 주고 싶었다. 그런데 지금 보니 그건 불가능할 듯했다.

그는 사숙을 따라 사문으로 돌아가던 길이었다. 아이를 데려간다면 아무리 숨겨서 다닌다고 해도 결국은 사숙에게 들키고 말 것이다. 그와 같은 사문에 속한 이들은 공통적으로 신통력을 가지고 있었다. 그 어린 것이 사숙의 눈을 피하기란 불가능한 일일뿐더러 영험하신 존사님을 속일 수 있을 리는 더더욱이 만무했다.

짧은 망설임 끝에, 그는 사숙이 안에 있는 틈을 타 아이를 일단 궁 밖으로 빼내기로 했다. 누구한테든 당분간 맡겨 뒀다가 사문에서 돌아오는 길에 데려가면 될 것이다.

그런데 막 돌아서는 순간, 안에서 훌쩍 날아 나온 사숙이 그를 불렀다. 이만 출궁하자며.

어떡하겠는가, 그는 사숙을 따라 자리를 뜰 수밖에 없었다.

숙소로 돌아가는 길에 뒤를 돌아보지 않으려 무던히도 애를 썼다. 하지만 아이가 창문에 매달려 자신을 부르는 소리가 자꾸만 귓가에 맴돌았다. 어디에선가 도와 달라고 외치며 우는 소리도 들렸다.

환청에 시달리느라 얼굴에서 핏기가 싹 가신 그를 보며, 사숙이 선기국 공주가 그렇게나 무섭냐며 농을 던졌다. 그는 혹여라도 사숙에게 속내를 들킬까, 억지웃음을 지어 보였다.

지금껏 쭉 그래 왔듯 그날 밤에도 사숙은 그를 데리고 연공을 하고, 무공에 관해 토론을 벌였다. 그는 애가 타서 좌불안석이었다. 사숙의 말을 끊기 위해 위험을 무릅쓰고 최면술까지 써 봤지만, 의심만 샀을 뿐 아무런 효과도 보지 못했다.

방법이 없었다. 사숙은 열세 살 먹은 그가 상대하기에는 너무 막강했다. 열세 살 때만이 아니라 어른이 되어서도 마찬가지였다.

사흘째가 되어서야 기회를 잡을 수 있었다. 그는 사숙의 시야를 벗어나자마자 곧장 황궁으로 내달렸다.

그러나 너무 늦어 버린 뒤였다. 그곳에는 아무도 없었다. 궤짝은 휑하니 문이 열린 채였고, 그 방 하나만이 아니라 건물 전체가 텅 비어 있었다.

그를 더 소름 끼치게 한 것은 방 안 가득 짙게 배어 있는 피비린내였다. 물청소를 한 번 한 듯한 벽돌 바닥에는 틈새마다 까맣게 변색된 핏자국이 촘촘히 끼어 있었고, 군데군데 작은 살점 조각까지 눈에 띄었다.

며칠 전에 본 침상은 별다른 특이 사항 없이 그 자리에 그대로 있었지만, 가만 보니 색이 변한 것 같았다. 흰색에서 검은색으로. 게다가 코를 찌르는 비린내가 났다. 다가가서 손으로 표면을 쓱 쓸어 보자 손바닥 전체에 불그스름한 색이 묻어났다.

침상 하나를 통째로 검붉게 물들이려면 대체 얼마나 많은 피가 있어야 할까?

그는 그 자리, 가을밤 물결과도 같은 달빛 속에 서서, 순간 머리부터 발끝까지 차갑게 얼어붙고 말았다.

세상에서 제일 끔찍한 고문을 당한 이는 누구인가? 궤짝 안의 소녀를 찾아낸 사람은 누구인가? 침상 위에서 참혹하게 난도질당해 죽음을 맞은 인물은 누구인가? 그 작디작은 다섯 살배기 아이가 지난 사흘간 무슨 일을 겪었는지 아는 자 누구인가?

묻고 싶어도 물어볼 데가 없었다. 영비 곁에서 시중을 들던 자들 대부분이 목숨을 잃은 탓이었다. 언뜻 듣기로 영비 본인 역시 '급사'했다고 했다.

그렇다고 직접 조사해 볼 시간적 여유가 있는 것도 아니었다. 그는 금방 사숙 곁으로 돌아가야 하는 처지였다. 올 때는 미친 듯이 내달려 왔지만, 돌아가는 발걸음은 비칠비칠했다.

소녀의 생사를 알 수 없다는 사실과 자신이 약속을 어겼다는 사실이 쇠사슬이 되어 그의 가슴을 칭칭 동여맸다. 그날부로 그는 하루도 마음에 감긴 쇠사슬을 내려놓지 못했다.

이후 그는 선기국에 혼담을 넣었다. 마지막 한 가닥 희망을 안고서.

만약 그때 봉선이 아이를 발견했다면? 봉선의 눈에 띄었다면 목숨을 건졌을 것이다. 범이 사나워도 제 새끼는 잡아먹지 않는 법. 아이의 어머니는 죽임당했을 수 있다. 그 불똥이 영비에게까지 튀었을 수도 있다.

하지만 아이는 황녀다. 누가 뭐라 해도 황실 혈통이다. 선기국 황후가 아무리 드세도 봉선이 보는 앞에서 그의 딸을 죽이지는 못했을 것이다.

그는 '연꽃을 품고 태어난 황제 폐하의 막내딸'을 반려로 맞고 싶다는 뜻을 전했다. 아이의 이름을 알지 못하는 까닭이었다. 당시 아이에게는 이름이 없었기에 달리 설명할 방법이 없었다.

회답은 금방 도착했다. 선기국 황제는 흔쾌히 그의 청을 받아들였다. 소식을 전해 들은 그는 기쁨을 주체하지 못했다. 아이가 봉선의 눈에 띄어 명을 부지했다 생각했기에.

다른 누군가가 그 아이 행세를 하고 있음을 알게 된 것은 사주단자를 교환하고 나서였다. 사주단자에 적힌 이름은 봉정범鳳淨梵이었다. 생년월일시도 아이의 것이 아니었다.

그즈음 오주대륙에는 연꽃을 품고 태어났다는 봉정범의 출생 비화가 빠르게 퍼져 나가고 있었다. 어째서 그 이야기가 봉정범이 여덟 살이 되고서야 세간에 알려졌는지, 거기에 대해 의문을 느끼는 사람은 없는 듯했다.

그의 기억이 정확하다면 봉정범이라는 이름도 본명이 아니었다. 과거 공주가 무극국에 사자를 보냈을 때 명첩 맨 밑에 적혀 있던 문구는 '봉정번鳳淨繁 올림'이었으니까. '번성할 번'에서 '불경 범'으로. 자신을 부처의 연꽃과 엮어 보겠다고 이름까지 바꾼 것이었다.

세인들은 소문의 자세한 내막에까지는 관심이 없었고, 그렇게 한 해 한 해 세월이 가는 사이에 봉정범은 정말로 연꽃을 품고 태어난 존재가 되었다. 처음 그 소문이 퍼지기 시작한 시기가 정확히 언제였는지는 사람들의 기억 속에서 서서히 지워져 갔다.

하지만 그는 기억했다. 그는 알고 있었다. 어떻게든 혼약을 물러야 했다. 파혼을 위해 그는 머나먼 여정도 마다치 않고 선기국으로 달려갔다.

봉선이 그의 마음을 되돌리고자 최후의 수단으로 들이민 것은 선기도였다. 하지만 선기도는 봉정범이 아이를 만났다는 사실을 그에게 확인시켜 주는 역할을 했을 뿐이었다. 아이를 만난 적이 없다면 선기도의 내용을 어찌 알고 있겠는가.

그렇다면 봉정범이 바로 그날의 참극을 불러온 장본인일 가능성이 컸다. 그는 검증을 위해 봉정범에게 섭심술을 썼다. 당시 그의 공력은 미비한 수준이었지만, 그래도 어찌어찌 그날 밤에 벌어진 일을 알아낼 수 있었다.

역시 봉정범이 황후에게 아이의 존재를 고해바친 것이 맞았다. 이에 분개한 황후가 그 자리에서 허완에게 참형을 내리고 봉무명을 처리한 것이었다.

봉정범의 기억은 허완이 고문당하기 시작한 시점부터 급격히 흐릿해져 있었다. 아무리 냉혹한 성정을 타고났어도 그 나이에 참혹한 고문 장면을 똑바로 지켜보기는 어려웠는지, 본능적으로 현장을 외면한 모양이었다.

'처리'라는 단어에 한 대 얻어맞은 양 비틀거리다가 옆에 있는 나무에 기대 가까스로 균형을 잡은 그는 한참을 아무런 말도 하지 못했다.

넋 나간 표정의 봉정범을 빤히 응시하고 있다 보니 아직 앳된 소녀의 얼굴에서 선기국 황후를 빼다 박은 음침함과 표독스러움이 보였다. 자기 또래의 다른 아이를 죽이고 그를 기만하려던 소녀. 어린 나이에 벌써부터 심보가 악독하기 이를 데 없는데, 구태여 살려 둬야 할 이유가 있나?

그가 손을 뻗었을 때였다. 옥형이 저지하고 나섰다. 옥형은 봉정범 모녀의 수호신이었고, 절대로 선기국을 비우는 일 없이 긴 세월 황궁에 은둔 중이었다. 옥형이 떡 버티고 있는 이상 당시 소년에 불과했던 그가 죽이고 싶은 인물을 죽인다거나, 선기국 황궁 안에서 그날 밤의 진상을 더 깊게 캐기란 불가능한 일이었다.

독살스러운 선기국 황후에게 유달리 헌신적인 그 강대한 사내는 봉정범 모녀 앞에 굳건하게 서 있는 보호 벽이었다. 황제 봉선이 됐든 소년 시절의 그가 됐든, 옥형이라는 벽을 넘어설 능력이 없기는 매한가지였다.

하여, 그는 묵묵히 선기국 황궁을 떠나왔다. 무력으로 상대가 안 된다면 다른 방법을 찾으면 그만이었다. 적어도 혼약에 있어서는, 그가 거짓 연꽃을 거부하겠다면 옥형도 어찌할 수 없을 터였다.

그는 온갖 수단을 동원한 끝에 결국 혼약을 무르는 데 성공했다. 선기국 황실이 파혼 사실을 비밀에 부쳐 달라고 요구한 데 대해서는 크게 신경을 쓰지 않았다. 어쨌든 봉정범이 그의 반려자가 될 일은 절대로 없을 테니까.

그리고 그 작디작던 꼬마 아이는, 살아 있으리라는 직감이 들었다. 절대로 죽었을 리가 없었다. 처연하게 빛나는 눈동자를 가진, 5년 세월을 어둠 속에서 보내고도 반짝이는 심성을 잃지 않은 특별한 아이.

하늘이 기왕 그 아이를 세상에 태어나게 했다면 무언가 주어진 사명이 있을 것이다. 이토록 일찍, 이토록 허망하게 운명에 의해 꺾여 버릴 생명이 결코 아니었다.

아이를 찾아내야 했다. 찾아내서 아이 스스로 결정하도록 해야 했다. 원수들에게 복수할 것인지, 아니면 원한을 그냥 묻을 것인지.

언젠가 본인 손으로 직접 처리할 수 있도록 그는 일단 아이의 원수들을 살려 두었다. 만약 죽는 날까지 봉무명을 찾아내지 못한다면 그들의 명이 다하기 전에 아이의 이름으로 대신 응징할 생각이었다.

그 이후로 정사를 돌보다가 지칠 때면 한 번씩 짬을 내서 잠행을 나가곤 했다. 달관자의 눈빛을 가졌던 기억 속 아이를 다시 만날 수 있길 바라며.

그러던 어느 해, 어느 밤, 태연국 현원산에서였다. 흐리고 추운 날, 달 아래 솔바람 소리만 쏴쏴 요란한 가운데, 그는 달빛에 젖어 검무를 추고 있었다. 그러다가 무심코 고개를 돌린 찰나, 누군가에게 떠밀려 절벽에서 추락한 듯한 소녀가 벼랑을 타고 천천히 위로 올라오는 모습이 보였다.

소녀는 예리하고도 싸늘한 눈동자를 가지고 있었다. 나이답지 않게 온갖 세상 풍파를 다 거쳐 온 양, 날카롭게 벼려진.

여려 보이기만 하는 앳된 얼굴과 때로는 희미하게, 때로는 짙게 비치는 달관자의 표정이 이루는 극과 극의 부조화. 다섯 살짜리의 얼굴로 스무 살 넘은 어른의 비애를 전달하던, 아주 오래전에 만났던 어느 꼬마를 연상시키는 모습이었다.

기억 깊숙한 곳에 간직해 뒀던 눈동자가 소녀의 눈과 겹쳐지자 순간 가슴이 저릿해졌다. 하여, 평소의 그답지 않게 소녀에게 접근했다. 봉정범 이후로 줄곧 여인을 멀리해 온 그로서는 무척 이례적인 행동이었다.

그녀에게 접근해서 그녀를 알아 가고, 알아 갈수록 다섯 살배기 꼬마와 겹쳐지는 모습을 발견하고, 겹쳐지는 모습을 발견할수록 사랑하게 되었다.

아득한 다섯 살 시절로부터 달려온 그녀가 그의 기억과 조금씩 조금씩 맞물려 가는 나날들이었다. 그녀는 많이 변해 있었다. 몸도, 용모도, 정신도, 골격마저도 환골탈태한 뒤였다. 단, 영채로이 빛나는 눈동자와 어두운 시간을 꿋꿋하게 버텨 냈던 기개, 한순간도 역경에 굴하지 않았던 의연함, 조금 분위기를 잡거나 농이라도 걸라치면 어색해서 어쩔 줄 모르는 모습은 예전 그대로였다.

그녀를 다시 만나고부터 그는 '없으면 없는 대로 걱정, 있으면 있는 대로 걱정'이라는 말의 뜻을 확실히 알게 되었다. 그녀에게 다섯 살 이전 기억이 없다는 사실은 그를 안도시키는 한편 불안하게 만들었다. 그토록 비통한 과거는 기억하지 못해도 그만이요, 차라리 당시의 고통을 잊고 약속을 저버린 그도 잊는다면 그녀의 내면은 인생사 모진 칼날에 한 번도 베이지 않은 것처럼 완전무결할 수 있지 않을까.

여기까지 생각하면 안도감이 들었지만, 기억에 채워진 자물쇠에는 반드시 기한이 있기 마련이라는 사실을 떠올리면 불안해졌다. 만약 어느 날 갑자기 기억이 돌아온다면 그녀는 그 상처를 어떻게 감당해 낼 것인가. 그날이 오면 그는 또 그녀를 어떻게 마주할 것인가.

그는 자신에게 이야기하고 또 이야기했다. 알려 주지 말자, 복수보다는 그녀의 행복이 훨씬 중요하기에 알려 주지 않는 거다. 그러면서도 마음속으로는 몇 번이고 자신에게 질문했다.

정말 그게 다인가? 진실이 드러나면 안 그래도 사랑과 거리를 두려 하는 그녀가 더 멀어질까 두려운 게 아니고? 절체절명의 순간에 손을 내밀어 주지 않은 것을 원망하며 둘 사이에 영영 넘어설 수 없는 선을 그어 버릴까 봐 두려운 게 아니고?

그는 장손무극이었다. 세인들은 그를 두고 비상한 머리를 타고나 일평생 치밀한 계획하에 세상을 마음대로 쥐락펴락한다고 했다. 세상이 말하는 그는 절대로 틀릴 리 없는 인간이었다.

틀릴 리 없는, 언제나 주도면밀하고 빈틈없는 무극 태자.

하지만 그 스스로는 알고 있었다. 사는 동안 딱 한 번, 자신도 틀린 적이 있다는 것을. 단 한 번의 잘못으로 그는 영원히 용서받지 못할 죄인이 되었다.

노로가 그린 두 번째 그림을 봤을 때, 그는 온몸이 싸늘하게 얼어붙는 경험을 했다. 세상 제일 차디찬 얼음 구덩이에 떨어진 기분이었다.

어린 봉무명이 거짓말을 했다는 건 알고 있었다. 하지만 아이가 그토록 잔인하게 짓밟히고 있었으리라고는 상상조차 하지 못했다.

그림에 그려진 휘장 뒤편의 궤짝은 그가 익히 아는 물건이었다. 그리고 태감의 동작이 의미하는 바 역시……. 황실 출신의 그였지만 그 정도는 알았다. 당시 그녀가 무슨 일을 겪었는지, 그는 한눈에 알아봤다.

5년. 천팔백 번의 낮과 밤을 그렇게 보냈던 것이다.

배고픔과 욕창, 혹독한 추위와 무더위, 햇빛 한 점 들지 않는 암흑, 밤낮 다리를 옭아매고 있는 줄이 전부가 아니었다. 그 모든 고통을 압도하는 정신적 고문이 있었던 것이다.

그런데 그는, 그러한 시기에, 그녀를 자유에 대한 기대감으로 한껏 들뜨게 해 놓고서 무책임하게 내팽개쳤다. 노로에게 계속 능욕당하도록, 세상 가장 가혹한 결말을 직면하도록, 그녀를 홀로 고난 한복판에 남겨 뒀다.

어둠 속에서 울부짖고, 어둠 속에서 도움을 갈구하고, 어둠 속에서 자기를 낳아 준 어머니가 끔찍하게 죽어 가는 광경을 지켜보게 만들었다. 아무도 응답해 주지 않는 어둠 속에서…….
그 충격을 어찌 견디라고.

……그의 잘못이었다. 돌아갔어야 했다. 사숙에게 거짓말을
하고서라도, 사문의 노여움을 사더라도, 사문의 제거 대상이
되는 한이 있더라도, 그녀를 데리고 나왔어야 했다. 그동안도
무사히 숨어 지냈으니 며칠 더 둔다고 큰 문제가 생기지는 않
을 거라는, 안일한 생각을 해서는 안 되는 거였다.

운명은 그를 기다려 주지 않았고, 그는 돌이킬 수 없는 잘못
을 저지르고 말았다. 하물며 부요가 그런 일을 당하게 된 계기
의 상당 부분은 그가 제공한 것이었다. 사숙이 선기국 황궁 근
처를 지나는 길에 갑자기 옥형을 보고 가겠다고만 안 했어도,
기다림에 지친 그가 여기저기 어슬렁거리다가 그녀를 만나지
만 않았어도, 그의 등장이 봉정범을 불러들이지만 않았어도,
부요는 발각당하지 않았을 것이다.

그날을 무사히 넘겼다 해도 세월이 가고 부요가 자라면서 언
젠가는 발각당해 똑같은 일을 당했을지 모르지만, 어찌 됐든
그날 밤 무심코 악몽을 몰고 온 원흉은 그였다.

그는 자신이 지은 죄의 무게보다 훨씬 더 많은 것들을 그녀
에게 해 주고 싶었다. 그러나 그 어떠한 보상으로도 이미 일어
나 버린 일이 남긴 거대하고 쓰라린 흉터를 메울 수는 없었다.

가끔은 그런 생각도 들었다. 과거의 사건과 사람들을 흔적
없이 지워 버리는 건 어떨까 하는. 당시 일과 관련된 자들 전원
을 소리 소문 없이 제거해 버리면 그녀가 진상을 알아낼 기회

는 영영 없겠지 하는.

하지만 그건 너무 이기적인 짓이었고, 그에게는 그런 짓을 할 권리가 없었다.

파구소를 연마하는 데는 극한의 육체적 고통과 정신적 고통이 필요했다. 그러한 고통을 극복해야만 진정한 절정의 경지에 오를 수 있었다.

비극적인 개인사는 부요에게 뼈저린 아픔이겠지만, 다른 한편으로는 천재일우의 기회이기도 했다. 그토록 귀중한 기회를 그가 무슨 권리로 빼앗겠는가. 그 기회를 남겨 두는 것이 자기 자신에게서는 기회를 빼앗는 짓이라고 해도.

그가 지금껏 부단히도 부요의 근골을 단련시키고, 진력을 보강하고, 경맥을 복구해 준 것은 전부 오늘을 위해서였다. 부요가 충격을 감당해 낼 만큼 강하지 못해 다음 경지를 코앞에 두고 주화입마에 빠질까 봐서. 그건 그녀를 돕는 게 아니라 해치는 셈이므로.

다행히 지금의 부요는 본인을 충분히 제어할 수 있을 만큼 강했다. 그는 그렇게 믿었고 더는 염려하지 않았다.

반면 자기 자신은……

장손무극은 웃어 버렸다. 얇고 투명한, 백옥색 도자기 파편 같은 웃음이었다. 마치 달빛에 눈이 부신 양, 그는 손으로 눈을 가렸다. 손바닥에 새겨진 순백의 연꽃이 달빛을 받아 살아 있는 듯 또렷하게 빛나고 있었다. 연꽃을 넋 놓고 바라보는 사이, 그의 눈빛이 세월이 틈새를 떠돌며 부침을 반복했다.

"무극아, 날 때부터 손바닥에 있는 연꽃 표식이 점점 진해지는구나. 장래의 네 반려자가 한 떨기 옥연꽃이라는 의미가 아니겠느냐?"

당시 서너 살밖에 안 됐던 그는 부황의 무릎에 앉아 상소문을 뒤적이면서, 부황이 결재를 마친 상소를 다시 고치고 있었다. 부황의 연꽃 소리는 벌써 만 번은 족히 들은 이야기였다.

"당장 내일 천하에 명을 내려 연꽃 같은 여인을 찾아 주마."

부황이 그를 안고 빙긋이 웃었다. 상상만으로도 흐뭇하기 그지없는 듯한 얼굴이었다.

"어떤 연꽃을 데려와야 우리 무극에게 어울리려나?"

부황을 향해 고개를 돌린 그가 또박또박 말했다.

"연꽃은 아니어도 되니 우선은 좋은 여인이어야 할 것입니다."

부황의 눈이 휘둥그레졌다. 고작 서너 살 먹은 아들과 '좋은 여인'을 논하게 되리라고는 상상도 못 해 본 모양이었다.

부황이 웃음을 흘리며 물었다.

"하면, 우리 무극이 보기에는 어떤 여인이 좋은 여인인고?"

고개를 다시 앞으로 돌린 그가 마음에 안 드는 상소문을 마저 고치면서 대답했다.

"저를 안아 주고, 저를 위해 울어 주는 여인입니다."

등 뒤의 부황은 아무런 말도 하지 못했다. 그 역시 입을 꾹 다물고 더는 아무 말도 하지 않았다. 어머니 품에 한 번도 안겨 보지 못한 그는 아무리 부친이 만 번을 안아 준들 여전히 춥고 공허한 아이였다.

어린 시절의 기억 대부분이 또렷한 가운데서도, 특히 그날 부황과 나누었던 대화는 더욱 생생한 기억으로 남아 있었다. 때때로 그 대화가 가슴속을 스쳐 가노라면 그는 항상 씁쓸한 미소를 짓곤 했다. 그토록 간단한 바람이 자신에게는 어찌 그리 어려웠는지.

열세 살이 될 때까지 그에게 진정으로 다가와 준 사람은 아무도 없었다. 세상 사람들은 그를 하늘이 내린 기재이자 속에 무엇이 들었는지 알 수 없는 인물이라 여겨 감히 다가서지 못했고, 부황은 자상한 분이었지만 병치레가 잦아 사랑을 베풀어 줄 여력이 없었으며, 모후는⋯⋯, 모후는 단 한 번도 그를 필요로 하지 않았다.

열세 살 그해까지는.

처음 그녀를 만났을 때 그가 평소답지 않은 친절을 베풀었던 것은 특별한 이유가 있어서라기보다는 단지 동병상련을 느꼈기 때문이었다. 그렇게 별생각 없이 머리를 빗겨 주던 도중 아이가 고개를 돌려 그를 바라봤고, 그 찰나의 눈빛에 그의 가슴은 쿵 내려앉고 말았다.

순간적으로 한 마디가 떠올랐다.

나를 위해 울어 주고 있구나.

이해하기 때문에, 가여워서, 똑같은 외로움을 뼈저리게 느껴 봤기에, 너무 일찍 어른이 되어 버린 작은 소년의 빛나는 겉모습 아래에 어떤 고통이 감춰져 있는지 알아봤기에.

그 순간, 소녀는 그와 가장 가까운 사람들도 주지 못했던 것을 그에게 주었다.

그리고 그 작은 연꽃을 손에 쥐게 되었을 때, 그는 서슴없이 마음을 정했다. 소녀가 바로 자신의 연꽃이라고.

그래서 선기도를 그렸다. 너무나 쉽게, 그러나 후회 없이, 자신의 평생을 약속한 것이었다.

하지만, 과연 지금도 그녀가 그걸 달가워할까?

장손무극은 엷은 웃음을 머금고서, 가슴 가득 서늘하게 들어찬 달빛을 안주 삼아 쉼 없이 술잔을 기울였다. 달이 높이 걸렸을 때부터 여명 직전 하늘이 가장 어두울 때까지, 하늘이 가장 어두울 때로부터 하늘가가 희뿌옇게 밝아 오고 아침 햇살이 비칠 때까지. 독주 한 근짜리 술병이 나무 아래로 굴러떨어지자 온 정원에 향긋한 술 냄새가 짙게 번졌다.

그는 일생을 자제하고, 일생을 경계하고, 일생을 취하지 않았다. 그러나 무릇 사람이라면 한 번쯤은 취할 때도 있지 않겠는가. 사람이라면 누구나 한 번쯤은 실수도 하는 것처럼. 하물며 오늘 마시는 술은 수은처럼 가슴을 파고들어 넋을 씹어 삼키고 창자를 끊어 놓는데.

술잔을 비우면 비울수록 몸은 무거워지고 잔 밖으로 넘치는 술은 점점 더 많아졌다. 마지막 병을 절반쯤 비웠을까, 그가 비스듬히 무너진 자세로 소맷자락을 홱 휘두르자 손에서 날아간 술병이 나무 아래 벽면에 처박혀 '콰직' 하고 박살 나면서 사방으로 물방울을 튀겼다.

뒤로 기우뚱 넘어간 그의 몸이 그대로 나무에서 떨어졌다.

취하였음이었다.

◈

이날 밤 누군가는 이례적으로 취했고, 다른 누군가는 맑은 정신으로 침묵하고 있었다.

맹부요가 앉아 있는 불 꺼진 방 안은 아까 어질러진 물건들이 그대로 방치된 채였다. 그녀는 가슴 가득 싸늘한 냉기를 안고, 그 냉기 속에서 평정을 지키고 있었다.

솔직히 자신이 아닌 다른 누군가에게 의지할 생각은 해 본 적 없었다. 이 차디찬 세상이 온기를 베풀어 주리라 기대한 적도 없었다.

그녀는 두 번의 인생을 살아 본 사람이었고, 현실이 얼마나 냉혹한지 그 누구보다도 잘 알았다. 현실의 삼엄한 벽을 무너뜨리기란 불가능하다는 것쯤이야 일찌감치 깨우쳤다고 생각했건만, 막상 그러한 사실이 실제로 눈앞에 닥치자 어찌할 수 없이 한기가 들었다.

사람이란 온기를 믿지 않는다면서도 결국은 온기를 기대할 수밖에 없는 존재이던가. 결말을 뻔히 알면서도 핏속에 흐르는 빛을 향한 갈망을 억누르지 못하고 불로 뛰어드는 나방처럼.

빛⋯⋯.

맹부요의 입가에 자조적인 웃음이 맺혔다. 빛은 남이 줄 수 있는 것이 아니라 자기 스스로가 발광체가 되어야만 얻을 수 있는 것인데.

그녀는 눈을 감고 조용히 호흡을 가다듬었다. 다른 그 무엇에도 의지할 수 없다면 믿을 건 자신뿐이었다. 강해져야 했다. 강함보다 더 강해져야 했다. 그래야만 이 빌어먹을, 겉보기만 화려하지 실상은 얼음 구덩이와 다를 바 없는 세계를 탈출해 지난 생의 작은 집에서 느꼈던, 조촐하고 소박한 촛불 속의 온기를 되찾을 수 있으리라.

서로 얽히고설킨 과거사를 굳이 하나하나 따지고 든다거나 장손무극과 종월의 잘못을 추궁하는 일은 그녀의 권한 밖이었다. 설령 그들이 그녀에게 빚을 졌다고 해도 그간의 진심 어린 보살핌으로 그 빚은 이미 다 갚아진 셈이었다.

원망이 깊은 만큼 고마움도 깊었다. 장손무극과 종월이 없었다면 오늘날의 맹부요도 없었을 것이다. 그때 장손무극이 돌아와서 그녀를 구해 주었다 쳐도 이후에 또 어떤 운명이 닥쳤을지는 아무도 모르는 일이다.

돌고 도는 것이 인생이요, 운명 한복판에 박혀 있는 벽을 맞닥뜨리는 것은 결국 필연. 설령 그때 삶의 방향이 바뀌었다 해도 결국에는 다른 방식으로 벽에 머리를 박아 피를 봤을지 누가 알겠는가.

'제일 참혹한'이라는 말도 그랬다. 애초에 비교할 대상 자체가 없는데 그때 그 결말이 세상에서 제일 참혹한 것이었다고 누가 감히 단정할 수 있을까. 내 운명은 하늘이 아니라 내가 결정한다는 소리를 입에 달고 사는 그녀였지만, 사실 그 운명이란 것은 처음부터 줄곧 하늘의 손에 쥐어져 있었던 게 아닐까. 그렇다면 구태여 남에게 죄를 전가할 필요가 무엇이겠는가.

그렇게 생각하니 뱃속에 얼음덩이가 가득 들어찬 듯하던 한기가 조금이나마 가시는 것 같았다.

그녀는 바깥 동정에 귀를 기울였다. 두 남자 모두 조용했다. 하나는 아무 말 없이 방으로 돌아간 것 같고, 나머지 하나는 어디 있는지 알 수 없었다.

그 순간, 희미한 술 냄새가 코끝을 스쳤다. 의외였다. 장손무극이 자진해서 술을 마실 때가 다 있다니.

한참이 더 지나, 앞마당에서 어렴풋이 '쿵' 하는 소리가 들렸다. 그녀는 눈썹을 꿈틀했다.

탁자 위에 있던 원보 대인도 쿵 소리를 들었는지 온몸의 털을 바짝 곤두세웠다. 원보 대인은 한 발은 앞, 나머지 한 발은 뒤에 둔 채, 당장 뛰쳐나가 주인님을 위로해 주고픈 마음과 방에 남아 주인님 대신 맹부요를 위로해 주고픈 마음 사이에서 극심한 내적 갈등을 겪고 있었다.

앞마당에서 들려온 소리에 원보 대인이 '찍' 하고 우는 순간, 안 그래도 간격이 너무 넓어 아슬아슬해 보이던 가랑이가 일자로 쭉 찢어져 버렸다.

맹부요가 그런 원보 대인을 쳐다보자 원보 대인도 맹부요를 쳐다봤다. 물기 젖은 까만색 눈동자 네 개가 맞부딪치자마자 후자가 애걸하는 눈빛을 보냈다.

지난번 가짜 장손무극이 사달을 냈을 때도 원보 대인은 지금처럼 맹부요에게 사정사정을 했었다. 결과는 햄버거 신세가 되는 것으로 끝났지만.

맹부요가 조용히 손가락을 뻗어 원보 대인을 바깥쪽으로 밀었다. 원보 대인은 이때다 하고 그녀의 손가락을 끌어안고, 아까까지만 해도 맹부요가 자기 몸에 아예 손을 못 대게 했기에, 문 쪽으로 끌어당겼다. 물론 어디까지나 의사 전달을 위한 형식적인 자세일 뿐 원보 대인이 끌어당긴다고 맹부요가 끌려갈 리야 없었다.

손가락에 달라붙은 원보 대인을 그냥 내버려 두고 있던 맹부요가 잠시 후 조용히 한마디를 뱉었다.

"으이구, 너도 참 머리 안 돌아간다. 우리 사이가 안 좋으면 너한테는 빈집 털 기회잖아."

그 즉시 원보 대인이 고개를 팩 돌려 그녀를 쏘아보면서 크고 까만 눈을 부라렸다.

빈집을 털어도 이런 식으로는 아니지! 그리고, 우리 주인님이 어디 그렇게 쉽게 털리고 막 그럴 사람인 줄 알아? 공정한 경쟁을 해야지 꼼수나 부려서야 쓰나! 게다가…….

원보 대인은 짧은 꼬리를 기운 없이 흔들었다. 지금 주인님 심정이 어떨지를 생각하면 자신의 애정은 잠시 뒤로 미뤄 둘 수 있었다.

한숨을 내쉰 맹부요가 녀석을 조심스럽게 손가락에서 떼어낸 뒤 너 혼자 나가 보라는 눈치를 줬다. 달빛을 등에 업은 원보 대인은 어깨가 시무룩하게 처진 뒷모습을 마지막으로 방에서 나갔다.

그렇게 나간 녀석은 한참이 지나도록 감감무소식이었다.

한동안 운기조식을 하다가 눈을 떠 주변을 둘러본 맹부요는 좀 이상하다는 생각은 했지만, 자리에서 일어서지는 않았다.

다시 한참 더 운기조식을 하고 눈을 뜬 그녀는 미간을 찌푸렸으나 이번에도 움직이지는 않았다.

진기가 몸 안에서 일 주천을 돌고 난 후 재차 눈을 떠 텅 빈 탁자를 확인한 그녀는 바깥 소리에 귀를 기울였다. 하지만 앞마당에서는 아무런 기척이 감지되지 않았고, 결국 그녀는 침상 아래로 내려섰다.

문을 열고 마주한 바깥세상은 고요했다. 종월의 방에서는 숨소리조차 들리지 않았다. 잠시 머릿속을 더듬은 그녀가 철성을 불러 종월의 처소 쪽을 가리켜 보이자 철성이 눈치 빠르게 그쪽으로 향했다. 그녀는 문간에 서서 한숨을 한 번 내쉰 뒤 바깥으로 걸음을 내디뎠다.

걸음이 앞마당에 이르자 바닥에 무더기로 널브러져 있는 술병들이 눈에 띄었다. 장손무극은 나무 아래에 가부좌를 틀고 앉아 있었다.

그 옆을 묵묵히 지키고 있던 원보 대인이 맹부요를 발견하고는 신이 나서 달려왔다. 그러나 맹부요는 말 한마디 없이 그대로 마당을 통과했다.

뛰어오다가 말고 돌이 된 채, 뒤도 안 돌아보고 멀어져 가는 맹부요를 멍청히 쳐다보고 있던 원보 대인이 앞발을 입에 물고 장손무극 쪽을 돌아봤다.

장손무극이 천천히 눈을 떴다. 차분한 표정으로 맹부요의 뒷모습에 눈길을 던진 그가 이내 팔을 뻗어 원보 대인을 품에 안았다. 그러고는 원보 대인을 가만가만 쓰다듬어 주면서 고개를 들어 하늘가에 흘러가는 구름을 올려다봤다. 원보 대인은 그런 주인님의 품에 조용히 얼굴을 묻었다.

맹부요는 은밀히 구황녀의 저택을 찾았다. 상황이 이렇게 되어 버린 이상, 이제 선기국 황실은 그녀가 신경 쓰기 싫다고 한쪽에 내던져 둘 수 있는 물건이 아니었다. 봉씨 집안을 가족으로 인정할 일이야 없겠지만, 원수는 반드시 갚아야 했다.

선기국 황궁에 버티고 있는 가장 큰 장애물은 옥형이었고, 옥형을 잡으려면 황후부터 제거하는 게 먼저였다.

문제는 옥형이 황후 주변을 물샐틈없이 경계하고 있다는 사실이었다. 황후를 단독으로 궁 밖으로 유인해 내지 않는 이상에야 파고들 구석이 없을 것 같았다.

하지만 지금처럼 어수선한 시국에 황후가 선뜻 궁 밖으로 나오려 하겠는가?

기회가 없다면 만들어 내는 수밖에.

맹부요는 원래가 그쪽 방면에 일가견이 있었다.

이날 구황녀와 긴 시간 이야기를 나누고 역관으로 돌아온 그녀는 전북야가 보낸 전서구를 받아 봤다.

출병할까?

맹부요가 심사숙고 끝에 기우를 시켜서 보낸 답장은 이러했다.

일단 두고 봅시다.

그녀는 여전히 장손무극, 종월과 한 지붕 아래서 지내고 있었다. 종월은 요양 중에도 선기국에 있는 자기 수하들과 접촉하느라 무척 바빠 보였다.

종월의 광덕당은 오주 전역에 넓게 퍼져 있는 조직이지만, 광덕당이 제일 먼저 뿌리를 내려 세를 가장 크게 키운 나라는 다름 아닌 선기국이었다.

지난 수년간 종월이 살뜰히 돌본 덕에 선기국 광덕당은 방대한 규모의 세력으로 성장해 있었다. 덕분에 맹부요와 장손무극도 북부에서 내려오는 길에 적지 않은 도움을 받았다.

한 번은 성치 않은 몸으로 밖에 나갔던 종월이 나갈 때보다 더 초췌해진 얼굴로 돌아온 적이 있었다. 맹부요는 그날 밤 종월로부터 편지 한 통을 받았다.

편지를 읽고 난 그녀는 한참을 말없이 굳어 있었다. 그렇게나 가깝던 사이가 하루아침에 도로 남남이라도 된 것처럼, 바로 옆방에 살면서도 종잇장 따위로 이야기를 나누다니, 이게 대체 무슨 일인지. 맹부요의 입꼬리가 비틀려 올라갔다. 그리고 그 웃음은 도중에 아주 떫고 씁쓸한 맛으로 변했다.

근래에는 장손무극도 방 밖을 나오는 일이 거의 없다시피 할 정도로 잠잠했다. 장손무극도 그렇고 종월도 그렇고, 둘 다 그녀에게 혼자 조용히 생각할 시간을 주려는 것 같았다. 그게 아니면 각자 자학 중이거나.

어쨌든 맹부요가 아는 장손무극은 이럴 때 아무것도 안 하고 있을 사람이 아니었다. 그들 셋은 한 방 얻어맞았다고 그대로 자리 깔고 드러누워서 남 탓이나 할 부류가 못 됐다.

그들은 가시 돋친 용수철이었다. 압력을 받으면 반드시 눈이 시리게 번뜩이며 튀어 오르고야 마는.

❀

며칠 후 구황녀와 십황녀가 동시에 앓아누웠다. 하나는 영귀비의 막내딸, 다른 하나는 황후의 장녀로서 황실에서 존귀한 지위를 누리고 있는 둘이었지만, 평소 두 사람 사이에 이렇다 할 접점은 없었다. 둘이 동시에 병을 얻은 것은 순전히 얄궂은 우연의 산물이었다.

구황녀가 동성의 평안을 빌고자 정안사에 불공을 드리러 다녀오는 길에 갑작스레 두통을 호소했을 때, 마침 십황녀의 마차가 같은 곳을 지나가고 있었다. 이러니저러니 해도 자매는 자매, 싹 무시하고 지나갈 수야 없는 노릇인지라 십황녀는 주렴을 사이에 두고 아픈 언니에게 말 몇 마디를 건넸다. 나름 조심한답시고 상대편 마차에는 발도 들이지 않았건만, 공주부에 돌아온 십황녀는 곧장 병상에 드러눕고 말았다.

두 사람의 증상은 거의 흡사했다. 아무것도 먹지 못하고, 얼굴은 새빨갛고, 밤중에는 귀신이라도 보는 사람처럼 헛소리를 해 대고.

태의들도 이렇다 할 방책을 내놓지 못하자 영귀비와 황후는 민간에서 명의를 수소문해 딸에게 보냈다. 의원들의 공통된 진단은 주변에 음기가 꼬여 살을 맞았다는 것이었다.

황후는 듣자마자 터무니없는 소리라고 호통을 쳤다. 어엿한 황가의 금지옥엽이, 그 빛나는 위엄은 귀신도 피해 가는 것이 정상일 터인데, 멀쩡하게 잘 있다가 살을 맞다니?

사실, 말은 그렇게 하면서도 황후에게는 내심 찔리는 구석이 있었다. 정안사는 황실 사찰로, 황성 바깥 서남쪽에 위치해 있었다. 그래서 정안사에서 황녀들의 저택으로 돌아가자면 반드시 황성 서남쪽 구역을 지나게 되는데, 그쪽은 예로부터 죄를 지은 궁인들을 처리하는 장소였다. 사람이 수도 없이 죽어 나간 곳이라는 뜻이었다.

전각 기둥이며 회랑 주변에 원통하게 죽은 원혼 하나쯤 떠돌고 있지 않은 황궁이 세상천지에 있을까? 게다가 그게 선기국 황궁이고, 한층 구체화해 현 황후 통치하의 선기국 황궁이라면 더 말할 필요도 없을 것이다.

선기국은 여타 주변국들과 비교했을 때 국력으로 보나 국토 면적으로 보나 대국 소리는 못 들을 나라였으나, 후궁에서 죽어 나간 사람의 숫자만 놓고 보면 당당한 일인자였다.

손에 피를 많이 묻히다 보면 자연히 켕기는 구석이 생기기 마련. 황궁 내 살인 건수 최고봉의 영예에 빛나는 선기국 황후는 나이가 들면서 점점 더 운명론에 사로잡혀 가고 있었다. 예전 같았으면 육식과 오신채를 피한다거나 염불을 외는 일 따위는 거들떠보지도 않았겠지만, 요즘은 간혹 음식도 가려 먹곤 했다. 그런 황후는 궐에 전해진 의원들의 진단이 무척이나 마음에 걸렸다.

딸을 황궁으로 데려올 생각도 안 해 본 것은 아니었으나, 소위 '살을 맞은 사람'은 궐에서도 기피 대상이었다. 황후 본인이 뒤가 켕기고 겁이 나기도 했고.

그러는 사이 영귀비는 매일같이 울고 짜고 하며 구황녀의 저택을 드나들었다. 아침마다 귀한 약재를 바리바리 싸 들고 출궁해서 저녁이면 빨갛게 부은 눈으로 돌아오는 영귀비를 보며, 황후는 나날이 피가 말라 갔다.

출궁을 결심한 것도 벌써 수차례였지만, 매번 옥형의 반대에 부딪혔다. 옥형이 밝힌 이유는 이러했다.

공주부에서는 네 안전을 보장해 주기 힘들다, 여인들만 있는 내실에 내가 어떻게 같이 들어가겠느냐, 공주부는 애초에 지을 때도 자리를 고르고 골라 봉황이 잠들어 있다는 명당에 짓지 않았더냐, 그곳은 여인에게는 좋아도 극양의 동자공을 익힌 내게는 피해야 할 장소다.

황후가 몇 번이나 같은 이야기를 꺼내도 옥형의 태도는 일관되게 단호했고, 결국은 황후도 바깥이 안전하지 못한 거야 사실이지, 하는 생각에 나갈 마음을 접기에 이르렀다. 하지만 솔직히 말해 그녀는 자신의 안위 면에서 그다지 심각한 위기의식을 느끼고 있지 않았다.

십황녀만이 아니라 구황녀도 다 죽어 간다지 않는가? 도성이 뒤숭숭하다고는 해도 그런 도성을 날이면 날마다 휘젓고 다니는 영귀비는 지금껏 아무 사고 없이 멀쩡하고.

현 상황을 꼭 자기를 겨냥한 흉계라고 단정 지을 수만은 없다는 게 황후의 생각이었다.

때는 이미 4월이었다. 차기 황제의 즉위식까지 남은 시간은 이제 겨우 며칠뿐이건만, 수도 동성에서는 여전히 삼대 무장 세력이 팽팽히 대치 중이었다. 자피풍이나 철위와 달리 정규 편제에 속한 군사 집단은 당장 판을 뒤엎겠다고 나설 만큼 대담하지 못했다. 누구든 제일 먼저 반기를 드는 쪽에 나머지 세력의 집중포화가 쏟아질 게 뻔한 상황이었다.

공연히 먼저 나서서 벌집이 되고 싶지는 않은 모두는 차기 황제가 어서 발표되기를, 새 황제가 즉위해 강력한 수단으로 이 난리통을 평정하거나, 아니면 강력한 난리통에 평정당하기를 기다리고 있었다. 교착 상태에 빠진 동성이 기다리는 것은 '변變'이었고 그 변을 손아귀에 쥐고 있는 자가 누구인지는 아직 아무도 알지 못했다.

4월 초이틀, 이슬비 내리는 날이었다. 황후는 새벽같이 잠에서 깼다. 궁녀가 반쯤 말아 올려놓은 창가 발 밖으로, 비취색 융단처럼 우거진 초목이 봄비에 젖어 반드르르하게 빛나는 정경이 내다보였다.

평소였다면 참으로 보기 좋다 했을 풍경이었지만, 이날은 이유도 없이 심란하여 침상에 앉은 채 한참을 멍하니 있었다. 가슴속이 텅 빈 기분이었다.

홀연 아주 오래전 어느 가을날, 그 어둡고 비좁은 방 안 침상에 묶여 있던 여인이 떠올랐다. 부끄러운 줄도 모르고 어디서 감히 성상을 꾀었느냐고 호통을 치자, 여인은 힘겹게 고개를 들어 올리더니 피를 토하듯 저주를 쏟아 냈다.

'이 악녀, 언젠가 너도 치욕 속에서 죽임당하게 될 거다!'

여인의 외침이 떠오르는 동시에 그날 밤 으스스한 등잔 불빛 아래서 뼈를 하얗게 드러내고 누워 있던 몰골과 검은자만 남은 채 한없는 고통을 담고 있던 눈이 함께 기억났다. 요사스럽기까지 했던 그 눈동자는 어스레한 붉은색 불빛 속에서 황후를 집요하게도 노려봤다. 숨이 완전히 끊길 때까지 눈꺼풀 한 번을 깜빡이지 않고서.

황후가 부르르 진저리를 치는 찰나, 밖에서 울음소리가 들려왔다. 아랫것들이 이리저리 우르르 뛰어다니는 것 같더니, 머리 모양이며 화장도 제대로 갖추지 못한 영귀비를 에워싸고 야단법석을 떨며 건물 안으로 들어왔다.

한바탕 소란에 짜증이 치민 황후가 회랑까지 빠른 걸음으로 걸어 나가서 호통을 쳤다.

"체통 없이 뭣들 하는 게야!"

"황후마마!"

영귀비는 무릎을 꿇는 것조차 잊고 그 자리에 서서 눈물 콧물을 줄줄 쏟았다.

"저희 응이가 죽게 생겼습니다. 제가 가서 살려야 해요……."

"무엇으로 살리려고?"

황후가 우습다는 식으로 상대를 흘겨봤다.

"신들린 의술이라도 있어서?"

"용한 법사를 불러다 놓았습니다. 술법은 이미 행하였는데, 어머니 쪽 육친 한 명이 밤낮으로 하루 꼬박 곁을 지켜야 한답니다."

황후의 어투에 섞인 비아냥거림을 눈치채지 못한 듯, 영귀비가 결연하게 말했다.

"소첩은 오늘 밤 궁에 돌아오지 못합니다. 부디 허하여 주옵소서!"

"호오?"

황후는 심적 동요를 느꼈다. 허락해 주기 싫은 마음도 있었지만, 평소 직접적으로 무언가를 요구하는 법이 없던 귀비 영씨가 저렇게까지 나오는 걸 보면 못 가게 막았다가는 당장 자기한테 달려들고도 남지 싶었다.

게다가 황후 본인도 십황녀가 걱정되는 게 사실이었다. 만약 구황녀의 병이 낫는다면 자기 딸인 십황녀에게도 희망이 생기는 게 아닌가.

하여, 황후는 영귀비의 외출을 허가해 주었다. 그로부터 하루가 지나 영귀비가 돌아왔다. 안색은 파리했으나 기분은 날아갈 것처럼 좋아 보였다. 구황녀 단웅이 그새 침상에서 일어나 죽을 먹을 만큼 호전됐다고 했다.

뒤이어 십황녀의 소식이 날아들었다. 상태가 점점 더 나빠진다는 전갈이었다. 이쯤 되자 황후도 더는 손 놓고 있을 수가 없었다.

그녀는 당장에 옥형을 찾아 전각 안으로 들어갔다. 황후를 가까이서 모시는 궁인들은 곧 낮게 흐느끼는 소리와 울며 악을 쓰는 소리, 물건이 박살 나는 소리를 들을 수 있었다. 실내에서는 말 그대로 폭풍이 휘몰아치는 중이었다.

궁인들은 조용히 서로 눈빛을 교환하면서 입꼬리를 비스듬하게 끌어 올렸다. 황후의 삼대 필살기 시전이 또 시작된 것이다.

폭풍은 오래가지 않았다. 금방 눈물 자국을 지우고 몸단장을 새로 하고 나온 황후가 행차 준비를 명했다. 그녀는 허겁지겁 공주부로 출발했다.

옥형이 안전상의 이유를 들어 하도 강권을 하는 통에 이동 수단은 황후의 체면에 어울리지 않는 소박한 마차로 정했다. 한 마차 안에 나란히 끼어 앉은 두 사람은 황족들만이 이용하는 샛길을 통해 궁을 빠져나왔다.

황후는 공주부로 향하는 내내 잔뜩 긴장해 치마폭 사이에 숨긴 손가락을 연신 꼼지락거렸다. 옥형이 말한 미지의 위험 때문에 긴장이 되는 건지, 아니면 옥형 자체가 그녀를 긴장시키는 건지 확실치 않았다.

옥형과 이렇게 가까이 붙어 앉아 보기는 처음이었다. 옥형은 동자공을 익힌 관계로 평소 여색을 멀리했고, 그녀 역시 남녀가 유별함을 한순간도 잊지 않고 그와 거리를 유지해 왔다. 그녀는 이 나라의 황후, 천하 만백성을 품어야 할 국모였다. 존귀한 황후의 몸에 다른 사내의 손길이 닿는 것은 허락할 수 없는 일이었다.

세인들은 그녀를 두고 악독하고 잔인하다는 둥 애초에 황후감이 아니었다는 둥 빈정거리고, 궐에서 벌어진 살육을 들먹이며 그녀의 죄를 논했지만, 그녀 본인은 세인들의 평가에 동의하지 않았다.

내 남편을 대체 왜 다른 여자들과 공유해야 한단 말인가?

여인이란 자신의 지위와 사랑을 지키기 위해서라면 못 할 일이 없는 존재였다. 게다가 그녀도 왕년에 글월깨나 읽은 몸이었다. 역사서들을 한번 펼쳐 보라. 후궁에 원혼 하나 떠돌지 않는 황궁이며 바닥에 백골 하나 깔려 있지 않은 옥좌 따위가 과연 역사에 존재하기나 했는지. 앞선 사람들도 다 했던 일을 그녀라고 못 할 이유가 무엇인가?

마차가 느릿느릿 덜컹거리고 있었다. 여인들이 쓰는 마차는 본래 넉넉한 크기가 아닌지라, 고작 두 사람이 함께 탔을 뿐인데도 내부 공간에 여유가 하나도 없었다. 차체가 흔들릴 때마다 옥형의 다리가 그녀에게 닿았다. 그녀 나름 피해 보려 애를 썼지만, 그럴 만한 공간이 여의치 않았다.

공간은 좁지, 긴장은 되지, 시간이 갈수록 감각이 곤두서는 것 같았다. 다리가 서로 부딪칠 때마다 얇은 치마 너머로 사내의 장포 자락에 감싸인 단단한 근육이 느껴졌다. 그 팽팽한 탄력에 그녀는 일순 가슴이 뛰었다.

정신이 반쯤 빠진 와중에 봉선의 폭삭 늙어 축 늘어진 몸과 피부 곳곳에 자리한 검버섯이 떠올랐다. 둘 다 사내인 건 마찬가지요, 나이는 오히려 봉선 쪽이 덜 먹었는데, 달라도 어쩜 이렇게 다를 수가 있을까?

그녀의 나이 올해 마흔, 한창 정욕이 왕성할 때였다. 봉선은 일찌감치 꼬부랑 할배가 다 되어 남편 구실을 못하고 있었다. 부부 사이에 잠자리가 끊긴 지도 어언 1년. 한때는 봉선이 엉뚱한 데다 씨를 뿌리고 다니느라 밤에 힘을 못 쓰나 했지만, 그것도 아니었다. 봉선은 정말로 늙었을 뿐이었다.

그에 반해 옥형은 아직 팔팔한 나이로 보였다. 십대 강자는 다들 젊은 시절 외모를 그대로 유지하는 비법을 가지고 있다던가. 그중에서도 옥형은 어려서부터 변화무쌍 난공불락의 동자공을 익혀서 그런지 가늘고 기다란 눈매 안에서 넘실대는 물결마저도 수십 년째 변함없는 것이……

생각이 여기까지 미치자 황후의 마음이 요동쳤다. 하지만 동요는 순간에 불과했다. 황후는 즉각 눈을 내리뜨고 자세를 바로잡았다. 남녀 간의 환락보다는 지금 가진 지위와 존엄이 훨씬 중요했다. 참아야만 했다.

마차가 십황녀의 저택에 당도하기까지는 긴 시간이 걸리지 않았고, 그사이에 별다른 문제가 터지지도 않았다. 황후는 안도의 한숨을 내쉬는 한편, 옥형의 의심병에 휩쓸려서 쓸데없는 걱정을 했던 자기도 참 우습다고 생각했다.

저택은 부슬부슬 내리는 빗속에 우뚝 서서 침묵을 지키고 있었다. 담장 안쪽 높다란 누각 꼭대기에서 노란 등 하나가 달랑거리고 있는 게 보였다. 집에 몹쓸 병을 얻은 사람이 있다는 뜻이었다.

황후가 얼른 마차에서 내렸다. 그런데 어째 뒤따라오는 발소리가 들리질 않았다.

이상하다 싶어 뒤를 돌아보자 마차 안에 그대로 앉아 있는 옥형이 눈에 들어왔다. 옥형은 침중한 표정으로 누각에 내걸린 노란색 등을 올려다보고 있었다.

잠시 후, 그가 불쑥 한마디를 뱉었다.

"녕寧, 이만 돌아가지."

황후는 순간 움찔했지만, 이내 부아가 치밀어 올라 날 선 목소리를 쥐어짜 냈다.

"미쳤어? 대문 앞까지 와 놓고 그냥 가자는 거야?"

"돌아가."

옥형이 단호하게 말했다.

"나한테는 우리 둘 모두를 지킬 의무가 있어."

"나한테는 내 딸을 지킬 의무가 있어!"

격분한 황후가 옷소매를 떨치면서 대문을 향해 걸음을 내디졌다.

"자기 자식 아니니까 귀한 줄 모르는 거지!"

"녕⋯⋯."

빗속으로 몸을 내민 옥형이 황후의 소맷자락을 덥석 붙들었다. 그는 평소답지 않게 초조한 기색이었다.

"내 말대로 해, 돌아가!"

옥형의 다급한 어조가 황후를 잠시 주저하게 했다. 함께 지내 온 세월이 얼마인데 설마하니 그의 성정을 모를까. 황후도 그렇게까지 둔하지는 않았다.

그녀가 냉큼 물었다.

"위험하다는 거야?"

노란 등을 한 번 더 올려다본 옥형이 망연한 표정으로 대답했다.

"⋯⋯어쩌면."

"이런 정신 빠진!"

울화통이 터진 황후가 소맷자락을 신경질적으로 휘둘러 옥형을 떨쳐냈다.

"겨우 애송이 둘이 그렇게나 무서워? 이 저택에 딸린 호위병력이 무려 3천이야. 거기다가 외곽은 어림군이 지키고 있고. 그것들이 아무리 간이 배 밖에 나왔어도 벌건 대낮에 여길 쳐들어올 수 있을 것 같아? 만약 쳐들어온다고 쳐도, 그게 겁나?"

황후가 옥형의 면전에다 대고 다그치듯 물었다.

"겁나서 그래? 겁나냐고!"

"그런 것이 아니라……."

무언가 할 말이 있는 듯이 입을 벌렸다가 도로 다문 옥형이 잠시 간격을 두고서 되물었다.

"잘 생각해 봐, 지금껏 내 말대로 해서 피해 본 적 있었나?"

"나한테는 피해 준 적 없어도 지금 내 딸한테는 주고 있잖아!"

황후는 싸늘하게 콧방귀를 뀐 후, 옥형을 거들떠보지도 않고 곧장 저택 안으로 향했다.

"옥형 대인 목숨이 얼마나 중한지는 잘 알겠습니다. 얼른 가서 숨기나 하지 그럽니까? 본 궁은 혼자 들어가면 그만이니!"

황후는 정말 옥형을 내버려 둔 채 쿵쿵거리며 걸음을 옮겼고, 저택 안에서 달려 나온 하인이 그녀를 대문 너머로 안내했다.

옥형은 진기를 끌어올려 튕겨내면 그만일 빗줄기를 멍하니 서서 고스란히 맞고 있었다. 얼마 안 가 머리부터 발끝까지 쫄딱 젖은 그는 흐리멍덩한 머릿속으로 생각했다. 근 몇 년 동안 싸움이 잦기는 했어도 저토록 냉랭하게 등을 돌리는 모습은 이번이 처음이라고.

그는 다시 한번 누각에 걸린 등을 올려다봤다. 등은 평범한 등일 뿐이었고 저택 전체를 통틀어 살기 같은 것은 단 한 점도 느껴지지 않았다. 고작 등불 따위가 그의 발목을 잡은 이면에는 사실 14년 전의 대화 한 토막이 있었다.

14년 전, 옛 친우가 오랜만에 그를 찾아왔다. 찻잔을 놓고 담소를 나누던 도중 그는 농담 삼아 질문 하나를 던졌었다.

'나는 몇 살까지 살 것 같은가? 죽을 자리는 어디고?'

친우가 답했다.

'노란 등, 각운.'

영 알아듣지 못할 소리였다. 무슨 뜻이냐고 캐물어도 찻잔만 만지작대며 뜸을 들이던 녀석이 느지막이 덧붙였다.

'노란 등이야 그냥 노란 등이지.'

이어서 옥형이 각운에 대해 묻자 녀석이 웃음을 흘렸다.

'시 쓸 때 들어가는 각운 모르나? 사성四聲 몰라? 평성, 상성, 거성, 입성, 합치면 평상거입平上去入. 평평하게 눕혀 놓고 올라타서 안으로 들어간다는 말이 되지 않나.'

그 즉시 차를 뿜어낸 옥형은 벌떡 일어나 한바탕 타박을 놨다. 평상거입은 무슨. 한평생 동자공 수련한 사람 앞에서 어디 그런 음담패설을 지껄이고 있어?

그런데 오늘, 노란 등이 눈앞에 등장한 것이다.

사실 살면서 노란색 등을 본 적이야 많았다. 처음에는 등이 눈에 띄면 자연스럽게 그날의 대화가 떠올라 불안감을 느끼기도 했지만, 같은 상황이 여러 차례 반복되면서 점차 괜찮아졌다. 나중에는 선무당이 사람 속였다고 친우를 비웃기도 했다.

그런데 오늘은 달랐다. 등을 보자마자 어째서인지 심장이 쿵쾅쿵쾅 들뛰었다.

그렇다고 물러날 수야 없었다. 녕아가 위험 속에 있지 않나.

그녀를 홀로 위험에 처하게 놔두고 본인만 발을 뺀 적은 옥형의 평생을 통틀어 단 한 번도 없었다. 그리고, 사달이 나 봤자 뭐 얼마나 대단한 사달이 나겠는가. 십대 강자 서열 4위에 빛나는 옥형이 평소에도 수없이 봐 왔던 등불 하나에 기겁해 정인마저 버리고 달아난다는 건 말이 안 되는 일이었다.

빗속에 서서 숨을 깊게 한 번 들이마신 그는 뒤숭숭한 불안을 애써 억누르며 황후를 따라 저택 안으로 들어갔다.

봄비로 반드르르하게 젖은 지면에 노란색 등롱 그림자가 비치고 있었다. 뒤따라오는 옥형을 본 황후의 입꼬리에 만족스러운 웃음기가 맺혔다. 그러면서도 그녀는 외부인을 들이면 부정 탄다는 이유로 옥형을 내실 앞에서 가로막았다. 애초에 안까지 들어갈 생각이 없었던 옥형은 바깥방에 자리를 잡고 앉았다.

십황녀의 저택은 역시 그가 오래 머무를 만한 곳이 못 됐다. 대문턱을 넘자마자 불편한 느낌이 온몸을 휘감았다. 그는 차라리 운기조식이나 해야겠다, 생각하고서 눈을 감았다.

주변 분위기는 차분했다. 승려의 독경 소리 사이로 황후가 간곡히 치성을 드리는 목소리가 어렴풋이 들려왔다. 내실 안에서는 향이 타고 있었다. 집중해서 냄새를 맡아 본 결과 정상적이기 그지없는 고급 단향이었다. 의심 가는 구석은 전혀 발견되지 않았다.

이쯤 되자 그도 서서히 마음이 놓였다. 맑고 고요한 분위기 가운데, 멀리 정안사로부터 유장한 종소리가 전해져 왔다.

누각 위에서는 노란색 등롱이 바람에 휩쓸려 연신 빙글빙글 돌고 있었다.

빙그르르 한 바퀴, 이어서 반대 방향으로 한 바퀴, 다시 원래 방향으로 한 바퀴……. 그러다가 갑자기 비딱하게 기우는가 싶더니 누각 바로 앞 지면에 추락해 소리 없이 불타기 시작했다.

옥형은 눈을 떴지만 움직이지는 않고 있었다. 곧 사환 하나가 짙은 단향목 냄새를 풍기며 그의 곁을 지나쳐 누각 쪽으로 달려갔다. 사환이 불붙은 등롱을 발로 차고 밟고 하며 불을 끄는 기세에 재 가루가 부옇게 일어났다.

몸에 붙은 재 가루를 털어 내며 안으로 들어온 사환이 다급히 뛰어오는 계집종을 향해 씩 웃었다.

"등 좀 새로 달게 여기는 누님들이 맡아 주세요."

사환이 옥형 옆을 지나는 찰나였다. 옥형이 기습적으로 팔을 뻗어 사환을 콱 붙들었다. 옥형의 손이 근육을 헤집고 뼈마디를 뒤틀자 '꽥' 하고 비명을 지른 사환은 얼굴을 일그러뜨리며 눈물 콧물을 쏟았다. 애벌레처럼 몸을 오그린 채로 고개만 간신히 들어 올린 사환이 울먹이며 물었다.

"어……, 어……, 어르신……. 왜……, 왜……, 왜…….."

옥형은 손이 닿자마자 상대방이 무공을 할 줄 모른다는 걸 단박에 알아챘다. 아무리 위아래로 꼼꼼히 훑어봐도 딱히 수상한 점은 눈에 들어오지 않았다.

옥형이 사환을 내동댕이치면서 건조하게 말했다.

"전부 나가. 누구든 이 주변에 기웃대는 건 용납 못 한다."

"쓸데없이 참견은!"

내실과 바깥방을 가르는 휘장 뒤편에서 황후가 고개를 내밀었다.

"환자 시중들 사람은 있어야지. 게다가 그 애는 태어날 때부터 내가 봐 온 아이야."

"썩 나가!"

옥형의 말투는 담담했지만, 그 안에는 거역할 수 없는 위엄이 서려 있었다. 잠시 망설이던 황후가 이내 손을 내저어 하인들을 내보냈다.

그 용하다는 법사에게도 축객령이 떨어졌다. 옥형이 밖으로 나가는 법사를 비스듬히 훑어봤다. 무공은 익혔으나 실력은 그저 그런 승려였다. 이마에 점처럼 생긴 계인이 진하게 찍혀 있었다.

주위가 조용해졌다. 이제 노란 등도 사라진 뒤였다. 옥형은 차분하게 미소 지은 후, 운기조식을 이어 가기 위해 다시금 정신을 집중했다.

그런데 이번에는 좀처럼 집중이 되질 않았다. 몸 어디선가 열기가 느껴졌다. 하복부도 아니고 단전도 아니었다. 팔다리에서부터 열이 오르는 것 같았다. 손안에 작은 화염 덩어리를 쥐고 있는 느낌이었다.

처음에는 미미한 감각에 불과했으나 열기는 점점 더 넓게 번져 갔다. 피부 표면을 따라서 번지는 게 아니라 혈관을 뚫고, 피와 살을 뚫고, 폐부를 침범했다. 열기에 침범당한 몸속이 스멀스멀 근질거리기 시작했다.

뜨거운 기운이 지나는 경로를 따라 한들거리는 풀이 돋아나는 것 같았다. 밧줄처럼 기다랗게 자라난 풀잎이 그의 육체를 희롱하듯 간질였다. 혈류가 내지르는 환호성이, 뼈마디가 우두둑거리는 소리가, 단전 안에서 말이 내달리는 소리가 들렸다. 특정 부위가 팽팽하게 당기는 느낌이 드는 한편, 마음속에 뻥 뚫린 구멍이 자꾸만 더 공허하게 느껴졌다.

가슴이 철렁 내려앉았다. 한평생 여색을 접해 보지 못한 옥형이었지만, 자기 몸이 심상치 않다는 것쯤은 판단할 수 있었다. 어느 틈에 함정에 걸려들었는지를 따지고 있을 때가 아니었다. 그는 열기를 억누르고자 급하게 진기를 끌어올렸다.

그런데 웬걸, 진기를 끌어올리는 게 불에 기름을 붓는 짓이었을 줄이야. 온몸이 '펑' 하고 폭죽처럼 터져 나갔다.

욕망은 용수철 같은 것. 억누르려 할수록 더 높이 튀어 오르기 마련이다. 동정을 오래 지켜 온 사내일수록 파계의 순간은 둑을 무너뜨리는 홍수처럼 찾아오게 되어 있고, 한 번 무너진 둑을 다시 되돌리기란 불가능할지니.

본디 옥형은 깊은 산중에 들어앉아 모든 세속적 욕망을 끊고 수련에만 전념했어야 하는 몸이었다. 그런 몸으로 음기 짙은 황궁에 머물면서 긴 세월 여인 곁을 지켰으니, 영향을 받지 않으려야 않을 수가 없었다.

그래도 지금까지는 일신의 절세 무공과 황궁 안에 따로 마련해 둔 수련실에 기대어 가까스로 버텨 왔으나, 이곳 공주부에서는 수련실의 도움을 받는 것조차 불가능했다. 물론 몸 상태가 이 지경까지 된 데는 오랜 기간 은밀한 덫에 노출된 탓도 있었다. 옥형 본인은 아마 죽을 때까지 모르겠지만.

옥형은 폭죽처럼 터져 나가고 있었다. 마치 눈앞에서 번개가 치듯, 온 천지가 새하얗게 번쩍였다. 그 하얀 섬광 속에서 옥형은 황후가 '아!' 하고 자그마하게 놀라는 소리를 들었고, 소리가 귀에 포착되자마자 곧장 내실로 뛰어들었다.

두꺼운 휘장이 펄럭, 젖혀졌다가 다시 내려앉았다. 비단 휘장 뒤편에 서서 놀란 가슴을 손으로 누르고 있던 황후가 휘둥그레진 눈으로 그를 쳐다봤다.

"화아華兒가 잠깐 정신이 든 것 같아서……."

그러더니 뒤늦게야 상황 파악이 된 듯 눈썹을 곤추세웠다.

"뭐 하러 들어왔어? 나가, 나가라고! 부정 타게!"

옥형은 대답 대신 그녀에게로 달려들었다. 소스라치게 놀란 황후는 붉은 입술을 허망하게 벌린 채로 아무 소리도 내지 못했다.

겹겹 휘장 사이로 그윽한 향기가 은은하게 떠돌고 있었다. 실내는 아픈 황녀의 안정을 위해 어슴푸레한 빛만 들게 해 둔 상태였다. 바깥세상의 빗소리와 인기척은 두꺼운 휘장이 차단해 주고 있었다. 아무도 없는 주변은 완벽하게 고요했고, 그 완벽한 고요 속에서 극도로 강렬한 불꽃이 타올랐다.

발버둥을 치던 황후가 고개를 들어 침상 위 딸을 쳐다보면서 작게 웅얼거렸다.

"저기 화아가, 저기 화아가……. 안 되는데……."

어째서인지 말투에서 저항보다는 교태가 더 많이 배어났다. 옥형으로서는 미치게 기쁜 소리였다.

"……."

두 사람은 온몸이 땀으로 흠뻑 젖은 채였다.

바닥에서, 어둡고 조용한 방 안에서, 그녀의 딸이 누워 있는 침상 아래에서.

마지막 순간, 옥형은 머릿속에서 폭탄이 터지는 듯한 소리를 들었다. '빠지직' 하고 갈라지는가 싶던 영혼이 찬란한 꽃불을 뿜어냈다.

금빛 광채가 사방으로 쏘아져 나가는 가운데, 옥형의 머릿속을 반복해서 맴도는 네 글자가 있었다.

평, 상, 거, 입.

이런 극락을 놔두고 지난 수십 년을 헛되이 보내었던가.

천지 사방을 가득 채운 금빛 광채 속에서 오랜 세월 억눌러 온 무언가가 마침내 폭발했다. 옥형은 자신이 누군지를 잊었다. 신분과 지위를 잊었고, 온 세상을 전부 잊었다.

그때였다. 누군가 차갑게 웃는 소리가 들렸다. 노골적이기 그지없는 웃음이었다.

웃음을 흘리던 사람이 밖에서부터 큰 보폭으로 성큼성큼 저택 안으로 들어섰다. 바람을 몰고, 비를 몰고, 섬뜩한 살기를 몰고, 살을 에는 원한을 몰고, 걸음마다 바람을 일으키면서 회랑을 통과하고, 장지문을 지나고, 굳게 닫혀 있던 방문을 걷어차 열고, 겹겹 휘장을 걷고, 거침없이, 그리고 살기등등하게 안으로 들어왔다.

피식 웃음 짓더니 손에 쥔 금색 채찍을 휘둘렀다. 채찍이 침상에 누워 속눈썹을 파르르 떨고 있던 십황녀를 후려쳤다. 십황녀는 안 그래도 방바닥에서 벌어지고 있는 난리 탓에 의식을 되찾기 직전이었다.

"자, 얼른 일어나! 네 어미가 삼촌이랑 붙어먹는 꼴을 봐야지!"

〈부요황후〉 10권에서 계속